Máximo impacto

MÁXIMO IMPACTO

David Baldacci

Traducción de Mercè Diago y Abel Debritto

GRUPO ZETA

Barcelona • Madrid • Bogotá • Buenos Aires • Caracas • México D.F. • Miami • Montevideo • Santiago de Chile

Título original: *The Hit*
Traducción: Mercè Diago y Abel Debritto
1.ª edición: abril, 2017

© 2013 by Columbus Rose, Ltd.
© Ediciones B, S. A., 2017
    Consell de Cent, 425-427 - 08009 Barcelona (España)
    www.edicionesb.com

Printed in Spain
ISBN: 978-84-666-6108-9
DL B 4543-2017

Impreso por Unigraf, S. L.
Avda. Cámara de la Industria, 38
Pol. Ind. Arroyomolinos n.º 1
28938 - Móstoles (Madrid)

*Gracias al elenco y a la tripulación de Buena Suerte
por tan estupendo viaje.*

1

Doug Jacobs, que se sentía pletórico ante la inminencia de una muerte, se ajustó los cascos y aumentó el nivel de brillo de la pantalla del ordenador. La imagen apareció nítida, entonces, casi como si estuviera allí.

Sin embargo, dio las gracias a Dios por no encontrarse en ese lugar, sino a miles de kilómetros, aunque nadie lo hubiera dicho al mirar la pantalla. No había dinero suficiente para enviarlo allí. Además, había muchas personas mucho mejor preparadas para ese trabajo, con una de las cuales estaba a punto de comunicarse.

Era un día soleado. Jacobs contempló brevemente las cuatro paredes y la única ventana de su despacho, situado en un edificio bajo y anodino de obra vista en una zona ecléctica de Washington D.C. en la que coexistían viviendas antiguas en distintos grados de deterioro o restauración. Aunque algunas zonas del edificio de Jacobs no tenían nada de anodino. Por ejemplo, una pesada puerta de acero con una verja alta rodeaba el perímetro de la propiedad. Guardias armados patrullaban las estancias interiores y cámaras de vigilancia controlaban el exterior. Pero por fuera no había nada que indicara lo que sucedía de puertas adentro.

Y lo que sucedía no era poco.

Jacobs cogió la taza de café recién hecho en la que acababa de verter tres sobres de azúcar. Tenía que observar la pantalla con una concentración absoluta, y la combinación de azúcar y cafeína le ayudaban a ello. Así estaría acorde con la turbulencia emocional que lo invadiría en apenas unos minutos.

Habló por el micrófono.

—Alfa Uno, confirma ubicación —pidió con sequedad. Le pareció que sonaba como un controlador aéreo que intenta garantizar la seguridad en los cielos. «Bueno, en cierto modo, eso soy precisamente. Solo que nuestro objetivo es matar en cada viaje.»

Recibió una respuesta casi inmediata.

—Alfa Uno se encuentra a setecientos metros al oeste del objetivo. Sexto piso del lado este del edificio de apartamentos, cuarta ventana empezando por la izquierda. Si haces zoom, deberías poder ver el cañón del fusil.

Jacobs se inclinó y desplazó el ratón. Hizo zoom en la imagen que recibía vía satélite en tiempo real desde esa lejana ciudad que albergaba a tantos enemigos de Estados Unidos. Advirtió el extremo de un supresor largo acoplado a la boca de un fusil que apenas asomaba por el alféizar. Se trataba de un arma personalizada, capaz de matar a larga distancia, siempre y cuando quien la manejara tuviera puntería y ojo de lince.

En ese momento, ese era exactamente el caso.

—Entendido, Alfa Uno. ¿En posición?

—Afirmativo. Todos los factores confluyen en la mira. El punto de mira se encuentra en el punto terminal. Supresor con cambio de frecuencia sintonizado. El sol se pone detrás de mí y les da en la cara. Ninguna lente refleja. A punto.

—Recibido, Alfa Uno.

Jacobs comprobó la hora.

—¿La hora local son las diecisiete?

—En punto. ¿Actualización de inteligencia?

Jacobs hizo aparecer esa información en una pantalla secundaria.

—Todo sigue el horario previsto. El objetivo llegará dentro de cinco minutos. Bajará de la limusina por el lado de la acera. Está previsto que allí responda a preguntas durante un minuto y que tarde diez segundos en entrar en el edificio.

—¿Confirmado que tardará diez segundos en llegar andando al edificio?

—Confirmado —respondió Jacobs—. Pero el minuto con los reporteros quizá se alargue. Tú actúa en consecuencia.

—Entendido.

Jacobs volvió a centrar la vista en la pantalla durante unos minutos hasta que lo vio.

—Bueno, se acerca la caravana de vehículos.

—La veo. Tengo la línea de mira bien encuadrada. Sin obstrucciones.

—¿Y la muchedumbre?

—Llevo una hora observando los movimientos de la gente. El personal de seguridad ha delimitado un perímetro. Han marcado el recorrido como una pista iluminada.

—Cierto. Ahora lo veo.

A Jacobs le encantaba disfrutar de una visión tan cercana sin necesidad de estar en la zona de peligro. Recibía una compensación más generosa que la persona que estaba al otro lado de la línea, lo cual, en cierto sentido, carecía de toda lógica.

El tirador moriría si fallaba o no conseguía escapar con rapidez. En cambio, a este lado no habría ni reconocimiento ni conexión, solo negación absoluta. El tirador no llevaba documentos, credenciales ni ningún tipo de identificación que demostrara lo contrario. Se quedaría colgado. Y en el país donde tenía lugar ese golpe en concreto, la horca sería la suerte que correría. O quizás acabara decapitado.

Mientras tanto, Jacobs estaba sentado en su despacho, a salvo, y recibiría una gran suma de dinero. «Hay un montón de tíos capaces de acertar el tiro y salir indemnes. Yo me encargo de los tejemanejes geopolíticos para esos mamones. La preparación es la base. Y me merezco todos y cada uno de los dólares que me pagan», pensó.

—Está al caer —dijo—. La limusina está a punto de parar.

—Recibido.

—Dame un margen de sesenta segundos antes de disparar. Nos quedaremos en silencio.

—Entendido.

Jacobs cogió el ratón con más fuerza, como si de un gatillo se tratara. Lo cierto es que durante los ataques con drones había hecho clic con el ratón y visto desaparecer el objetivo envuelto en una bola de fuego. Seguro que el fabricante del *hardware* nunca había imaginado que sus dispositivos servirían para eso.

Se le aceleró la respiración, aunque sabía que la respiración del tirador iba menguando hasta llegar prácticamente a cero, como tenía que ser para realizar un disparo de largo alcance como aquel. No existía margen de error posible. El tiro tenía que alcanzar y matar al objetivo, así de sencillo.

La limusina se detuvo. Los de seguridad abrieron la puerta. Unos hombres fornidos y sudorosos, con pinganillo y armados con pistolas miraron alrededor para detectar cualquier peligro. Eran bastante buenos, pero eso no bastaba si uno se enfrentaba con la excelencia.

Y todos los ejecutores que Jacobs enviaba eran excelentes.

Ya de pie en la acera, el hombre miró con ojos entornados el resplandor menguante del sol. Se trataba de un megalómano llamado Ferat Ahmadi que deseaba llevar a una nación ya de por sí agitada y violenta por un camino incluso más siniestro. No podía permitirse.

Así pues, había llegado el momento de segar aquel «problemilla» de raíz. Había otras personas en el país deseosas de asumir el poder. Eran menos malvadas que él y estaban dispuestas a dejarse manipular por naciones más civilizadas. En el excesivamente complejo mundo actual, donde los aliados y los enemigos cambiaban de una semana a la otra, aquello era lo máximo a que se podía aspirar. Sin embargo, aquel asunto no era de la incumbencia de Jacobs. Su misión consistía en ejecutar un encargo, especialmente «ejecutarlo».

Recibió dos palabras a través de los cascos: «Sesenta segundos.»

—Recibido, Alfa Uno —respondió. No se le ocurrió añadir una estupidez del tipo «buena suerte», pues aquello no era cuestión de suerte.

Activó la cuenta atrás en un reloj de la pantalla del ordenador.

Observó el objetivo y luego el reloj.

Jacobs contempló a Ahmadi hablando con los reporteros. Tomó un sorbo de café, dejó la taza y continuó observando la escena mientras Ahmadi respondía a las preguntas acordadas. El hombre se alejó un paso de los periodistas. El equipo de seguridad los mantuvo a raya.

Entonces se vio la trayectoria escogida. Por lo que parecía, Ahmadi iba a caminar solo. La idea era mostrar su liderazgo y valentía.

También se trataba de un fallo de seguridad que a ras de suelo podría considerarse nimio. Pero con un francotirador entrenado en una posición elevada, era como una brecha de cincuenta metros en el lado de un barco iluminada por una baliza con una potencia lumínica colosal.

Los veinte segundos se transformaron en diez.

Jacobs empezó a contar mentalmente los últimos instantes con la vista fija en la pantalla. «El hombre muerto está llegando», pensó. Ya casi estaba. La misión prácticamente había finalizado y entonces se dedicaría a su próximo objetivo. Es decir, tras comerse un buen entrecot acompañado de su cóctel preferido y anunciar esa última victoria a sus compañeros de trabajo.

Los tres segundos se convirtieron en uno.

Jacobs no veía nada aparte de la pantalla. Estaba totalmente concentrado, como si fuera él quien iba a disparar el tiro mortífero.

Súbitamente, la ventana quedó hecha añicos.

La bala entró por la espalda de Jacobs tras atravesar la silla ergonómica. Le atravesó el cuerpo y le salió por el pecho. Acabó destrozando la pantalla del ordenador mientras Ferat Ahmadi entraba ileso en el edificio.

Doug Jacobs cayó al suelo.

Ni entrecot ni cóctel. No volvería a alardear de nada.

El hombre muerto había llegado.

2

Corrió por el sendero del parque con una mochila colgada a la espalda. Eran casi las siete de la tarde. Hacía frío y el sol estaba bajo. Los taxis daban bocinazos. Los peatones se dirigían a sus hogares tras una larga jornada de trabajo.

Enfrente del Ritz-Carlton había una hilera de coches de caballos. Los irlandeses con sombreros de copa raídos aguardaban a sus próximos pasajeros mientras oscurecía. Sus caballos piafaban y hundían la cabeza en los cubos de alfalfa.

Era la estampa gloriosa del centro de Manhattan, donde el presente y el pasado se mezclan cual desconocidos tímidos en una fiesta.

Will Robie no miraba a derecha ni a izquierda. Había estado muchas veces en Nueva York. Y muchas veces en Central Park.

No estaba ahí de turismo.

Nunca iba de turista a ningún sitio.

Llevaba la capucha bien encajada y anudada bajo la barbilla para ocultar su rostro. En Central Park había infinidad de cámaras de vigilancia. No quería aparecer en ninguna de ellas.

El puente estaba más adelante. Lo alcanzó, se detuvo y movió las piernas sin correr, para no enfriarse.

La puerta, empotrada en la piedra, estaba cerrada con llave.

Robie tenía una pistola de ganzúa, por lo que la puerta enseguida dejó de estar cerrada.

Se deslizó al interior y cerró la hoja detrás de él. Se trataba de una sala que hacía las veces de almacén y central eléctrica; la usaban los empleados municipales para mantener Central Park limpio e iluminado. Ya habían terminado la jornada laboral y no regresarían hasta las ocho de la mañana siguiente.

Eso le proporcionaría tiempo más que suficiente para hacer lo que necesitaba hacer. Se descolgó la mochila y la abrió. Llevaba todo lo necesario para el trabajo.

Robie acababa de cumplir los cuarenta. Medía casi un metro noventa, un pedazo de hombre con mucho más músculo que grasa. Era fibroso. Los músculos grandes no servían más que para impedirle ganar velocidad cuando la precisión era casi igual de importante.

La mochila contenía varias piezas. Le bastaron dos minutos para convertirlas en un objeto con un uso muy específico.

Un fusil de francotirador.

La cuarta pieza del equipo era igual de valiosa para él: la mira telescópica.

La acopló al riel Picatinny situado en la parte superior del fusil.

Repasó mentalmente todos y cada uno de los detalles del plan veinte veces, tanto el tiro que debía realizar como la huida sin percances que ojalá se produjera a continuación. Ya lo había memorizado todo, pero quería llegar al punto en que ya no le hiciera falta pensar, solo actuar. Así se ahorraría unos segundos valiosísimos.

Tardó unos noventa minutos en conseguirlo.

Entonces cenó. Una botella de G2 y una barrita energética.

Aquella era la idea que Will Robie tenía de una cita de viernes noche con él mismo.

Se tumbó en el suelo de cemento del almacén y dobló la mochila bajo su cabeza para dormir. Al cabo de diez horas y once minutos llegaría el momento de poner manos a la obra.

Mientras otras personas de su edad regresaban a casa para reunirse con sus cónyuges e hijos o salían con compañeros del trabajo o tal vez tenían una cita, Robie estaba solo en poco más que un armario de Central Park a la espera de que apareciera cierta persona para poder matarla.

Podía pensar en su vida actual y no llegar a ninguna conclusión satisfactoria, o podía prescindir de ello. Optó por esto último. Pero quizá no tan rápido como tantas otras veces.

De todos modos, no le costó conciliar el sueño.

Y no tendría problemas para despertarse. Tal como hizo al cabo de nueve horas.

Era de día. Poco más de las seis de la mañana.

Ahora tocaba el siguiente paso importante: su línea de visión. De hecho, era el más crucial.

En el interior del almacén, contempló un muro de piedra vacío con gruesas junturas de argamasa. Pero si uno se fijaba bien, había dos orificios en las junturas, colocados en puntos precisos para permitir ver el exterior. Sin embargo, los orificios se habían vuelto a rellenar con un material flexible teñido para que pareciera argamasa. Todo ello había sido obra de un equipo que la semana anterior fingió realizar tareas de mantenimiento en el parque.

Robie utilizó unas tenazas para sujetar un extremo del material gomoso y extraerlo. Repitió la operación y aparecieron los dos orificios.

Deslizó la boca del fusil por el inferior y se paró antes de llegar al final del agujero. Aquella colocación restringía sobremanera el ángulo de tiro, pero no tenía otra opción. Era lo que había. Nunca actuaba en las condiciones idóneas.

Alineó la mira con el orificio superior a la perfección, con el borde bien asentado en la juntura de argamasa. Así vería a qué disparaba.

Apuntó a través de ella y comprobó todos los factores, incluidos los ambientales, que afectarían a su misión.

La camisa del supresor estaba personalizada para que encajara con la boca y el armamento que cargaba. La camisa reduciría la detonación de la boca y su sonido característico, y repercutiría hacia atrás, hacia la culata del fusil para minimizar la longitud del supresor.

Comprobó la hora. Faltaban diez minutos.

Se colocó el pinganillo y se sujetó la unidad de alimentación al cinturón. Listo su equipo de comunicación.

Volvió a mirar por el visor. El punto de mira estaba suspendido sobre un lugar concreto del parque.

Como no podía mover el cañón del fusil, Robie tendría a tiro a su objetivo durante una fracción de segundo y entonces apretaría el gatillo. Si se retrasaba una milésima de segundo, el objetivo sobreviviría. Si se adelantaba una milésima de segundo, el objetivo sobreviviría.

Robie se tomó con filosofía aquel margen de error. Sin duda había tenido misiones más sencillas. Y también más difíciles.

Tomó aire y relajó la musculatura. Lo normal habría sido tener a alguien que actuara como ojeador de larga distancia. Sin embargo, las últimas experiencias de Robie con compañeros sobre el terreno habían sido un desastre y esta vez había pedido actuar en solitario. Si el objetivo cambiaba de trayectoria o no aparecía, Robie recibiría una orden de retirada a través del pinganillo.

Miró en derredor en aquel espacio reducido. Sería su hogar durante unos minutos más y luego no volvería a verlo. Pero si la cagaba, aquel quizá fuera el último lugar que vería en su vida.

Volvió a consultar la hora. Faltaban dos minutos. No cogió el fusil todavía. Si cogía el arma demasiado pronto, se le quedarían los músculos rígidos y los reflejos se le crisparían, cuando lo que necesitaba era flexibilidad y fluidez.

Cuando faltaban cuarenta y cinco segundos, se arrodilló y presionó el ojo contra la mira y el dedo contra el seguro del gatillo. No había recibido nada por el pinganillo, lo cual significaba que su objetivo estaba en camino. La misión iba a realizarse.

No volvería a consultar la hora. Su reloj interno era ya más preciso que la mejor maquinaria suiza. Se centró en la lente.

Las miras eran fantásticas pero también delicadas. Un objetivo podía perderse en un instante y entonces transcurrían unos segundos preciosos hasta recuperarlo, lo cual era garantía de fracaso. Él tenía su propio método para minimizar esa posibilidad. Cuando faltaban treinta segundos, empezó a exhalar de forma más espaciada para ir reduciendo el ritmo cardiaco y la respiración. Lo que buscaba era la frialdad absoluta, esa sensación dulce para apretar el gatillo que casi garantizaba dar en el blanco y matar. Sin temblor de dedos, ni sacudidas de la mano ni parpadeo del ojo.

Robie no veía a su objetivo. Todavía.

Pero dentro de diez segundos lo oiría y vería.

Y entonces tendría apenas un instante para enfocarlo y disparar.

El último segundo se le presentó en su reloj interno.

Apretó el gatillo.

En el mundo de Will Robie, cuando eso pasaba, no había vuelta atrás.

3

Al hombre que iba haciendo *footing* no le preocupaba su seguridad. Pagaba a otros para que se ocuparan de ello. Tal vez si hubiera sido más sabio habría sido consciente de que nadie da más valor a una vida en concreto que su dueño. Pero él no se caracterizaba por su sabiduría. Se trataba de un hombre que había tenido conflictos con poderosos enemigos políticos y estaba a punto de pagar por ello.

Al correr, su cuerpo magro se movía arriba y abajo con cada empuje de la cadera y la pierna. Iba rodeado de cuatro hombres, dos que le llevaban una ligera delantera y otros dos que le seguían de cerca por detrás. Los cuatro estaban en forma y adoptaban un ritmo más lento que el normal para seguirlo.

Los cinco hombres tenían estatura y complexión similares y llevaban ropa deportiva negra a juego. Aquello estaba pensado para que fueran cinco posibles objetivos en vez de uno. Brazos y piernas que se balanceaban al unísono, pies que pisaban con fuerza el sendero, cabezas y torsos que se movían en ángulos regulares pero ligeramente distintos. Todo ello no hacía más que aumentar la pesadilla que suponía para un tirador de larga distancia.

Además, el hombre del centro del grupo vestía un ligero chaleco antibalas capaz de repeler la mayoría de los proyectiles de fusil. Solo un disparo en la cabeza podía considerarse letal, pero un disparo de esa naturaleza desde cualquier distancia y sin artilugios ópticos resultaba problemático. Había demasiados obstáculos físicos. Además, tenían espías en el parque; cualquiera que tuviera aspecto sospechoso o portara algo que no pareciera normal quedaría detenido hasta que el hombre pasara. Por ahora lo habían hecho únicamente con dos personas.

No obstante, los cuatro hombres eran profesionales y preveían que, a pesar de sus esfuerzos denodados, podía haber alguien ahí fuera. Iban mirando de un lado a otro y tenían los reflejos aguzados para pasar a la acción de inmediato si surgía algo.

En cierto sentido, la curva que se avecinaba era positiva. Rompía la línea de visión de cualquier posible francotirador, y si al doblarla había otros necesitarían unos diez metros de margen. Aunque estaban entrenados para lo contrario, los cuatro hombres se relajaron ligeramente.

A pesar del supresor, la bala fue lo bastante sonora como para catapultar una bandada de palomas que estaba en el suelo a casi treinta centímetros en el aire. Aletearon y lanzaron arrullos como protesta por aquella perturbación tempranera.

El hombre que estaba en el centro de los corredores se desplomó hacia delante; lo que otrora fuera su cara, convertida en un profundo agujero.

La trayectoria de larga distancia de una bala de 7.92 acumula una energía cinética asombrosa. De hecho, cuanto más lejos llega, más energía acumula. Cuando por fin alcanza un objeto sólido como una cabeza humana, las consecuencias son devastadoras.

Los cuatro hombres observaron incrédulos cómo su protegido caía al suelo con la ropa manchada de sangre, sesos y tejido humano. Sacaron las pistolas y miraron desesperadamente alrededor en busca de alguien a quien disparar. El jefe de seguridad pidió refuerzos por teléfono. Ya no estaban en una misión de protección. Estaban en una misión de venganza.

El problema es que no había nadie de quien vengarse.

Había sido un asesinato con mira telescópica y los cuatro hombres se preguntaron cómo era posible, encima, en la curva.

Las únicas personas que resultaban visibles eran corredores o caminantes. Era imposible que ocultaran un fusil. Todos se habían parado y contemplaban horrorizados al hombre tendido en el suelo. Si hubieran sabido quién era, quizá su horror se habría transformado en alivio.

Will Robie no dedicó ni un segundo a regodearse del excelente tiro que acababa de disparar. Las limitaciones del cañón del fusil y, por consiguiente, del disparo habían sido enormes. Había sido como jugar a darle al topo. Nunca se sabe cuándo o por dónde va a salir el objetivo del agujero. Requiere unos reflejos extraordinarios y una puntería inmejorable.

Pero Robie lo había hecho desde una distancia considerable y con un fusil de francotirador en vez de un mazo infantil. Y su objetivo no era un muñeco. Podía devolverle el disparo.

Cogió los dos tubos de material flexible que había empleado para camuflar los orificios. Extrajo una solución endurecedora de un botellín y la mezcló con unos polvos que llevaba en otro recipiente. Frotó la mezcla en los tubos y los deslizó por los orificios abiertos para rellenar bien los bordes. La mezcla se endurecería en dos minutos y se mezclaría a la perfección con la argamasa. Su línea de visión se había esfumado como el ayudante de un mago dentro de una caja.

Fue desmontando el arma mientras se dirigía al centro de la pequeña estancia, donde había una tapa de alcantarilla. En Central Park había infinidad de túneles subterráneos, algunos de la vieja construcción de la línea de metro, otros que transportaban aguas residuales y agua corriente, y aun otros construidos por motivos que ahora se desconocían, pues habían caído en el olvido.

Robie iba a recurrir a una combinación complicada de todos ellos para salir de ahí como alma que lleva el diablo.

Recolocó la tapa en su sitio tras descender por el agujero. Armado con una linterna, bajó por una escalerilla metálica y tocó tierra firme diez metros más abajo. Se sabía de memoria la ruta que debía seguir. La información relativa a una misión nunca constaba por escrito. La palabra escrita podía descubrirse si el que moría era Robie en vez de su objetivo.

Incluso para Robie, cuya memoria a corto plazo era excelente, había sido un proceso arduo.

Avanzaba de forma metódica, ni rápido ni lento. Había taponado el cañón del fusil con la solución de endurecimiento rápido y lo había lanzado por el túnel; el flujo constante de aguas rápidas lo llevaría hasta el East River, donde acabaría sumergido en el olvido. Y aunque lo encontraran algún día, el cañón taponado no serviría para hacer pruebas de balística.

Lanzó la culata del arma por otro túnel bajo una pila de ladrillos caídos que parecían llevar allí cien años, lo cual era bastante probable. Aunque encontraran la culata, no podría relacionarse con la bala que acababa de matar a su objetivo. No sin el percutor, que Robie ya se había guardado en el bolsillo.

Los olores que se respiraban allí abajo no resultaban agradables. Había más de nueve mil kilómetros de túneles bajo Manhattan, cifra sorprendente para una isla sin mina activa de ningún tipo. Los túneles contenían tuberías que transportaban millones de litros de agua potable al día para satisfacer a los habitantes de la ciudad más poblada de Estados Unidos. Otros túneles se llevaban las aguas residuales generadas por esos mismos habitantes hasta depuradoras gigantescas que las utilizaban en una gran variedad de cosas, pues solían convertir los desechos en algo útil.

Robie caminó al mismo paso durante una hora. Transcurrida la hora, alzó la vista y la vio. La escalerilla con el letrero NIF LE. «El fin» escrito al revés. No le hizo gracia aquel chiste malo. Matar era un asunto serio. No tenía motivos para sentirse especialmente alegre.

Se enfundó el mono azul y el casco que colgaban de un gancho de la pared del túnel. Con la mochila a la espalda, subió por la escalerilla y salió por la abertura.

Robie había cubierto la distancia que separaba la zona media del norte de la ciudad caminando por un túnel. Lo cierto es que habría preferido el metro.

Llegó a una zona en obras con barricadas alrededor de un boquete practicado en la calzada. Varios hombres con monos azules como el suyo trabajaban en algún proyecto. El tráfico discurría alrededor, los taxis tocaban el claxon. La gente iba y venía por las aceras.

La vida continuaba.

Salvo para el tipo que se había quedado en el parque.

Robie no miró a ninguno de los operarios y ni uno solo lo miró a él.

Se dirigió a una furgoneta blanca estacionada cerca de la obra y subió al asiento del pasajero. En cuanto cerró la puerta, el conductor puso la marcha y arrancó. Conocía bien la ciudad y tomó rutas alternativas para evitar buena parte del tráfico para salir de Manhattan y dirigirse al aeropuerto de LaGuardia.

Robie pasó a la parte trasera para cambiarse. Cuando la furgoneta llegó a la terminal donde se dejaba a los viajeros, salió trajeado y con un maletín en la mano y entró en la terminal.

LaGuardia, a diferencia de su igualmente famoso primo, el aeropuerto JFK, era el rey de los vuelos de corta distancia, y el de mayor tráfico para ese tipo de vuelos en comparación con cualquier otro aeropuerto, salvo los de Chicago y Atlanta. El vuelo de Robie era muy corto, unos cuarenta minutos hasta Washington D.C., apenas tendría tiempo de guardar el equipaje de mano, ponerse cómodo y escuchar los gruñidos del estómago porque en un vuelo tan corto no daban nada de comer.

El avión aterrizó en el Reagan National al cabo de treinta y ocho minutos.

Un coche le esperaba.

Subió al vehículo, tomó el *Washington Post* que había en el asiento trasero y leyó los titulares por encima. Por supuesto, todavía no había salido la noticia, aunque seguro que por internet ya se sabría. No se molestó en leer sobre el asunto. Ya sabía todo lo que hacía falta saber.

Pero al día siguiente, la portada de todos los periódicos del país estaría dedicada al hombre que salió a correr por Central Park por motivos de salud y acabó más muerto que un fiambre.

Robie era consciente de que pocas personas lamentarían su muerte aparte de sus acólitos, cuya oportunidad para infligir dolor y sufrimiento a otros se desvanecería, cabía esperar que para siempre. El resto del mundo aplaudiría la desaparición de aquel hombre.

Robie había matado a villanos con anterioridad. La gente se alegraba, celebraba que otro monstruo acabara sus días, pero el mundo seguía girando tan jodido como siempre, y otro monstruo, quizás incluso peor, sustituiría al difunto.

En aquella mañana clara y fría del habitualmente tranquilo Central Park, su disparo sería recordado durante algún tiempo. Se realizarían investigaciones. Se intercambiarían andanadas diplomáticas. Habría represalias en las que moriría más gente. Y la vida continuaría.

A fin de servir a su país, Will Robie tomaría un avión o un tren o un autobús o, como hoy, iría a pie y apretaría otro gatillo o lanzaría otro cuchillo, o estrangularía a alguien con sus propias manos. Entonces llegaría otro mañana y sería como si alguien hubiera pulsado un botón de reinicio gigantesco para que el mundo siguiera exactamente igual.

Pero él continuaría haciéndolo por un único motivo: si no lo hacía, el mundo no tenía ninguna posibilidad de mejorar. Si la gente un poco valerosa se quedaba de brazos cruzados, los monstruos ganaban cada vez. No pensaba permitirlo.

El coche recorrió las calles hasta el extremo occidental de Fairfax County, Virginia. Franqueó una puerta vigilada. Cuando el vehículo se detuvo, Robie bajó y entró en el edificio. No enseñó ningún tipo de credenciales y no se detuvo para anunciarse.

Recorrió un pequeño pasillo hasta una sala donde permanecería un rato sentado y enviaría unos cuantos correos. Luego regresaría a su apartamento de Washington D.C. Normalmente, después de una misión caminaba por la calle sin rumbo hasta bien entrada la noche. Era su forma de lidiar con las consecuencias de su trabajo.

Ese día solo le apetecía irse a casa y sentarse sin hacer nada más que mirar por la ventana.

Pero no iba a poder ser.

El hombre entró.

El hombre solía aparecer con otra misión para Robie en forma de memoria USB.

Pero en esta ocasión se presentó con el ceño fruncido y nada más.

—Hombre Azul quiere reunirse contigo —se limitó a decir.

Había pocas cosas que el hombre pudiera decir que intrigaran o sorprendieran a Robie. Pero eso sí.

Últimamente, había visto a Hombre Azul a menudo. Pero antes, durante los doce años anteriores, para ser exactos, no lo había visto en absoluto.

—¿Hombre Azul?

—Sí. El coche te está esperando.

4

Jessica Reel estaba sentada sola en una mesa de la sala de espera del aeropuerto. Vestía un traje pantalón gris con una blusa blanca. Calzaba zapatos planos con una tira por encima de cada pie. Eran ligeros y estaban diseñados para garantizar la máxima velocidad y movilidad si tenía que correr.

Su única concesión a la excentricidad era el sombrero que tenía en la mesa que había delante de ella, un panamá color paja con una cinta de seda negra, ideal para viajar porque era plegable. Reel había viajado mucho a lo largo de los años, pero nunca había llevado sombrero en ninguno de esos viajes.

Ahora le parecía un buen momento para empezar a hacerlo.

Recorrió con la mirada a los cientos de pasajeros que arrastraban equipaje con ruedas y llevaban maletines de portátil colgados al hombro mientras acunaban una taza de Starbucks en la otra mano. Eran viajeros que escaneaban nerviosos los monitores electrónicos para comprobar puertas de embarque, cancelaciones, retrasos, llegadas o salidas. Al cabo de minutos, horas o incluso días, si el tiempo se mostraba especialmente inclemente, subirían a bordo de tubos plateados y recorrerían por el aire cientos o miles de kilómetros hasta sus destinos, con la esperanza de llegar con el mismo equipaje y cordura con que embarcaban.

Miles y miles de personas bailaban a este son a diez mil metros de altura todos los días en casi todos los países del mundo. Reel lo había hecho durante años. Pero siempre había ido ligera de equipaje. Sin portátil. Con ropa suficiente para pocos días. Sin llevarse trabajo para hacer. Siempre la aguardaba cuando llegaba a su destino, junto con todo el equipamiento necesario para llevar a cabo la tarea asignada.

Y luego se marchaba dejando atrás al menos un cadáver.

Toqueteó el teléfono. La tarjeta de embarque apareció en pantalla. El nombre que constaba en el billete electrónico no era Jessica Reel, pues eso le habría supuesto un pequeño inconveniente en aquella época tan repentinamente turbulenta.

Su última misión se había desarrollado según el plan establecido, por lo menos no de acuerdo con el plan de su anterior jefe. Sin embargo, se había ejecutado tal como Reel había pensado y un hombre llamado Douglas Jacobs había muerto.

Por eso Reel no solo sería *persona non grata* en su país, sino también muy buscada. Y la gente para la que había trabajado contaba con infinidad de agentes a los que recurrir para darle caza y acabar con su vida de un modo tan eficaz como el que ella había aplicado a Jacobs.

Aquel supuesto no entraba dentro de los planes de ella, de ahí que tuviera un nombre nuevo, documentación distinta y el panamá. Se había teñido el cabello castaño de rubio. Las lentes de contacto coloreadas habían transformado sus ojos verdes en grises. Y tenía una nariz distinta y un contorno facial renovado gracias a una rápida cirugía plástica. En todos los sentidos cruciales, era una mujer nueva.

Y quizá también más liberal.

Se levantó cuando anunciaron su vuelo. Con zapatos planos medía 1,75 m, alta para ser mujer, pero se mezcló sin problemas entre la multitud. Se encasquetó el sombrero, compró una bebida en Starbucks y se acercó a la puerta más cercana.

El avión despegó con puntualidad.

Al cabo de unos cuarenta minutos un tanto turbulentos, aterrizó dando una fuerte sacudida en la pista minutos antes de la llegada de una tormenta. Las turbulencias no habían preocupado a Reel. Siempre tentaba la suerte y salía vencedora. Podría ir en avión todos los días durante veinte mil años sin tener nunca un accidente.

Sus posibilidades de sobrevivir en tierra firme no eran tan prometedoras.

Desembarcó y se dirigió a la parada de taxis a esperar pacientemente que le tocara el turno.

Doug Jacobs había sido el primero, pero no el último. Reel tenía una lista en su cabeza de quienes cabía esperar que se reunieran con él en el más allá, si es que existía ese lugar para gente como Jacobs.

Pero la lista tendría que esperar. Reel tenía otro sitio adonde ir. Tomó su taxi y se dirigió a la ciudad.

El taxi la dejó cerca de Central Park. El parque siempre era un hervidero de actividad, estaba lleno de gente, perros, eventos y trabajadores, una especie de caos controlado, si es que tal cosa puede existir.

Reel pagó la carrera y dirigió la atención a la entrada del parque más cercana. Entró por la abertura y se acercó lo máximo posible al lugar del suceso.

La policía había precintado una zona muy amplia para buscar pruebas forenses y, con un poco de suerte, encontrar al asesino.

Fracasarían. Reel lo sabía aunque los agentes de policía mejor preparados de Nueva York no lo supieran.

Se colocó hombro con hombro con un grupo de gente justo al otro lado de la cinta policial. Observó la labor metódica de la policía, que cubría cada centímetro alrededor de donde el hombre había caído.

Reel observó el mismo terreno y su mente empezó a llenar los vacíos que la policía ni siquiera sabía que existían.

El objetivo era lo que era. Un monstruo al que había que asesinar.

Eso no interesaba para nada a Reel. Ella había matado a muchos monstruos. Otros ocupaban su lugar. Así funcionaba el mundo. Lo único que se podía hacer era intentar llevar una ligera ventaja.

Ella se centraba en otras cosas. Cosas que la policía no veía.

Alineó la silueta del cadáver trazada en el sendero con los patrones de trayectoria en todas direcciones. Seguramente la policía ya lo había hecho, al fin y al cabo era la primera lección de la ciencia forense. Pero poco después, su capacidad deductiva e incluso su imaginación alcanzarían su límite profesional y, por consiguiente, nunca darían con la respuesta correcta.

Por su parte, Reel sabía que todo era posible. Así pues, tras agotar todas las demás posibilidades y realizar sus propios cálculos mentales para averiguar la posición del tirador, fijó la atención en un muro de piedra. Un muro de piedra en apariencia impenetrable. Era imposible disparar a través de tamaño obstáculo. Y la puerta de aquel lugar, empotrada en el muro, no tenía ninguna línea de visión del objetivo. Y seguro que tenía una cerradura de seguridad. Así pues, la policía la habría descartado de inmediato.

Reel se alejó de la muchedumbre e inició un largo paseo que la condujo primero hacia el oeste, luego al norte y finalmente al este.

Extrajo unos prismáticos y enfocó a la pared.

Se necesitaban dos orificios: uno para la boca del arma, que permitiera una mayor amplitud de la camisa del supresor, y otro para la mira.

Reel sabía con exactitud dónde debían estar y cuán grandes tenían que ser esos orificios. Giró la ruedecilla de los prismáticos. Enfocó el muro con más nitidez. Se fijó en dos zonas de la pared, una más arriba que la otra, ambas ubicadas en las junturas de argamasa.

La policía nunca las vería porque nunca las buscarían.

Pero Reel sí.

No parecía haber ninguna cámara de vigilancia apuntando al muro. ¿Por qué iban a ponerla? No era más que un muro.

Lo cual lo convertía en el lugar perfecto.

En la pared había dos puntos de argamasa de un color ligeramente distinto, como si hiciera menos tiempo que los hubieran aplicado en comparación con el resto. Reel enseguida supo lo que había sucedido: los orificios se habían rellenado justo después del disparo. El endurecedor actuaba como por arte de magia. Durante unas horas, quizás incluso días, la coloración sería ligera, muy ligeramente distinta. Y luego acabaría emparejándose con el resto.

El disparo se había efectuado desde allí. Por tanto, la huida también se habría realizado desde allí.

Reel bajó la mirada hacia el suelo.

Un cuarto de mantenimiento. Tuberías, túneles.

Bajo el parque había un laberinto de túneles: agua, aguas residuales y líneas de metro abandonadas. Reel lo sabía a ciencia cierta. Lo había aprendido para uno de sus asesinatos años atrás. Lugares en los que correr y esconderse bajo la mayor ciudad de Estados Unidos. Había millones de personas en la superficie peleando por tener espacio mientras que ahí abajo se podía estar tan solo como en la luna.

Echó a caminar de nuevo después de dejar los prismáticos a un lado.

La salida se habría producido en alguna zona lejana de la ciudad. Allí, el tirador habría salido al nivel de la calle. Un viaje rápido hasta el aeropuerto o la estación de tren y ya estaba.

El asesino, en libertad.

La víctima, al depósito de cadáveres.

Los periódicos se ocuparían del suceso durante algún tiempo. En algún lugar quizá se produjeran represalias geopolíticas y luego la noticia dejaría de serlo, reemplazada por otras. Una muerte significaba poco. El mundo era muy grande. Y había muchas personas que morían de forma violenta como para centrarse mucho tiempo en una sola.

Reel fue caminando al hotel en que había reservado habitación. Iría al gimnasio para relajar tensiones, se sentaría en la ducha de vapor, cenaría algo y se pondría a pensar en otras cosas.

El paseo a Central Park había tenido una finalidad concreta.

Will Robie era uno de los mejores, por no decir el mejor.

A Reel no le cabía duda de que Robie había apretado el gatillo esa mañana en Central Park. Había eliminado su rastro. Había salido a la superficie. Había tomado un avión a Washington D.C. Se había presentado en la oficina.

Todo rutina, o tan rutinario como todo en el mundo de Robie.

«En mi mundo también. Pero ya no más. No después de Doug Jacobs. El único informe que querrán ahora de mí serán los resultados de mi autopsia.»

Estaba convencida de que a Robie le asignarían otra misión.

«Encontrarme y matarme.»
Se envía a un asesino a matar a otro asesino.
Robie contra Reel. Sonaba bien.
Sonaba al combate del siglo.
Y ella estaba segura de que lo sería.

5

Llovía. Estaba en una sala sin ventanas, pero Robie oía las gotas que golpeteaban el tejado. En las últimas veinticuatro horas había refrescado. Todavía no había llegado el invierno, pero ya asomaba la cabeza.

Puso una palma encima de la mesa y siguió mirando con fijeza a Hombre Azul.

Como es de imaginar, su nombre verdadero no era Hombre Azul, sino Roger Walton, pero Robie siempre se refería a él por su apodo. Este guardaba relación con la posición que ocupaba en las altas esferas, en la Anilla Azul, para ser exactos. Había anillas por encima de la Azul, pero no muchas.

Presentaba el aspecto de un abuelo. Pelo plateado, mejillas caídas, gafas redondas, traje impoluto, corbata roja de cachemir, aguja de corbata de estilo antiguo, cuello de esmoquin.

Sí, Hombre Azul ocupaba una posición muy elevada en la Agencia. Él y Robie habían trabajado juntos con anterioridad. Robie confiaba más en Hombre Azul que en la mayoría de los tipos de allí. La lista de personas de confianza de Robie era bastante reducida.

—¿Jessica Reel? —preguntó Robie.

Hombre Azul asintió.

—¿Estamos seguros?

—Jacobs era su contacto. Jacobs llevaba a cabo una misión con

Reel. Pero Jacobs fue quien acabó con un tiro en el cuerpo en vez del objetivo. Posteriormente hemos determinado que Reel ni siquiera estaba cerca del objetivo. Todo fue una farsa.

—¿Por qué matar a Jacobs?

—No lo sabemos. Lo que sí sabemos es que Reel se ha pasado al otro bando.

—¿Tenéis pruebas de que mató a Jacobs? A lo mejor está muerta y a él lo mató otra persona.

—No. La voz que se oía por la línea con Jacobs justo antes del disparo era la de Reel. Jacobs no tenía ni idea de dónde estaba ella. Ella habría sonado igual estando a mil metros o a mil kilómetros de distancia. —Hizo una pausa—. Realizamos un análisis de la trayectoria del disparo. Reel lo efectuó desde una casa vieja que había más abajo, en la misma calle donde trabajaba Jacobs.

—¿No había ventanas blindadas en el lugar?

—Ahora las habrá. Pero las persianas estaban bajadas y el edificio está protegido contra vigilancia electrónica. Era imprescindible que el tirador conociera con exactitud la disposición de la oficina de Jacobs para realizar ese golpe, de lo contrario habría disparado a ciegas.

—¿Alguna prueba en la casa antigua?

—La verdad es que no. Si Reel estuvo allí, eliminó todas las huellas.

«Claro, es lo lógico, ¿no? —pensó Robie—. Para eso nos adiestran, si tenemos la oportunidad.»

Hombre Azul tamborileó en la mesa con un dedo. Daba la impresión de hacerlo al ritmo de las gotas de lluvia.

—¿Conocías a Reel?

Robie asintió. Sabía que en algún momento se lo iba a preguntar y le sorprendió que hubiera tardado tanto.

—Fuimos subiendo de rango juntos, por así decirlo. Al comienzo tuvimos varias misiones juntos.

—¿Y qué piensas de ella?

—No hablaba mucho, lo cual ya me iba bien porque yo tampoco era muy locuaz. Hacía su trabajo y lo hacía bien. No tenía ningún problema en que ella me cubriera. Siempre consideré que lo haría de forma inmejorable.

—Así fue, hasta esto —comentó Hombre Azul—. Sigue siendo la única mujer que hemos tenido jamás en la unidad.

—Cuando uno está ahí fuera, el sexo no significa nada. Siempre y cuando uno sepa disparar bien bajo presión. Siempre y cuando sepa hacer su trabajo.

—¿Qué más?

—Nunca compartimos nada personal —explicó Robie—. No era una experiencia de camaradería. No estábamos en el ejército. Sabíamos que no íbamos a trabajar juntos mucho tiempo.

—¿Cuánto hace de eso?

—La última misión fue hace más de diez años.

—¿Alguna vez dudaste de su patriotismo?

—Pues nunca me lo planteé. Imaginé que si había llegado tan lejos, la cuestión de la lealtad se daba por supuesta.

Hombre Azul asintió con aire pensativo.

—¿Y por qué estoy aquí? —preguntó Robie—. ¿Recopilas información sobre Reel de la gente que la conocía? Seguro que encontrarás a otras personas que la conocieran mejor que yo.

—No es el único motivo.

El pomo de la puerta giró y apareció otro hombre.

Hombre Azul estaba cerca de lo alto de la cadena trófica de la Agencia. Aquel hombre estaba situado incluso más arriba. Robie no tenía color para referirse a él.

Jim Gelder era el número dos en aquel lugar. Su superior, el director de Inteligencia Central, o DCI, declaraba ante el Congreso, asistía a todas las fiestas, bailaba al son de Washington D.C. y luchaba por conseguir más dólares para su presupuesto.

Gelder hacía todo lo demás, es decir, básicamente gestionaba la Agencia o, como mínimo, las operaciones clandestinas, que muchos consideraban las más importantes.

Tenía cuarenta y pico años, aunque parecía mayor. Había sido esbelto, pero ahora tenía michelines y cada vez menos pelo. Tenía la piel muy dañada por los efectos del sol. No era de extrañar para un hombre que había empezado en los marines, donde el exceso de viento, sol y sal supone un riesgo laboral. Era más alto que Robie y parecía incluso de mayor envergadura.

Lanzó una mirada a Hombre Azul, que asintió con educación.

Gelder se dejó caer en una silla situada frente a Robie, se reclinó, se desabotonó el traje de confección y se pasó la mano por el pelo canoso. Carraspeó antes de hablar.

—¿Te han puesto al día?

—Más o menos —respondió Robie.

Era la primera vez que estaba ante Gelder. No se sentía intimidado, sino curioso. A Robie no le intimidaba nadie, salvo cuando el otro le llevaba ventaja e iba armado, lo cual raras veces ocurría.

—Jessica Reel —dijo Gelder—. Menudo marrón.

—Le he dicho lo que sé de ella, no es gran cosa.

Gelder se toqueteó la uña mellada del pulgar derecho. Robie se dio cuenta de que tenía todas las uñas mordidas a ras. No daba una impresión reconfortante, teniendo en cuenta que era el número dos de los servicios de inteligencia del país. Pero Robie sabía que aquel hombre tenía muchos motivos para preocuparse. Al mundo solo le faltaba un catalizador para reventar.

Gelder había ascendido hasta capitán de corbeta en la Marina antes de pasar a los servicios de espionaje. Había sido el trampolín para una carrera meteórica que culminaba en su cargo actual. Era de todos sabido que podía haber ocupado el primer puesto, pero lo había rechazado. A él le gustaba la acción, hacerle la pelota al Congreso no entraba en sus planes.

—Tenemos que encontrarla —dijo—. Viva o muerta. Preferiblemente viva para averiguar qué coño pasó.

—Entiendo —repuso Robie—. Estoy convencido de que tenéis un plan.

Hombre Azul miró a Gelder. Este alzó la vista hacia Robie y dijo:

—Pues lo cierto es que tú eres el plan, Robie.

Robie no miró a Hombre Azul, aunque era consciente de que tenía la vista clavada en él.

—¿Queréis que vaya a por Reel? —dijo lentamente. Aquella posibilidad nunca se le había ocurrido y de repente se planteó por qué no.

Gelder asintió.

—No soy detective —declaró Robie—. No es mi punto fuerte.

—En eso no estoy de acuerdo contigo, Robie —terció Hombre Azul.

—De todos modos, se trata de enviar un asesino a por otro asesino —resumió Gelder.

—Tenéis a muchos en nómina —replicó Robie.

Gelder dejó de toquetearse la uña.

—Tú estás muy bien recomendado.

—¿Por qué? ¿Por lo ocurrido recientemente?

—Si lo ignoráramos, estaríamos descuidando nuestras obligaciones —dijo Gelder—. Acabas de terminar una misión. Creo que puedes ser de más utilidad buscando a Reel.

—¿Tengo otra opción?

Gelder se lo quedó mirando.

—¿Hay algún problema?

—A pesar de lo que dices, no me considero el hombre adecuado para ese trabajo.

A modo de respuesta, Gelder extrajo una pequeña tableta electrónica del bolsillo interior de la americana. Pasó unas cuantas pantallas mientras iba leyendo.

—Bueno, permíteme que te dé cierta información «concreta» acerca de por qué sí eres el hombre adecuado para este trabajo. Fuiste el primero de tu promoción con notas extraordinarias. Dos años después, Jessica Reel fue la primera de su promoción con unas notas que habrían sido extraordinarias de no ser por las tuyas.

—Sí, pero... —empezó Robie, pero Gelder alzó una mano.

—En un ejercicio de prácticas tú fuiste el único que la encontró y capturó.

—Eso fue hace mucho tiempo. Y no era la vida real.

—Y, para rematar, en una ocasión le salvaste la vida.

—¿Y eso qué más da? —preguntó Robie.

—Podría hacerla vacilar durante un instante, Robie. Y con eso debería bastar —explicó antes de añadir—: No es que tenga que darte explicaciones para que obedezcas una orden directa, pero bueno. Considéralo un regalo, teniendo en cuenta lo excepcional de la situación.

Se levantó y lanzó una mirada a Hombre Azul.

—Mantenme informado. —Volvió a mirar a Robie—. Como es habitual, el fracaso no se contempla como opción, Robie.

—Y si fracaso, más vale que me muera, ¿no?

Gelder lo miró como si acabara de soltar una obviedad.

Al cabo de unos instantes, el número dos se fue por donde había venido. Cerró la puerta detrás de él con la irreversibilidad con que se cierra la tapa de un ataúd.

Hombre Azul miró con expresión nerviosa a Robie, que seguía observando la puerta. Poco a poco volvió la vista hacia Hombre Azul.

—¿Sabías esto? —preguntó.

Hombre Azul asintió.

—¿Y qué opinas?

—Creo que eres la persona idónea.

—¿Viva o muerta? ¿Esto era una chorrada, algo en clave o ambos?

—Creo sinceramente que la quieren viva. Hay que interrogarla. Era una de nuestras mejores agentes. Nunca nos había pasado que uno de los nuestros se pasara al otro bando.

—Sabes que eso no es verdad. Últimamente parece que está de moda eso de cambiar de chaqueta en la Agencia.

Dio la impresión de que a Hombre Azul le dolía el comentario, pero lo cierto es que no podía rebatírselo, a juzgar por los acontecimientos recientes.

—¿O sea que eso es lo que crees? ¿Que se pasó al otro bando? ¿Y por qué matar a Jacobs? Ahora sabemos que ya no es una de los nuestros. No tendrá intenciones de volver al trabajo y empezar a recopilar información valiosa para su nuevo jefe. No tiene ningún sentido.

—Tiene que tener sentido de alguna manera. Porque ha ocurrido.

—Jacobs está muerto. Reel está desaparecida. Que se haya pasado al otro bando es una posibilidad. Hay otras.

—Su voz estaba en la línea de operaciones segura junto con la de Jacobs.

—Sigue habiendo otras posibilidades.

—Y ahora tú tienes la oportunidad de descubrirlas, Robie.

—Supongo que no puedo rechazar la misión, ¿no?

Hombre Azul no se molestó en contestar.

—El objetivo que quedó vivo está en Oriente Medio. Tal vez fuera él el artífice del cambio de bando. ¿Por qué no empezar por ahí?

—Es una situación delicada. Ferat Ahmadi compite para llenar el vacío de poder en Siria. Tiene mucho apoyo sobre el terreno. Por desgracia, para nosotros es una opción nefasta. La misma situación se repitió a lo largo de la Primavera Árabe. Esos países están eligiendo líderes que nos odian.

—Bueno, pero imagino que a los chinos y los rusos no les hará ninguna gracia que nosotros elijamos a los vencedores y los perdedores en esa zona —comentó Robie.

—Ciertamente no nos interesa que se divulgue el intento de asesinato.

—Si hubiera salido tal como estaba previsto, ¿cómo iba a encubrirse?

—Según el procedimiento estándar. Echándole la culpa a los líderes de la oposición a Ahmadi. Nada que no sea creíble. Han intentado asesinarlo dos veces, lo que pasa es que son un poco chapuceros. Pensábamos dejar pruebas que inculparan a uno de ellos.

—¿Dos pájaros de un tiro?

Hombre Azul asintió.

—Intentamos ser eficientes. Eso dejaría a un tercero pendiente al que quizá podríamos hacer entrar en razón.

—Pero ahora todo eso ha quedado en suspenso.

—Así es.

Robie se puso en pie.

—Necesitaré todo lo que tengáis sobre Reel.

—Lo están preparando mientras hablamos.

—Vale —dijo Robie, aunque para él en esos momentos nada valía.

—¿Qué pensabas realmente de Reel cuando trabajaste con ella?

—Ya os lo he dicho.

—La versión sincera.

—Que era tan buena como yo. Tal vez ahora es mejor. No lo sé. Pero al parecer debo averiguarlo.

—Hemos tenido una racha de mala suerte, Robie.

—Sí, podría verse de ese modo.

—Supongo que cuanto más tiempo llevas en el servicio, más posibilidades hay de que alguien intente jugártela —dijo Hombre Azul. Tamborileó sobre la mesa con los dedos y dejó la mirada perdida.

—A más años de servicio, más valioso eres.

Hombre Azul lo miró.

—Otros han tenido la misma tentación. Y han sucumbido a ella.

—Unos pocos de entre muchos.

—Siguen suponiendo un problema.

—¿Para ti lo supone? —preguntó Robie.

—No más de lo que lo supone para ti, seguro.

—Me alegro de que quede claro.

Robie se marchó dispuesto a comenzar su nueva misión.

6

Robie condujo por las calles de Washington D.C. con una memoria USB en el bolsillo del abrigo que contenía la carrera de Jessica Elyse Reel. Él ya la conocía en parte. Para el día siguiente lo sabría todo, salvo las partes que quedaban por averiguar.

Llovía de forma continua. Washington D.C. ofrecía un espectáculo curioso bajo la lluvia. Por supuesto, estaban los monumentos, el destino habitual de los turistas que llenaban los autobuses, muchos de los cuales despreciaban buena parte de lo que representaba la ciudad federal. Pero acudían a admirar las bellas estructuras, pensando que se habían costeado con el dinero de sus impuestos.

La penumbra parecía dejar los majestuosos monumentos a Jefferson, Lincoln y Washington reducidos a la silueta granulosa que se ve en una postal añeja y desvaída. La cúpula del Capitolio era grande y se alzaba por encima de las demás estructuras circundantes. Era el lugar donde el Congreso llevaba a cabo —aunque cada vez menos— su trabajo. Pero incluso la enormidad de su cúpula colosal parecía empequeñecer bajo la lluvia.

Condujo su Audi hacia Dupont Circle. Había vivido varios años en un apartamento cercano a Rock Creek Park. Hacía menos de un mes que se había mudado por culpa de sus misiones anteriores. Sencillamente, no podía seguir allí.

Dupont estaba en el centro de la ciudad y gozaba de una animada vida nocturna, docenas de restaurantes modernos que ofrecían gastronomía de todo el mundo, tiendas esotéricas, librerías cultas y comercios imposibles de encontrar en otros sitios. Era emocionante y vigorizante, un verdadero activo para la ciudad.

Pero Robie no era amigo de la vida nocturna. Cuando salía a cenar, iba solo. No compraba en las tiendas modernas ni entraba en las librerías cultas. Cuando caminaba por la calle, lo cual hacía a menudo, sobre todo a altas horas de la noche, no buscaba el contacto con la gente. No agradecía la compañía de nadie. No habría tenido mucho sentido, sobre todo ahora.

Estacionó en el garaje subterráneo de su edificio y tomó el ascensor para subir a la planta. Introdujo dos llaves en la cerradura doble, con sistema de seguridad, de la puerta de su apartamento. La alarma emitió el pitido de advertencia. La desactivó y el pitido dejó de oírse.

Se quitó el abrigo, pero no sacó la memoria USB. Se acercó a la ventana y contempló desde arriba las calles mojadas. La lluvia limpiaba, por lo menos en teoría. Pero había partes de esa ciudad que nunca podrían limpiarse, pensó. Y no solo las zonas con un alto índice de criminalidad. Él actuaba en el mundo del poder gubernamental y era tan sucio como el callejón más mugriento de la ciudad.

Recientemente había tenido un roce con la normalidad. Pero no había sido más que eso, un roce. No le había dejado mella y al final se había ido difuminando.

Pero algo había quedado.

Sacó la cartera y extrajo la foto.

La chica de la foto tenía catorce años, pero aparentaba cuarenta. Julie Getty. Bajita, delgada, pelo revuelto. A Robie le daba igual su aspecto. La admiraba por su coraje, su inteligencia y sus agallas.

Ella le había dado su foto cuando se habían despedido definitivamente. No debía habérsela quedado, pues era demasiado peligroso. Podía dar pistas sobre ella, pero él la había guardado de todos modos. Lo cierto es que no parecía capaz de prescindir de ella.

Robie no había tenido hijos y nunca los tendría. De lo contrario, Julie Getty habría sido una hija de la que se habría enorgullecido. Sin embargo, no era su hija. Y tenía una nueva vida. Una vida en la que él no tenía cabida. Así eran las cosas. No lo había decidido él.

Guardó la foto en la cartera justo cuando le vibró el móvil.

Sonrió al ver quién llamaba, pero luego frunció el ceño. Se planteó si responder o no y decidió que, si no contestaba, ella seguiría insistiendo. Ella era así.

—¿Diga?

—Robie. Cuánto tiempo.

Nicole Vance era agente especial del FBI. Una superagente, según Julie Getty, que también pensaba que Vance estaba colada por Robie. De hecho, estaba convencida de ello.

Robie nunca había llegado a averiguar con certeza si era verdad o no y tampoco sabía si quería saberlo. Algo ocurrido recientemente le había disuadido por completo de cualquier cosa que se pareciera ni remotamente a una relación con una mujer. No era por falta de deseo. Era una cuestión de confianza. Sin ella, Robie no era capaz de sentir deseo.

A Robie lo habían preparado para que nunca le defraudaran. Para que nunca le tomaran el pelo. Para que nunca se quedara sin silla cuando dejaba de sonar la música. No obstante, se había llevado una profunda decepción. Había aprendido una lección de humildad que no quería repetir.

La voz de Vance sonó como siempre, quizá demasiado subida de tono para Robie en ese momento, pero no tenía más remedio que admirar la energía de la mujer.

—Sí, mucho tiempo.

—¿Has viajado últimamente?

Robie vaciló. ¿Habría relacionado con él lo ocurrido en Central Park?

Vance tenía una idea bastante acertada de la profesión de Robie, aunque como agente del FBI no podía estar enterada de ciertas cosas. Funcionaban en dos mundos distintos, no mutuamente excluyentes pero sí incompatibles. Y si sus trabajos eran incompatibles, pues también lo eran a nivel personal. Robie lo veía claro entonces. En realidad, siempre lo había sabido.

—No mucho. ¿Y tú?

—Solo las malas calles de Washington.

—¿Qué hay de nuevo?

—¿Tienes plan para cenar?

Él volvió a vacilar. De hecho, vaciló tanto que al final ella añadió:

—No es tan complicado, Robie. O tienes plan o no tienes. Si tienes, no me lo tomaré a mal.

A Robie le apetecía declinar la invitación, pero por algún motivo dijo que estaba libre.

—¿Hora?

—¿A eso de las ocho? Hace tiempo que tengo ganas de probar ese local nuevo de la calle Catorce. —Le dijo el nombre—. Me han dicho que cuelan los tomates con paños de lino para preparar los cócteles.

—¿Tanto te gustan los cócteles?

—Esta noche sí.

Robie sabía que Vance debía de tener algún motivo encubierto para proponerle quedar para cenar. Sí, estaba convencido de que le gustaba, pero por algo era la superagente Vance. Nunca bajaba la guardia.

—De acuerdo —dijo él.

—¿Así sin más?

—Así sin más.

—Estoy oficialmente sorprendida.

«Yo también», pensó Robie.

—¿Estás metido en algún caso interesante? —preguntó ella—. Por supuesto, es una pregunta retórica.

—¿Y tú?

—Oh, un poco de todo.

—¿Te importaría explicarte mejor?

—A lo mejor durante la cena. O a lo mejor no. Dependerá de la calidad de los cócteles.

—Hasta luego, entonces.

Dejó el teléfono y volvió a mirar por la ventana mientras la gente correteaba por la calle para evitar la lluvia que parecía haber calado la zona, convirtiéndolo todo en algo húmedo, frío y desapacible al máximo.

Robie recorrió lentamente los cien metros cuadrados de su

apartamento. Allí vivía, pero parecía deshabitado. Había muebles. Y comida en la nevera. Y ropa en el armario. Pero ningún efecto personal, principalmente porque Robie no tenía nada semejante.

Había viajado por todo el mundo, pero nunca había comprado un *souvenir* que llevarse a casa. Lo único que tenía que regresar cuando viajaba era él, vivito y coleando para volver a encargarse de otra misión. Nunca había comprado una postal ni un adorno de globo de nieve tras acabar con la vida de otra persona. Se limitaba a subir al avión o al tren, a veces a un coche o incluso volvía a casa a pie. Ahí acababa la cosa.

Hizo la siesta. Cuando se despertó, se duchó y se puso ropa limpia. Tenía unas cuantas horas muertas antes de la cita con Vance.

Abrió su portátil, introdujo la memoria USB y la vida de Jessica Elyse Reel apareció ante sus ojos en toda su gloria de megapíxeles.

No obstante, antes de empezar a leer, el teléfono emitió un pitido. Miró el email que acababa de recibir. Era de lo más directo.

«Siento que la situación se reduzca a esto, Will. Por supuesto, solo uno puede sobrevivir. Por puro egoísmo, espero ser yo. Con todos los respetos, JR.»

7

Robie se puso en contacto de inmediato con Hombre Azul y le contó lo ocurrido. Rastrearon el mensaje y al cabo de media hora tuvieron el informe, nada esperanzador.

Imposible de rastrear.

Que la Agencia llegara a la conclusión de que había algo imposible de rastrear no era moco de pavo. Reel no se codeaba precisamente con gente chapucera.

La otra cuestión que había que plantearse era cómo había conseguido Reel la dirección de correo electrónico de Robie. No era ni mucho menos del dominio público. Probablemente, Hombre Azul estuviera pensando lo mismo.

Quizá Reel tuviera un topo en la Agencia. Alguien que se hubiera quedado allí y que le pasaba información. Información que podía incluir que a Robie se le había asignado la misión de encontrarla, hecho confirmado hacía apenas unas horas. Quienquiera que fuera el cómplice, tenía acceso de alto nivel.

Robie se dispuso nuevamente a empezar a leer el archivo acerca de Jessica Reel contenido en el USB. Reel había llevado a cabo algunas misiones impresionantes a lo largo de los años. Ella, al igual que Robie, funcionaba al más alto nivel y había acabado con la vida de personas en situaciones que habrían supuesto un gran desafío para Robie.

Nunca había dudado que Reel fuera buena, pero le sorprendió un poco que lo fuera tanto.

«Y quizá tenga un espía dentro que le cuente todo lo necesario para llevarme ventaja y liquidarme antes de que la localice. Lo cual significa que mi agencia supone una amenaza.»

Siguió leyendo hasta que llegó al asesinato de Doug Jacobs. Rápido, limpio, verdaderamente ingenioso. Tumba al contacto mientras él piensa que va a por otra persona.

Además, en el hotel de Oriente Medio habían encontrado un nido de francotirador. La boca del arma estaba colocada a la perfección para que, cuando Jacobs hiciera el zoom vía satélite tal como Reel le sugirió, viera el cañón del fusil. Pero sin francotirador.

No existían pruebas de que ella hubiera disparado el tiro que acabó con Jacobs. Sin embargo, el correo que Robie acababa de recibir no dejaba dudas acerca de su implicación.

O sea que a la mujer se la suponía en Oriente Medio pero quizás estuviera en Washington D.C., apuntando al hombre que hablaba con ella a través de un pinganillo. Todo apuntaba a que había sido Reel quien disparara a Jacobs. Si lo hubiera hecho Robie, habría querido asegurarse de que realmente lo mataba. No habría querido que otro apretara el gatillo.

Lo cual significaba que tenía que ir a un sitio en ese mismo momento, antes de reunirse con Vance para cenar.

Robie apenas miró hacia el edificio de tres plantas donde Jacobs había acabado sus días. Sabía lo que había ocurrido, el final de la trayectoria de la bala. Ahora quería comprender el comienzo de esa trayectoria.

Estaba delante de una vieja casona de cinco plantas que se mantenía en pie a duras penas con unas columnas que amenazaban con derruirse. Databa de finales del siglo XIX y había tenido distintos usos a lo largo del tiempo. Había sido una escuela privada y luego un club masculino hacía más de cincuenta años. Pero allí no había vivido ningún famoso, por lo que nunca sería catalogado como edificio histórico. Probablemente, en un futuro próximo lo derribarían, si es que antes no se caía por sí solo.

Robie alzó la vista hacia la fachada y contempló ladrillos viejos, enredaderas raquíticas adheridas a los muros, hierba seca y una puerta carcomida. Subió los escalones con mucho tiento, evitando los agujeros del suelo del porche. El edificio estaba acordonado, pero los vigilantes ya habían dado permiso a Robie para que entrara. Abrió la puerta con la llave que le habían dado y entró. Hacía tiempo que habían desconectado la electricidad, así que sacó una linterna del bolsillo y se internó en el lugar abriéndose camino entre montones de escombros y evitando los huecos de los tablones que faltaban en el suelo.

El edificio se encontraba a más de cien metros del enclave de la oficina donde Jacobs había estado trabajando. Sin duda era un disparo de larga distancia, pero asequible diez de cada diez intentos para un tirador experto.

Subió a la quinta planta por las escaleras. Ya le habían dicho que desde allí se había efectuado el disparo. Era la única ubicación desde la que se disfrutaba de una línea de tiro clara hasta la oficina de Jacobs.

Al llegar al rellano de la quinta planta oyó que la lluvia arreciaba. Recorrió el pasillo. Notó cómo entraba el frío exterior por las innumerables grietas de las paredes. De no ser por la oscuridad, habría visto su propio aliento.

Enfocó con la linterna lo que tenía por delante y procuró evitar los puntos débiles del suelo. A pesar de la buena visibilidad, no habría sido fácil preparar el disparo desde allí, pues no había forma de saber si el suelo se hundiría al pisarlo.

Pero no había pasado nada de eso y Jacobs había muerto.

Robie aminoró el paso al aproximarse a la habitación. Estaba en una torrecilla en el lado derecho del edificio.

Ya sabía que el personal de la Agencia había registrado el lugar, pero también le habían dicho que no habían movido ni tocado nada. La policía todavía no sabía nada de ese lugar, aunque sin duda las investigaciones les conducirían hasta allí en algún momento. Por ahora, Robie disfrutaba de una pequeña oportunidad.

Abrió la puerta y entró.

Solo había un lugar desde el que podía haberse efectuado el disparo. La sala de la torrecilla tenía tres ventanas orientadas al sur. La del medio era la que ofrecía la mejor línea de tiro para Jacobs.

Se acercó más e iluminó alrededor con la linterna. En el alféizar vio una marca estrecha en el polvo. Ahí se había posado la boca del fusil. Había otra marca en el polvo del suelo que marcaba la posición de la rodilla del tirador.

Se apreciaba una pequeña marca del fusil tanto en el alféizar como en el suelo. El supresor habría expulsado el gas propelente justo ahí.

No se había encontrado ningún casquillo, o sea que, tal como había dicho Hombre Azul, el autor o autora del crimen había borrado todas las huellas. Pero las marcas en el polvo también podían haberse encubierto.

Lo curioso es que no se había hecho, lo cual indicó a Robie que al tirador tampoco le importaba que se descubriera su nido de francotirador.

Cogió un trozo de moldura en forma de herradura que se había roto, se arrodilló y, empleándola como arma imaginaria, apuntó hacia la oficina de Jacobs.

Desde la quinta planta miró hacia la tercera planta de aquel edificio. Por supuesto, lo contrario no funcionaría debido al ángulo de tiro. No se podía disparar hacia arriba y alcanzar al objetivo. Había que disparar hacia abajo. Si el edificio de Jacobs hubiera tenido más de cinco plantas y él hubiera estado en una planta superior, la vieja casa no habría servido para el tirador.

Pero habrían encontrado algún otro lugar que sí sirviera.

Robie supuso que en ese mismo instante estaban instalando cristales antibalas en muchos edificios de la Agencia.

Quedaba claro que Reel, o quienquiera que fuera el tirador, estaba al corriente de la disposición de la oficina de Jacobs. De espaldas a la ventana, con la pantalla del ordenador delante. Sin obstrucciones en la trayectoria de la bala asesina. Disparo al pecho, corazón destrozado; la bala se desvía en una costilla, sale del cuerpo y acaba chocando contra el ordenador.

Robie supuso lo del desvío en la costilla. Si la bala hubiera atravesado el cuerpo sin más, seguramente habría chocado contra la parte superior del escritorio y no contra el ordenador. El ángulo era demasiado extremo. Las costillas eran lo bastante duras para cambiar la trayectoria de una bala. No había visto el resultado de la autopsia de Jacobs, aunque no le extrañaría que se hubieran producido tales daños internos.

Así pues, alguien había disparado. Jacobs estaba muerto. Si había sido Reel, por el pinganillo habría oído la rotura de la ventana, el impacto de la bala en el cuerpo de Jacobs y su muerte inmediata. La confirmación del asesinato. Siempre estaba bien contar con tal ratificación cuando se disparaba desde una ventana.

Además, seguro que conocía la disposición de la oficina de Jacobs. Reel no había disparado a ciegas. Alguien de dentro le había proporcionado tal información.

«Igual que mi dirección de correo electrónico. Ahora mismo quizá me esté siguiendo. O tal vez esperándome fuera, porque habrá supuesto que en algún momento vendría al caserón.»

Robie escudriñó la calle de abajo y solo vio gente correteando de un lado a otro para protegerse de la lluvia. La gente como Reel no se mostraba con tanta facilidad. Se miró el zapato. Algo blanco sobresalía por debajo de la suela. Cogió el objeto. Era blando y se estaba deshaciendo. Se lo acercó a la nariz. Despedía cierto aroma.

No obstante, Robie se olvidó del asunto cuando oyó un alboroto en el exterior de la casa. Voces altas. El sonido de pasos en el porche delantero.

Salió rápidamente de la estancia y recorrió el pasillo. Llegó a una ventana desde la que se veía la puerta principal. Vio varias personas allí congregadas. Había un altercado. Algunos eran de la Agencia. Otros no.

Eran fáciles de identificar. Los que no eran de su agencia llevaban cazadoras azules con letras doradas en la espalda. Solo eran tres letras doradas, pero a Robie no le apetecía verlas en ese momento: FBI.

Cuando vio quién lideraba a los agentes del FBI, se desplazó lo más rápido posible hacia la parte posterior de la casa.

Había quedado para cenar con Nicole Vance a las ocho.

No quería encontrársela dentro de aquella casa al cabo de dos minutos.

8

Robie sabía cómo salir sin ser visto y así lo hizo. Dobló la esquina y observó desde detrás de unos arbustos mientras Vance seguía discutiendo con varios hombres.

Sacó el teléfono y envío un mensaje a Hombre Azul.

Al cabo de un minuto, Robie vio que uno de los hombres que discutía con Vance se tocaba la oreja.

Mensaje transmitido.

Dejó de discutir y Robie lo oyó decir:

—Bien, el sitio es todo tuyo, agente Vance, tienes vía libre para registrarlo.

Vance se quedó a media frase y miró al hombre de hito en hito.

Robie se agachó justo cuando ella volvía la cabeza y escudriñaba en derredor. Se había percatado de lo que acababa de ocurrir. Los sabuesos se batían en retirada. Ahora el lugar era para ella. Esa orden había venido de muy arriba. Algo había cambiado en los últimos segundos.

Robie se puso en marcha porque sabía que la siguiente táctica de Vance sería lanzar a sus hombres en todas direcciones para buscar el origen del cambio producido sobre el terreno. No quería que supiera que él era el artífice del cambio porque entonces la cena sería incluso más incómoda de lo que ya iba a ser, dadas las circunstancias.

Llegó hasta su coche y se marchó. Marcó un número y Hombre Azul respondió casi de inmediato.

—Gracias por la ayuda hace un momento —dijo—. Esta noche

me veré con Vance. Quedamos antes de que yo supiera que está metida en esto. Habría sido preferible saberlo de antemano. Hacer el primo justo al comienzo no inspira demasiada confianza.

—No sabíamos que le habían asignado el caso a ella. No gestionamos el FBI. Supongo que su éxito de la última vez ha hecho que su reputación mejore a ojos del FBI.

—¿Cuánto sabe exactamente el FBI? —inquirió Robie—. La presencia de tus hombres en el exterior del edificio es un indicio claro de que no se trata de un asesinato cualquiera.

—No pudimos encubrir por completo lo que le ocurrió a Doug Jacobs. Era inevitable que el FBI se implicara. Pero está en nuestras manos que lo gestionemos debidamente.

—Bueno, repito, ¿cuánto saben? —insistió Robie.

—Saben que Doug Jacobs era empleado federal. No saben ni sabrán que trabajaba para nuestra agencia. Oficialmente era miembro de la DTRA.

—¿La agencia que se dedica a la reducción de amenazas de Defensa?

—En concreto, para el Centro de Análisis de Información. El Centro tiene arrendado el edificio donde se encontraba Jacobs. Nos proporciona una buena tapadera. Pero tampoco imaginábamos que Jacobs iba a recibir un tiro en la oficina.

—¿Y la DTRA se avendrá a seguir el juego? —inquirió Robie.

—Ellos piensan a lo grande, igual que nosotros. Al fin y al cabo, pertenecen al Departamento de Defensa.

—¿Saben lo que Jacobs estaba haciendo en ese despacho cuando le dispararon?

—Responder a esa pregunta no aportaría nada positivo. Basta con decir que es mejor ignorar ciertas cosas.

—¿Eso significa que la DTRA no tendrá que mentir al FBI cuando empiece a investigar?

—Ya ha empezado a investigar.

—¿Y cuál es la versión oficial? —preguntó Robie.

—A Jacobs le dispararon mientras realizaba su trabajo habitual, posiblemente se tratara de un pistolero solitario que quería dañar al gobierno federal.

—¿Y el FBI se lo tragará?

—No sé si se lo tragarán o no —reconoció Hombre Azul—. No es lo que me preocupa.

—Pero no puedes permitir que el FBI descubra que en realidad Jacobs estaba orquestando el asesinato de un líder extranjero.

—Todavía no era un líder extranjero. Nos esforzamos al máximo para ser proactivos. Eliminar a quienes ya están en el poder resulta más complicado. A veces es necesario, pero hay que evitarlo en la medida de lo posible puesto que, estrictamente hablando, es ilegal.

—Vance es tenaz de la hostia.

—Sí que es verdad —convino Hombre Azul.

—Podría averiguar la verdad.

—Esa no es una opción, Robie.

—Como has dicho antes, no gestionas el FBI.

—¿De qué hablarás con ella esta noche? —preguntó Hombre Azul.

—No lo sé. Pero si anulo la cita sospechará.

—¿Crees que sospecha de tu implicación en este asunto?

—Es lista. Y más o menos sabe a qué me dedico.

—Eso fue un error, Robie, de verdad que sí, dejar que ella se enterara.

—No tuve más remedio, ¿no?

—¿Y si empieza a hacer preguntas?

—Pues las responderé. A mi manera.

Hombre Azul parecía dispuesto a ahondar en esa dirección, pero entonces preguntó:

—¿Cuál es tu siguiente paso con respecto a Reel?

—¿Hay alguna manera de rastrear sus movimientos justo hasta el momento del disparo? Me refiero a si sabemos si estaba en el país y apretó el gatillo. Que su voz sonara por el pinganillo no demuestra que realmente fuera quien efectuó el disparo.

—Reel se quedó callada antes del disparo, así que no captamos ningún sonido desde su lado, solo del lado de Jacobs. Pero su voz significa que de algún modo estaba implicada.

—El nido del francotirador se montó en el extranjero. ¿Alguna pista al respecto?

—Nada. Confirmamos que fue vista allí, pero dos días antes. Eso le dio tiempo más que suficiente para volver aquí y disparar a Jacobs.

—¿Cuáles son las últimas noticias que tenemos sobre Ahmadi?

—Lo de siempre. Por supuesto, eliminamos todo rastro del nido del francotirador.

—¿Planeáis otro golpe contra él? —preguntó Robie.

—Si resulta que está al corriente del primer intento y lo frustró volviéndolo contra nosotros, supongo que ahora extremará precauciones. Quizá no volvamos a verle la cara hasta que sea el siguiente mandatario de Siria.

—No me hace ni pizca de gracia que Reel tenga mi dirección de correo electrónico.

—Ni a mí —convino Hombre Azul.

—Tenemos un topo. Un infiltrado.

—Es posible. O quizá ya tuviera esa información de antemano.

—¿Cómo iba a saber que yo sería quien iría a por ella?

—¿Una suposición calculada? —sugirió Hombre Azul.

—Quizá me esté siguiendo ahora mismo.

—No te pongas paranoico, Robie.

—Me lo dices con años de retraso. Ahora mismo mi paranoia no conoce límites.

—¿Adónde vas ahora?

—A prepararme para la cena.

Robie colgó y aceleró. Miró por el retrovisor por si veía a Vance, Reel o al hombre del saco. «No me estoy poniendo paranoico. Estoy paranoico. ¿Y quién va a culparme?» Pisó el acelerador a fondo.

Lo cierto era que enviar a un asesino a buscar a otro asesino tenía su lógica.

«Hablamos un idioma distinto y vemos el mundo a través de un prisma que posiblemente nadie más alcance a comprender. —Pero funcionaba en ambos sentidos. Reel le comprendería a él tanto como él a ella—. O sea que, o muere Reel o muero yo.»

Era así de sencillo.

Y complicado al mismo tiempo.

9

Jessica Reel se sentó en la cama de la habitación de hotel. La ropa deportiva empapada de sudor estaba tirada por el suelo. Iba desnuda y se miraba los dedos de los pies. En el exterior, la lluvia caía cada vez con más fuerza.

«Como balas. Pero claro, a diferencia de las balas, la lluvia no mata.»

Se pasó la mano por el vientre plano. La firmeza de sus abdominales se debía a la dureza con que se ejercitaba y a una alimentación muy cuidada. No tenía nada que ver con el aspecto. Los abdominales eran su centro de poder. La grasa acumulada impedía ser rápida, lo cual, en su mundo era un grave hándicap. Además, era experta en todas las artes marciales referidas al combate cuerpo a cuerpo.

Había tenido que usar su excelente forma física y habilidades para luchar en numerosas ocasiones a fin de sobrevivir. No siempre mataba con un fusil de largo alcance. A veces, sus víctimas estaban justo delante de ella, intentando matarla con el mismo denuedo que Reel a ellas. Y casi siempre eran hombres, lo cual les proporcionaba una ventaja genética en cuanto a envergadura y fuerza.

Aun así, hasta el momento siempre había resultado vencedora. A ver qué sucedía en la próxima ocasión. En su oficio, solo se perdía una vez. Después ya nadie se molestaba en llevar el marcador. Como mucho te hacían un panegírico. Como mucho.

Se planteó enviar otro mensaje a Robie. Pero pensó que sería excesivo. No infravaloraba a nadie. Y aunque supuestamente su móvil era imposible de rastrear, la Agencia quizá desafiara las leyes de las probabilidades y la localizara a través de otros canales.

Además, ¿qué le quedaba por decir? Robie tenía su misión y haría todo lo posible por salir airoso. Y ella haría todo lo posible para asegurarse del fracaso de él. Uno de los dos, o quizás ambos, acabaría muerto. Así eran las cosas.

Se enfundó un albornoz, cruzó la habitación y sacó el teléfono de la chaqueta que tenía colgada en la puerta. Empezó a pulsar teclas. Era increíble lo que daban de sí esos aparatos. Rastrear todos tus pasos. Decirte exactamente cómo ir de un lugar a otro. Con solo pulsar una tecla, Reel conseguía la información más esotérica imaginable en cuestión de segundos.

Pero tanta libertad presentaba también ciertas desventajas. Los individuos estaban sujetos a la mirada de miles de millones de ojos. Y no eran solo los del gobierno y las corporaciones. Podía ser una persona cualquiera de la calle provista de los dispositivos más modernos y con suficientes conocimientos técnicos.

Eso dificultaba el trabajo de Reel, que ya de por sí era difícil.

Digirió la información que había aparecido en pantalla. La guardó, fue al cuarto de baño y se quitó el albornoz. El agua caliente de la ducha le sentó bien. Estaba agotada, tenía los músculos cansados después de ejercitarse con más dureza que nunca.

En el gimnasio había un par de jóvenes levantando pesas con un solo brazo mientras se miraban orgullosos en el espejo. Otro se había pasado veinte minutos moderadamente activos en la bicicleta elíptica y había llegado a la conclusión de que era un semental. Ella había ido a una sala adyacente para empezar con sus ejercicios. Al cabo de unos minutos se había dado cuenta de que dos de ellos la miraban. Y no era por cómo iba vestida. No llevaba ropa de licra ajustada, sino prendas holgadas que la cubrían totalmente. Estaba allí para sudar, no para encontrar marido ni un rollo de una noche.

Le pareció que no suponían ninguna amenaza. En realidad, estaban alucinados con lo que ella era capaz de hacer con su cuerpo. Al cabo de media hora, cuando apenas había cubierto un tercio de su rutina, se giraron y se marcharon, meneando la cabeza. Reel sabía qué iban pensando: «Yo no podría seguir ese ritmo ni cinco minutos.» Y no se equivocaban.

Cerró la ducha, se secó y volvió a enfundarse el albornoz con el cabello envuelto en una toalla. Echó un vistazo a la carta del servicio de habitaciones y eligió una ensalada. Se dio el gusto de pedir una copa de *zinfandel* de California.

Cuando un joven apuesto le trajo la bandeja vio su reflejo en el espejo. Le estaba dando un buen repaso.

Reel se había acostado con hombres en distintos continentes. Todos habían tenido algo que ver con el trabajo. El fin justifica los medios. Si podía servirse del sexo para llegar a donde quería, que así fuera. Supuso que era uno de los motivos por los que la Agencia la había contratado. Y la habían alentado para que esa arma figurara en su arsenal, a condición de que nunca entablara una relación personal con ninguno de ellos, lo cual se traducía en que nunca sintiera nada por ellos. Ella era una máquina y ellos le convenían para su misión y punto.

Decididamente, en ese sentido, los hombres eran el sexo débil. Las mujeres podían conseguir lo que quisieran prometiéndoles acción entre las sábanas, contra una pared o arrodilladas, según el caso.

Firmó el recibo y le dio una propina generosa.

Él le pidió más con la mirada.

Ella se negó y se limitó a volverse.

En cuanto la puerta se cerró detrás de él, se quitó el albornoz, se soltó el pelo y se puso unos pantalones cortos y una camiseta. Apoyó una mesa contra la puerta, se sentó a comer y fue dando sorbos al vino mientras fuera diluviaba.

Pronto tendría algún sitio adonde ir. Era importante estar siempre en movimiento. Quienes se quedaban quietos acababan atropellados.

En algún momento no muy lejano, Will Robie iría a por ella muy en serio. Reel tendría que dedicar buena parte de su tiempo y energía a combatirlo. Hasta entonces, disponía de cierto margen de maniobra.

Tenía la intención de aprovecharlo al máximo.

Doug Jacobs estaba en un nivel y ahora Reel pasaba al siguiente nivel.

No resultaría fácil porque para entonces ya estarían advertidos.

Doug Jacobs tenía esposa y dos hijos pequeños. Reel los conocía de vista. Sabía sus nombres. Sabía dónde vivían. Sabía que ahora sufrían un dolor insoportable. Debido a la naturaleza del trabajo de Jacobs, la familia nunca llegaría a saber las circunstancias exactas de su muerte.

Era la política de la Agencia, una política que nunca variaba. Secretos hasta el final.

Se celebraría un funeral y Jacobs sería enterrado. Y eso sería lo único normal de su muerte. Su joven viuda seguiría con su vida y probablemente volviera a casarse. Reel le habría sugerido que se casara con un fontanero o un vendedor. Su vida sería mucho más sencilla.

Los hijos de Jacobs recordarían a su padre, o no. Para Reel eso no era tan grave. A ella no le parecía que Douglas Jacobs fuera tan memorable.

Se acabó la cena y se deslizó entre las sábanas.

Recordó cuando de niña escuchaba el tamborileo de la lluvia en el exterior mientras estaba en cama. Nadie iba a ver qué tal estaba. No vivía en un hogar de ese estilo. Reel se había criado en un lugar donde quienes se le acercaban por la noche solían tener motivos encubiertos, motivos que no tenían nada de benévolo. Aquello la había convertido en una persona suspicaz y dura desde una tierna edad. Aquello la había hecho desear estar sola y únicamente aceptar una compañía que se aviniera a sus condiciones.

Cuando alguien se le acercaba por la noche, su única reacción era hacerle daño antes de que se lo hicieran a ella.

Evocó la imagen de su madre: una mujer víctima de abusos, frágil, que en su último día en la Tierra aparentaba cuarenta años más de los que tenía. Había sufrido una muerte violenta, desgarradora. No había muerto de forma apacible, pero su fin había llegado. Y Jessica, que por entonces tenía tan solo siete años, lo había presenciado todo. Había sido una situación tan sumamente traumática que ni siquiera en la actualidad alcanzaba a comprenderla o asimilarla por completo. Esa experiencia había acabado definiéndola y garantizándole que muchas cosas normales que la gente hacía en la vida nunca formarían parte de la suya.

Lo que le ocurre a uno en la infancia, sobre todo si son experiencias negativas, cambia a las personas, de una forma absoluta y total. Es como si una parte del cerebro se cerrara y se negara a seguir madurando. Como adulto, no se dispone de las herramientas para luchar contra ello. Sencillamente, define lo que uno es hasta el día de la muerte. No existe terapia capaz de curarlo. Ese muro está erigido y es imposible de demoler.

«A lo mejor por eso me dedico a lo que me dedico. Preparada desde la infancia.»

Tenía la pistola bajo la almohada sujeta con una mano y la mesa seguía apoyada contra la puerta.

Esta noche dormiría bien.

Podía ser la última vez que así fuera.

10

Robie estaba sentado a una mesa del restaurante desde la que veía el exterior. Iba alternando la mirada entre la calle y la tele instalada en una pared detrás de la barra. Estaban dando la noticia de la próxima cumbre árabe que iba a celebrarse en Canadá. Al parecer se tenía la sensación de que un escenario neutral, lejos de los atentados y guerras terroristas, ampliaba las posibilidades de que se produjera un avance. El objetivo del encuentro, auspiciado por la ONU, según el presentador del informativo, era iniciar una nueva era de cooperación entre países que hacía demasiado tiempo que estaban en guerra.

—Buena suerte —gruñó Robie.

Cambiaron de canal y Robie se encontró con un anuncio de Cialis con un hombre y una mujer maduros en un *jacuzzi* situado al aire libre. Al parecer, se trataba de una metáfora sexual que nunca había llegado a comprender. Luego, el *jacuzzi* desapareció y otro presentador informó del inminente viaje del presidente a Irlanda para presidir un simposio sobre la amenaza del terrorismo internacional y las formas de evitarlo.

—Buena suerte también con eso —masculló Robie.

Apartó la vista de la tele a tiempo de ver a Nicole Vance caminando por la calle a toda prisa. Robie consultó su reloj. Llegaba con unos quince minutos de retraso. Se estaba aplicando un poco de maquillaje y pintalabios y comprobaba los resultados en un espejito que portaba. Él vio que había cambiado la ropa de trabajo por un vestido, medias y tacones. Tal vez por eso llegaba tarde.

Por suerte, ella no vio que él la estaba mirando cuando pasó junto al ventanal del restaurante para llegar a la puerta e introdujo el neceser en su pequeño bolso. Robie dudaba que a Vance le hiciera ni pizca de gracia que la hubiera visto «acicalándose» para su encuentro.

—Te veo más delgado.

Robie alzó la mirada cuando Nicole Vance se sentó frente a él.

—Y a ti te veo más agobiada —repuso.

—Siento llegar tarde. Estaba liada con un caso.

El camarero se acercó y tomó nota de las bebidas. Cuando se hubo marchado, Robie partió un grisín por la mitad, se comió un trozo y dijo:

—¿Algo nuevo?

—Por lo menos es algo interesante.

—Los maleantes tienden a ser bastante predecibles. Al final todo se reduce a la recogida de pruebas. Y eso acaba siendo aburrido.

—¿Te apetece contármelo?

—Ya sabes que no puedo, Robie. Investigación en curso. A no ser que te hayan transferido al FBI y no me haya enterado. —Lo miró—. ¿Has estado de viaje?

—Eso ya me lo preguntaste.

—No me respondiste.

—Sí, sí que respondí. Dije que no mucho.

—Pero ¿un poco sí?

—¿Y por qué te interesan mis viajes? —replicó él.

—En el mundo pasan cosas interesantes. Incluso en nuestra propia casa.

—Siempre ha sido así, ¿y qué?

—No desconozco totalmente a qué te dedicas.

Robie miró a derecha e izquierda y luego a Vance. Antes de que tuviera tiempo de hablar, ella se excusó:

—Lo siento, no debería haber entrado en ese terreno.

—No, no deberías.

—Hemos empezado con mal pie.

Él no dijo nada.

—De acuerdo, he empezado con mal pie. ¿Qué tal estás?

—Ocupado, igual que tú. —Hizo una pausa—. Pensé en llamarte unas cuantas veces, pero no lo hice, lo siento. Acabé demasiado liado.

—Debo decir que incluso me sorprende que pensaras en llamarme.

—¿Por qué? Dijimos que seguiríamos en contacto.

—Te lo agradezco, Robie. Pero me parece que tu trabajo no te permite hacer muchas paradas técnicas.

—Ni el tuyo tampoco.

—Es distinto. Ya lo sabes.

Les trajeron las bebidas y Vance dio un sorbo a la suya.

—Oh, cielos, qué bueno está.

—¿Notas el paño?

Ella dejó la copa y sonrió.

—Todos y cada uno de los hilos.

—El sentido del humor te abre muchas puertas.

—Eso es lo que siempre me dice la gente. Pero cada vez encuentro menos cosas de las que reírme.

—Lo cual nos lleva a esta noche. ¿Por qué llamarme para tomar una copa y cenar? En serio...

—Dos amigos que quedan.

—¿Una agente del FBI que trabaja muchas horas? No cuela.

—No tengo ninguna intención oculta, Robie.

Él se la quedó mirando.

—Bueno, tengo una especie de intención...

—Pues vamos allá.

Vance se echó hacia delante y bajó la voz.

—¿Douglas Jacobs?

Robie se mostró impasible.

—¿Quién es?

—Quién era. Está muerto. De un disparo en su despacho.

—Lo siento. ¿Qué ocurrió?

—No lo sé seguro. Supuestamente trabajaba para la DTRA. ¿Les conoces?

—Sé que existen.

—Digo «supuestamente» porque creo que todos con los que he hablado mienten como bellacos.

—¿Por qué?

—Ya sabes por qué, Robie. Esto es territorio espía. Estoy convencida. Y siempre mienten.

—No siempre —matizó él.

—Bueno, casi siempre. —Dio otro sorbo al cóctel y lo miró de forma penetrante—. ¿Seguro que no conocías a Jacobs?

—Nunca le conocí —dijo Robie con sinceridad.

Vance se reclinó en el asiento y lo miró con escepticismo.

—¿Conoces a toda la gente del FBI? —preguntó él.

—Por supuesto que no. Es demasiado grande.

—Pues eso.

—Tengo la corazonada de que Jacobs estaba metido en algo muy turbio. Y la suerte que ha corrido ha dejado tiritando a ciertas personas de las altas esferas.

«Sí que lo estaba y sí que los ha dejado tiritando», pensó Robie.

—Aunque supiera algo, Vance, no podría decírtelo. Ya lo sabes.

—Las mujeres nunca perdemos la esperanza —repuso con dulzura. Apuró la copa y levantó la mano para pedir otra.

Cenaron prácticamente en silencio. Cuando hubieron terminado, Vance habló.

—Nunca acabaste de contarme lo que pasó tras Marruecos.

—¿De veras?

—¿La cosa acabó bien para ti?

—Claro. Todo bien.

—Él mintió —añadió Vance—. ¿Y lo de la Casa Blanca?

—¿Qué pasa con eso?

—Estabas inmerso en ello.

—Oficialmente no.

—Pero sí en todos los aspectos importantes.

—Eso es agua pasada. No me va mucho el pasado. Intento tener un pensamiento más futurista.

—Tienes un talento para compartimentar alucinante, Robie.

Él se encogió de hombros.

—Forma parte esencial del trabajo. La retrospección da una

visión perfecta. Se aprende de los errores y se sigue adelante. Pero cada situación es distinta. No existe el café para todos.

—Muy parecido a mi trabajo. Bueno, ¿hasta cuándo piensas seguir dedicándote a lo que te dedicas?

—Probablemente hasta que me muera.

—¿En serio? No sé, Robie. Has dicho que tendías a pensar en el futuro. Yo soy de las que piensa en el día a día. Así que ¿cuándo piensas dejarlo?

—Probablemente no sea yo quien decida el momento.

Ella se reclinó en el asiento, asimiló su respuesta y asintió.

—Pues quizá deberías asegurarte de que seas tú quien decide.

—Mi trabajo no funciona así, Vance.

Guardaron silencio mientras cada uno se dedicaba a juguetear con la bebida que tenía delante.

—¿Has visto a Julie? —preguntó Vance al final.

—No.

—¿No le prometiste que seguiríais en contacto?

—También te lo prometí a ti y fíjate lo que pasó.

—Pero ella es una niña —replicó Vance.

—Es cierto. Tiene toda la vida por delante.

—Pero lo prometido es deuda.

—No, lo cierto es que no —respondió Robie—. No me necesita para nada. Ahora ya tiene una vida más o menos normal. No pienso fastidiársela.

—Muy noble por tu parte.

—Llámalo como quieras.

—Lo cierto es que es difícil relacionarse contigo.

Robie tampoco dijo nada.

—Supongo que mientras te dediques a lo que te dedicas, así es como será.

—Así son las cosas.

—¿Desearías que fueran distintas?

Robie se disponía a responder a aquella pregunta supuestamente normal cuando reparó en que no era tan sencilla como parecía.

—Hace tiempo que dejé de pensar en lo que desearía, Vance.

—¿Y por qué continúas, entonces? Me refiero a que yo tengo

una vida de locos, aunque nada, parecida a la tuya. Pero al menos me queda la satisfacción de ir quitando a la chusma de en medio.

—¿Y piensas que yo no?

—No sé. ¿Tú también?

Robie dejó dinero en la mesa y se levantó.

—Gracias por haberme llamado. Me alegro de verte. Y buena suerte con ese caso.

—¿Lo dices en serio?

—Probablemente más de lo que imaginas.

11

Jessica Reel había volado de Nueva York a Washington D.C. Lo que tenía que hacer a continuación exigía su presencia en la capital.

Había tres modos de abordar la misión. Porque lo que Jessica tenía entre manos era una misión.

Podía empezar desde abajo e ir subiendo.

O empezar por arriba e ir bajando.

O podía haber un entremedio, ser impredecible y no seguir ningún orden preestablecido.

La primera opción podía ser más pura desde un punto de vista simbólico.

El tercer enfoque aumentaba considerablemente sus posibilidades de éxito. Y su capacidad para sobrevivir.

Se decantó por el éxito y la supervivencia en detrimento del simbolismo.

Aquella zona de Washington D.C. estaba llena de edificios de oficinas, todos vacíos a esas horas. Muchos altos ejecutivos del gobierno trabajaban ahí, junto con sus mucho más opulentos homólogos del sector privado.

Aquello poco importaba a Reel. Ricos, pobres o clase media, ella se limitaba a ir donde tenía que ir. Había matado a todo aquel que le encomendaban liquidar. Había sido como una máquina que ejecutaba órdenes con la precisión de un cirujano.

Se colocó un pinganillo en la oreja izquierda e hizo pasar el cable hasta la fuente de alimentación sujeta al cinturón. Se alisó el pelo y se desabotonó la chaqueta. Llevaba la pistola preparada en la cartuchera del hombro.

Consultó la hora, hizo cálculos mentales y se dio cuenta de que tenía unos treinta minutos para pensar qué iba a hacer.

Era una noche clara, aunque fría, después de que hubiera dejado de llover. Era lo que se esperaba de esta época del año. En la calle no había tráfico, lo cual también era de esperar a aquella hora.

Se acercó a una esquina y tomó posición cerca de un árbol bajo el que había un banco. Se ajustó el pinganillo y volvió a consultar la hora.

No era prisionera del tiempo normal, sino del tiempo «preciso», calculado hasta la milésima de segundo. Una milésima de más o de menos y sería mujer muerta.

A través del pinganillo le informaron que el hombre estaba en marcha. Iba un poco adelantado y llegaría al lugar al cabo de diez minutos. Conocer las frecuencias de comunicación de su agencia suponía una gran ventaja.

Se sacó el dispositivo del bolsillo. Tenía un acabado negro mate, medía 12 × 18 cm, dos botones en la parte superior; probablemente, aparte de la pistola, fuera lo más importante que llevaba encima. Sin aquello, su plan no podía salir bien salvo que tuviera un golpe de suerte excepcional.

Pero Reel no podía contar con tener tanta suerte. «De todos modos, ya he agotado toda mi suerte.»

Alzó la vista cuando el coche apareció calle abajo. Era un Lincoln Town. Negro.

«¿Los fabrican de algún otro color?»

Necesitaba confirmación. Al fin y al cabo, en esa ciudad los Lincoln Town negros abundaban tanto como los peces en el océano. Se colocó las gafas de visión nocturna y miró el parabrisas. Todas las demás ventanillas estaban tintadas. Vio lo que necesitaba ver. Bajó las gafas y se las guardó en el bolsillo. Se sacó una linterna de bolígrafo del bolsillo y la hizo destellar una vez. Recibió un haz de luz como respuesta. Guardó la linterna y palpó la caja negra. Alzó la vista y miró hacia el otro lado de la calle.

Lo que estaba a punto de ocurrir le había costado cien pavos. Confió en haber empleado bien el dinero.

Pulsó el botón derecho de la caja negra.

El semáforo pasó de verde a ámbar y luego a rojo. Ella guardó la caja.

El Lincoln se detuvo en el cruce.

La figura salió rápidamente de entre las sombras y se acercó al Lincoln. Llevaba un cubo en una mano y algo más en la otra. El agua salpicó el parabrisas.

—¡Eh! —gritó el conductor al tiempo que bajaba la ventanilla.

El joven era un negro de unos catorce años. Con una escobilla de goma retiró el agua jabonosa del cristal.

—¡Lárgate de aquí! —espetó el conductor.

El semáforo seguía en rojo.

Para entonces Reel había sacado la pistola y apoyado el cañón en una rama baja del árbol junto al que estaba. El riel Picatinny de la pistola tenía una mira. El cañón se había alargado y diseñado especialmente para permitir un tiro de mayor alcance comparado con la mayoría de las pistolas.

El muchacho corrió al otro lado del vehículo y pasó la escobilla para retirar el agua de ese lado.

Entonces bajó la ventanilla del lado del pasajero.

Aquella era la señal para Reel, que bajaran la ventanilla del pasajero, porque el hombre de la parte trasera viajaba detrás del conductor. La cuestión era disponer de un buen ángulo de tiro.

Apuntó, exhaló un largo suspiro y deslizó el dedo hacia el gatillo.

Era un punto sin retorno.

El muchacho negro corrió de nuevo al lado del conductor y extendió la mano.

—Superlimpio. Cinco pavos.

—Te he dicho que te largues —masculló el conductor.

—Mi madre necesita una operación.

—Si no te largas en dos segundos...

El hombre no llegó a acabar la frase porque Reel disparó.

La bala pasó zumbando por delante del hombre que ocupaba el asiento del pasajero, trazó una diagonal entre él y el conductor y fue a incrustarse en la frente del hombre que ocupaba el asiento trasero.

Reel se guardó el arma en el bolsillo y pulsó el otro botón de la caja negra.

El semáforo se puso verde.

El Lincoln no se movió.

El conductor y el pasajero empezaron a gritar. Salieron del coche de un salto.

El chico que limpiaba desapareció en un santiamén, pues echó a correr en cuanto oyó el disparo.

Los hombres estaban manchados de sangre y sesos.

Reel se internó en la penumbra mientras desmontaba la pistola con una mano dentro del bolsillo.

Jim Gelder se desplomó hacia delante en el coche, solo sujeto por el cinturón de seguridad. Una parte de su cerebro estaba estampada contra la ventanilla trasera.

La Agencia tendría que buscarse a otro número dos.

Mientras los dos escoltas corrían en busca del tirador, Reel bajó a una estación de metro cercana y subió a un tren. En cuestión de minutos estuvo a kilómetros de distancia.

Se olvidó de Jim Gelder y pasó al siguiente objetivo de su lista.

12

En el mundo de Robie no existía una gran diferencia entre el día y la noche. No trabajaba de nueve a cinco, así que las siete de la tarde era una hora tan buena como cualquier otra para ocuparse de su siguiente misión.

No era fácil desplazarse por la orilla este de Virginia en coche, autobús o avión. Y el tren tampoco llegaba a la zona.

Robie optó por conducir. Le gustaba controlar la situación.

Condujo en dirección sur hasta Norfolk, en la zona de Virginia. Desde allí se dirigió hacia el norte cruzando el Chesapeake Bay Bridge-Tunnel, que conectaba Eastern Shore con el resto del estado. El largo puente-túnel cruzaba islas artificiales y luego conectaba con puentes elevados que se alzaban por encima de un par de canales de navegación. Poco después de las once, Robie por fin dejó atrás el puente-túnel y llegó a tierra firme.

La zona de Virginia que correspondía a Eastern Shore estaba formada por dos condados rurales, Accomack y Northampton. Eran completamente llanos y formaban el «-va» de la península de Delmarva. Los dos condados sumaban una población total de unas cuarenta y cinco mil almas recias, mientras que Fairfax County, Virginia, con una superficie menor, tenía más de un millón de habitantes. Casi todo eran tierras de labranza: algodón, soja y granjas de pollos a gran escala.

En Eastern Shore también había unas instalaciones de la NASA, la Wallops Flight Facility, y un lugar donde vagaban los ponis salvajes, Chincoteague Island.

Esa noche Robie buscaba algo salvaje, una asesina solitaria que trabajaba para otros. «O por cuenta propia.»

Recorrió quince kilómetros más hasta que el entorno rural pareció dejar de estar habitado. A lo lejos, muy cerca de la costa, vio una mancha negra más oscura que la noche circundante. Tomó un camino de tierra, siguió avanzando y se paró delante de la mancha, que, de cerca, resultó ser una cabaña con tejas de madera agrisada por el sol y el aire salado. Detrás estaba el Atlántico, que azotaba la costa y salpicaba agua al chocar con las grandes rocas que formaban una especie de tosco malecón.

No cabía duda de que se trataba de un frente marítimo, pero Robie no pensaba que fuera a convertirse en destino turístico en un futuro próximo. Comprendía por qué Jessica Reel deseaba vivir allí. El aislamiento era completo. Para ella, la compañía debía de estar muy sobrevalorada.

Se quedó en el coche y asimiló lo que le rodeaba, a uno y otro lado y de arriba abajo.

Se avecinaba una tormenta. El terreno era margoso, bueno para cultivar pero no demasiado adecuado para construir casas. Llegó a la conclusión de que no debía de haber muchos sótanos por allí. Imaginó que en algún momento el océano quizá recuperara esa lengua de tierra.

Cuando miró a los lados no vio más que un pequeño anexo. No había jardín, ni césped.

Reel vivía de forma austera. Robie no tenía ni idea de dónde iría a hacer la compra. O a solicitar los servicios de un fontanero. O un electricista. Tal vez no necesitara nada de eso.

Tampoco sabía con qué frecuencia acudía a ese lugar. No esperaba que estuviera allí en esos momentos, pero las expectativas no eran lo mismo que los hechos.

Salió del coche pistola en mano. Evitó toda línea de tiro que pudieran ofrecer las puertas o las ventanas de la casa. No había árboles alrededor desde los que apuntar. El terreno era llano, no había ningún sitio donde camuflarse para esperar a que él se colocara en el punto de mira.

Todo eso tenía que haber hecho sentir bien a Robie.

Pero no. Porque tampoco tenía ningún sitio donde guarecerse. Y porque significaba que algo le estaba pasando por alto.

En un sitio como ese debía de haber algún plan. Al menos un discreto bastión defensivo. Si él hubiera vivido allí lo habría tenido. Y no pensaba que él y Reel fueran tan distintos a la hora de buscar medidas de supervivencia.

Se agachó y miró en derredor. La casa estaba a oscuras, probablemente vacía. Pero eso no significaba que fuera seguro entrar en ella.

A Jessica Reel no le hacía falta estar en casa para matar a un intruso.

Rodeó la casa dos veces, acercándose cada vez más. Había una laguna en el lado del océano, a unos treinta metros en línea recta desde la puerta trasera. Al iluminarla con la linterna vio que la superficie estaba transparente, aunque el terreno que la rodeaba presentaba una capa de algas viscosas y resbaladizas.

Aparte de eso no había ningún detalle que despertara su interés.

Salvo la casa.

Se agachó y caviló acerca de la situación. Al final se le ocurrió un plan de ataque y regresó al coche para coger lo que necesitaba. Guardó las cosas en una funda larga de cuero marrón que se colgó al hombro. Se situó con sigilo a unos tres metros de la puerta delantera de la casa.

Sacó un fusil de cañón corto, apuntó y disparó a la puerta. La bala atravesó la madera.

No pasó nada más.

Apuntó a los tablones del suelo del porche. Disparó. La madera salió disparada por los aires.

Amartilló una tercera bala, apuntó y disparó a la cerradura de la puerta, que se abrió.

Eso fue todo.

Guardó el fusil en la funda y la dejó en el coche tras coger otro dispositivo de la bolsa y guardárselo en el bolsillo de la chaqueta.

Sacó la pistola y avanzó agachado. Cuando llegó a la cabaña, sacó el dispositivo del bolsillo y apuntó al edificio. Miró la pantalla de visualización del aparato.

No aparecían imágenes térmicas.

A no ser que Reel se hubiera congelado de algún modo, no estaba en la casa, ni ninguna otra persona.

Pero eso no significaba que estuviera seguro.

Robie no podía escanear todo el lugar para ver si había bombas como en el aeropuerto. Tampoco contaba con ningún perro detector de explosivos. En algún momento tendría que arriesgarse. Y ese momento era inminente. Apartó el visualizador térmico y sacó del bolsillo un pequeño objeto metálico que puso en marcha.

Abrió la puerta y entró pisando con cuidado y sirviéndose del dispositivo electrónico para detectar cables trampa invisibles a simple vista. También escudriñó cada sección del suelo antes de pisarlo para ver si la madera se veía nueva. Su dispositivo no detectaba placas de presión bajo los tablones.

Recorrió todas las estancias y no encontró nada. No tardó demasiado porque el lugar no era grande. Lo que le sorprendió fue que se parecía mucho a su apartamento, no por el tamaño ni el diseño, sino por lo que contenía.

O, mejor dicho, por lo que no contenía. Ningún efecto personal. Ninguna foto. Ni *souvenirs* ni bagatelas. Nada que pusiera de manifiesto que Reel sentía apego por alguien o algo.

«Igual que yo.»

Entró en la cocina en el preciso instante en que sonó su teléfono.

Miró la pantalla.

El texto que aparecía estaba en mayúsculas: GELDER MUERTO DE UN TIRO EN EL COCHE EN DC. REEL SOSPECHOSA.

Dejó el teléfono y caviló al respecto.

Era una noticia alarmante en cualquier circunstancia, pero estaba preparado para no reaccionar de forma desmedida por nada. La primera idea que le vino a la cabeza fue salir de allí. Había arriesgado mucho a cambio de muy poco.

Miró a su derecha y vio una puerta. Parecía una despensa o un trastero. Se preguntó por qué no se había fijado antes en ella y entonces vio que estaba pintada del mismo color que la pared de la cocina.

No estaba bien cerrada, por lo que quedaba una abertura de unos tres centímetros. La abrió empujándola con el pie mientras apuntaba directamente con la pistola.

La despensa estaba vacía.

El viaje había sido una pérdida de tiempo.

Y mientras él estaba allí, lo más probable era que Reel hubiera matado al número dos de la Agencia. Ella estaba marcando goles y él ni siquiera había hecho un pase decente.

Enfocó con la linterna el interior del espacio para verlo mejor, aunque quedaba claro que estaba vacío. Entonces vio las palabras escritas en la pared del fondo: LO SIENTO.

Abrió la puerta trasera de un puntapié porque era la forma más fácil de salir sin volver sobre sus pasos por el interior de la casa.

Le pareció buena idea. Más seguro.

Pero entonces oyó el clic y el zumbido y la sensación de estar seguro se convirtió de inmediato en una pesadilla.

13

La noche oscura y tranquila de Eastern Shore fue trastocada por una bola de fuego.

La cabaña fue pasto de las llamas y la madera seca ofreció el combustible perfecto para convertirse en un infierno. Robie dio un salto desde el porche trasero, rodó por el suelo y se levantó para echar a correr.

Contempló desconcertado que un muro de fuego se alzaba a ambos lados de él y formaba un pasillo estrecho que debería recorrer.

Aquello era todo premeditado, por supuesto. El combustible del fuego debía de estar canalizado bajo la tierra y el detonante debía de estar conectado al mismo que se había activado en la casa.

Robie esprintó hacia delante.

No le quedaba más remedio.

Iba directo a la pequeña laguna que había visto antes, pues los muros de fuego terminaban allí.

Al cabo de un instante la cabaña explotó. Se agachó y volvió a rodar a consecuencia de la onda expansiva y estuvo a punto de caer en el muro de fuego de la derecha.

Se levantó y redobló esfuerzos pensando que alcanzaría el agua.

El agua era un gran antídoto contra el fuego.

Sin embargo, en cuanto se aproximó al borde de la laguna, algo le llamó la atención: no había espuma ni algas en la superficie, aunque abundaban en el terreno circundante.

¿Qué era capaz de matar la espuma verde? ¿Y por qué se veía

obligado a correr directamente hacia lo único que se suponía que podía salvarle?

Lanzó la pistola por encima de la pared de fuego, se quitó la chaqueta para cubrirse la cabeza y las manos y atravesó el muro de llamas de la izquierda. Notó cómo el fuego lo agredía como si fuera un ácido.

Salió de las llamas y siguió rodando para apagar cualquier rescoldo de fuego que pudiera haber en su cuerpo. Se paró y alzó la vista a tiempo de ver cómo las llamas llegaban a la laguna.

La explosión subsiguiente hizo saltar a Robie, que acabó cayendo de espaldas, por suerte encima de unos centímetros de agua que amortiguaron el golpe.

Se levantó con piernas temblorosas con la camisa hecha trizas y sin chaqueta. No tenía ni idea de adónde había ido a parar su pistola. Afortunadamente, seguía llevando pantalón y zapatos.

Hurgó en el bolsillo y rescató las llaves del coche. Las soltó de inmediato porque la parte de plástico quemaba al tacto.

Las cogió con tiento y se quedó allí boquiabierto observando cómo ardía la laguna.

No había algas, aunque crecieran por doquier alrededor, debido al combustible o acelerante que había en la laguna. Se preguntó por qué no lo había olido al hacer el reconocimiento de la masa de agua. Lo cierto era que había muchas maneras de neutralizar tales olores. Y el olor salitroso del océano dominaba el lugar.

Se volvió para mirar el sitio que había ocupado la cabaña de Reel.

«Lo siento.»

«¿Lo sientes, Jessica?» Robie tenía la impresión de que no era así.

Sin duda la dama iba a por todas. Él no habría esperado menos de ella.

Encontró la chaqueta y la pistola, que no había sufrido daños. Había pasado por encima de un charco de agua y aterrizado en un sendero de guijarros. La chaqueta estaba quemada. Palpó el bulto de metal y plástico del bolsillo interior: el móvil. Dudaba que la garantía del fabricante cubriera ese tipo de contingencias. Llevaba la cartera en los pantalones y estaba bien.

Volvió al coche cojeando. Notaba el brazo derecho y la pierna izquierda tan calientes que le parecía tenerlos paralizados. Subió al coche y le puso el seguro a la portezuela, aunque probablemente fuera el único ser humano en kilómetros a la redonda. Puso el motor en marcha y encendió la luz del habitáculo. Se miró la cara por el retrovisor.

Estaba bien.

No había tenido tanta suerte con el brazo derecho, pues tenía una quemadura grave.

Se bajó los pantalones quemados y se examinó la pierna izquierda: enrojecida y con algunas ampollas cerca de la parte superior del muslo. Parte de la tela se había adherido a la quemadura.

En el coche llevaba un kit de primeros auxilios. Lo sacó, se limpió las heridas del muslo y el brazo lo mejor posible, se aplicó una pomada en las zonas afectadas, las cubrió con gasa y luego dejó el kit en el suelo.

Hizo un giro y se marchó por donde había venido. No tenía manera de contactar con Hombre Azul ni con nadie más. No podía acudir a ningún médico. Demasiadas explicaciones e informes por rellenar.

Por muy aislada que fuera Eastern Shore, unas bolas de fuego que se alzaban a seis metros llamarían la atención. Se cruzó con un coche de policía cuyas luces azules destellaban y la sirena aullaba. Sabía que no encontrarían gran cosa.

Llegó a Washington D.C. a altas horas de la madrugada, se dirigió a su apartamento, cogió el móvil de repuesto y llamó a Hombre Azul. Le contó de forma sucinta lo ocurrido.

—Has tenido suerte, Robie.

—Sí, la verdad —convino—. Lo cual es bueno o malo, según se mire. Cuéntame lo de Gelder.

Hombre Azul dedicó unos minutos a hacerlo.

—O sea que eso es todo —dijo Robie—. Pero ¿dónde y cómo? ¿Nadie vio a Reel en ningún sitio?

—Ven y te miraremos las heridas.

—¿Alguna hipótesis que explique por qué fue a por el número dos? —insistió Robie.

—Eso es todo lo que serían por ahora, hipótesis.

Algo en la voz de Hombre Azul empezó a preocupar a Robie.

—¿Está pasando algo entre bastidores? —preguntó.

Hombre Azul no respondió.

—Iré dentro de unas horas. Quiero comprobar ciertas cosas.

—Te daré otra ubicación a la que dirigirte.

—¿Y eso por qué? —preguntó Robie.

Hombre Azul se limitó a darle una dirección sin más.

Robie dejó el teléfono y se acercó a la ventana.

Reel había estado en la ciudad por la noche para cargarse a Gelder. En teoría no era más que una conjetura, pero estaba convencido de que era cierta.

Si era el caso, ella quizá siguiera por ahí. No era fácil adivinar por qué querría quedarse. Por regla general, siempre que Robie mataba a alguien se marchaba del lugar inmediatamente, por motivos obvios.

Pero aquello no tenía nada de normal, ¿verdad?

«Ni para mí ni para ella.»

Se quitó la gasa de las quemaduras, se duchó y se las vendó de nuevo, antes de ponerse ropa limpia.

Hombre Azul le había dicho dónde se había producido el tiroteo. La zona estaría llena de policías. Robie podría hacer poco más que observar. Pero a veces las observaciones resultaban reveladoras. Tendría que confiar en que así fuera.

Camino de su coche le asaltó una certeza. No sería capaz de sobrevivir a muchas más noches como la última. Daba la impresión de que Reel siempre le llevaba la delantera. Solía ser el caso entre el perseguidor y el perseguido.

Reel sabía por qué estaba haciendo lo que hacía.

Robie seguía jugando al gato y el ratón.

«A lo mejor es lo máximo que haré esta vez.»

Así pues, en esos momentos la ventaja se decantaba claramente del lado de Jessica Reel. Robie no veía ningún avance que pudiera cambiar la situación con facilidad o rapidez.

Se marchó en el coche justo cuando empezaba a salir el sol.

Otro hermoso día en la capital.

Se alegró de seguir con vida para verlo.

14

Había sobrevivido. Reel lo había visto todo a través del portátil.

En el interior del anexo cercano a la cabaña había una cámara con trípode que apuntaba a la cabaña y estaba conectada vía satélite. A través de ella había visto aparecer a Robie y cómo hacía un reconocimiento del lugar.

No había mirado en el interior del anexo, lo cual había sido un error por su parte. A ella le reconfortaba ver que Robie se equivocaba.

Pero luego había realizado una hazaña extraordinaria. Se había percatado de que la laguna era una trampa y se había arriesgado a atravesar un muro de fuego para sobrevivir.

Pulsó unas teclas del ordenador y lo volvió a observar a cámara lenta.

Robie salía de la casa y luego ella dejaba de verlo, bloqueada por las llamas. Estaban ideadas para llevarlo directamente a la laguna, que parecía un lugar seguro cuando en realidad sería su tumba.

Sin embargo, bajo la mayor de las presiones había conservado la lucidez, deducido que el refugio seguro era una trampa y ejecutado sobre la marcha una maniobra para sobrevivir.

Y lo había conseguido.

Paró el vídeo en el momento en que se veía a Robie regresando al coche.

«¿Habría sido yo capaz de hacer lo que él hizo? ¿Soy tan buena como él?»

Se quedó mirando fijamente la pantalla, escudriñando el rostro de Robie, intentando leerle el pensamiento, ahondando en su mente en ese preciso instante.

Pero el rostro se le antojaba inescrutable.

Como el de un buen jugador de póquer.

No, un grandísimo jugador de póquer.

Cerró el portátil y se recostó en la cama. Sacó una Glock de 9 mm de la pistolera y se dispuso a desmontarla. Lo hizo sin mirar, tal como le habían enseñado.

Luego se puso a montarla otra vez, también sin mirar.

Aquel ejercicio siempre le servía para tranquilizarse, la ayudaba a pensar con más claridad. En esos momentos necesitaba pensar con la mayor claridad posible.

Tenía que librar una batalla en dos frentes.

Tenía una lista con más nombres. Ahora esa gente estaba advertida. Su caparazón protector se endurecía cada vez más mientras ella permanecía allí sentada.

Y luego tenía a Will Robie, quien ahora estaría algo más que enfadado, ya que había estado a punto de morir por culpa de ella. Iría a por ella con todo su poderío por la retaguardia.

Eso suponía que debía tener ojos en el cogote, ver los dos frentes del combate a la vez. Era difícil, pero no imposible.

Robie había ido a su casa de Eastern Shore para saber más acerca de ella. No había encontrado nada, aparte de un intento de acabar con su vida.

Pero ahora Reel necesitaba más información sobre Robie. Pensaba que iba a ser él quien iría a por ella. Lo sucedido en la casa lo confirmaba.

Se levantó, hizo una llamada y luego se enfundó los vaqueros, un suéter, unas botas y una chaqueta con capucha. Llevaba la pistola en la pistolera del cinturón. Y un cuchillo Ka-Bar en una funda de cuero sujeta al brazo izquierdo, oculta bajo la chaqueta. Podía sacarlo en un instante si era necesario.

Su principal problema era que a pesar de haber cambiado de aspecto había vigilancia por todas partes. Buena parte de Estados

Unidos y del mundo civilizado era una gran cámara. La Agencia para la que había trabajado estaría utilizando un *software* de búsqueda y reconocimiento facial que revisaba sin parar bases de datos que albergaban millones de imágenes para localizarla.

Con tantos recursos en su contra, Reel carecía de margen de error. Había erigido un buen bastión protector, pero la perfección no existía. Casi todas las líneas defensivas de todas las guerras se habían atravesado en un momento u otro. Y ella no albergaba la ilusión de ser una de las escasísimas excepciones.

Tomó un taxi hasta un cruce importante y se apeó. Recorrería el resto del trayecto a pie. Tardó treinta minutos en cubrirlo a paso tranquilo, como si estuviera dando un paseo. A lo largo del camino empleó todas sus habilidades para intentar advertir a cualquiera que la observara. Sus antenas nunca le fallaban.

Llegó al lugar antes de lo previsto y lo inspeccionó desde un discreto puesto de observación. Si tenía que pasar algo, allí se sabría.

Transcurrieron veinte minutos antes de verlo acercarse. Llevaba traje y parecía un burócrata. Que es lo que era. No cargaba ningún sobre abultado de papel manila. Aquello habría sido cosa del pasado.

«Tengo edad suficiente como para recordar algo de los viejos tiempos», pensó.

El hombre compró un periódico en una máquina, cerró la puerta de metal y cristal de golpe y se cercioró de que quedaba bien cerrada. Era algo rutinario que no llamaría la atención de nadie.

Se marchó.

Reel lo observó alejarse y a continuación se acercó a la máquina, introdujo unas monedas, la abrió y cogió el siguiente periódico del montón. En ese mismo instante encerró en el puño la minúscula memoria USB que el hombre había dejado allí.

Era un sistema antiguo para dejar objetos que ahora servía para hacerse con información digital. Su confidente era un viejo amigo que le debía un favor y todavía no era consciente de que otros miembros del sector de la inteligencia iban a por ella. El hecho de que la Agencia hubiera decidido hacer mutis acerca de su pequeña desviación en el desempeño de sus funciones la había beneficiado. Lo había confirmado empleando una *backdoor* electrónica para acceder a las bases de datos de la Agencia, *backdoors* que ella había instalado hacía mucho tiempo. Estas «puertas» pronto se clausurarían y sus viejos amigos se esforzarían al máximo para matarla. Pero de momento seguía teniendo acceso.

Dio media vuelta y se marchó con paso tranquilo, aunque con todos los sentidos aguzados. Entró en un local de comida rápida y se encaminó al baño de señoras. Extrajo el USB y un dispositivo del otro bolsillo que le permitía comprobar que el USB no tenía *malware* ni rastreador electrónico. Un viejo amigo era un viejo amigo, pero en el mundo de los espías los amigos de verdad no existían, solo había enemigos y personas que podían convertirse en enemigos.

La memoria USB estaba limpia.

Dio un rodeo para regresar al hotel. Tomó un taxi, un autobús, el metro y el trecho final lo hizo a pie. Al cabo de dos horas volvía a estar en su habitación, casi convencida de que todo lo sucedido durante las últimas tres horas había pasado desapercibido para cualquiera que la estuviera buscando.

Se quitó los zapatos de un puntapié y se sentó al escritorio que había contra una pared. Abrió el portátil e introdujo la memoria en un puerto USB. Abrió el archivo de la unidad y la información empezó a extenderse por la pantalla.

Allí estaba la vida de Will Robie, bueno, lo que su empleador sabía de él. Algunas partes ya las conocía, pero también había información nueva. En lo más profundo, sus primeros años de vida se parecían mucho a los de ella.

Ninguno de los dos había crecido en una familia verdadera.

Los dos habían sido personas solitarias.

Los dos habían tomado ciertos caminos en la vida de los que habían salido, evitando así lo que probablemente habría sido una muerte prematura, para servir a su país.

Ambos tenían problemas con la autoridad.

A los dos les gustaba ir a la suya.

Los dos eran extremadamente buenos en su trabajo.

Ninguno de los dos había fallado jamás.

Y ahora uno de los dos estaba condenado a fallar.

Solo habría un vencedor en la contienda.

No había posibilidad de empate.

Fue bajando por la información hasta que aparecieron dos fotos en la pantalla.

La primera era de una mujer atractiva y de aspecto tenaz de treinta y muchos años. Aunque Reel no hubiera sabido que era agente federal, lo habría deducido por la pinta que presentaba.

La agente especial Nicole Vance, Nikki para sus amigos, los cuales no abundaban en su vida, según la nota que acompañaba a la foto.

Era una agente del FBI contumaz. Había desafiado al machismo existente en todas las agencias y todos los puestos de trabajo. Su fama había ascendido como un cohete lanzado desde Cabo Cañaveral, y todo por méritos propios y unas agallas a prueba de bomba.

Era quien investigaba la muerte de Doug Jacobs.

Conocía a Robie. Habían trabajado juntos.

Podría resultar un problema. O un valor insospechado. El tiempo lo diría.

Reel memorizó cada facción del rostro de Vance, así como la información adjunta. La capacidad para memorizar era algo que uno iba perfeccionando en esa profesión, o no se sobrevivía.

Se centró en la segunda foto.

La chica era joven, tenía catorce años, según la información.

Julie Getty.

Hogar de acogida. Padres asesinados.

Había trabajado con Robie, por supuesto de forma extraoficiosa. Había demostrado ser resiliente, aguda y adaptable. Había superado situaciones ante las que muchos adultos se habrían desmoronado. Lo más importante era que, al parecer, Robie sentía afecto por ella. Había corrido grandes riesgos para ayudarla.

Apoyó la mandíbula en los nudillos mientras observaba aquel rostro juvenil. Su expresión profunda la hacía aparentar más edad. Quedaba claro que Julie Getty había sufrido mucho y había sobrevivido a mucho. Pero el sufrimiento nunca llegaba a desaparecer. Formaba parte de la persona, como una segunda piel que uno nunca llega a mudar por mucho que lo desee.

Era el caparazón que uno mostraba al mundo todos los días, endurecido, casi a prueba de pinchazos, aunque no pudiera serlo. Los seres humanos no están hechos de ese modo.

«Tenemos corazón. Tenemos alma. Y pueden destruirse en cualquier momento.»

Pidió algo para cenar al servicio de habitaciones. En cuanto se lo trajeron, comió, tomó el café y contempló esa foto.

Ya había memorizado la información que había detrás de ese rostro. Sabía dónde y con quién vivía Julie Getty y a qué instituto iba. Sabía que Robie nunca la había visitado. Y sabía por qué.

«La protege. La mantiene al margen de su mundo. Mi mundo.»

No era lugar para aficionados, por muy competentes que fueran.

Pero esa chica no estaba al margen. Había dejado de estarlo en el preciso instante en que había conocido a Will Robie.

Julie era hija única, huérfana, dado que sus padres habían sido asesinados. Reel era capaz de identificarse con la situación de estar sola en el mundo.

Ella se había quedado sola siendo más joven que Julie. Las personas que crecían en un entorno normal no acababan dedicándose a lo que hacía Reel. Tenía que existir un presente herido, un dolor que nunca te abandonaba, para emplear una pistola, un cuchillo o las manos y quitarle la vida a otra persona una y otra vez. Si una tenía un hogar con padres cariñosos, iba al colegio y hacía deporte y se apuntaba al grupo de debates o se hacía animadora, no acababa dedicándose a lo que Reel se había dedicado buena parte de su vida adulta.

Dio otro sorbo al café e inclinó la cabeza mientras fuera empezaba a llover. Mientras la lluvia golpeaba las ventanas, no dejó de observar la imagen de Julie Getty.

«Podrías ser como yo —pensó—. Y como Robie. Pero si tienes que tomar esa decisión si se te presenta la oportunidad... da media vuelta... No, echa a correr, Julie.»

Cerró el portátil y la imagen de Julie se desvaneció.

Pero no realmente. Seguía estando allí. Grabada en su mente.

Porque, en cierto modo, cuando miraba a Julie Getty, Jessica Reel tenía la impresión de estar mirándose a sí misma.

15

Más precinto policial. Entre el viento y la lluvia parecían cabos de cuerda dorados que se balanceaban en la oscuridad. Había furgonetas del FBI, coches policiales, barricadas y reporteros que intentaban acercarse mientras los agentes uniformados les impedían el paso.

Lo mismo de siempre.

El centro de atención siempre era por lo menos un cadáver, aunque no resultaba extraño que hubiera más de uno. Se estaba llegando al punto en que cada día se producía una nueva matanza para que la gente la diseccionara.

Robie observó toda esa actividad desde detrás del cordón policial sabiendo mucho más que el resto. Le habían pasado muchas cosas por la cabeza desde que había estado a punto de morir en Eastern Shore. En concreto, una le carcomía: «No inspeccioné el anexo antes de entrar en la casa.»

Supuso que el anexo habría contenido ciertos elementos de interés. Pero ahora no podía regresar. La policía tendría controlado el lugar. Se preguntó qué encontrarían.

Llamó a Hombre Azul y le hizo precisamente esa pregunta.

—El anexo ya no está —dijo Hombre Azul.

—¿Qué quieres decir con que ya no está?

—Dos minutos después de que te marcharas fue pasto de las llamas. Un acelerante combinado tal vez con un componente inflamable a base de fósforo. La temperatura debió de subir tanto que licuó el metal. Acabo de ver las imágenes de uno de nuestros satélites. La policía está ahí en estos momentos pero no encuentra nada.

—Cubrió bien su rastro.

—¿Esperabas menos de ella?

—Supongo que no.

—No te olvides de venir —dijo Hombre Azul.

—Ya me verás en algún momento.

Robie colgó y observó a la policía y al FBI rondando por la escena del crimen: no encontrarían nada.

El coche tiroteado seguía en el mismo sitio, ahora parcialmente oculto a la vista por la pantalla de plástico azul con que lo habían rodeado.

Con anterioridad, Hombre Azul había explicado a Robie los detalles de la ejecución, ya que de eso se había tratado. Un joven se había acercado a limpiar el parabrisas. Los escoltas primero habían bajado la ventanilla del conductor y luego la del pasajero para advertir al muchacho que se largara. La bala había entrado por el lado del pasajero y había alcanzado a Gelder en la frente. Los tipos de seguridad habían resultado ilesos.

Ella solo había ido a por Gelder, lo cual tenía sentido. Era el número dos. Si Robie fuera el número uno de la Agencia, habría empezado a sentirse algo más que nervioso, pues probablemente fuera el próximo de la lista.

El chico se había ido corriendo. Le estaban buscando, pero, aunque lo encontraran, Robie sabía que no tendría nada que aportar. Le habían pagado para hacer lo que había hecho. Pero era imposible que hubiera visto a quien le pagaba.

Pasar de un chupatintas como Douglas Jacobs al hombre que ocupaba el segundo puesto de la Agencia suponía un salto de una magnitud impresionante. Robie se preguntó qué lógica tenía, puesto que Reel debía de tener algún motivo. No pensaba que escogiera sus objetivos al azar.

Lo cual implicaba que Robie tenía que acabar comprendiendo su lógica. Y para ello no solo tenía que entender a Reel, sino también a los hombres que había matado.

Supuso que el expediente de Gelder sería mucho más abultado que el de Jacobs, y confidencial en su mayor parte. Se preguntó a qué parte se le denegaría el acceso. En algún momento tendría que empezar a combatir el secretismo natural que el personal de la Agencia llevaba impreso en su ADN. No podía resolver algo que no alcanzaba a entender.

Alzó la vista hacia el semáforo. Estaba verde, aunque no pasaba ningún coche porque la calle estaba cerrada al tráfico.

Volvió a mirar el coche y luego al semáforo.

Comprendió. Ella también había cubierto aquello.

Volvió a llamar a Hombre Azul.

—Haz que alguien compruebe los ciclos del semáforo en el que se paró el coche. Apuesto a que Reel los trucó para que el coche se parara donde y cuando se paró. De lo contrario, si el semáforo hubiera estado verde, el plan habría fracasado.

—Ya lo hemos hecho. Se neutralizó de forma manual, supuestamente fue ella.

Robie se guardó el teléfono y se dispuso a marcharse, aunque siguió mirando por encima del hombro para calcular la trayectoria más probable de la bala, siguiéndola a la inversa para llegar a donde quería.

Se detuvo cerca de un árbol. Estaba lejos de la escena del crimen, por lo que la policía todavía no había llegado allí, aunque llegaría.

Observó la rama inferior en busca de marcas recientes de que allí se hubiera posado el cañón de un arma. No vio ninguna. A continuación examinó el pequeño recuadro de tierra en que estaba plantado el árbol y la cerca que lo rodeaba.

Hombre Azul había dicho que no había testigos. Bueno, en realidad había tres: los dos escoltas y el muchacho. Pero los guardaespaldas no habían visto nada. Ni siquiera sabían a ciencia cierta de dónde había provenido el disparo. Y el chico no sería de ayuda porque no sabría nada.

Robie trazó una línea de tiro hacia la ventanilla del coche. Un buen disparo en diagonal entre dos puntos fijos desde cierta distancia.

De noche.

En condiciones poco favorables.

Calculó que el margen de error era inexistente.

Tenía que haber utilizado una mira y un arma híbrida, algo entre una pistola y un fusil. Al fin y al cabo, aquello no era Eastern Shore. Había testigos potenciales por todas partes. Sacar un fusil de cañón largo era, como poco, problemático.

Ella había disparado y se había esfumado. Como el humo. Eso no pasaba así como así, había que saber hacerlo.

Escudriñó los arbustos que rodeaban el árbol y lo vio en el segundo repaso. Se arrodilló y lo recogió. Era blanco y se estaba desintegrando. Se lo acercó a la nariz. Despedía cierta fragancia.

Regresó mentalmente a la casa desde donde se había efectuado el disparo que había matado a Jacobs. Lo mismo.

Se lo guardó en el bolsillo. La brújula tenía cuatro direcciones que se traducían en muchas vías de escape para Reel.

Volvió a sonarle el móvil.

Esperó que se tratara de Hombre Azul, quizá para explicarle por fin por qué se comportaba de un modo tan extraño.

Pero no era Hombre Azul.

Era Jessica Reel.

16

«No es nada personal.»

Robie se quedó contemplando las cuatro palabras que aparecían en la pequeña pantalla. Luego observó anonadado la aparición de la frase siguiente:

«En parte me alegro de que te salvaras.»

Sin pensárselo dos veces, tecleó una respuesta:

«¿Qué parte?»

Ella no respondió, pero su siguiente mensaje lo sorprendió todavía más:

«Cuando las cosas parecen sencillas, no suelen serlo. Lo correcto y lo equivocado, lo bueno y lo malo, dependen del criterio de quien juzga. Tienes que entender las intenciones. Y ándate con cuidado.»

El teléfono volvió a pitar, lo cual esperaba. Pero no era otro mensaje de Reel sino una llamada.

—Robie —respondió.

—Tienes que venir, ahora mismo.

—¿Quién eres?

—La oficina del director Evan Tucker.

«Vale —pensó Robie. Habían visto los mensajes de Reel porque le tenían el teléfono intervenido desde el primer mensaje de correo que Reel le había enviado—. Es el pez gordo de la Agencia y seguro que está un poco estresado. No me extraña.»

—¿Adónde? ¿Langley?

—El director está en casa. Se reunirá contigo allí.

Al cabo de cinco minutos Robie iba en su coche camino de Great Falls, Virginia. Las carreteras eran estrechas y serpenteantes en aquella zona rural y boscosa donde vivían algunas de las personas más ricas y poderosas del país.

El director Tucker vivía al final de una calle sin salida. Había una barricada de hormigón a unos quince metros de la casa que se extendía a lo largo de la carretera, solo interrumpida por una barrera levadiza en el centro que permitía el paso de vehículos en fila india. Tucker vivía en una mansión de estilo colonial de ladrillo visto y revestimiento con un tejado de tejuelas de cedro, situada en un terreno de diez hectáreas con piscina y pista de tenis y cuatro hectáreas de bosque.

Robie detuvo el coche en la caseta de guardia montada en la barricada. Le registraron el coche, lo cachearon y verificaron que tenía una cita concertada. Tuvo que dejar el coche y recorrer a pie el resto del trayecto.

Miró a uno de los agentes con expresión adusta.

—Le tengo mucho aprecio a este Audi. Espero que esté intacto cuando regrese.

El hombre ni siquiera esbozó una sonrisa.

A Robie le quitaron la pistola, lo cual no era de extrañar. De todos modos, se sintió desnudo mientras subía por el sendero que conducía a la puerta principal.

Allí había más guardias. Volvieron a cachearlo, como si pudiera haber conseguido un arma a lo largo de los quince metros que había recorrido. La puerta se abrió y le acompañaron al interior.

Todavía era relativamente temprano, pero supuso que el máximo responsable de Inteligencia estaba despierto desde que su segundo al mando fuera abatido por una bala en la frente.

A Robie también le habría provocado insomnio.

La biblioteca revestida de paneles de madera a la que fue conducido estaba repleta de libros que sí parecían haberse leído. Una alfombra rectangular cubría en parte el suelo de tablones. En un extremo había un escritorio con una lámpara encendida. Delante del escritorio había una silla.

Evan Tucker estaba sentado tras el escritorio. Vestía camisa blanca arremangada y pantalones negros holgados. Llevaba abierto el cuello extraalmidonado de la camisa y tenía una taza de café al alcance de la mano.

Indicó a Robie que tomara asiento y le ofreció un café.

—Gracias.

Quien le había acompañado desapareció, supuestamente para satisfacer su petición. Mientras tanto, Robie se recostó en el asiento y observó al hombre que dirigía la Agencia.

Parecía mayor de los cincuenta y cuatro años que tenía. Tenía todo el pelo gris, barriga y las manos con manchas de la edad. Pero la cara era la que resultaba realmente reveladora: arrugada, mofletuda, con unos ojos atrapados en profundas cuencas carnosas. Parecían sumideros que estaban tragándose al hombre entero. Tenía labios finos y agrietados, dentadura amarillenta e irregular. No hacía ningún intento por disimular los dientes. De todos modos, Robie supuso que Evan Tucker tenía muy pocos motivos para sonreír, dada su profesión.

Llegó el café y el asistente se marchó cerrando la puerta a su espalda.

Tucker pulsó un botón escondido en el hueco para las rodillas del escritorio y Robie oyó cómo se accionaba un mecanismo. Miró hacia las ventanas y vio cómo bajaban unos paneles gruesos. Miró hacia la puerta y vio que ocurría lo mismo.

Parecía una película de James Bond pero con un objetivo legítimo y tangible. La estancia acababa de convertirse en un centro de información compartimentada sensible o SCIF, en sus siglas en inglés. Era obvio que lo que Robie estaba a punto de escuchar se consideraba inteligencia propia de las más altas esferas de la comunidad de espías.

Tucker se reclinó en el asiento sin apartar la mirada de Robie.

—Se ha estado comunicando contigo —dijo en un tono ligeramente acusador—. Te ha enviado esos mensajes estúpidos. Como si fuera una especie de juego. Y diciéndote que en realidad no quiere volarte los sesos. Es todo una patraña, confío en que seas consciente de ello.

Robie ni se inmutó. Nunca se inmutaba. No podía permitirse tal despiste.

—Lo sé. Pero tampoco puedo hacer nada al respecto. Nuestra gente dice que no pueden rastrearla.

—Me han dicho que está utilizando unos niveles de encriptado que superan la plataforma estándar de la Agencia de Seguridad Nacional. Es obvio que lo ha planeado todo bien.

—Pero si sigue enviándome mensajes, nos proporciona cierta información. Y quizá cometa un error. De hecho, creo que ya lo ha cometido al comunicarse conmigo.

—En realidad, está jugando contigo, Robie. Es una experta. He visto los informes sobre ella. Es una manipuladora. Consigue que la gente haga cosas ganándose su confianza de forma subrepticia.

—Intentó quemarme vivo. Una forma un poco curiosa de ganarse mi confianza.

—¿Y luego te dice que lo siente? ¿Sin sangre no hay castigo? ¿Y te dice que te andes con cuidado? ¿Y habla de lo correcto y lo equivocado? Está intentando hacerse pasar por la inocente víctima de un error de apreciación. Me pone enfermo.

—Ella que diga lo que le dé la gana. No cambia mi misión, ¿verdad? —Robie dio un sorbo al café y volvió a dejar la taza.

Tucker seguía mirándolo como buscando advertir la menor vacilación en sus palabras.

—Gelder era buena persona. Igual que Doug Jacobs.

—¿Usted también conocía a Jacobs? —preguntó Robie.

—No, pero está claro que no se merecía un disparo en la espalda de una traidora.

—Cierto —convino Robie.

—Haz lo que ella hace, Robie. Hazme entrar en su cabeza.

Robie no respondió de inmediato porque no sabía a ciencia cierta qué le pedía aquel hombre.

—Puedo decirle qué técnica emplea para abordar las misiones. Pero no sé por qué se ha vuelto una traidora. Todavía no sé lo suficiente acerca de ella. Me acaban de asignar esta misión.

—No deja que la hierba crezca bajo sus pies. Tú tampoco puedes.

—He estado en la escena de los dos tiroteos.

—Y casi te chocas con una agente del FBI que está al mando

de la investigación. Luego cenaste con ella. ¿Hay algún conflicto ahí que no eres capaz de ver?

—No me ofrecí voluntario para esta misión, señor. Y no tengo capacidad para controlar a quién nombra el FBI para encabezar una investigación.

—Continúa.

—También he estado en casa de Reel, en Eastern Shore.

Tucker asintió.

—Y casi acabas quemado vivo. He visto las imágenes del satélite. Creo que tienes que subir de nivel en este juego, Robie. De lo contrario te matará. Estás muy bien recomendado. Pero no nos hace falta descubrir durante el proceso que ella es mejor que tú.

Robie calibró fríamente al hombre sentado detrás del escritorio en su bonita casa rodeada de guardias y barricadas. Robie sabía quién era Tucker. Había sido político y luego se había pasado al terreno del espionaje.

Nunca había sido agente sobre el terreno. Nunca había llevado uniforme. Al igual que Jacobs, nunca había estado «allí». Él solo observaba en las pantallas de los satélites cómo otros morían de forma violenta.

Robie sabía que la tecnología de los drones acababa salvando vidas porque no hacía falta enviar ni arriesgar a un equipo entero. El objetivo era el único que corría el peligro de morir. Pero a veces no bastaba con ordenadores, satélites y drones. Ahí era cuando Robie entraba en acción. Y él hacía su trabajo. Lo que le fastidiaba era que quienes dirigían el cotarro sentados en un escritorio pensaran que hacían lo mismo que él. No lo hacían, ni por asomo.

—¿Crees que soy injusto? —preguntó Tucker con tono paternalista.

—La justicia no tiene nada que ver con mi trabajo.

—Me alegra saberlo. Nos ahorra tiempo.

Robie miró alrededor.

—Dado que estamos en un SCIF, señor, quizá podría darme su opinión sobre por qué está ocurriendo esto.

—Reel se ha pasado al otro bando. Por culpa de alguien.

—¿De quién? La agencia debe de tener alguna idea.

—Dispones de información sobre sus últimas cuatro misiones. Se realizaron a lo largo de casi un año. Yo diría que ahí está la respuesta.

—¿La respuesta podría ser el hombre al que no mató?

—¿Te refieres a Ferat Ahmadi?

Robie asintió.

—A veces se acierta con las respuestas más simples.

—Eso explicaría lo de Jacobs. Pero no lo de Gelder.

—Analicemos eso. ¿Gelder desempeñó algún papel en el golpe contra Ahmadi?

Tucker miró en derredor y, a juzgar por su expresión, pensó que de repente el muro del SCIF no era lo bastante robusto para soportar el peso de aquella conversación.

—Señor, si piensa que no estoy autorizado para saberlo, podemos dar por concluida la conversación.

—Sería una estupidez meterte en esto y pensar que no estás autorizado.

—Entonces, ¿Gelder tuvo algo que ver?

—Que yo sepa... —empezó Tucker, pero Robie levantó una mano como un guardia que dirige el tráfico, que es como se sentía en ese momento.

—Con mis debidos respetos, señor, este tipo de preámbulos no me sirven de nada. No está testificando en el Capitolio. Si no va a darme una respuesta completa, se la puede ahorrar.

—Gelder dirigía las operaciones clandestinas, pero no tuvo una implicación directa en la misión de Ahmadi —explicó Tucker mientras se sentaba más recto y parecía mirar a Robie con otros ojos.

—O sea que si descartamos a Ahmadi, ¿adónde miramos? Necesitamos algún punto de conexión entre Jacobs y Gelder.

—¿Se te ha ocurrido pensar que quizá Reel esté atacando a individuos de la Agencia basándose en algún plan paranoico que tenga en mente? Trabajaba con Jacobs y le resultó fácil engañarle. Ahora está muerto. Gelder era el número dos y también se lo cargó, lo cual causa un daño catastrófico a la Agencia que beneficia a nuestros enemigos. Podría no haber más motivos que eso.

—No creo.

—¿Por qué no? —espetó Tucker.

—Eso lo puede hacer cualquiera. Reel no es cualquiera.

—No sabía que la conocías tan bien. Según el archivo, hace más de una década que no has tenido contacto con ella.

—Es cierto. Pero el contacto que tuve con ella fue muy intenso. En condiciones extremas, acabas conociendo a las personas. Es como si te conocieras de toda la vida.

—La gente cambia, Robie.

—Sí, es cierto.

—¿Adónde quieres ir a parar exactamente?

—Tiene un plan. Y el plan es obra suya.

—¿Y en qué te basas para pensar eso? ¿El instinto?

—Si estuviera trabajando para alguien, no se comunicaría conmigo. Las normas básicas lo impiden. Quienes la contratan la estarían controlando, igual que vosotros controláis mis comunicaciones. Ella no asumiría ese riesgo. Creo que se trata de algo personal.

—A lo mejor está jugando contigo. Apartándote del tablero. Es una mujer atractiva. En su expediente consta que ha utilizado todas sus bazas para completar todas sus misiones con éxito. No te dejes embaucar.

—Ya lo he tenido en cuenta, señor. Y sigue sin cuadrarme.

—Entonces, si tiene un plan secreto, ¿de qué se trata? Estamos dándole vueltas a lo mismo.

—Tengo más deberes por hacer. Voy a empezar por la conexión entre Gelder y Jacobs.

—Si es que existe.

—Una advertencia, señor.

Tucker lo miró.

—Soy todo oídos.

—Reel ha pasado de un nivel inferior a otro superior con un solo paso. Quizás esté dando rodeos para despistarnos.

—Eso presupone que tiene más objetivos.

—No creo que haya duda al respecto.

—Espero que te equivoques.

—Pues no lo creo.

—¿Y la advertencia?

—¿Y si decide seguir subiendo por la jerarquía de la Agencia?

—Entonces solo queda un puesto. El mío.

—Cierto.

—Voy con escolta.

—Jim Gelder también.

—Mis agentes de seguridad son mejores.

—También lo es Jessica Reel —repuso Robie.

—Menuda ironía que este país le enseñara las habilidades que ahora usa en nuestra contra —se quejó Tucker.

—Le enseñaron un tipo de habilidades, señor. La más importante ya la sabía.

—¿Y cuál es?

—Sangre fría. La mayoría de la gente piensa que la posee de forma innata. Y casi todos se equivocan.

—Tú también tienes esa habilidad, Robie.

—Y ahora voy a necesitarla. Hasta la última gota.

17

Robie tardó apenas treinta minutos en volver en coche a su apartamento, aunque le parecieron treinta horas.

Tenía mucho en que pensar.

Lo que había dicho a Tucker y lo que Tucker le había respondido se había mezclado en su cabeza como una especie de sopa con tropezones. Lo cierto es que no sabía cómo tomarse la reunión con el director de los servicios de Inteligencia.

Los mensajes de Reel habían convencido a Robie de que actuaba sola. Se trataba de un asunto personal para ella. No fallas con tu adversario y luego le dices que te alegra en parte. No obstante, lo que quedaba claro era que ella intentaba meterse en su cabeza. Las referencias sutiles al bien y el mal, la advertencia de que se cubriera las espaldas eran técnicas de manipulación clásicas para hacerle dudar de su misión y que dejara de confiar en la Agencia. Era buena, eso estaba muy claro.

Robie y Reel habían recibido el mismo tipo de adiestramiento, habían salido de los mismos sistemas, las mismas filas, y tenían los mismos protocolos grabados en sus almas profesionales. Pero eran distintos. A él nunca se le habría ocurrido enviarle un SMS a su adversario. Solía tomar el camino más recto hacia su objetivo. No sabía ni le interesaba saber si era una cuestión de género. Las diferencias estaban ahí, eso era lo que importaba.

Existía la posibilidad de que Reel hubiera cambiado. Y también era posible que siguiera siendo tal como siempre había sido.

Llegó al bloque de pisos, estacionó en el aparcamiento subterráneo y subió hasta su planta en el ascensor. Comprobó el pasillo por si veía algo raro, abrió la puerta con llave e introdujo el código para desactivar la alarma en el panel de seguridad.

Puso la cafetera al fuego, se preparó un sándwich de mantequilla de cacahuete y miel y se sentó en el sillón que daba a la ventana del salón. Tomó el café, comió el sándwich y observó la lluvia que había empezado a arreciar en el exterior. Seguro que era agónico entrar en la ciudad en hora punta lloviendo, cuando con sol ya era un engorro, así que solo faltaba el asfalto resbaladizo y el agua cayendo a cántaros en los parabrisas.

Extrajo del bolsillo el diminuto objeto blanco. Se había desintegrado más, pero seguía allí. Tenía que averiguar qué era exactamente. Lo había encontrado en ambas escenas del crimen.

Una vez podía ser casualidad. Dos seguía un patrón.

Y si Reel lo había dejado, tenía que haber algún motivo.

Se sirvió una segunda taza de café, se sentó al escritorio y tecleó en el portátil. La vida de Doug Jacobs se extendió por la pantalla como la sangre en una tira para hacer análisis.

Debía de ser una vida interesante para los profanos, pero para Robie era de lo más normalucha. Jacobs había sido analista y luego contacto. Nunca había disparado un arma en nombre de su país. Hasta su muerte violenta, nunca había resultado herido en el trabajo.

Había matado a muchas personas, desde la distancia y empleando a gente como Robie para apretar el gatillo. Nada que objetar. Los hombres como Robie también necesitaban a personas como Jacobs para cumplir con su cometido.

Jacobs había trabajado con Reel en cinco ocasiones en un lapso de tres años. Sin problemas, ni siquiera un percance menor durante la ejecución. Todos los objetivos habían sido eliminados y ella había vuelto a casa sana y salva hasta la siguiente misión.

Robie no sabía a ciencia cierta si esos dos se habían visto alguna vez cara a cara. El expediente no incluía nada que apuntara a esa posibilidad. No era de extrañar. Robie nunca había conocido a ninguno de sus contactos. La Agencia seguía la política de la muralla china con respecto a sus agentes secretos. Cuanto menos supieran unos de otros, menos podrían contar en caso de que les capturaran y torturaran.

Robie descartó cualquier asunto relacionado con la vida privada de Jacobs. Teniendo en cuenta la implicación de Reel, aquello tenía que venir a cuento de su vida profesional.

Tantas misiones cumplidas. Ningún problema. Luego, de repente, Reel disparaba a Jacobs por la espalda mientras se la suponía en una misión en Oriente Medio para liquidar a un hombre que Estados Unidos no toleraba que estuviera en el poder.

Como no encontró nada en el archivo de Jacobs, abrió la historia digital, mucho más larga, de James Gelder.

Gelder había dedicado toda su vida a servir al país, empezando por el ejército, siempre en el sector de la inteligencia. Había ascendido rápidamente y se le consideraba el sucesor más probable de Evan Tucker, a no ser que el presidente optara por una decisión política y nombrara a alguno de sus acólitos del Capitolio cuya única vinculación con la inteligencia fuera la ausencia de la misma.

Evan Tucker era el rostro público de la Agencia, si es que existía tal cosa. Era más accesible que algunos de sus predecesores, pero Gelder era quien sacaba las castañas del fuego con respecto a las operaciones.

Robie se preguntó quién le sustituiría. ¿Quién querría el puesto, visto cómo había acabado Gelder?

Robie empezó desde el principio, antes incluso de que Gelder entrara en la Agencia, cuando todavía estaba en la Armada. Fue ascendiendo sin prisa y sin pausa. El hombre había tenido una carrera ejemplar y el respeto que Robie sentía por él no hizo más que aumentar.

Llegó al final del expediente y se reclinó en el asiento.

¿Por qué le habría matado Jessica Reel? Si era por algo personal, ¿cuál sería el motivo? Robie no encontraba ningún vínculo entre Reel y Gelder. Tal como había dicho Evan Tucker, Gelder no había tenido una intervención directa en la misión de Ahmadi, aparte de darle el beneplácito oficial. Robie no encontraba ninguna otra prueba de que Gelder hubiera trabajado con Reel, ya fuera de forma directa o indirecta.

Pulsó unas teclas para salir del archivo, pero un trueno le distrajo y pulsó dos teclas por error. La página que le apareció se reformateó al instante. De repente aparecieron encabezados, pies de página y otros galimatías electrónicos.

«Mierda.»

No podía modificar la página; se trataba de un documento de solo lectura.

Pulsó varias teclas para salir de aquel formato que había aparecido sin querer, en vano. Estaba a punto de volver a intentarlo cuando miró la parte inferior de la página. En una fuente tan tenue que tuvo que encender la lamparilla para verla mejor, había una palabra entre corchetes: [*Borrado*].

Contempló la tenue palabra como si un fantasma acabara de aparecer en pantalla.

«Mierda, otra vez.»

Inmediatamente fue retrocediendo de página en el archivo de Gelder y encontró veintiún casos de [*Borrado*].

Volvió al archivo de Jacobs, pulsó la misma combinación de teclas y encontró diecinueve casos de información borrada.

Se reclinó en el asiento.

Había imaginado que habría algo de censura, pero por lo visto habían editado de forma electrónica el dichoso archivo. Los «autores» podían ser ciertas personas desconocidas o toda la Agencia, desde Tucker hasta abajo.

Abrió el archivo oficial de Reel y, tras pulsar las mismas teclas, comprobó que estaba repleto de información borrada.

«Quieren que investigue, pero estoy atado de pies y manos. Me han mentido al no contarme toda la historia.»

Cogió el teléfono para llamar a Hombre Azul, pero se contuvo y dejó el dedo suspendido sobre el teclado.

Hombre Azul le había dado una sensación extraña durante la última llamada. Había querido ver a Robie, teóricamente para que le examinaran las quemaduras. Pero le había dado otra dirección, y eso le hizo plantearse si lo que realmente importaba a Hombre Azul eran las quemaduras.

Ahí estaba pasando algo de lo que Robie no estaba al corriente.

Se levantó, se acercó a la ventana y contempló la lluvia, como si el mal tiempo pudiera aclararle las ideas.

Lo consiguió, pero solo en parte.

Lo consiguió porque decidió que iría a ver a Hombre Azul, aunque no pensaba mencionarle lo que acababa de descubrir. Vería qué tal iba. Vería si Hombre Azul sacaba el tema o si estaba de parte de alguien que no era Robie. El día anterior, todo aquello habría resultado impensable. Pero el día anterior lo que Robie acababa de ver en pantalla también habría resultado impensable.

Tenía las ideas mucho menos claras con respecto a Jessica Reel. Empezaba a albergar dudas al respecto. Dudas muy profundas.

«Nada personal», había dicho ella.

No obstante, Robie empezaba a pensar que aquello no podía ser más «personal» para ella. Y, si ese era el caso, tenía que averiguar por qué.

18

Justo cuando salía del garaje le sonó el móvil. Miró la pantalla y gimió. Ella le había llamado varias veces y él no le había respondido. Albergaba la esperanza de que algún día dejara de llamar. Pero ella no parecía haber captado el mensaje.

Pulsó el botón de respuesta por inercia.

—¿Sí?

—¿A qué coño estás jugando, Robie?

Julie Getty sonaba igual que la última vez que habían hablado. Un poco mosqueada y un poco desconfiada. Bueno, a decir verdad, sonaba muy mosqueada y muy desconfiada.

Lo cierto es que no era de extrañar.

—No sé muy bien a qué te refieres.

—Me refiero a que si alguien te deja veintiséis mensajes de voz, debe de ser que quizá quiera hablar contigo.

—¿Qué tal te va la vida?

—Fatal.

—¿En serio? —dijo Robie con prudencia.

—No, es broma. Jerome es igual que en el anuncio. De hecho, quizá demasiado bueno. Me siento como Huckleberry Finn cuando vuelve a vivir con la viuda Douglas.

—Yo no se lo echaría en cara. Llevar una vida normal y aburrida está seriamente infravalorado.

—¡Pero tú sabrías perfectamente cómo me va la vida si me devolvieras las llamadas!

—He estado muy ocupado.

—Me has dejado tirada y lo sabes. Incluso pasé por tu casa, pero te has mudado. Esperé varias horas en cinco ocasiones hasta que llegué a esa conclusión. Luego me puse a buscar tu foto en las necrológicas porque pensé que eras un hombre de palabra. Y que si no te ponías en contacto conmigo, debía de ser porque te habías muerto. He intentado llamar una última vez por si las moscas.

—Mira, Julie...

—Me lo prometiste —le interrumpió—. Normalmente no me fío de esas chorradas, pero confiaba en ti. Confiaba en ti de verdad. Y me has decepcionado.

—No necesitas a una persona como yo en tu vida. Pensé que lo sucedido en el pasado te lo había dejado claro.

—Lo sucedido en el pasado me dejó claro que eras un hombre que hacía lo que decía. Pero luego dejaste de hacerlo.

—Fue por tu propio bien —se justificó Robie.

—¿Por qué no dejas que sea yo quien decida ese tipo de cosas?

—Tienes catorce años. No te corresponde tomar ciertas decisiones.

—Eso lo dices tú.

—Puedes odiarme y maldecirme y pensar que soy un mierda. Pero, en el fondo, es por tu bien.

—No me hace falta pensar. Eres un mierda.

La línea enmudeció y Robie dejó caer el móvil en el asiento.

No debía sentirse mal por aquello. Lo que le había dicho a Julie Getty era la verdad. «Entonces, ¿por qué me siento como el mayor capullo del mundo?»

A menos de un kilómetro de su apartamento, paró en el bordillo y bajó del coche. Entró en la tienda y lo asaltó un aluvión de fragancias. Si hubiera sido alérgico, habría empezado a estornudar.

Se acercó al mostrador de la dependienta. Extrajo los diminutos fragmentos blancos y los dispuso encima del mostrador.

—Sé que es una pregunta rara —empezó—, pero ¿podrías decirme qué flor es esta?

La joven observó los fragmentos de pétalos.

—No puede decirse que sea una flor, señor.

—Es todo lo que queda.

Ella los tocó con un dedo y se lo acercó a la nariz. Negó con la cabeza.

—No lo sé seguro. Solo trabajo media jornada.

—¿Hay alguien más que pueda ayudarme?

—Espere un momento.

Fue a la trastienda y al cabo de un momento apareció una señora con gafas. Era mayor, más robusta, y Robie supuso que se trataba de la dueña de la floristería.

—¿En qué puedo ayudarle? —preguntó cortésmente.

Robie repitió la pregunta. La mujer cogió lo que quedaba del pétalo, se lo acercó a los ojos, se quitó las gafas, lo examinó más de cerca y luego lo olisqueó.

—Rosa blanca —determinó sin vacilar—. Una Madame Alfred Carrière. —Señaló una mancha en el pétalo—. Aquí se aprecia cierto tono rosado. Y el aroma tiene una fuerte nota especiada y dulce. La Madame Plantier, en comparación, es toda blanca y el aroma es muy distinto, por lo menos para un entendido en rosas. Tengo unas cuantas Carrière en *stock* si desea verlas.

—Otra día, quizá. —Robie hizo una pausa para buscar la mejor manera de decir lo que dijo a continuación—. ¿Para qué se compran flores blancas? Me refiero a para qué tipo de ocasión.

—Oh, bueno, las rosas blancas son las flores de boda tradicionales. Simbolizan la inocencia, la pureza, la virginidad, ya sabe, ese tipo de cosas.

Robie lanzó una mirada a la joven y la pilló poniendo los ojos en blanco.

—Aunque resulta interesante —añadió la mujer mayor.

Robie volvió a centrarse en ella.

—¿El qué?

—Pues que las rosas blancas también se emplean en los servicios funerarios. Representan el sosiego, el amor espiritual, ya sabe. —Bajó la mirada hacia el pétalo y puso el dedo sobre la mancha rosada—. Aunque esto es un símbolo que yo no relacionaría con la paz.

—¿La parte rosa? ¿A qué se refiere?

—Bueno, algunas personas la asocian con algo muy distinto del amor y la paz.

—¿Con qué?

—La sangre.

19

Robie salió de la floristería y prosiguió su camino. Tenía mucho en que pensar. Y estaba enfadado. Flores en las dos escenas. No. Para ser exactos, restos de flores en las dos escenas. Los archivos que le habían dado no eran lo único que su agencia había redactado. La policía había pasado por ambas escenas del crimen y había retirado las rosas blancas que Reel había dejado allí, pero se les habían olvidado un par de pétalos.

Reel le había dicho en su mensaje que se anduviera con cuidado. Que había otros intereses en juego. Ahora pensó que tenía más razón de lo que él había imaginado.

La nueva dirección que Hombre Azul le había indicado se encontraba al oeste de Washington D.C., en Loudoun County, Virginia. Era un territorio donde abundaban los caballos y grandes mansiones tras kilómetros de vallas, mezcladas con otras fincas más modestas. También había pueblos con *boutiques* y restaurantes distinguidos que servían a los ricachones que jugaban a ser nobles campestres. Junto a estos establecimientos había tiendas que vendían artículos útiles, como semillas para cultivar y sillas de montar.

Al final, Robie enfiló un sendero de grava flanqueado por pinos frondosos que habían convertido el terreno en una alfombra naranja con su pinaza. A la entrada del sendero había un cartel que advertía a la gente que no tomara ese desvío a no ser que tuviera motivos fundados para ello.

Llegó a una verja de acero vigilada por dos hombres con ropa de camuflaje y armados con sendos MP5. Lo cachearon, registraron el coche y confirmaron que había sido invitado al lugar. La verja de acero se abrió deslizándose por unos rieles motorizados y Robie entró en su coche.

El complejo estaba formado por edificios desperdigados de una sola planta. Parecía una escuela superior bien financiada.

Aparcó y se acercó a la puerta principal, le abrieron el portero automático y una mujer con un discreto traje pantalón azul marino le acompañó. Llevaba su credencial colgada de la cadera. Robie la miró. Cuando ella advirtió lo que él estaba haciendo, le reprendió.

—Yo no la memorizaría.

—Nunca lo hago —repuso Robie.

La mujer, que cerró la puerta al marcharse, lo dejó en una sala de reconocimiento aséptica. Supuso que se cerraría de forma automática. Dudaba que quisieran que se pusiera a rondar por el complejo a sus anchas.

Al cabo de un momento la puerta se abrió y apareció otra mujer. Era esbelta, de unos treinta y muchos años, con la melena oscura recogida en una coleta, gafas y los labios pintados de rojo. Vestía una bata blanca de médico.

—Soy la doctora Karin Meenan, señor Robie. Tengo entendido que ha sufrido algunas lesiones.

—Nada grave.

—¿Dónde las tiene?

—En el brazo y la pierna.

—¿Puede quitarse la ropa y tenderse en la camilla, por favor?

La doctora preparó varios dispositivos médicos mientras Robie se quitaba la chaqueta, la camisa, los pantalones y los zapatos. Se encaramó a la camilla mientras Meenan se sentaba en un taburete con ruedas y se le acercaba.

La doctora examinó las quemaduras.

—¿Esto no le parece grave? —preguntó enarcando las cejas.

—No estoy muerto.

Ella continuó examinándole.

—Supongo que tiene un aguante superior al normal.

—Supongo.

—¿Se las ha limpiado?

—Sí.

—Ha hecho un buen trabajo —comentó ella.

—Gracias.

—Pero con eso no basta.

—Por eso estoy aquí.

—Voy a darle unos fármacos para evitar la infección. Y una inyección.

—Lo que crea conveniente —repuso Robie.

—Coopera mucho como paciente.

—¿Tiene otros aquí que no sean así?

—La verdad es que no. Pero no siempre he trabajado aquí —dijo Meenan.

—¿Dónde, antes?

—Centro de Traumatología, en el sudeste de Washington D.C.

—Entonces habrá visto una buena ristra de heridas de bala.

—Sí, la verdad es que sí. Por cierto, usted tiene unas cuantas. —Observó dos puntos en el cuerpo de Robie. Señaló una marca que tenía en el brazo—. ¿Una nueve milímetros?

—Tres-cinco-siete, en realidad. El tirador usó una genérica que por suerte se le atascó la segunda vez, de lo contrario ahora quizá no estaría aquí.

Ella alzó la vista rápidamente hacia él.

—¿Suele tener suerte en su trabajo?

—Casi nunca.

—No es cuestión de suerte, ¿verdad?

—Casi nunca —confirmó Robie.

La doctora se pasó un buen rato limpiándole las heridas a conciencia y vendándoselas a continuación.

—Puedo administrarle la primera dosis del fármaco en la nalga o el brazo. El punto de inyección le dolerá un rato —advirtió.

Robie le tendió el brazo izquierdo.

—Calculo que dispara con la derecha.

—Así es —respondió él.

Le clavó la jeringuilla en el brazo y presionó el émbolo.

—En el vestíbulo tendrá un frasco de pastillas para usted. Siga las indicaciones y no debería surgir ninguna complicación. Pero sí que tuvo suerte. Le ha faltado poco para necesitar injertos de piel. Tal como está, quizá la piel no se recupere del todo sin cirugía plástica.

—Entiendo.

—Supongo que no volveré a verlo.

—¿Practica autopsias, aquí?

A la doctora le sorprendió la pregunta.

—No. ¿Por qué?

—Entonces probablemente no vuelva a verme. —Robie se vistió—. ¿Puede indicarme adónde tengo que ir a continuación?

—Otra persona vendrá a decírselo. Aquí no hay muchos sitios en los que esté autorizada a entrar.

—¿Se alegra de haber entrado a trabajar aquí?

—¿Y usted? —replicó ella.

—No dejo de preguntármelo todos los días.

—¿Y la respuesta?

—Cambia según el día.

Ella le tendió su tarjeta.

—Aquí tiene mi información de contacto. Las quemaduras son delicadas. Y realmente tiene que tomárselo con calma. Yo limitaría el ejercicio enérgico, los viajes y... —Su voz se fue apagando cuando vio cómo la miraba—. Pero nada de eso es posible, ¿no?

Él cogió la tarjeta.

—Gracias por cuidarme.

Ella se encaminó hacia la puerta, pero entonces se giró y le dijo:

—Buena suerte, si es que sirve de algo. —Acto seguido se marchó.

Robie esperó cinco minutos más.

La puerta se abrió y apareció Hombre Azul. Traje, corbata sencilla, zapatos relucientes, cabello perfecto. Pero su cara era un poema.

Robie advirtió en esos rasgos que Hombre Azul no era el mismo de siempre, lo cual significaba que la situación de Robie iba a cambiar.

20

Jessica Reel volvía a estar en movimiento. Nunca le había gustado permanecer demasiado tiempo en el mismo lugar.

Primero había tomado un taxi y luego había ido a pie. Le gustaba caminar. Cuando una iba en taxi cedía parte del control, lo cual nunca le había gustado.

Había refrescado con respecto al día anterior. Había llovido y el día seguía nublado y húmedo. Pero no daba sensación de bochorno, sino de frío.

Se alegró de llevar una trinchera larga. Y sombrero. Y gafas de sol, a pesar del día gris.

El coche circuló calle abajo. Era un Jaguar descapotable último modelo, verde oscuro. Lo conducía un hombre de cuarenta y tantos años. Llevaba el pelo corto y una pequeña perilla encanecida.

Se llamaba Jerome Cassidy. Había superado la adicción al alcohol y otros problemas y se había convertido en millonario hecho a sí mismo. El triunfo personal de aquel hombre era digno de admiración. Pero quien interesaba a Reel era la persona que iba sentada a su lado.

Catorce años, menuda para su edad y con el pelo alborotado.

Cuando el coche paró y ella bajó, Reel vio que llevaba vaqueros rotos, zapatillas baratas y una sudadera. Una mochila grande, que parecía pesar tanto como ella, le colgaba del hombro. Julie Getty parecía la típica adolescente camino del instituto.

Los dos intercambiaron unas palabras y el Jaguar se marchó.

Reel sabía que Cassidy quería a Julie como a una hija, aunque hiciera poco tiempo que se conocían. Entonces se olvidó de él y se centró en ella.

Lo primero que hizo Reel fue escudriñar la zona. Dudaba que hubieran llegado a pensar en eso, pero nunca se sabía. No vio a nadie observando a Julie. Sacó el móvil del bolsillo y le hizo varias fotos a la chica y al instituto al que se dirigía.

Las clases acababan a las tres y cuarto. Y Julie no volvía a casa en el Jaguar, sino que tomaba el autobús. Así pues, Reel regresaría a las tres y diez.

Vio desaparecer a la muchacha por las puertas del centro escolar. A continuación dio media vuelta y caminó calle abajo.

A veces los asesinos regresan a la escena del crimen. Aquella era su siguiente parada esa mañana. No le interesaba la escena en sí, sino la persona que estaría allí.

Al llegar a su destino, Reel vio que las cintas policiales aún circundaban los dos edificios en cuestión. Entró en un local, compró un café y un periódico y volvió a salir. Se sentó en un banco a leer las noticias, tomar el café y esperar.

La mujer tardó una hora en salir. Hacía ya rato que Reel se había terminado el café y el periódico. Ahora se limitaba a contemplar el paisaje. O eso aparentaba.

No reaccionó de ningún modo visible cuando la mujer entró en escena.

Nicole Vance habló con uno de sus agentes y firmó un documento. Retrocedió y echó una larga mirada al edificio desde el que había salido el disparo que mató a Doug Jacobs. Luego miró hacia el edificio donde Jacobs había muerto, a más de cien metros de allí.

Reel sabía que Vance era muy buena en su trabajo y que probablemente habría recabado todas las pruebas en ambos lugares. Las examinaría y buscaría al asesino. Pero no lo encontraría. No porque no fuese lo bastante buena, sino porque no se trataba del tipo de crimen que la policía resolvía.

Reel sabía que la gente que iba a por ella la pillaría antes, mucho antes de que la policía fuera consciente de su presencia; de lo contrario, acabaría su trabajo y desaparecería para siempre.

Reel no temía muchas cosas. No temía a la policía. Ni al FBI. Ni a la agente especial Vance.

Temía a su anterior jefe.

Temía a Will Robie.

Pero lo que más temía era fracasar en la única misión que quizá definía cómo era ella en realidad.

Tomó unas cuantas fotos a Vance con el móvil mientras fingía hacer una llamada.

Sabía dónde vivía Vance. Un apartamento en Alexandria. Vivía allí desde hacía bastante tiempo. Nunca se había casado. Nunca había estado a punto de casarse. Al parecer, su carrera era su media naranja.

Pero le gustaba Robie. Eso era obvio.

Aquello podía ayudar a Reel. Y perjudicar a Robie.

Repensó bien la situación. Robie había sufrido quemaduras, lo cual implicaba que lo trataran en un centro de la Agencia. Y dado que Jim Gelder estaba muerto, era casi seguro que a Robie lo habrían convocado a una reunión con su superior, Evan Tucker.

Fue en taxi hasta una agencia de Hertz y alquiló un coche. Se mezcló con el tráfico y barajó las posibilidades que existían entre la joven adolescente y la agente del FBI. Lo que Reel estaba pensando hacer no tenía nada de justo. Pero cuando escaseaban las opciones, había que sacarles el máximo partido.

Fue hasta Virginia y se detuvo ante un edificio imponente y relativamente nuevo.

«Palacio de Justicia de Estados Unidos.»

En el interior de aquel lugar se suponía que se impartía justicia. Allí se corregían los agravios. Los culpables recibían su castigo. Los inocentes eran absueltos.

Reel no sabía si ese tipo de cosas pasaban todavía en los palacios de justicia. No era abogada y desconocía los entresijos de la labor de abogados y jueces.

Pero sí tenía clara una cosa: las decisiones tenían consecuencias.

Y en ese edificio alguien había tomado una decisión cuya consecuencia era ella misma.

Esperó una hora más con el coche estacionado en la calle y el motor encendido. En esa zona era muy difícil aparcar, pero había tenido la suerte de encontrar un sitio y no quería perderlo.

Las nubes se habían ido desplazando a buen ritmo río arriba, cada vez más grises. Empezaron a caer gotas en el parabrisas, pero ella no se dio cuenta porque tenía la vista clavada en la escalinata del palacio de justicia. Al final, las puertas se abrieron y salieron cuatro hombres.

A Reel solo le interesaba uno de los cuatro. Era mayor que el resto. Tenía que haber sido más sabio, aunque tal vez en su caso la sabiduría no aumentaba con la edad.

Era un hombre alto y delgado de pelo cano, rostro bronceado y ojos pequeños. Hizo un comentario a uno de los otros hombres y todos rieron. Se separaron al pie de la escalinata. El hombre de pelo blanco fue hacia la izquierda y los demás hacia la derecha.

Abrió el paraguas al ver que cada vez llovía más. Se llamaba Samuel Kent. Sus amigos le llamaban Sam. Era un juez federal de larga trayectoria. Estaba casado con una mujer de familia adinerada. Gracias al fondo fiduciario de ella, disfrutaban de un estilo de vida lujoso con un apartamento en Nueva York, una casa del siglo XVIII en Old Town Alexandria catalogada como edificio histórico y una granja de caballos en Middleburg, Virginia.

Hacía un año, el presidente del Tribunal Supremo había nombrado a Kent para el FISC, el Tribunal de Vigilancia de Inteligencia Exterior, el tribunal federal más clandestino. Funcionaba con el más absoluto secretismo. Ni el presidente ni el Congreso tenían autoridad sobre él. Nunca publicaba sus resultados y no rendía cuentas ante nadie. Su única competencia era otorgar o denegar órdenes de vigilancia para los agentes extranjeros que operaban en Estados Unidos. El FISC solo tenía once jueces y Sam Kent estaba encantado de ser uno de ellos. Y nunca denegaba una petición de vigilancia.

Reel lo observó caminar calle abajo. Sabía que tenía el Maserati descapotable aparcado en una zona segura del garaje del palacio de justicia, por lo que no pensaba utilizar su coche. Quizás iba al viejo palacio de justicia federal de Old Town, convertido ahora en tribunal de quiebras. Pero este palacio de justicia estaba demasiado lejos como para ir andando. Había dos paradas de metro en la zona, pero Reel dudaba que utilizara el transporte público. No parecía del tipo que se mezcla con la gente de a pie. Teniendo en cuenta la hora que era, supuso que quizá fuera a buscar algo a alguno de los restaurantes cercanos.

Sacó el coche a la calle y siguió al juez a una distancia prudencial.

Reel tenía una lista en su cabeza. Ya había tachado dos nombres.

El juez Kent era el tercero de esa lista.

Había cubierto el sector de la inteligencia. Ahora había llegado el momento de pasar a la judicatura.

Pensó que Kent cometía una imprudencia caminando solo aunque fuera de día. Dado que Gelder y Jacobs estaban muertos, se lo habría tenido que plantear.

Y si se lo había planteado, tenía que ser consciente de que estaba en la lista.

Y si no lo sabía, entonces no era un contrincante tan formidable como ella había pensado.

«Y sé que no es el caso.»

Algo olía mal en todo aquello.

Miró por el retrovisor.

Y entonces Jessica Reel se dio cuenta de que había cometido un gravísimo error.

21

—Tienes pinta de que tu pensión del gobierno se haya ido por el sumidero —bromeó Robie mientras caminaba al encuentro de Hombre Azul pasillo abajo.

—Ya. Pero no estoy preocupado por eso.

—Pensaba que a los empleados federales no se les podía quitar la pensión.

—No somos el Departamento de Agricultura. No es que podamos enviar una carta al director del *Post* si nos sentimos agraviados.

—¿Adónde vamos?

—A hablar.

—¿Solos tú y yo?

—No.

—¿Quién más? Ya he hablado con Evan Tucker. Y el número dos ya no está en este mundo.

—Hay un nuevo número dos. Por lo menos, uno provisional.

—¡Qué rapidez!

—Que no se diga que la burocracia gubernamental no se mueve con rapidez cuando hace falta.

—¿Y quién es él?

—Ella.

—Vale. Me alegro de que la Agencia se muestre liberal. ¿Cómo se llama?

—Ya se presentará ella misma.

—¿No me lo puedes decir?

—Es un nuevo paradigma, Robie. Todo el mundo anda a tientas.

—¿Un nuevo paradigma? ¿Por lo que le pasó a Jacobs y Gelder?

—No solo eso, no.

—¿Qué más hay? —preguntó Robie.

—Ya te lo explicarán.

Robie no formuló más preguntas, Hombre Azul no estaba de humor. Y tampoco era la persona adecuada para preguntarle sobre la presencia policial en escenas de crímenes ni las rosas blancas que se llevaban. Robie se planteó si la número dos provisional sería quien hablara de ello.

La puerta que había al final del pasillo se abrió para Robie, que entró. Hombre Azul se marchó, cerrando la puerta detrás de él. Robie contempló la estancia. Era grande y con muy pocos muebles. Una mesa redonda con dos sillas. Una estaba vacía y la otra no.

La mujer tenía más de cincuenta años, medía casi un metro setenta, rechoncha, cara muy ajada, melena canosa y lisa hasta los hombros. Unas grandes gafas redondas ocultaban su rostro rollizo. Parecía una colegiala empollona que había envejecido mal.

Robie no la conocía, aunque, al fin y al cabo, era una agencia clandestina y no anunciaba a su personal.

—Tome asiento, por favor, señor Robie.

Él lo hizo, se desabotonó la chaqueta y colocó las manos sobre el vientre. No tenía intención de iniciar la conversación. Ella lo había convocado, así que ella tenía la palabra.

—Me llamo Janet DiCarlo. He asumido el cargo del señor Gelder.

«No "el difunto señor Gelder", ni "el malogrado señor Gelder", ni "el asesinado señor Gelder". Por lo visto, no hay lugar para la compasión.»

—Eso tengo entendido.

—He revisado los archivos y sus últimos pasos.

Robie tuvo ganas de matizar: «Mis últimos pasos en falso.»

Había algo ahí que no cuadraba. Se preguntó a qué venía aquel golpe izquierda derecha. Primero Tucker en casa. Ahora su nueva lugarteniente. ¿Lo habían planeado todo por adelantado?

DiCarlo lo observó desde el otro extremo de la mesa.

—¿Qué tal las heridas?

—Curadas.

—Le fue por los pelos —comentó.

—Sí, por poco.

—Vi la grabación del satélite. No creo que fuera capaz de sobrevivir a otra situación similar.

—Lo dudo.

—No ha descubierto gran cosa.

—Estoy en ello. Lleva su tiempo.

—Pero nos estamos quedando sin tiempo.

—Bueno, no me lo están poniendo fácil.

Ella se inclinó hacia delante.

—Bueno, quizá pueda ponérselo un poco más fácil. ¿Jessica Reel?

—¿Qué pasa con ella?

—Creo que puedo ayudarle con respecto a ella.

—Soy todo oídos.

—Preste atención —dijo DiCarlo.

—Ajá.

—Hay un motivo por el que me han ascendido a este cargo en este preciso momento.

—Supongo que sí.

—Puedo contarle cosas de Reel que le resultarán útiles.

—¿Cómo es eso?

—Yo participé en su adiestramiento.

22

Reel no hizo lo obvio, que habría sido acelerar o intentar otro tipo de evasión. No hizo nada de eso porque calibró las condiciones del terreno y llegó a la conclusión de cuál era la mejor opción para sobrevivir.

Había dos coches. Un todoterreno y un sedán, ambos negros. Ambos con los cristales tintados. Reel supuso que estaban llenos de hombres armados que seguro que se comunicaban entre sí.

Como si de una partida de ajedrez se tratara, fue cuatro jugadas más allá, imaginó cada jugada sucesiva y decidió que había llegado el momento.

No pisó el acelerador ni intentó desviarse por una calle lateral. Eso era demasiado predecible. Miró tranquilamente por el retrovisor, contempló las calles mojadas por la lluvia, echó un vistazo al tráfico de alrededor y al final tomó nota de la posición del juez Kent en la calle.

Contó hasta tres y no pisó el acelerador, sino el freno.

Los neumáticos traseros echaron humo cuando los coches se desviaron para esquivarla.

Volvió a contar hasta tres y pisó el acelerador. Pero después de poner la marcha atrás.

Reculó a toda prisa, de lleno contra el todoterreno y el sedán. Era como si oyese la comunicación entre las dos unidades de ataque: «¡Cuidado, intenta chocar contra nosotros! ¡Dejarnos inutilizados!»

Orientó la trasera del coche hacia la rejilla del sedán, un vehículo de menor tamaño. Era el juego de ver quién era un gallina a toda velocidad y haciendo marcha atrás.

El sedán le hizo luces y se desvió unos centímetros a la izquierda. Pero el todoterreno, que era mayor, enseguida ocupó el hueco.

Reel imaginó la siguiente escena.

El todoterreno, mucho más robusto, se llevaría el golpe, mientras que el sedán se apartaba. Casi le parecía ver a los hombres del todoterreno comprobándose los cinturones de seguridad y preparándose para el impacto. Tras la colisión, los hombres del sedán ejecutarían a Reel.

Sin embargo, el todoterreno no era capaz de imitar la agilidad de un coche de menor tamaño, sobre todo con alguien tan habilidoso como Jessica Reel al volante.

Lo cronometró a la perfección y dio un brusco volantazo que colocó la trasera de su coche en el hueco dejado por el desplazamiento del todoterreno, como un defensa que hace un requiebro en la línea en cuanto se abre un hueco. Al tiempo que sacaba la pistola, con el codo apretó el botón que bajaba la ventanilla de su lado.

Un coche haciendo marcha atrás no es tan diestro como moviéndose hacia delante, pero Reel se movía en la dirección que quería ir: es decir, hacia atrás. Mientras que el todoterreno y el sedán no. Porque querían ir a donde iba Reel, que era en la dirección contraria.

Ella pasó como una flecha por el hueco, apuntó con la pistola y disparó. El neumático trasero del todoterreno explotó y la banda de rodadura se deshilachó, lo cual provocó que una especie de pieles de cocodrilo de caucho salieran disparadas por la carretera. El vehículo giró bruscamente y chocó contra el sedán.

Cuando se libró de los dos, Reel giró el volante para realizar un giro impecable en forma de J por el que el Servicio Secreto le habría dado una matrícula de honor y acabó con el morro de su coche apuntando en dirección contraria.

Volvió a pisar el acelerador, giró por una calle lateral y desapareció.

Al cabo de cinco minutos, abandonó el coche y se marchó con

una pequeña bolsa que contenía ropa y artículos de primera necesidad que siempre llevaba para ese tipo de situaciones. No le hizo falta limpiar sus huellas del coche, pues siempre llevaba guantes.

Entró en una estación de metro, subió a un tren y en cuestión de minutos se encontró a varios kilómetros de los dos coches, del juez federal al que tenía en la lista y de su casi muerte prematura.

De todos modos, a pesar de sus logros, consideró que había suspendido la prueba. Reel siempre había sido su crítica más dura y aquel día fue implacable. Había cometido por lo menos cinco errores que podrían haberle costado la vida.

Encima, tendría que volver a cambiar de identidad de nuevo.

Sabían cuál era su coche. Lo relacionarían con la empresa de alquiler. Averiguarían su nombre y su número de tarjeta de crédito y de carné de conducir. Todo eso serviría para seguirle el rastro. O sea que ahora ya no podría usarlos.

Por suerte, lo había tenido en cuenta y disponía de recambios, aunque no había pensado que los necesitaría tan pronto. Aquello suponía un contratiempo considerable.

Además, lo peor era que el juez Kent ya estaría plenamente alertado.

Había sido un fallo descomunal.

Fue en taxi a un banco y accedió a una caja fuerte que había alquilado con el carné de identidad que acababa de poner en peligro. Ahí guardaba otros carnés, tarjetas de crédito, pasaportes y documentación varia. Actuó con la máxima celeridad porque probablemente ya le estuvieran pisando los talones.

Salió del banco y se dirigió a una parada de taxis. No podía alojarse en un hotel cerca del banco. Eso les pondría las cosas demasiado fáciles. Cogió un taxi a otra parada de taxis, se apeó y se puso en la cola para esperar otro taxi. No tomó el primero que vino y dedicó una intensa mirada al segundo.

Al taxista le indicó una dirección en el otro extremo de la ciudad. Una vez allí, caminó un kilómetro y medio en la dirección contraria.

Era consciente de que todo aquello serían medidas extraordinarias para una persona normal, pero para ella eran pura necesidad.

Se registró en un hotel con una nueva identidad, fue a su habitación y ordenó las pocas cosas que llevaba en la bolsa. Limpió y cargó la pistola sentada en una mesa junto a la ventana, a la espera de ver aparecer vehículos negros con los cristales tintados.

Al cabo de un momento se miró la manga de la camisa.

No había salido de aquel aprieto totalmente ilesa. La bala le había rasgado la camisa y le había quemado la piel antes de empotrarse en la puerta del pasajero.

Se arremangó y examinó la herida. El calor del disparo le había cauterizado la primera capa de piel. No le preocupaba, tenía cicatrices de misiones anteriores que hacían que esta pareciera una nimiedad en comparación.

Supuso que Will Robie también tenía una buena dosis de recuerdos de sus misiones. Y tendría heridas nuevas gracias a la trampa que ella le había tendido en Eastern Shore. Si en algún momento tenían que verse las caras, confiaba en que tales heridas le enlentecieran lo suficiente para darle ventaja a ella.

Consultó la hora. Tendría que marcharse pronto si quería llegar al instituto a tiempo.

De momento, continuó observando cómo caía la lluvia en el exterior.

Era un día gris que encajaba a la perfección con su vida.

Quedaba claro que le habían ganado este asalto. Ojalá fuera su única victoria contra ella.

23

Janet DiCarlo observaba a Robie desde el otro lado de la mesa, aunque daba la impresión de estar con la mirada perdida. Él se preguntó si la mujer era siquiera consciente de que seguía allí. Habían transcurrido por lo menos dos minutos desde que le había dejado caer la noticia bomba.

—¿Señora? —dijo Robie con voz suave pero firme—. ¿Dice que la adiestró?

DiCarlo parpadeó, lanzó una mirada a Robie y se reclinó en el asiento con expresión un tanto azorada.

—Fue la primera y única mujer agente de campo que se reclutó para la división. Yo era una de las pocas mujeres que hacía de contacto que había trabajado con gente de su división. Los de la Agencia pensaron que sería buena idea ponernos a las dos juntas. Yo tenía años de experiencia y ella un potencial ilimitado. Superó a todos los hombres de su promoción.

—Trabajé con ella en algunas misiones al comienzo de nuestras respectivas carreras.

—Lo sé —respondió DiCarlo.

Robie pareció sorprenderse, pero la expresión de ella puso de manifiesto que no debería haberse sorprendido.

—Llevamos el recuento, señor Robie. Es lo típico, ya sabe. En todo. El deporte, los negocios, las relaciones.

—Y en lo de matar gente —añadió Robie.

—En lo de solucionar problemas —lo corrigió ella.

—Lo siento, me he equivocado.

—Su expediente es extraordinario —dijo DiCarlo—. Jessica en concreto era admiradora suya. Solía decir que usted era el mejor. Obtuvo una puntuación más alta que ella en el enfrentamiento cuerpo a cuerpo. Usted fue el único que la superó.

—Teniendo en cuenta que casi me mata, creo que quizá debería reconsiderar su opinión.

—La palabra clave es «casi». La realidad es que no le mató. Usted escapó de su intento de asesinato.

—En parte por mera suerte y en parte gracias al instinto. Pero eso no nos ayuda a encontrarla.

—Quizá sí, en cierto modo. —DiCarlo se inclinó hacia delante y formó una torre con las manos delante de ella—. Les he evaluado a ustedes dos de la forma más objetiva posible. Creo que están igual de dotados, de formas tanto parecidas como distintas. Piensan igual. Se adaptan bien. Tienen sangre fría. Se enorgullecen de ir siempre un paso por delante y, si el otro lado les alcanza, triunfan igual cambiando de táctica sobre la marcha.

—Insisto, ¿cómo me ayuda eso a encontrarla?

—No ayuda. No de forma directa. Se lo estoy diciendo para que sepa cómo enfrentarse mejor a ella y cómo vencerla llegado el momento.

—Si llega ese momento. Antes tengo que encontrarla.

—Lo cual nos lleva a la cuestión de por qué está haciendo lo que está haciendo. Eso puede llevarnos a su próximo objetivo antes que ella. Considero que esa es su mejor baza, por así decirlo. De hecho, probablemente sea la única manera. De lo contrario, siempre irá un paso por detrás.

—Entonces, ¿por qué cree que lo está haciendo? —preguntó Robie.

—Cuando me dijeron que Jessica era sospechosa de haber matado a su contacto, me negué a creerlo.

—¿Sigue sin creérselo?

DiCarlo puso las manos planas sobre la mesa.

—Lo que yo piense es irrelevante, señor Robie. Se me ha encomendado la labor de ayudarlo a encontrar a Jessica Reel.

—¿Y matarla? —Quería ver su reacción, porque Hombre

Azul le había dicho que querían interrogarla. Todos los demás, incluidos Jim Gelder y Evan Tucker, se habían mostrado ambiguos o no se habían pronunciado acerca de ello.

—Hace suficiente tiempo que se le ha asignado esta misión. Ya debería saber qué resultados se esperan de ella.

—Es lo que cabría suponer. Pero no se me ha aclarado nada sobre esta misión.

DiCarlo se reclinó en el asiento y miró hacia otro lado. Al final se volvió a centrar y dijo:

—Aunque así sea, no nos afecta ni a mí ni a usted ni al motivo por el que estamos aquí.

Robie asintió.

—De acuerdo en eso, por el momento. Lo que nos lleva de nuevo a la pregunta: ¿por qué está haciendo esto?

—Le resultará beneficioso oír parte de su historia, Robie. Utilizando las habilidades que sé que posee, uno o varios de estos hechos podrán ayudarle durante la misión.

Él caviló al respecto.

—De acuerdo. Hagamos un repaso de la vida de Jessica Reel.

—Reel llegó a la agencia en lo que yo consideraría circunstancias extraordinarias, es decir, por vías no convencionales.

—O sea que no provenía del ejército. La mayoría de la gente que se dedica a lo nuestro procede de ahí.

—No. Ni del campo de la inteligencia.

—Nunca me habló de su vida.

—Seguro que no. Jessica Reel nació en Alabama. Su padre era un supremacista blanco que lideró un grupo antigubernamental durante años. También traficaba con drogas y explosivos. No le gustaba el color negro, pero al parecer le encantaba el verde. Fue detenido en un tiroteo con la DEA y la ATF y ahora cumple cadena perpetua en una prisión federal.

—¿Y su madre?

—Muerta a manos de su padre cuando Jessica tenía siete años. Después de que él fuera detenido, sus restos se encontraron en el sótano de su casa. Llevaban allí bastante tiempo.

—¿Seguro que la mató él?

—Jessica presenció la ejecución, porque eso es lo que fue. La señora Reel no compartía las opiniones de su marido y, por tanto, era un lastre para él. Por cierto, hemos verificado a través de fuentes independientes todo lo que le estoy contando. No nos limitamos a hacer caso de las afirmaciones de una niña. Y las autoridades disponían de muchas pruebas que relacionaban al marido con el crimen. No era más que cuestión de encontrar el cadáver. No es que importara, la verdad, puesto que estaba encarcelado de por vida por otros cargos, pero era un asomo de justicia para Jessica y su pobre madre.

—De acuerdo. ¿Y qué pasó con la pequeña Jessica después de eso?

—Fue de pariente en pariente en otros estados. Ellos no la querían o no podían tener más bocas que alimentar. Acabó en el sistema de acogida de Georgia. Una gente muy mala se hizo cargo de ella. La obligaron a hacer cosas que no quería. Huyó de ellos y empezó a vivir en la calle.

—No parece el perfil de persona que la Agencia se plantearía reclutar. ¿Cómo se estableció la relación?

—Estoy llegando a ese punto, señor Robie. —DiCarlo frunció el ceño.

—Lo siento, señora, continúe. —Se reclinó en el asiento, con toda su atención puesta en la mujer.

—A los dieciséis años, Reel hizo una cosa que llevaría a incluirla en el Programa de Protección de Testigos.

—¿El qué? —preguntó Robie sorprendido.

—Se infiltró en un grupo neonazi que planeaba un atentado a gran escala contra el gobierno.

—¿Cómo consiguió tal cosa una chica de dieciséis años?

—Uno de sus padres de acogida tenía un hermano que pertenecía al grupo nazi. Él y algunos de sus amigos utilizaban su casa como base cuando iban a reclutar gente a Georgia. Reel fue al FBI y se ofreció a llevar un micrófono oculto y a otras cosas para ayudar a preparar la acusación contra ellos.

—¿Y el FBI se lo permitió?

—Sé que suena fuera de lo común. Pero leí el informe del agente que llevaba el caso acerca de la primera reunión con Reel. No podía creerse que tuviera dieciséis años. No solo por su aspecto.

En las notas dice que tuvo la impresión de estar entrevistando a un veterano de guerra curtido. La chica era inquebrantable. Tenía explicación para todo. Era capaz de lidiar con todo lo que le echaba el FBI. Tenía muchas ganas de pillar a esos tipos.

—¿Por lo de su viejo? ¿Y su madre?

—Yo también lo pensé. Pero con Reel uno nunca sabe a qué atenerse. Hace cosas por motivos que solo ella tiene claros.

—¿O sea que ayudó a pillar a los neonazis?

—No solo eso, mató a uno de ellos. Eso después de quitarle el arma.

—¿Con dieciséis años?

—Bueno, para entonces ya había cumplido los diecisiete. Se pasó un año infiltrada en la organización. Se ganó su confianza, les preparaba la comida, escribía sus asquerosos panfletos de odio, les lavaba los asquerosos uniformes. Al final incluso les ayudó a urdir su plan maestro. Y, por supuesto, informaba de los detalles al FBI.

—Se me ocurren muy pocos agentes del FBI capaces de hacer tal cosa. Y ninguno siendo adolescente.

—Cuando organizaron el ataque, el FBI estaba esperándolos. Pero aun así, presentaron batalla. El hombre que Reel mató iba a tender una emboscada a varios agentes del FBI. Ella les salvó la vida.

—¿Y pasó a ser testigo protegido?

—La organización neonazi es un laberinto en este país. Tiene un alcance muy amplio. Gracias a Reel la liquidaron en parte, pero el monstruo sigue vivo.

—¿Y cómo pasó de ser testigo protegido a la Agencia?

—Nos enteramos de lo que Reel había hecho a través del FBI. Pensamos que poseía una serie de cualidades que iban a echarse a perder. Y podíamos protegerla. Además, en su nuevo trabajo sería invisible. Identidad nueva, siempre de viaje, y adquiriría una capacidad de defensa personal que haría que fuera muy difícil para cualquiera, incluso los cabezas rapadas, localizarla y matarla. Le preguntamos si quería trabajar para nosotros. Aceptó de inmediato. No se lo pensó dos veces. Pasamos años educándola y adiestrándola. Al igual que hicimos con usted.

—Esta sí que es una manera original de entrar en la Agencia... lo reconozco.

DiCarlo guardó silencio unos instantes.

—No difiere tanto de cómo usted llegó a nosotros, señor Robie.

—No estamos aquí para hablar de mí, sino de ella. Y por lo que acaba de contarme, podría ir en cualquier dirección con respecto a Reel.

—Explíquese. —DiCarlo pareció desconcertada.

—Supongo que debido a su infancia traumática le hicieron una serie de test psicológicos para ver si mentalmente estaba preparada para el trabajo, ¿no?

—Sí, y los superó con muy buena nota.

—Porque tiene la cabeza en su sitio o porque es una gran mentirosa.

—Desde luego que es una gran mentirosa. Tuvo engañados a los cabezas rapadas durante más de un año.

—Y parece que es patriótica, lo cual nos lleva de nuevo a la pregunta de por qué se ha pasado al otro bando. O sea que, o bien ha ocurrido algo y hace esto por motivos que todavía no alcanzamos a entender, o se ha pasado al otro bando al modo tradicional, lo que implica que engañó a todos y no era tan patriótica como parecía.

—Entiendo su razonamiento.

—Si bien agradezco conocer mejor su historia, me hace falta saber más sobre sus misiones de los últimos dos años.

—¿Por qué dos años?

—Porque para mí son el intervalo de tiempo que ella guardaría algo en su interior para luego urdir los planes con vistas a llevar a la práctica su respuesta. Eso en caso de que no se haya pasado al otro bando en el sentido tradicional, o sea, por dinero.

—Nunca me creería eso de Jessica.

Robie ladeó la cabeza y se la quedó mirando.

—¿Y se lo creería de mí?

—No le conozco como la conozco a ella.

—La cuestión es, señora, que en realidad no nos conoce a ninguno de los dos. Ese es el motivo por el que las personas como

Reel y yo son tan buenas en este trabajo. Para empezar, es el motivo por el que nos lo propusieron. Uno no se vuelve como nosotros si ha tenido una infancia normal. No somos niños modélicos con una madre ociosa y con collar de perlas que nos prepara pasteles y nos sirve la merienda.

—Lo entiendo.

—Hasta que se me demuestre lo contrario, voy a suponer que Jessica Reel está haciendo esto por algo que no tiene nada que ver con que la hayan comprado. Y para entenderlo mejor necesito saber en qué ha estado implicada en los últimos dos años.

—¿No le han dado sus archivos?

—Necesito todos los archivos. No solo los que están editados.

DiCarlo se mostró sorprendida.

—¿A qué se refiere?

—Los archivos electrónicos que me dieron están censurados. Hay información borrada. Hay lapsus temporales. Necesito la película completa para hacer mi trabajo. —Hizo una pausa, hasta que decidió decirlo—: Y las escenas del crimen se manipularon. Se retiraron cosas. Y no fue la policía, sino los nuestros. Tengo que saber qué se llevaron y por qué.

DiCarlo apartó la mirada. Pero Robie advirtió una expresión temerosa en sus ojos. Cuando volvió a mirarlo, ya había recobrado la compostura.

—Me encargaré de este asunto y le diré algo.

Robie asintió sin esforzarse por disimular su expresión escéptica. Se levantó.

—Entonces, ¿quiere que mate a Jessica Reel? —preguntó.

DiCarlo alzó la vista hacia él.

—Quiero que averigüe la verdad, señor Robie.

—Pues entonces más vale que ponga manos a la obra.

24

Robie regresó en coche a Washington D.C., pero no fue a su apartamento, sino al instituto de Julie Getty.

Estacionó junto a la acera y miró alrededor. Era una buena zona de la ciudad. El instituto al que iba la muchacha era uno de los mejores. Pero no era de los que exigía uniforme ni de los que estaban reservados a los descendientes de las clases privilegiadas. Ahí solo se entraba por méritos propios, no por la capacidad de los padres para pagar la matrícula o hacer donativos al centro. En cuanto un alumno era aceptado, el pago de la matrícula pasaba a segundo término. La institución se basaba en la individualidad. El instituto tenía unas normas, pero de los alumnos se esperaba que fueran a su propio ritmo.

Robie supuso que a Julie ese entorno le convenía plenamente, ya que la chica tenía un ritmo propio muy distinto al del resto de la humanidad.

Pensó en cómo gestionar ese primer encuentro con ella, aunque lo dejó correr, pues no existía ningún buen modo de gestionarlo. «Tendré que apechugar con lo que haya, quizá sea lo mejor.»

La lluvia no parecía dispuesta a amainar. Robie encendió el limpiaparabrisas y contempló cómo retiraba el agua del cristal. Consultó la hora. Las clases estaban a punto de acabar. Había una fila de coches esperando para recoger a los estudiantes. En aquel instituto no había servicio de autocar, si bien había una parada de autobús al otro lado de la calle.

Al cabo de unos segundos, las puertas se abrieron y los alumnos fueron saliendo en tropel. Robie bajó del coche cuando la vio, se subió el cuello para protegerse de la llovizna y cruzó la calle a toda prisa.

Julie caminaba a la cola de un grupo de chicas. Llevaba los auriculares puestos e iba entretenida tecleando en un móvil de última generación. Robie pensó que había progresado mucho en poco tiempo. Cuando la conoció, no podía permitirse un móvil de ningún tipo.

Dejó pasar al grupo de chicas y entonces dio un paso adelante. Julie se paró, alzó la mirada y Robie advirtió en sus rasgos alegría y de inmediato enfado.

—¿Qué haces aquí? —preguntó.

—Cumplo mi promesa de venir a verte.

—Un poco tarde para eso.

—¿Ah, sí?

La lluvia empezó a arreciar.

—¿Quieres que te lleve a casa? —ofreció él cuando la vio tiritar.

—Cojo el autobús que pasa ahí delante.

Robie se giró y vio un autobús aminorando la marcha para detenerse en la parada.

—Pensaba que después de la última vez nunca más subirías a un autobús. —Robie vio un atisbo de sonrisa en su rostro y decidió insistir—. Venga, te llevo en coche y hablamos. Así veré qué tal está Jerome, para asegurarme de que te cuida bien.

—Jerome está bien, ya te lo dije.

—Siempre es mejor verlo con mis propios ojos.

—No quiero que estés aquí solo porque te sientes fatal por cómo me has tratado.

—Me siento fatal, pero no estoy aquí por eso.

—Entonces, ¿por qué?

—¿Podemos ponernos a cubierto?

—¿Te da miedo mojarte?

Robie señaló los auriculares y el móvil.

—No quiero que te electrocutes.

—Ya —repuso ella con sarcasmo.

Le siguió hasta el coche. Subieron y Robie arrancó.

Julie se ajustó el cinturón de seguridad.

—Bueno, ¿para qué has venido en realidad? —volvió a preguntar.

—Asuntos pendientes.

—Eso no significa nada para mí.

—No me lo estás poniendo fácil.

—¿Por qué iba a hacerlo? Me dejaste tirada, pero seguro que has visto a la superagente Vance un montón de veces.

—Solo una vez y por motivos profesionales. Quería que la ayudara en un asunto.

—¿Más asesinatos?

—¿Por qué lo dices?

—¿Qué iba a ser, si no? Tú y Vance tratáis con cadáveres. A punta pala.

—Puede ser.

—Pero de todos modos quedaste con ella.

—Es distinto.

—Para mí no.

Robie frunció el ceño.

—¿Se trata de una competición?

—Se trata de ser un hombre de palabra. No me gusta que la gente me mienta. Si no querías volver a verme, bastaba con que me lo dijeras. Ya ves qué fácil.

—¿Te parece fácil?

—Debería serlo.

—Estoy aquí porque me equivoqué.

—¿Acerca de qué? —preguntó ella.

—Quería protegerte, pero debí haber sido más consciente.

—¿Qué quieres decir?

—En mi entorno laboral me granjeo enemigos. Quería mantener a esa gente lejos de ti. Quería que empezaras de cero. Que te libraras de todos los vínculos del pasado. Quería que supieras lo que es la felicidad.

—¿Me estás tomando el pelo? —replicó ella.

—La felicidad es esquiva. Quería que empezaras con buen pie. Estuviste a punto de morir conmigo. No quería que volviera a pasar.

—¿Y por qué no me lo dijiste así de claro?

—Porque fui un idiota.

—No creo, Will —repuso ella con un tono más suave.

—¿Sabes que me llamas Robie cuando estás enfadada y Will cuando no?

—Pues entonces intenta que no tenga que volver a llamarte Robie.

Él redujo la velocidad al acercarse a un semáforo y la miró.

—En el fondo quería hacer lo que te dije que haría, o sea, mantener el contacto. A lo mejor...

—A lo mejor querías ser normal.

El semáforo se puso verde y Robie volvió a ponerse en marcha. Guardó silencio durante unos segundos.

—A lo mejor.

Empezó a caer un aguacero.

—Creo que esto es lo más honesto que me has dicho jamás.

—Eres demasiado madura para tus catorce años.

—Tengo catorce años de vida, pero no de experiencia. Ojalá no fuera así.

Él asintió.

—Lo entiendo. —La miró—. ¿Ahora estamos en paz?

—Vamos por el buen camino. A lo mejor... Will.

Robie sonrió y miró por el retrovisor. No se fijó en el coche que le seguía, sino en el de atrás.

—¿Qué pasa? —preguntó Julie mirándolo con fijeza—. Conozco esa expresión. ¿Hay alguien que no debería estar ahí atrás?

Robie pensó con rapidez. No podía ser. Era imposible. Aunque, ¿por qué no? Todo lo que había ocurrido hasta el momento había resultado del todo impredecible. Ahora el problema era obvio. Julie estaba con él. Si la dejaba, sería vulnerable. Si permanecía con él, muy probablemente correría peligro. Volvió a mirarla y le pareció que ella captaba su angustia.

—Mira, cuando te pones nervioso me asusto. ¿Qué pasa?

—Tenía que haber hecho caso de mi instinto, Julie, y haberte dejado en paz. Lo que está pasando ahora es precisamente el motivo por el que debo mantenerme lejos de ti.

La chica hizo ademán de mirar hacia atrás, pero Robie se lo impidió.

—No mires, o sabrán que les hemos visto.

—Entonces, ¿qué hacemos?

—Seguimos conduciendo con normalidad.

—¿Y ya está? ¿Ese es el plan?

—Seguimos circulando con normalidad hasta que ocurra algo que nos haga parar.

—Vale, eso suena mejor. ¿Y luego qué?

—Tendremos que ver qué pasa.

Robie sujetó el volante con más fuerza y lanzó otra mirada por el retrovisor. El coche seguía ahí y parecía circular con normalidad. Quizá Robie estuviera equivocado, pero sabía que no. Llevaba demasiado tiempo dedicado a eso.

Así pues, ¿quién le seguía? ¿Su gente u otra persona? ¿Y si era esta última?

No podía tratarse de Jessica Reel. Eso supondría incumplir todas las normas establecidas. Pero quizás en eso consistiera su estrategia. Saltarse las normas lo convertía a uno en impredecible.

«Bueno —pensó—. Yo también puedo jugar a ese juego.»

25

Robie siguió la cadencia de la circulación, sin tomar desvíos de forma brusca y actuando como cualquier conductor en la carretera. Luego decidió comprobar si la amenaza era real o imaginaria. Sería solo un pequeño amago, pero le permitiría averiguar qué estaba ocurriendo.

Puso el intermitente de la derecha.

—Will, mi casa no está por ahí —dijo Julie.

—Tú tranquila. Voy a hacer una pequeña prueba.

Miró por el retrovisor. El tercer coche iba pegado al segundo, por lo que no veía el intermitente, lo cual ya era elocuente de por sí. Giró ligeramente el coche hacia fuera para que el coche de atrás no impidiera la visión del intermitente.

Nada. El supuesto perseguidor no picaba el anzuelo.

A continuación, aminoró y miró hacia un edificio que había al otro lado de la calle. En el reflejo de un escaparate vio que su perseguidor había puesto el intermitente derecho.

Vale. Quedaba claro.

Miró al frente a medida que se acercaba a la intersección. En el cruce hizo ademán de girar a la derecha, pero siguió recto.

El coche de atrás sí giró a la derecha. El perseguidor quedó expuesto.

Ya no tenía accionado el intermitente. Siguió recto, pero aminoró para dejar que otro coche se colocase en medio.

«Los conductores de Washington no son tan considerados», pensó Robie.

Y la decisión de seguir sus movimientos y cruzar la intersección había borrado todo atisbo de duda.

—¿Nos siguen? —preguntó Julie.

Robie bajó la mirada hacia ella.

—¿Llevas el cinturón bien ceñido?

Julie le dio un tirón.

—Voy bien. ¿Vas armado?

Él se tocó el pecho.

—Voy bien.

—¿Cuál es el plan?

Robie no tuvo tiempo de responder. El coche que les seguía aceleró de repente y se colocó a su lado. Robie iba a pisar el acelerador para intentar huir, pero entonces se relajó.

—¿Vance? —exclamó.

La agente del FBI era quien iba al volante del otro coche.

Vance le indicó que parara. Robie giró en una calle adyacente y detuvo el coche. Se apeó antes de que ella tuviera tiempo de quitarse el cinturón de seguridad. Él le abrió la puerta.

—¿Qué coño estás haciendo? —espetó.

—¿Por qué te cabreas tanto?

—Vi que me seguían. Tienes suerte de que no te haya disparado.

Vance se libró del cinturón y salió. Miró hacia donde estaba Julie, de pie junto al coche de Robie.

—Hola, Julie —saludó.

La chica la saludó con un movimiento de cabeza y luego miró a Robie.

—Vance, explícame por qué me seguías.

—¿Siempre eres tan paranoico?

—Pues sí. Sobre todo hoy en día.

—No te estaba siguiendo.

—Oh, resulta que pasabas por aquí justo cuando yo salía —replicó Robie.

—No. He visto que recogías a Julie.

—¿Y qué hacías por aquí?

Vance miró a Julie y respondió en voz baja:

—Creo que podría seguir siendo un objetivo para ciertas personas.

Robie dio un paso atrás.

—¿Qué sabes tú que yo no sepa?

—Solo que el saudí tenía los bolsillos bien llenos y un montón de aliados. Ellos saben que Julie existe. Saben que yo existo. Pero por lo menos yo tengo la protección del FBI. ¿Qué tiene Julie? —añadió con toda la intención.

Robie dio otro paso atrás y miró a la muchacha. No sabía si les oía o no, pero se la veía ansiosa.

—Me tiene a mí —dijo con voz queda.

—No hasta hoy. Me ha sorprendido verte esperándola en el instituto.

—A lo mejor me he sorprendido a mí mismo —reconoció Robie en tono culpable.

Vance dio un paso hacia él y suavizó el tono.

—Eso no es malo, Robie. —Hizo una pausa—. ¿Quién creías que era?

Él alzó la mirada.

—En mi profesión lo normal es estar siempre alerta.

—¿Seguro que eso es todo?

Robie negó con la cabeza con aire cansado.

—Cada vez que estoy contigo me sometes a un interrogatorio.

—Porque es el único modo de sonsacarte algo —repuso Vance exasperada—. E incluso así, siempre acabo sintiéndome como si supiera menos de ti de lo que sabía antes de preguntar. Así que si te sientes frustrado, yo también. —Hizo una pausa y agregó en tono más calmado—: Sé que tu agencia está en alerta máxima por lo de Jim Gelder.

Robie no dijo nada.

—Y si a eso le añadimos a Doug Jacobs, probablemente estéis pasando por un tormento. —Se le acercó otro paso—. No me tragué lo de la tapadera de la DTRA. Seguro que era de la Agencia. Probablemente fuera contacto o analista.

—Will —lo llamó Julie—. Me gustaría ir a casa. Tengo muchos deberes.

—Un momento —dijo Robie. Se volvió hacia Vance—. Cuanto menos sepas de esto, mejor que mejor. Por cortesía profesional, te pido que te mantengas al margen.

Vance meneó la cabeza antes de que Robie acabara de hablar.

—No funciona así. Deberías saber que no puedo mantenerme al margen. Tengo un trabajo que hacer. Así son las cosas. —Miró a Julie antes de continuar—. Y si es un tormento, entonces yo haría caso del instinto y me mantendría apartado de ella. Han liquidado al número dos de la Agencia. No creo que ese tipo de gente vacilara si tuvieran que cargarse a una chica de catorce años.

Subió a su coche y se marchó. Robie la observó hasta que dobló la esquina y desapareció de la vista.

Julie se acercó.

—¿A santo de qué ha aparecido la superagente Vance?

Él no respondió y Julie apartó la mirada.

—Llévame a casa, Robie —pidió con sequedad.

Subieron al coche y se marcharon.

Detrás de ellos, un coche salió de la esquina donde estaba aparcado y se dispuso a seguirlos.

Jessica Reel iba al volante.

26

Reel guardaba las distancias, pues suponía que Robie seguiría alerta, aunque no tanto como antes. Para ella había sido un regalo que apareciera Vance y empezara a seguir a Robie, eso le había permitido seguirle mientras él pensaba que solo se trataba de Vance.

Ahora tenía cierto margen y tiempo para observar. Podría averiguar más sobre Robie. Muchas cosas.

Mientras lo seguía a un ritmo pausado, se puso a pensar en la lista de nombres que tenía en mente.

Jacobs, liquidado.

Gelder, liquidado.

Sam Kent, fallo total por su culpa.

En la lista figuraba un nombre más. Para entonces Kent ya se habría comunicado con esa persona. Tal vez la muerte de Gelder y Jacobs se atribuyeran a un ataque contra la inteligencia de Estados Unidos. Al fallar con Kent había puesto sus cartas sobre la mesa.

Le había admirado la táctica que Robie había empleado para obligar a Vance a revelar sus intenciones con el engaño del semáforo. Ella habría hecho lo mismo. Reel se preguntó si le resultaría tan fácil predecir a Robie suponiendo que reaccionarían igual ante la misma situación. Al punto descartó esa idea simplista. Probablemente Robie se daría cuenta enseguida y variaría sus planes.

«Entonces seré mujer muerta.»

Al cabo de una media hora se paró junto al bordillo, mientras Robie hacía lo mismo para que Julie Getty bajara del coche. Le pareció que la muchacha no estaba contenta. Julie subió corriendo los escalones de la casa de cuatro plantas más imponente de aquel barrio acomodado.

Reel observó las mansiones circundantes. Desde luego, la niña de los servicios de acogida había progresado mucho.

Volvió a centrarse en Robie, que seguía en el coche mirando todavía a Julie. Cuando la puerta se cerró detrás de ella, él arrancó de nuevo.

Reel hizo una foto de la imponente casa con el móvil, esperó a que Robie le sacara más ventaja y luego lo siguió.

Quedaba claro que aquel era el talón de Aquiles de Robie. Sentía estima por alguien. Sentía estima por aquella muchacha. Había incumplido la regla más importante de su profesión.

No hay que sentir apego por nadie. Hay que ser una máquina porque tienes que matar sin contemplaciones. Y pasar al siguiente objetivo después de olvidar rápidamente al último.

No obstante, Reel comprendía que Robie hubiera cometido ese error por un motivo muy poderoso.

«Yo también lo cometí.»

Le siguió de vuelta a Washington D.C., donde él entró en el aparcamiento subterráneo de un bloque de apartamentos.

Reel no entró en el garaje, pues resultaría demasiado evidente. Alzó la vista hacia el anodino edificio de ocho plantas. Parecía un lugar donde residían parejas que empezaban su vida en común o gente mayor que deseaba simplificar su vida, mezclados con gente de mediana edad que nunca había acabado de cumplir sus sueños en la vida. Un lugar totalmente mediocre.

Lo cual lo convertía en perfecto para Robie.

Podía ocultarse a la vista de todos.

Ya había localizado dónde vivía y permanecer ahí ya no le aportaba nada nuevo. Además, quizás el apartamento de Robie estuviera bajo vigilancia. Había suficiente tráfico y peatones como para no preocuparse de que repararan en ella, pero cuanto más tiempo se quedara allí, mayor riesgo correría.

Y entonces Reel se enfrentó a otro problema.

Pensaba que ya tenía la lista completa, aunque una corazonada le decía que había alguien más a quien no había tenido en cuenta.

Jacobs era un pelagatos.

Gelder era un pez gordo.

Kent estaba en medio porque era una especie de juez especial que quizá fuera algo más que juez.

En su lista constaba una cuarta persona, y tenía la sensación de que había una quinta que quizá fuera la más importante de todas.

Necesitaba más información, encontrar al catalizador de todo aquello desde su origen. Y para ello necesitaría ayuda.

Una ayuda muy especial, que sabía perfectamente dónde encontrarla.

En un lugar de lo más insólito.

No en las altas esferas.

La encontraría en un centro comercial local.

27

Reel se marchó en dirección oeste. Resultaría complicado, delicado y peligroso, como todo lo que hacía.

Sujetó el volante con fuerza. No porque estuviera nerviosa. Lo cierto es que nunca se ponía nerviosa, no era una persona normal. Cuando entraba en la zona peligrosa solía relajarse, el ritmo cardiaco se le enlentecía y las extremidades ganaban en agilidad. Su campo visual parecía ganar tanta claridad que tenía la impresión de que alrededor todo iba más lento, lo cual le permitía analizar cada factor con suma tranquilidad.

Luego todo acababa en un abrir y cerrar de ojos.

Y dejaba un cadáver atrás.

Tardó una hora en llegar. Había mucho tráfico y la lluvia alternaba entre el aguacero y la llovizna.

Los centros comerciales le gustaban, sobre todo porque estaban llenos de gente y tenían muchos puntos de entrada y de salida.

También odiaba los centros comerciales, sobre todo porque estaban llenos de gente y tenían muchos puntos de entrada y de salida.

Aparcó en el garaje subterráneo, se dirigió a una escalera y subió a la entrada del centro comercial. Pasó junto a un grupo de adolescentes cargadas con numerosas bolsas de distintas tiendas. Todas iban tecleando mensajes con el móvil, ajenas a su entorno.

Reel podría haberlas matado a todas antes de que pulsaran siquiera la tecla *enviar* de su teléfono.

Se internó en el centro comercial y aminoró el paso. Se dejó las gafas puestas y la gorra de béisbol bien encasquetada. Iba mirando con rapidez a derecha e izquierda, su mente cual centro coordinador de un microprocesador de posibles problemas y su solución. Nunca más podría entrar en un edificio, dar un paseo a pie o en coche sin que esa parte de su cerebro se activara. Era como respirar. No podía dejar de hacerlo y pretender seguir con vida.

Enlenteció la marcha todavía más al acercarse a la tienda que buscaba. Pasó de largo sin entrar. Estableció contacto visual, se pasó rápidamente el dedo bajo el mentón, hizo un leve asentimiento y siguió adelante. Continuó por el pasillo y luego se paró a mirar varios artículos en un quiosco. Vio a la persona a quien había asentido salir de la tienda y girar en su dirección.

Reel caminó en la dirección opuesta y acabó tomando un pasillo que conducía a los lavabos. Abrió la puerta del lavabo para familias y la cerró detrás de ella. Entró en el compartimento, sacó la pistola y esperó. No le gustaba arrinconarse de ese modo, pero no tenía más remedio.

La puerta se abrió al cabo de unos segundos. Comprobó quién era atisbando por una rendija.

—Pásale el cerrojo a la puerta —le ordenó.

La persona obedeció.

Reel salió pistola en mano.

El hombre la miró. Era bajo, alrededor de un metro sesenta y cinco y unos setenta kilos de cuerpo enjuto. Físicamente no habría tenido ninguna posibilidad contra ella, incluso sin pistola. Pero ella no estaba allí para pelearse. Necesitaba información.

El hombre se llamaba Michael Gioffre. Trabajaba en la tienda GameStop del centro comercial, sobre todo porque era jugador experto y le encantaba la emoción de la competición. Tenía cuarenta y pocos años y lo cierto es que nunca se había hecho mayor. Llevaba una camiseta con la leyenda DAY OF DOOM estarcida.

También había sido espía. Tenía una labia impresionante y era capaz de venderle arena a un hombre sediento. Ahora que se había retirado, solo cuidaba de sí mismo.

Y de Jessica Reel.

Porque le había salvado la vida no una, sino dos veces.

Él era su seguro de vida, uno de los pocos que tenía.

Gioffre miró la pistola.

—¿Algo grave?

Ella asintió.

—¿Hay algo que no lo sea?

—No te habría reconocido sin la señal del dedo en el mentón. Te ha quedado bien la cirugía plástica. Muy bien lograda.

—Si tienes que ponerte en manos de un carnicero, es preferible que sea el mejor.

—He oído la versión oficial. Gelder y otro tipo, muertos.

—Eso es.

—¿Obra tuya? —Su expresión dejó claro que no esperaba respuesta—. ¿Qué puedo hacer por ti, Jess?

Reel guardó la pistola y se apoyó contra el lavamanos.

—Necesito información.

—Has corrido un gran riesgo viniendo aquí.

—No tan grande como el de hace tres años. Hace tiempo que has desaparecido del mapa, Mike. Sé dónde está el equipo que te protege. Y no está aquí. De hecho, hace seis meses que no puedes contar con ellos.

Él se cruzó de brazos y se apoyó en la puerta.

—Me he sentido un poco desprotegido por ahí. Pero supongo que pensaron que realmente me había retirado y que ahora me dedico al comercio al por menor de videojuegos. Así que ya no necesito protección. ¿Qué información?

—¿Conocías a Gelder?

Asintió.

—Muchos le conocíamos. Llevaba mucho tiempo en el cargo.

—¿Y el otro tipo muerto, Doug Jacobs? ¿Su tapadera era la DTRA?

Él negó con la cabeza.

—No.

—Se conocían. Y no solo por estar en la Agencia.

—¿Cómo lo sabes? —preguntó Gioffre.

—No es relevante, pero es cierto.

—¿Qué tiene eso que ver conmigo?

—Nada, pero necesito que hagas algo por mí —pidió Reel.

—¿Qué?

—Ya te he dicho que busco información. No es algo que sepas. Necesito que averigües algo. Y lo necesito ya.

—Ya no me quedan muchos contactos en el interior.

—No he dicho que sea en el interior. Por lo menos, ya no.

28

Robie se reclinó en el asiento y se frotó los ojos. Janet DiCarlo todavía no le había enviado los archivos nuevos por vía electrónica, por lo que había repasado de nuevo varias veces los editados para ver si encontraba algo que le hubiera pasado por alto.

Pero no había nada.

Las últimas misiones de Reel habían transcurrido fuera del país. Robie podía viajar a cada uno de esos países, aunque no creía que fuera a servirle para la investigación.

Tendría que retroceder dos años para encontrar la causa que la había hecho plantearse salir de la agencia. El único problema era que eso también le llevaría algún tiempo.

¿A cuántas personas más mataría mientras tanto?

Si seguía a aquel ritmo, Robie suponía que pronto lo apartarían de aquella misión. Y tal vez eso ya le conviniera.

Había llamado al número que DiCarlo le había dado, pero le había salido el contestador. Se preguntó por los pétalos de rosa blanca y su posible significado. Dudaba que Reel los hubiera dejado como símbolo de su estilo de vida piadoso. ¿Acaso los había dejado como símbolo de las muertes violentas y los funerales que vendrían a continuación? Eso tampoco tenía mucho sentido para él, lo cual significaba que no estaba analizando la situación desde el prisma adecuado.

¿Y cuál era el prisma adecuado?, se preguntó mientras se servía una taza de café recién hecho. Consultó la hora.

Las dos de la madrugada. Tiró el café por el fregadero.

Era hora de irse a dormir. Si no echaba una cabezadita iba a ser un inútil para él mismo y para los demás.

Al cabo de cinco horas despertó relativamente descansado. Dedicó varias horas a repasar los archivos que le habían dado. Aunque estuvieran editados, tenía la corazonada de que encontraría algo que le sirviera de ayuda.

No encontró gran cosa. Realizó algunas llamadas que resultaron poco fructíferas. Hizo ejercicio durante media hora en el gimnasio que había en el sótano de su bloque de pisos y luego improvisó una comida, que engulló de pie en la cocina. Fue entonces cuando recibió la llamada de la Agencia. Tenían algo para él que quizá le ayudara en su búsqueda, pero tenía que ir allí a buscarlo. Se duchó, cogió el arma y se marchó.

Llegó a las instalaciones de la CIA que Reel había utilizado durante su misión antes de matar a Doug Jacobs. Estaban a una hora en coche de Washington D.C. Había una taquilla con varios artículos personales que Reel había dejado. Teniendo en cuenta el informe editado y el paso de la policía por las escenas de los crímenes, Robie no albergaba ninguna esperanza de que la taquilla ofreciera detalles útiles, pero tenía que comprobarlo de todos modos.

Tuvo que pasar por todos los controles de seguridad antes de que le acompañaran a la taquilla. Se la abrieron y lo dejaron a solas. Había pocas cosas y Robie no tenía forma de saber si era lo único que había quedado en la taquilla. A esas alturas ya no confiaba en nadie.

Solo había tres objetos: una foto, un libro sobre la Segunda Guerra Mundial y una pistola semiautomática Glock 17 de 9 mm con mira especial. La fotografía era de Reel y un hombre al que Robie no reconoció.

Recogió los objetos y emprendió el viaje de regreso de una hora hasta su apartamento para examinarlos.

Sentía que la situación le superaba. Su especialidad era prepararse a una velocidad de vértigo para matar a alguien y luego salir airoso de la escena para poder matar al siguiente objetivo. Hacer de sabueso, examinar algo minuciosamente en busca de pistas, viajar aquí y allá e interrogar a gente no era lo suyo. Él no era detective. Era un gatillo humano, pero en este caso esperaban que investigara y eso haría.

Dispuso la foto, el libro y la pistola sobre la mesa y los contempló mientras volvía a arreciar la lluvia, que tamborileaba en la ventana.

Desmontó la pistola y descubrió que no era más que eso: una pistola. Teniendo en cuenta la facilidad con que las piezas se separaron y volvieron a juntarse, Robie supuso que la Agencia ya había hecho lo mismo. Ya había comprobado el cargador especial, con capacidad para treinta y tres balas. Era la munición estándar que Robie había visto un millón de veces, aunque el cargador no fuera habitual.

«¿Treinta y tres balas para un único trabajillo, Reel? ¡Quién lo habría dicho!»

También contaba con un émbolo de seguridad de titanio. Reducía la fricción, hacía que el gatillo fuera mejor y aumentaba la precisión. Robie tenía uno en su arma, aunque probablemente fuera innecesario.

De todos modos, resultaba claro que Reel prestaba atención a los detalles.

La empuñadura tenía textura para mejorar el agarre. No era un modelo estándar; el armazón se había modificado grabando el patrón repujado directamente en el arma.

Robie imaginó que se había utilizado un soldador para hacer el punteado en el armazón de polímero de la Glock. Él había hecho lo mismo con sus armas al comienzo. De hecho, tanto a él como a Reel un agente de campo veterano llamado Ryan Marshall les había enseñado a puntear porque confiaba ciegamente en su utilidad.

Acto seguido examinó la mira personalizada. Era una buena pieza de ingeniería. Robie entornó los ojos para ver el nombre. Llevaba las iniciales PSAC.

Las buscó en Google y encontró la Pennsylvania Small Arms Company. No le sonaba de nada, pero había infinidad de empresas como esas. Quedaba claro que, por algún motivo, a Reel no le satisfacía la mira de la Glock. De nuevo, la atención al detalle.

Dejó la pistola a un lado y observó la foto. Reel junto a un hombre corpulento de casi dos metros. Rondaba la cincuentena, con una complexión de atleta desmejorada. Al lado del hombre había un borde rojo. Podía tratarse de otra persona vestida de ese color, un rótulo o un coche, Robie no logró distinguirlo. Y a falta del negativo o la tarjeta de la que había salido la foto, resultaba difícil saber si ahí había algo que pudiera ampliarse.

Contempló la imagen de Reel. Era alta incluso con zapatos planos. Y a diferencia de su compañero, no tenía ni pizca de grasa en el cuerpo. Miraba directamente a la cámara. Por supuesto, no era la primera foto que Robie había visto de aquella mujer, pero cada vez que veía una tenía la impresión de estar viendo a una mujer distinta.

«Hasta cierto punto éramos todos camaleones.»

No obstante, cada vez que veía su retrato o descubría nueva información sobre ella, tenía la impresión de comprender a Reel un poco mejor. Era como irle quitando capas a una cebolla.

Presentaba una imagen serena, segura de sí misma sin parecer engreída. Tenía las extremidades relajadas, pero Robie intuía una tensión interior que sugería que podía utilizarlas en cualquier momento. Daba la impresión de aguantarse sobre las bolas del pie, con el peso distribuido de forma equilibrada. La gente solía colocarse o demasiado inclinada hacia delante o apoyada en los talones. Eso producía un retraso de uno o dos segundos a la hora de moverse. Para la inmensa mayoría de las personas, eso no importaba.

En la vida de Reel y Robie importaba mucho.

En esta foto tenía los labios más carnosos y pintados de rojo, casi tan rojos como eso que se veía en el borde de la foto. Robie giró la instantánea en distintos ángulos para ver si le ayudaba a discernir qué era aquello, en vano.

Dejó la foto y se centró en el libro, una historia de la guerra. Lo hojeó para ver si encontraba anotaciones que Reel pudiera haber dejado allí, pero no encontró ninguna. Y aunque hubiera habido algo en el libro, Robie daba por supuesto que la Agencia ya lo habría borrado. El hecho de que hubieran dejado el libro, la pistola y la foto significaba que no habían encontrado nada en esos objetos. De lo contrario, no los habrían dejado en la taquilla para que Robie los examinara. Estaba convencido de que querían que encontrara a Jessica Reel y la matara, pero empezaba a dudar que quisieran averiguar lo que subyacía a sus actos.

Dejó el libro y miró por la ventana. Reel estaba en algún sitio, probablemente ultimando los detalles de su próximo golpe. Julie estaba en algún sitio, haciendo deberes, probablemente, aunque tal vez estuviera también pensando en su encuentro del día anterior.

Y Nicole Vance estaba en algún sitio buscando a Reel, aunque no lo supiera. La situación iba a volverse más complicada.

Al cabo de dos horas, mientras seguía contemplando los objetos que había cogido de la taquilla de Reel, sonó el teléfono. Miró el mensaje que aparecía en la pantalla. Janet DiCarlo quería verle. Pero no en el mismo sitio en el que se habían reunido, sino en algún lugar de Middleburg. Probablemente en su casa, a juzgar por la dirección.

Robie respondió al mensaje, cogió la chaqueta, guardó la pistola, el libro y la foto en su caja fuerte y salió.

Confiaba en que DiCarlo estuviera dispuesta a ofrecerle más respuestas. De lo contrario, no tenía muy claro cuál sería su siguiente paso. Notaba que Reel cada vez le llevaba una ventaja mayor.

29

Cuando salió ya estaba oscureciendo y el trayecto duraba más de una hora si había tráfico. Robie ganó velocidad, pero luego tuvo que aminorar la marcha para cruzar varios pueblos que había de camino a la casa de DiCarlo. Se preguntó qué pensaría ella del trayecto diario que tenía que hacer desde allí. Seguramente no le gustaba. Muchas personas que vivían cerca de Washington se pasaban años de su vida en el coche pensando cómo matar a los motoristas que incumplían las normas de tráfico continuamente.

Robie redujo la velocidad al llegar al apartadero. Era un camino largo y serpenteante de gravilla que dividía dos pinares. La casa era de ladrillo visto, vieja, y tenía tres coches aparcados en el patio delantero.

Teniendo en cuenta lo sucedido a Jim Gelder, Robie había imaginado que para entonces ya lo habrían parado, pero quizá ya hubieran visto quién era con las cámaras de vigilancia de larga distancia. Apagó el coche y salió sin realizar movimientos bruscos, no quería que le dispararan.

De entre las sombras aparecieron dos hombres. Tenían la estatura de Robie y eran musculosos. Comprobaron sus credenciales, le dejaron conservar el arma y lo acompañaron a la casa. Lo condujeron por un pasillo largo y oscuro hasta una puerta y se marcharon.

Robie llamó a la puerta y una voz le indicó que entrara.

Abrió y entró. DiCarlo estaba sentada tras el escritorio. Robie se fijó en que se la veía preocupada y desaliñada. Y que había una pistola encima del escritorio.

—¿Todo bien? —preguntó sin adentrarse, aunque estaba claro que no era así.

—Tome asiento, por favor, señor Robie.

Él cerró la puerta a su espalda, cruzó una pequeña alfombra oriental cuadrada y se sentó en una silla frente a ella.

—Su perímetro de seguridad es un tanto endeble —comentó él.

La mujer dejó claro con su expresión que era consciente de ello.

—Confío en los dos hombres de ahí fuera con los ojos cerrados —dijo.

Robie leyó rápidamente entre líneas.

—¿Y son los únicos dos en quien confía?

—El campo de la inteligencia no es precisamente fácil, está en constante cambio.

—Hoy amigos y mañana enemigos —resumió Robie—. Ya lo sé. Lo he vivido en mis propias carnes. —Se puso las manos encima del vientre. Lo hizo para tener la mano derecha un pelín más cerca de la pistolera. Desvió la mirada hacia el arma de DiCarlo y luego la miró a ella.

—¿Quiere hablar de ello? —preguntó—. Si la número dos está preocupada por su seguridad y no puede confiar en la gente que está más allá de su primer círculo de protección, probablemente yo debería saberlo.

DiCarlo acercó la mano a su pistola, pero Robie llegó antes que ella.

—Iba a guardarla —dijo ella.

—Déjela donde está —dijo Robie—. Y no vuelva a intentar cogerla hasta que alguien le dispare.

DiCarlo se reclinó en el asiento, contrariada ante la osadía de Robie. Pero relajó el semblante.

—Supongo que estoy paranoica. ¿Por qué no iba a estarlo usted? —suspiró.

—Podemos ponernos de acuerdo en estar de acuerdo. Pero ¿a qué viene la paranoia?

—Gelder y Jacobs están muertos —repuso.

—Fue obra de Reel. Ahora va por libre.

—¿Seguro?

—¿Qué sabe que le haga pensar que no? La última vez que hablamos estaba más a favor de ella que otra cosa.

—¿Ah, sí? —DiCarlo se levantó y se acercó a la ventana. Las cortinas estaban corridas y no hizo además de descorrerlas.

Robie empezó a preguntarse si realmente había una cámara de vigilancia de largo alcance ahí fuera.

—Cuénteme —instó él.

Ella se volvió hacia él.

—Probablemente sea usted muy joven para recordar la época de la guerra fría. Y sin duda es demasiado joven para haber trabajado para la Agencia en aquella época.

—Vale. ¿A eso es a lo que volvemos? ¿A la guerra fría? ¿Época en que la gente cambiaba de bando asiduamente?

—No puedo dar una respuesta a eso, señor Robie. Ojalá pudiera. Lo que sí puedo decirle es que durante los últimos años se han producido cosas inquietantes.

—¿Como cuáles?

—Misiones que nunca deberían haber existido. Personal desaparecido. Dinero que se traslada de aquí allá y luego desaparece. Equipamiento que se envía a lugares donde no debería estar y que también desaparece. Y eso no es todo. Esas cosas pasaron durante largos períodos de tiempo. Tomadas de forma aislada no parecían tan extraordinarias, pero vistas en conjunto... —Pareció que su arrebato la había dejado agotada.

—¿Y es usted la única que lo ha hecho? —preguntó Robie—. ¿Verlas en conjunto?

—No estoy segura.

—Personal desaparecido. ¿Como Reel?

—No estoy segura.

—¿De qué está segura?

Ella volvió a sentarse.

—De que está pasando algo insidioso, señor Robie. No sé si tiene que ver con Jessica Reel. Lo que sí sé es que ha llegado a un punto crítico.

—¿Evan Tucker comparte su preocupación?

DiCarlo se pasó una mano por la frente. Iba a responder cuando Robie oyó los sonidos. Sacó la pistola con una mano y derribó la lámpara de la mesa con la otra, dejando la estancia sumida en la oscuridad.

Alargó el brazo por encima del escritorio y sujetó a DiCarlo por el brazo.

—Métase bajo el hueco del escritorio y permanezca allí. —Palpó la mesa, encontró la pistola de ella y se la tendió—. ¿Tiene vigente su licencia?

—Pues claro —dijo ella con voz entrecortada.

—Bien —repuso él con sequedad—. Bien. —Y se puso en marcha.

Sabía perfectamente qué significaban esos sonidos. Los había oído muchas veces a lo largo de su carrera. Dos detonaciones amortiguadas equivalían a dos disparos de un fusil de precisión, seguidos del zumbido de las balas.

Los dos golpes secos indicaban el impacto de dos balas en cuerpos humanos. En este caso, correspondían a los cadáveres del fiable cuerpo de seguridad de DiCarlo cayendo al suelo.

Su perímetro de seguridad había pasado a mejor vida.

Ahora solo estaba Robie entre DiCarlo y quienquiera que estuviera allí fuera.

Marcó un número en su móvil, pero la llamada no se produjo. Miró la cobertura. Tenía cuatro barras, pero la llamada no obtenía conexión.

Habían bloqueado la señal, lo cual significaba que había alguien más a quien enfrentarse aparte de un francotirador.

Abrió la puerta de la sala y recorrió rápidamente el pasillo.

30

Robie atisbó por la ventana delantera. Los dos guardias que lo habían recibido yacían muertos boca arriba en el patio donde aparcaban los coches. Volvió sobre sus pasos, cruzó la cocina, encontró un teléfono fijo y marcó el número de Hombre Azul. Sonó dos veces.

—¿Señora DiCarlo? —dijo Hombre Azul, viendo la identificación de llamada en su pantalla.

—Soy Robie. Estaba reunido con DiCarlo en su casa cuando se han producido disparos. Su equipo de seguridad está muerto. Soy lo único que hay entre ella y los atacantes. Necesito refuerzos de inmediato.

—Hecho —dijo Hombre Azul, y colgó.

Robie dejó el teléfono y miró alrededor. Vaciló. Podía regresar junto a DiCarlo, ofreciéndole así protección directa, y esperar la llegada de refuerzos. Parecía lo más sensato, pero lo malo era que estaban en medio de ninguna parte y la ayuda tardaría en llegar. Si lo hacía, daría ventaja táctica al enemigo. Podrían rodearles y acercarse a ellos, y la cosa acabaría rápidamente con una potencia de fuego superior a la de ellos. Les bastaría con lanzar una granada por la ventana.

Así pues, dadas las circunstancias, lo mejor era que Robie pasara al ataque. Ya le iba bien, pues siempre se sentía más cómodo atacando que defendiendo.

Los hombres caídos en la parte delantera indicaban que el tirador estaba también ahí. Pero ahora mismo esa posición podría haber cambiado.

Robie se puso en la mente del tirador. «¿Qué haría yo?»

Era lo que llamaría una situación «más uno», que consistía en ir un paso por delante a nivel táctico, pero sin intentar pasarse de listo.

Muertos en la parte delantera. Mejor utilizar la parte posterior. Si ellos hacían el análisis «más uno» y llegaban a la conclusión de que es lo que Robie pensaría, entonces optarían por acercarse por delante.

Así pues, Robie hizo el «más dos» y se encaminó a la parte posterior.

Estaba claro que si había dos francotiradores, uno delante y otro detrás, sus tácticas ajedrecísticas serían inútiles y acabaría muerto.

Cuando salió de la casa no se produjo ningún disparo. Corrió hasta un árbol desde donde podría vigilar disfrutando de cierta protección. Estaba oscuro, por lo que no veía gran cosa, aparte de intuir algún movimiento. De todos modos, aunque viera a los tiradores, resultaría prácticamente imposible alcanzarles con un tiro de pistola si estaban a cierta distancia.

Después de escudriñar los alrededores y no atisbar nada, salió de detrás del árbol y se dirigió a un lateral de la casa. Estableció mentalmente la posición de los hombres muertos. A partir de ahí, imaginó la trayectoria inversa necesaria para dispararles.

El único lugar era la loma situada a más de doscientos metros de distancia. La había visto al llegar en coche. Ahí había un claro entre los árboles. Los terrenos elevados eran buenos para matar a larga distancia. Cualquier francotirador competente podría haber realizado esos disparos mortíferos.

Escudriñó la loma para ver si divisaba algún rastro del francotirador.

«¿Acaso fue Jessica Reel quien empuñó el fusil?»

Se tumbó boca abajo y se deslizó hasta detrás de su coche. Desde ahí veía los dos cadáveres. Consiguió sujetar la pierna del cuerpo que tenía más cerca y lo arrastró detrás del coche. La bala le había dado en el cuello y seccionado la médula al salir.

Muerte instantánea.

Echó un vistazo rápido al otro cadáver, lo más probable era que hubiera sufrido el mismo tipo de herida mortal.

Alcanzar a alguien en el torso desde esa distancia no era tan difícil para un experto. Sin embargo, hacer que la bala saliera por la médula era más problemático, sobre todo de noche. Quienquiera que hubiera disparado sabía cómo manejar una mira y un cañón largo, lo cual implicaba que podía alcanzar a Robie con la misma facilidad.

Abrió la puerta del coche y se deslizó en el interior.

Se le acababa de ocurrir un plan en cuestión de segundos.

Y en cuestión de segundos lo pondría en práctica.

Manteniéndose agachado, se deslizó hasta el asiento del conductor y encendió el motor. Entonces ocurrió lo que él había supuesto: una bala atravesó la ventanilla del asiento del conductor y le llenó de esquirlas de cristal.

Así pues, le esperaban en la parte delantera. Lo cual suponía que se habían detenido en el análisis «más uno». Eso lo animó ligeramente. Ahora la cuestión era sobrevivir unos minutos más.

Revolucionó el motor y puso marcha atrás.

Una bala reventó un neumático delantero.

El coche se desplazó hacia atrás con el neumático destrozado, que fue soltando caucho hasta que quedó reducido a la llanta.

Pero no le hacía falta ir rápido. Solo necesitaba moverse.

Se sirvió del retrovisor lateral como guía, giró y aceleró para ocultarse tras el lateral de la casa mientras marcaba el número fijo de DiCarlo, que había memorizado al verlo en la pantalla.

—¿Sí? —DiCarlo respondió con voz temblorosa, lo cual no sorprendió a Robie.

La puso al corriente de la situación y del plan que tenía en mente.

—Haré sonar el claxon —le dijo.

Dado que los tiradores estaban delante, probablemente en la loma, tenía cierto margen de maniobra. Llevó el coche hasta la puerta trasera de la casa y tocó el claxon. La puerta trasera se abrió de inmediato y apareció DiCarlo. Tal como Robie le había indicado, corrió agachada hacia el coche, subió por la puerta trasera y la cerró de golpe detrás de ella.

—Siga agachada —le indicó Robie.

Puso la marcha y regresó a la parte delantera. Ahí se exponía a que les disparasen, pero no le quedaba más remedio, pues solo había un camino de entrada y salida.

Las balas empezaron a dar en la carrocería y a romper cristales en cuanto llegaron a la parte delantera. DiCarlo soltó un grito ahogado y luego gimió. Robie se volvió para mirarla fugazmente. Tenía una herida sangrante en el pecho. Probablemente una bala le había dado de rebote.

Otro disparo reventó el otro neumático trasero. Dos neumáticos inservibles.

También notó que los disparos venían de más cerca y eran más precisos, lo cual significaba que los tiradores habían bajado de la loma y se acercaban para matarles.

Se acercó al Range Rover y paró a su lado. Bajó, cacheó el cadáver del guardia que yacía allí y encontró las llaves. Miró los cristales, los neumáticos y la carrocería del Rover, blindada, a prueba de balas y *run-flat* respectivamente, concluyó.

Abrió la puerta trasera de su coche y consiguió sacar a DiCarlo, que respiraba entrecortadamente. La situó en el asiento trasero del Rover mientras los disparos empezaban a rebotar en el vehículo.

Sacó la pistola y disparó varias veces. Sabía que no podía alcanzar nada desde aquella distancia, pero quizás enlenteciera un poco el avance del enemigo.

Subió al asiento del pasajero, se deslizó hasta el del conductor y puso en marcha el todoterreno.

Las balas ya eran continuas y lo golpeaban todo. Robie iba a bajar su ventanilla y disparar cuando ocurrió algo insólito: oyó disparos al parecer dirigidos contra sus atacantes.

Miró al frente. Unos cincuenta metros más allá divisó una silueta detrás de un árbol que sostenía un rifle apoyado en una rama baja. El arma debía de disponer de carga automática porque el tirador disparaba a toda velocidad.

Robie miró adónde se dirigían los disparos. Entonces vio unos fogonazos a lo lejos que pronto desaparecieron. El misterioso tirador había detenido en seco el avance del enemigo.

Observó fascinado cómo el tirador se anticipaba a los atacantes, que intentaban evitar sus disparos haciendo zigzag. Pero el tirador anticipaba con precisión sus movimientos y Robie vio un par de destellos cuando supuestamente dos atacantes caían abatidos.

Al final, los atacantes se batieron en retirada hacia el otro lado de la loma, mientras el tirador seguía disparando sin darles tregua.

Los gemidos de DiCarlo en el asiento trasero sacaron a Robie de sus observaciones. Puso el coche en marcha y pisó el acelerador. Justo cuando giraba para bajar por el camino de grava que conducía a la carretera principal, alcanzó a divisar a su desconocido salvador. Bueno, en realidad, lo que vio fue una melena frondosa.

Entonces desapareció en la oscuridad. Había sido una mujer.

Y Robie intuyó que se llamaba Jessica Reel.

31

Robie deseó detenerse para confirmar que su inopinado aliado en aquel tiroteo había sido Reel. Pero llevaba a una mujer herida en el asiento trasero y no tenía ni idea de dónde estaba el hospital más cercano.

Llegó a la carretera principal, aceleró y llamó a Hombre Azul.

Este respondió de inmediato y Robie le contó lo sucedido, aunque omitió la información sobre la salvadora femenina.

Hombre Azul le informó de que los refuerzos estaban de camino y le indicó dónde estaba el hospital más próximo; le dijo también que ahí le esperaría un equipo.

Robie aparcó en el arcén un par de minutos para examinar la herida de DiCarlo y detener la hemorragia de la mejor manera posible. La mujer perdía el conocimiento de forma intermitente. Alternaba entre sujetarle el brazo y soltárselo.

—Se pondrá bien, señora —le dijo Robie—. No voy a dejar que se muera. Todo irá bien.

No sabía si sería verdad, pero era lo que ella necesitaba oír.

Llegó al hospital del condado al cabo de veinte minutos. El personal de la Agencia ya estaba allí y se hicieron cargo de todo en cuanto Robie paró ante la puerta de urgencias. Estabilizaron a DiCarlo y luego la trasladaron en un helicóptero de evacuación médica a un hospital mejor preparado para tratar a heridos de ese tipo.

Robie se quedó para informar de lo sucedido a Hombre Azul,

que había llegado unos diez minutos después. Se sentaron en un pequeño anexo a urgencias a tomarse un café tibio de la máquina expendedora.

—¿Cuál es el pronóstico? —preguntó Robie.

—Está estable, pero el pronóstico es grave. Por lo que han dicho, ha perdido mucha sangre y está conmocionada. No saben si va a sobrevivir. Por lo visto, alguien le ha declarado la guerra a la Agencia. —Hizo una pausa—. Jessica Reel.

Robie vaciló. En parte quería contar a Hombre Azul lo que había visto. Su salvadora había sido una mujer; estaba convencido de ello. Y también de que se trataba de Reel. Pero eso no era un hecho, sino una especulación. No obstante, ¿quién más podía haber sido?

Al final decidió guardarse la información para sí.

—Nos atacaron varios tiradores —dijo Robie—. Y Reel actúa en solitario.

Hombre Azul tiró el vaso de plástico a la papelera, se limpió las manos y volvió a sentarse al lado de Robie en una silla de plástico llena de arañazos. La sala apestaba a antiséptico y comida rancia.

—¿Más de un tirador? ¿Estás seguro?

—Tal vez cuatro o cinco. Quizá más.

Robie se preguntó si encontrarían más cadáveres aparte de los guardias de DiCarlo. Estaba seguro de que Reel había matado a dos atacantes.

Hombre Azul se secó la frente con la mano.

—Estamos ante una conspiración en toda regla.

—Pero ¿por qué ir a por DiCarlo? —preguntó Robie.

—Es la nueva número dos.

—¿O sea que la conspiración está destinada a los peces gordos de la Agencia? Entonces, ¿por qué matar a Jacobs? No tenía nada que ver con las altas esferas.

—No lo sé, Robie. Pero si había varios tiradores y Reel trabaja con ellos, deben de tener algún objetivo en mente.

—Es curioso que el equipo de seguridad de DiCarlo fuera tan reducido —observó Robie—. Sobre todo después de lo que pasó con Gelder.

Hombre Azul asintió.

—Lo sé.

—Se presenta aquí con dos tipos y sin perímetro. Puntos de ataque múltiples. No hace falta nada extraordinario para acceder a ella. Basta con hacer acto de presencia.

—Era su casa.

—Eso no es motivo suficiente. La Agencia dispone de multitud de pisos francos. Nunca se le debería haber permitido que fuera a su casa, teniendo en cuenta lo que le ocurrió a Gelder.

—Tienes razón, Robie.

—Y quien tenía que habérselo dicho es Evan Tucker, el número uno. El primero está por encima del segundo, ¿no?

—No estoy al corriente de la dinámica de su relación o de lo que puede haber sucedido entre ambos.

—¿O sea que no puedes decirme nada que sirva de ayuda?

Hombre Azul lo miró y la batalla mental que se libraba en su interior quedó reflejada en su expresión.

—No sé qué decirte, Robie.

—Pues eso ya dice mucho.

Robie repasó con Hombre Azul los detalles de la reunión mantenida con DiCarlo. Pero tampoco se lo contó todo. Recordaba con claridad la angustia que destilaba la voz de ella mientras hablaba con él: «Misiones que nunca deberían haber existido. Personal desaparecido. Dinero que se traslada de aquí allá y que luego desaparece. Equipamiento que se envía a lugares en los que no debería estar y que también desaparece.» Y su último comentario había resultado incluso más inquietante: «Está pasando algo insidioso, señor Robie. No sé si tiene algo que ver con Jessica Reel. Lo que sí sé es que ha llegado a un punto crítico.»

No se lo contó a Hombre Azul porque, como hombre obediente que era, habría informado de ello a sus superiores. Y, en esos momentos, Robie no quería tal cosa.

—¿Algo más? —preguntó Hombre Azul.

—¿Cuándo sabremos si DiCarlo sobrevivirá o no?

—Por lo que me acaban de decir, lo sabremos en un par de días.

—¿Ella ha declarado algo?

Hombre Azul negó con la cabeza.

—No. Está inconsciente. Esperan poder tomarle declaración dentro de unos días. Si sobrevive.

—¿Y quién va a ser el nuevo número dos?

—No sé si alguien va a asumir ese cargo ahora mismo —repuso Hombre Azul.

—¿Evan Tucker va a venir aquí?

—No lo sé. Ha sido informado, por supuesto. Y seguro que querrá oír tu versión de los hechos.

—No tengo más que contar.

—Entonces, ¿no viste a nadie más?

Robie no vaciló.

—Solo a los tiradores. Y estaban lejos. Estaba más preocupado por sacar a DiCarlo de allí. No tuve tiempo de observar gran cosa.

—Ya. —Hombre Azul se levantó—. ¿Necesitas que te lleve a casa?

—Sí. El Rover es una prueba oficial y mi coche está destrozado.

—Yo voy a quedarme por aquí, pero haré que uno de mis hombres te lleve a la ciudad.

Antes de que se acercaran a la salida, aparecieron varios hombres trajeados.

—¿Will Robie?

Robie los miró.

—¿Quiénes sois?

—Nos gustaría que nos acompañaras.

—¿A quiénes se refiere este «nos»? —preguntó Hombre Azul.

El portavoz lo miró.

—No es asunto suyo.

—Por supuesto que lo es. Robie es de los míos. —Hombre Azul les enseñó las credenciales.

Habló el mismo hombre:

—Cierto, señor, sabemos quién es. —Y le enseñó sus credenciales. La magnitud de lo que vio hizo parpadear y retroceder a Hombre Azul.

Robie también había visto el carné y la placa de identificación. No le extrañó que Hombre Azul se retirara.

Cuando el asesor de Seguridad Nacional te reclamaba, pues bueno, tenías que ir.

Robie salió al exterior, subió al todoterreno que les aguardaba y se lo llevaron.

No esperaba volver a su casa en un futuro próximo.

32

Jessica Reel estaba sentada en su coche, aparcado junto al bordillo de una calle de Washington D.C. en la que solía haber mucho movimiento. Sin embargo, era tarde y el tráfico había disminuido incluso en esa vía principal.

Llevaba el fusil en el maletero. Había disparado más de cuarenta balas a los tiradores. Quizá le había salvado la vida a Will Robie, no lo sabía a ciencia cierta. Y aunque todavía cabía que Janet DiCarlo muriera a consecuencia de sus heridas, si Reel y Robie no hubieran intervenido seguro que habría muerto.

Ese pensamiento la animó, sensación que últimamente no tenía con demasiada frecuencia.

DiCarlo había sido muy insensata disponiendo de tan pocas medidas de seguridad en un sitio tan aislado. Reel había estado en su casa con anterioridad, años atrás. Una reunión amistosa para hablar de su futuro. Al recordarlo, sonrió con expresión sombría.

«¿Mi futuro?»

Había experimentado una revelación tras dejar a Gioffre. Sabía que DiCarlo había sido nombrada número dos. Seguía disponiendo de *backdoors* electrónicas para entrar en la Agencia y las aprovechaba al máximo antes de que se cerraran por completo, lo cual no tardaría en suceder. Había supuesto que, en calidad de número dos, DiCarlo tendría que reunirse con Robie. Reel no sabía que en realidad esa reunión era la segunda ocasión en que se veían cara a cara.

Ella y DiCarlo se conocían desde hacía tiempo; en su caso, era la persona de la Agencia a la que hacía más tiempo que conocía. Siempre había podido contar con DiCarlo para que la protegiera. Pero ya no, visto que no se había limitado a traspasar la línea, sino que la había borrado.

Había seguido a Robie hasta la casa de DiCarlo. Al comienzo no sabía adónde iba y, a medida que las carreteras eran más secundarias y el tráfico perdía densidad, llegó a temer que Robie la viera. Pero en cierto momento dedujo adónde se dirigía y dejó de seguirlo para dar un rodeo y tomar posición. No tenía ni idea de que iba a producirse un ataque. Aunque tampoco tenía motivos para pensar que no fuera a producirse.

Estaba convencida de que había alcanzado a alguno de los tiradores. Si así era, esperaba que aquel desastre se limpiara antes de que alguien llegara al lugar. No habría restos.

Robie había demostrado su gran habilidad al emplear el todoterreno blindado para huir. Tenía recursos y actuaba bien bajo presión. Lo recordaba así del poco tiempo que habían trabajado juntos. Reel había calibrado a su competidor mientras estaba en la Agencia. El único rival de categoría que había tenido era Will Robie. En sus comienzos, una u otro ocupaban siempre el primer puesto del sistema de clasificación en todas las misiones. Pero al final Robie se le había adelantado. Nunca había imaginado que tendría que enfrentarse a él.

Volvió a pensar en DiCarlo: ¿por qué ir a por ella? ¿Qué sabía?

Hacía tiempo que Reel sospechaba que DiCarlo estaba mejor informada de lo que mucha gente de la Agencia creía. Probablemente pensaban que sería una número dos competente, pero temporal.

«No la consideraban una número dos segura», se dijo.

Obviamente no conocían a DiCarlo tan bien como Reel.

Era probable que lo pensaran porque se trataba de una mujer. Pero no eran conscientes de que se había esforzado tres veces más y había tenido que ser el doble de dura que un hombre para llegar a ese nivel.

La zona había disfrutado de una breve tregua del tiempo inclemente, pero el sistema de bajas presiones se había aposentado sobre la ciudad y cuando las nubes se llenaban de humedad las lluvias reaparecían. El viento arreció y una ráfaga azotó el coche de alquiler de Reel. Puso el motor en marcha y encendió la calefacción. Las calles mojadas habían llevado a los escasos transeúntes a lugares más secos y disfrutaba de una vista despejada de la empapada calzada. Ojalá tuviera las ideas tan claras. Pero las tenía tan nebulosas como un valle entre montañas una fría mañana.

El juez Samuel Kent y la otra persona de su lista no solo estaban advertidas, sino que habían tomado la iniciativa. Reel albergaba pocas dudas de que ese grupo hubiera orquestado el ataque a Janet DiCarlo. Resultaba turbador, pues era obvio que sabían algo acerca de DiCarlo que Reel desconocía. Se trataba de una acción extraordinaria, y toda acción extraordinaria exige una justificación extraordinaria.

Sacó el móvil y observó la pantalla. Resultaba fácil enviarle un SMS a Robie. No podrían rastrear la llamada, de eso estaba segura, pero la Agencia podía leer todos los mensajes que le enviaran a Robie. Así pues, tenía que ir con cuidado, no solo por ella, sino por él. Resultaba curioso que se preocupara del bienestar de un hombre al que había estado a punto de convertir en un cadáver chamuscado. No obstante, ahora se le presentaban ciertas posibilidades y tenía intención de aprovecharlas.

Tecleó en el teléfono y envió el mensaje. Una vez hecho, tendría que ver qué tal salía, pues en gran medida dependía de Robie.

Arrancó el coche mientras la lluvia arreciaba y se incorporó al escaso tráfico.

Reel nunca había llevado uniforme y, sin embargo, probablemente hubiera matado a más personas que el soldado profesional más condecorado. Ella arriesgaba su vida cada vez que actuaba, obedeciendo las órdenes de mandos que se encontraban a una distancia más que prudencial de la batalla. Nunca había cuestionado tales órdenes. Las había puesto en práctica fielmente durante buena parte de su edad adulta.

Pero luego llegó un momento en que ya no pudo seguir haciéndolo.

Su padre, un verdadero monstruo, había estado a punto de

matarla a golpes a una tierna edad. Aquellas cicatrices eran permanentes. No las que tenía en el cuerpo, sino las de la mente. Esas nunca se curaban del todo.

Su carrera como asesina autorizada le había dado algo que ella había pensado que nunca tendría.

Claridad de acción.

Bondad contra maldad.

La bondad prevalece. La maldad es derrotada.

Era como matar a su padre una y otra vez, como eliminar a los neonazis para toda la eternidad. Así como a cualquier otro demonio que osara causar estragos entre la humanidad.

Sin embargo, nunca había sido ni sería tan sencillo.

Al final había comprendido que el mejor juez de lo correcto y lo equivocado era su propia brújula moral, empañada como estaba por lo que había hecho en el pasado.

Su alejamiento de la obediencia absoluta a la Agencia no se había producido de la noche a la mañana. Pero, en cuanto se hubo materializado, se sorprendió de lo vivificante que le resultaba volver a pensar por sí misma.

Mientras conducía, se preguntó cómo se tomaría Robie el regalito que le había dejado.

33

No se le llamaba oficialmente NSA para no confundirlo con la Agencia de Seguridad Nacional. Estrictamente hablando, era el asesor del presidente para asuntos de Seguridad Nacional, es decir, el APNSA. Su cargo no lo confirmaba el Senado, sino que el presidente lo elegía a discreción. Su despacho se encontraba en el Ala Oeste, cerca del Despacho Oval. El APNSA no tenía autoridad sobre ninguna agencia gubernamental, a diferencia del secretario de Seguridad Nacional o del secretario de Defensa.

Dadas esas limitaciones, sería fácil concluir que el APNSA ejercía poca autoridad o influencia, conclusión errónea.

Cualquiera que hablara directamente con el presidente gozaba de una gran autoridad y ejercía una notable influencia. En tiempos de crisis nacional, el APNSA actuaba directamente desde la Sala de Crisis de la Casa Blanca, con el presidente casi siempre al lado.

Robie era consciente de todo esto mientras lo conducían al número 1600 de Pennsylvania Avenue. Las verjas capaces de detener a un tanque se abrieron y la caravana de todoterrenos entró rauda y veloz en la, probablemente, dirección más famosa del mundo.

Se apearon de los vehículos y anduvieron un corto trecho. A Robie no le condujeron a la Sala de Crisis, reservada para una emergencia nacional. «Bueno —pensó—, al paso que vamos, dentro de poco será un lugar muy concurrido.»

Lo llevaron a una pequeña sala de reuniones y le indicaron que se sentara. Así que se sentó. Sabía que habría hombres armados al otro lado de la puerta.

Se preguntó si el presidente estaba en la ciudad ese día. Estaba convencido de que le habían informado de la situación. A saber lo que pensaría al respecto.

Permaneció sentado durante cinco minutos, tiempo suficiente para demostrarle que el hombre al que esperaba era muy importante y que el asunto que traía ahí a Robie, por crucial que fuera, era uno de los muchos con que el APNSA tenía que lidiar.

Al fin y al cabo, el mundo era un lugar muy complicado. Y Estados Unidos, como única superpotencia, estaba en el meollo de todas las complicaciones. Además, independientemente de lo que Estados Unidos hiciera, la mitad del mundo les odiaría y la otra mitad se quejaría de que los americanos no hacían suficiente.

Robie volvió a centrarse cuando se abrió la puerta. El hombre que entró en la sala era un gran desconocido para una opinión pública a la que habría costado nombrar a algún miembro del gabinete y que, a veces, incluso confundía el nombre del vicepresidente.

Robie supuso que prefería el anonimato.

Se llamaba Gus Whitcomb. Tenía sesenta y ocho años y había echado un poco de barriga, aunque seguía luciendo una espalda ancha como recuerdo de sus días como *linebacker* en la Academia Naval. No debieron de darle muchos golpes en la cabeza, pues daba la impresión de tener todas las neuronas en su sitio. Tenía fama de perseguir a los enemigos de Estados Unidos con una mezcla explosiva de pasión e implacabilidad. Y el presidente confiaba ciegamente en él.

Se sentó frente a Robie, se puso unas gafas de fina montura metálica y bajó la mirada hacia la tableta electrónica que traía consigo. La Casa Blanca, al igual que el resto del mundo, se estaba informatizando. Leyó la pantalla, se quitó las gafas, se las guardó en el bolsillo de la americana y miró a Robie.

—El presidente le manda saludos.

—Lo valoro.

—Bueno, él le valora a usted.

Una vez acabados los cumplidos, Whitcomb fue al grano:

—Ha sido una noche dura para usted.

—Inesperada, sí.

—Según el último parte médico, DiCarlo está mejor. Creen que sobrevivirá.

—Me alegro.

—He leído su versión de los hechos varias veces. Pero no ofrece ninguna pista acerca de los agresores.

—No les vi con claridad en ningún momento. Disparaban desde lejos. ¿Los forenses han encontrado algo sobre el terreno?

—Casquillos de bala. Muchos.

Robie asintió.

—¿Algún cadáver?

Whitcomb lo miró con severidad.

—¿Por qué iba a haber alguno? Es muy difícil que les alcanzara con su pistola desde esa distancia.

Robie había metido la pata. No tenía que haber dicho nada más de lo que constaba en el informe oficial. Debía de estar más cansado de lo que pensaba.

—Se estaban acercando a nosotros cuando salimos de la casa. Pero les disparé varias veces. Nunca se sabe si uno acierta o no.

Daba la impresión de que Whitcomb no lo escuchaba, lo cual le resultaba inquietante. Era como si Whitcomb ya tuviera una idea preconcebida. Entonces Robie captó el significado de lo que el hombre había dicho e intentó que esa constatación no se le notara en la expresión.

«Casquillos de bala. Muchos.»

Whitcomb habló entonces como si acabara de leerle el pensamiento.

—Más de cuarenta casquillos junto a un árbol situado a la izquierda de la casa de DiCarlo. A juzgar por la ubicación de la mayoría, el tirador disparó hacia donde usted dijo que estaban los atacantes, donde también se encontró sangre y casquillos de bala distintos. También se recogieron esquirlas de cristal que se atribuyen a las miras de los francotiradores y a linternas. Así pues, la pregunta es: ¿quién más había ahí?

Miró a Robie de hito en hito. Al ver que este no decía nada, continuó:

—Difícilmente pudo no haber visto a quien disparó más de cuarenta veces con un fusil de alta potencia a un objetivo que le disparaba a usted. Así pues, ¿quién es su ángel de la guarda? Esa es la primera pregunta. La segunda es: ¿por qué no consta esa información en su informe?

—Es una cuestión de confianza, señor.

A tenor de la expresión indiferente de Whitcomb, aquella no era la respuesta que esperaba.

—¿Perdone? —dijo con toda la intención.

—La señora DiCarlo me confió que las cosas no eran como debían ser en la Agencia y en otros lugares. Cosas que la inquietaban. Me indicó que se avecinaba una crisis. Su guardia personal estaba formada por solo dos hombres porque eran los únicos en quienes confiaba.

Whitcomb volvió a ponerse las gafas, como si al hacerlo viera con más claridad lo que Robie acababa de decir.

—¿Tengo que creerme que la número dos de la Agencia no confía en su patrón? Es decir, ¿en la CIA? —Negó con la cabeza lentamente—. Eso es muy, pero que muy difícil de comprender, señor Robie.

—Me limito a decir lo que ella me contó.

—No obstante, esa aseveración extraordinaria tampoco consta en su informe. Y, por desgracia, la señora DiCarlo no está en condiciones de corroborar sus palabras.

—Ella me invitó a su casa, señor. Para contarme esas cosas.

—Volvemos a contar únicamente con su palabra.

—¿O sea que no me cree? —inquirió Robie.

—Bueno, al parecer usted tampoco cree nada.

Robie meneó la cabeza.

Whitcomb continuó:

—Según me han informado, tenemos a una agente sin escrúpulos que va por ahí matando a personal de la Agencia. A usted se le encomendó que buscara y liquidara a tal agente descarriada. No tengo la impresión de que esté a punto de encontrarla. En realidad, parece que empieza a creer que el verdadero enemigo está en el interior en vez de en el exterior.

—Cuando desde mi bando se me oculta información, creo que

es lógico que baje mi nivel de confianza. Aparte de que complica mucho mi trabajo.

—¿Se le oculta información?

—Archivos editados, escenas del crimen manipuladas, reuniones crípticas en las que queda más por decir que lo que se dice. Parece que las prioridades van cambiando. No es la plataforma de éxito ideal en este campo.

Whitcomb se quedó mirando las manos un momento antes de alzar la vista y decir:

—Responda a esta sencilla pregunta: ¿vio a la persona que disparó a los atacantes?

Robie sabía que una vacilación resultaría calamitosa.

—Era una mujer. No le vi el rostro con claridad, pero seguro que era una mujer.

—¿Y no hizo nada para confirmar quién era?

Robie tenía una respuesta preparada para eso que ni siquiera un hueso duro de roer como Whitcomb podría rebatirle.

—Tenía a una persona herida en el asiento trasero que corría peligro de muerte. Había tiradores apuntándonos. No tuve tiempo de hacer otra cosa que dejar la escena lo antes posible. Mi mayor preocupación era la supervivencia de la señora DiCarlo.

Whitcomb asintió antes incluso de que Robie acabara de hablar.

—Por supuesto, Robie. Por supuesto, totalmente comprensible. Y cabe esperar que su reacción rápida, que es digna de encomio, tenga como consecuencia la supervivencia de DiCarlo. —Hizo una pausa y pareció poner en orden sus pensamientos mientras Robie aguardaba la siguiente pregunta—. ¿Tiene alguna idea de quién pudo ser esa mujer?

—Señor, no se trataría más que de una suposición.

—De momento me sirve —espetó Whitcomb.

—Creo que era Jessica Reel, la agente descarriada que tengo la misión de localizar.

34

GameStop no abriría hasta dentro de unas horas. De todos modos, ella sabía que su amigo siempre llegaba temprano. Así pues, Reel se quedó sentada en el coche, delante de la entrada del centro comercial por donde él llegaría. Hizo luces cuando lo vio llegar y aparcar su Mustang negro.

Él fue caminando hasta el coche de ella y subió.

Reel encendió el motor y arrancó.

Michael Gioffre llevaba una chaqueta abierta con capucha, vaqueros holgados y la camiseta de DAY OF DOOM. Reel supuso que tenía docenas repetidas.

—¿Adónde vamos? —preguntó—. Tengo que hacer inventario.

—Cerca. Y no tardaremos mucho si tienes lo que necesito. El tiempo de tomarnos un café.

Reel señaló el café que tenía en el portavasos. Él lo cogió y dio un sorbo.

—No me has dado mucho tiempo —masculló él.

—Lo que recuerdo de ti es que nunca necesitabas demasiado tiempo. ¿Me equivoco?

Gioffre dio otro sorbo y se secó la boca.

—Podría meterme en un buen lío por esto.

—Sí. Es posible.

—Aun así, ¿esperas que te ayude?

—Sí. Si estuvieras en mi lugar, ¿tú no lo esperarías?

Gioffre exhaló un suspiro.

—Odio que emplees la lógica.

—Tú eres especialista en videojuegos, pensaba que vivías de la lógica.

—También valoro la fantasía. Mato a gente en la pantalla. Tú la matas de verdad.

Viajaron en silencio durante un rato.

—Lo siento, ha sido un comentario estúpido —reconoció Gioffre al final.

—Es la verdad, así que no tiene nada de estúpido.

—La lógica, otra vez. Nunca se te acaba.

—Siempre la he preferido al caos. Cuando he podido elegir, claro está.

Por lo que a Reel respectaba, podrían haber estado en el túnel del tiempo y retrocedido diez años, conduciendo por algún país extranjero donde ella buscaba información y él se la proporcionaba. De todos modos, ahora a ella todos los lugares le parecían ajenos. Incluso el que había considerado su hogar.

Viajaron en silencio durante casi dos kilómetros más. A Reel cada gota de lluvia que punteaba el parabrisas le parecía un segundo de sus vidas que se escurría.

—¿Se lo merecían? —preguntó Gioffre, rompiendo el silencio con voz queda.

Reel no respondió.

Él se removió en el asiento.

—Porque conociéndote como te conozco, supongo que sí.

—No me pongas medallas por algo que no me he ganado.

—¿A qué te refieres? —dijo Gioffre.

—He liquidado a muchas personas que ni siquiera conocía porque alguno de mis superiores me dijo que no solo era lo correcto, sino que era mi obligación. Nunca me planteé si las víctimas lo merecían o no. A eso me refiero.

—Pero a eso accediste al aceptar el trabajo. Es a lo que yo accedí también en aquel momento. Estábamos del lado del bien y la justicia. Al menos eso nos hicieron creer.

—Era bastante cierto, Mike. Pero solo bastante. En este negocio hay seres humanos, así que no hay nadie perfecto, en realidad todo es imperfecto por definición.

—Entonces, ¿se lo merecían? Me refiero a esta vez.

Reel aminoró y paró junto a la acera. Se volvió hacia él.

—Sí, se lo merecían. Pero es sencillo y complicado a la vez. La parte sencilla ya está hecha, o por lo menos avanza en ese sentido. La complicada será muy lenta. Y quizá nunca llegue a consumarse.

—¿O sea que habrá más? —preguntó él.

—¿Tengo pinta de haber acabado?

—Pues no.

Reel volvió a poner el coche en marcha.

—Y si te cuento más, te convertirás en cómplice de todo lo que hago. Así pues, vayamos directos al grano. ¿Tienes lo que necesito?

Él sacó una memoria USB del bolsillo y se la tendió. Ella se la guardó en el bolsillo.

—No la he mirado —dijo él.

—Bien.

—¿Cómo sabías siquiera que existía?

—Porque lo están siguiendo. Una cosa así no se hace sin planificación previa. Sin un mapa para avanzar. Alguien tenía que hacer un libro blanco. No se trata de un rompecabezas que haya que ir montando. Todas las piezas tienen que estar en su sitio teniendo en cuenta los pros y los contras.

—¿Quiénes son ellos?

Ella negó con la cabeza.

—No voy a entrar en eso.

—Ya. Supongo que si lo hicieras también tendrías que matarme a mí.

—Supongo —repuso Reel, con expresión seria.

Gioffre se pasó una mano por el pelo y apartó la mirada.

—¿El café está a tu gusto? —preguntó ella.

—Perfecto. Tienes buena memoria.

—Cuando siempre estás en la cuerda floja, te acuerdas de las pequeñas cosas. Una gota de leche antes del café, luego un terrón de azúcar. Sin remover. Probablemente a ti te pasara lo mismo, ¿no?

—¿Qué más recuerdas de esa época?

Reel entornó los ojos. Un montón de imágenes se agolparon en su mente, muchas de las cuales nunca olvidaría por mucho que lo intentara.

—Siempre hacía viento. La arena me irritaba la piel y me atascaba las armas. Nunca disponía de suficiente comida ni suficiente agua para beber. Pero sobre todo recuerdo preguntarme qué coño hacíamos allí. Porque cuando nos marcháramos iba a quedar todo exactamente igual. Y lo único que íbamos a dejar realmente atrás era mucha sangre, nuestra en su mayor parte.

Gioffre miró al frente. Bebió el café poco a poco, de forma metódica, contemplando la carretera, como si fuera la última taza que fuera a tomarse.

—Mike, has borrado todas tus huellas, ¿no?

—Lo he hecho lo mejor posible. Para pillarme, los de la NSA tendrían que ser mejores que yo. Y no creo que lo sean.

—De todos modos, ándate con cuidado. Mejor no pecar de exceso de confianza.

—Parece que va a llover todo el día —comentó él.

—Parece que va a llover el resto de mi vida.

—¿Cuánto puede durar eso? —preguntó él—. Me refiero a tu vida.

—Probablemente tú estés mejor preparado para adivinarlo. Yo ya no soy una observadora objetiva.

—No deberías irte así, Jess. No después de todo lo que has hecho.

—Tengo que irme así por lo que he hecho. Porque no hay otra manera si quiero seguir mirándome en el espejo. Si la gente hiciera esta sencilla prueba, no harían ni la mitad de gilipolleces que acaban haciendo. Pero, al fin y al cabo, la gente justifica cualquier cosa. Somos así.

—Deben de haberte hecho mucho daño.

«Hicieron mucho daño a alguien que yo quería —pensó Reel—. Le hicieron tanto daño que está muerto. Y haciéndole daño, me lo hicieron también a mí. Y ahora ha llegado el momento de que sea yo quien les haga daño.»

—Sí, supongo que sí —repuso.

Reel lo llevó de vuelta al centro comercial y paró cerca de GameStop. Él se apeó.

—Agradezco tu ayuda, Mike. Nadie sabrá jamás de dónde ha salido.

—Lo sé.

Él se disponía a marcharse, pero volvió al coche al ver el aguacero que estaba cayendo.

—Espero que consigas lo que quieres.

—Ya veremos.

—¿A quién han escogido para que vaya a por ti?

—A Will Robie.

Gioffre boqueó y abrió unos ojos como platos.

—Mierda. ¿Robie?

—Lo sé. Pero quizá me dé una tregua.

—¿Por qué demonios iba a hacer tal cosa?

—Porque anoche le salvé la vida.

Reel dejó a Gioffre de pie bajo la lluvia, observándola, y arrancó. Recorrió varios kilómetros hasta entrar en un garaje, donde paró el coche, pero sin apagar el motor. Introdujo la memoria USB en el portátil y leyó el contenido de cabo a rabo.

Tendría que coger el avión.

Y que fuera lo que Dios quisiera.

35

El todoterreno dejó a Robie delante de su bloque de apartamentos. Sus escoltas no le dirigieron la palabra durante el corto recorrido desde la Casa Blanca, y tampoco hablaron cuando abrieron la puerta para que él se apeara. Robie observó cómo desaparecía el vehículo entre el denso tráfico de primera hora de la mañana.

Whitcomb no había añadido gran cosa después de que Robie le dijera que Reel había acudido al rescate de él y DiCarlo la noche anterior. Anotó varias cosas en su tableta, le lanzó un par de miradas suspicaces y luego se marchó.

Robie permaneció sentado hasta que un guardia fue a recogerle al cabo de unos minutos. Había sido una visita a la Casa Blanca tan memorable como perturbadora.

Ahora contempló su edificio de apartamentos y no recordó haberse sentido tan cansado en su vida, lo cual era mucho decir ya que había pasado días enteros sin dormir y sin apenas comer, trabajando en las condiciones más extremas.

«A lo mejor ya soy demasiado mayor para esto.»

No es que quisiera hacer tal concesión, pero el cuerpo dolorido y la mente cansada eran dos recordatorios inequívocos de que quizás aquella sensación contenía una buena dosis de realidad.

Subió a su planta en el ascensor, entró en su apartamento, desactivó la alarma y cerró la puerta. Había apagado el teléfono mientras estaba en la Casa Blanca porque se lo habían pedido. Entonces lo encendió y el mensaje apareció en pantalla: «Todo lo que hago tiene un motivo. Abre la cerradura.»

Robie se sentó en una silla y pasó cinco minutos contemplando la pantalla. Luego dejó el móvil encima de la mesa y se dio una larga ducha caliente para sacudirse el agotamiento. Se vistió y tomó un vaso de zumo de naranja. Volvió a sentarse para mirar el mensaje.

«Todo lo que hago tiene un motivo. Abre la cerradura.»

Reel había hecho muchas cosas. ¿En cuáles se suponía que él debía centrarse? ¿Qué cerradura tenía que abrir?

¿Los asesinatos?

¿El que hubiera acudido en su ayuda?

¿El envío de ese último mensaje?

¿Todos los anteriores?

Esperaba recibir otra llamada de la Agencia. Ya habrían leído ese mensaje y probablemente tuvieran a una docena de analistas intentando descifrarlo. Pero nadie llamó. Quizá ya no supieran qué más decirle. Pensó en responder al mensaje, preguntarle a qué se refería. Pero ella sabía tan bien como él que la Agencia podía leer todo lo escrito. Decidió no tomarse la molestia de contestar.

Guardó el teléfono en el bolsillo de la chaqueta, se levantó y se desperezó. Debería intentar dormir un poco, pero no tenía tiempo para eso.

De repente cayó en la cuenta de que debía alquilar un coche. El suyo estaba hecho un colador en algún garaje de alta seguridad del gobierno.

El último año había destrozado unos cuantos coches. Se alegraba de que las cuotas de alquiler fueran deducibles. Los asesinos autorizados no disponían de demasiadas ventajas fiscales.

Fue en taxi a un local de alquiler de coches y firmó la documentación para un Audi 6. El último que había conducido también había acabado tiroteado. Se preguntó si constaría en alguna lista negra de clientes a evitar. Si así era, el lugar donde acababa de hacerse con otro coche todavía no había recibido el mensaje de no aceptarlo como cliente bajo ningún concepto.

Se marchó en su nuevo vehículo y se encaminó al hospital donde Janet DiCarlo estaba ingresada. Hombre Azul le había proporcionado la información necesaria esa misma mañana a través de un SMS. Llegó al cabo de cuarenta minutos, después de lidiar con las inclemencias del tiempo y el tráfico en hora punta.

Esperaba que la planta de DiCarlo estuviera provista de suficientes medidas de seguridad. Pero no. Robie se lo tomó como una muy mala señal. Y que la UCI estuviera prácticamente vacía le pareció incluso peor.

Cuando preguntó a una de las enfermeras dónde estaba DiCarlo, lo miró con expresión vacía.

«Bueno —pensó Robie—, no le habrán dado su nombre real.» Miró los números de las habitaciones y señaló una.

—La mujer de esa habitación —indicó. Hombre Azul había sido muy claro: UCI, habitación 7.

La enfermera guardó silencio.

—¿Ha muerto? —quiso saber él.

Se le acercó otra mujer, con aspecto de supervisora. Robie le formuló las mismas preguntas.

La mujer lo cogió por el brazo y lo llevó a un rincón. Robie mostró sus credenciales, que ella escudriñó.

—Desconocemos el estado y la ubicación actual de la paciente.

—¿Cómo es posible? Esto es un hospital. ¿Acaso dejáis que alguien saque de aquí a los pacientes graves?

—¿Usted trabaja con ella?

—¿Por qué?

—Mire, llevo mucho tiempo en esta unidad. Aquí vemos de todo. Y creo que el caso de esta mujer es confidencial. No dieron ningún nombre. Y esta mañana temprano se la llevaron. No nos dijeron adónde. Supongo que disponen de cuidados médicos adecuados para ella.

—¿Quién se la llevó?

—Unos hombres trajeados, con placas e identificaciones. Me dieron un susto de muerte, si quiere que le diga.

—¿Qué ponía en las placas e identificaciones?

—Seguridad Nacional.

Entonces fue Robie quien puso cara de no entender.

El DHS estaba implicado. La CIA y el DHS no se llevaban bien, así eran las cosas. Pero el DHS necesitaba el beneplácito de Langley para sacarla de allí. Así pues, los dos gigantes federales, contra todo pronóstico, colaboraban juntos.

Robie volvió a centrarse en la mujer.

—¿Y no dijeron adónde se la llevaban?

—Pues no.

—¿Era seguro trasladarla?

—Como enfermera con veinte años de experiencia en la UCI, diría que no. Pero se la llevaron igualmente.

—¿Qué gravedad reviste su estado?

—No puedo hablar de eso. Es confidencial.

—Yo estaba con ella anoche cuando le dispararon. Yo soy quien la salvó de la gente que intentaba matarla. Mi agencia me ha enviado aquí para saber de su estado. Supongo que entiende que me sorprenda que no esté aquí. Sí, es un asunto confidencial, pero usted ni siquiera sabe cómo se llama. No era más que la mujer de la habitación 7. No creo que incumpla las normas de confidencialidad.

La mujer reflexionó y dijo:

—Se trata de una situación excepcional.

—No podría haberlo dicho mejor.

La enfermera esbozó una leve sonrisa.

—Estaba en la UCI. Y no iba a salir de aquí en un futuro próximo. La herida que sufrió le causó lesiones internas. Le extirparon la bala, pero varios órganos internos quedaron afectados. Tendrá que afrontar un largo período de rehabilitación, si es que sobrevive. Es todo lo que puedo decirle.

Robie le dio las gracias y se marchó.

Camino del coche llamó a Hombre Azul y le dio la noticia. Aguardó interesado su reacción. Robie necesitaba saber si Hombre Azul estaba al corriente.

La respuesta de Hombre Azul indicó claramente a Robie que no era así.

—Joder, ¿qué coño está pasando?

—Te lo diré si lo averiguo —respondió Robie.

Colgó y subió al coche.

Podía abordar la situación de distintos modos, pero solo había uno claramente directo. Y ahora Robie necesitaba ser directo.

Pisó el acelerador y el Audi respondió con un rugido.

Cuando uno quería respuestas verdaderas, lo mejor era ir directamente a lo más alto.

36

La caravana de vehículos de Evan Tucker salió de su casa en dirección a la calle. El primer todoterreno frenó con un chirrido de neumáticos y unos hombres armados se apearon.

Un Audi 6 bloqueaba el camino. Delante del Audi estaba Robie. Cinco agentes de seguridad lo rodearon enseguida.

—¡Manos arriba! —ordenó el oficial de seguridad.

Robie no obedeció.

—Dile a tu jefe que si no hablamos ahora mismo, mi siguiente parada será el FBI y les contaré todo lo que sé. Y no le va a gustar, créeme.

—He dicho que arriba las manos.

Robie lo miró con gesto agresivo.

—Y yo te digo que vayas a buscar a tu jefe.

Los agentes se dispusieron a hacerle un placaje. Uno acabó en el capó del Audi. El segundo aterrizó de pleno en el asfalto. Y el tercero estaba a punto de probar suerte cuando se oyó un grito.

—¡Basta!

Todos se volvieron y vieron a Evan Tucker de pie cerca del todoterreno del medio.

—Basta ya de tonterías.

Los agentes caídos se levantaron, miraron con expresión sombría a Robie y se retiraron.

Tucker se centró en Robie.

—¿Algún problema?

—Pues la verdad es que sí. Y se llama Janet DiCarlo.

Tucker miró en derredor y vio a varios vecinos boquiabiertos en sus respectivos patios, al lado de sus coches o cogiendo de la mano a sus hijos pequeños.

—Robie —siseó—. Estamos en plena calle.

—Les he dicho a tus hombres que quería hablar contigo en privado. Pero parece que no han captado el mensaje.

Tucker miró a uno de sus vecinos, una joven madre que sujetaba la mano de su hijo de cinco años, que parecía muy nervioso de ver a tantos hombres armados.

Tucker sonrió.

—No ha sido más que un malentendido. Ya nos vamos. Que pasen un buen día. —Y a Robie—: Tú, ven conmigo.

Robie negó con la cabeza.

—Te seguiré en mi coche. Es de alquiler. No quiero perderlo. Ya sabes qué le pasó a mi último vehículo.

Tucker se tuvo que tragar la réplica, subió a su todoterreno y cerró la puerta de golpe. Robie subió a su Audi, hizo marcha atrás, dejó que la caravana de coches saliera y luego la siguió.

Cuando llegaron a una calle ancha, Robie vio lo que necesitaba. Giró a la derecha con rapidez y entró en un parking. Salió del coche y antes de entrar en el restaurante vio que la caravana paraba y empezaba a retroceder. Los demás coches empezaron a tocar el claxon a modo de protesta.

Robie entró y se dirigió al mostrador. Una joven se le acercó, carta en mano.

—¿Desayuno para uno, señor?

—Seremos dos. Pero necesitaremos espacio para unos cinco grandullones que rodearán la mesa.

La mujer abrió unos ojos como platos.

—¿Perdón?

—Si tiene un reservado privado sería perfecto.

—¿Un reservado privado?

Robie sacó sus credenciales y se las enseñó rápidamente.

—No pasa nada, somos los buenos.

Para cuando Evan Tucker irrumpió con su séquito, Robie ya

había pedido dos tazas de café. La camarera los acompañó con expresión asustadiza.

—Gracias —le dijo Robie—. Ya me encargo yo.

La camarera había sentado a Robie en un rincón del fondo, que era lo más parecido a un reservado privado en un establecimiento de esa categoría. Por suerte, había pocos clientes. Los más cercanos estaban a unas cuantas mesas de distancia.

—¿A qué coño estás jugando? —espetó Tucker.

—No he tenido tiempo de desayunar. Y tengo hambre. Ya te he pedido un café.

—No podemos hablar de este asunto aquí.

—Pues es el único lugar en que estoy dispuesto a hablarlo.

—¿Quieres que te mande arrestar?

—No tienes autoridad para ordenar arrestos, director. Y creo que no te gustaría implicar a la policía local. Este asunto está muy por encima de sus responsabilidades. A lo mejor nos detienen a todos y lo lían todo. Así que, ¿por qué no te sientas, dices a tus chicos que rodeen la mesa, miren hacia fuera y desplieguen sus chismes de vigilancia antielectrónica, y entonces hablamos?

Tucker contuvo su furia, respiró hondo y se sentó. Hizo una seña a sus hombres para que hicieran lo que Robie acababa de proponer. Uno de los dispositivos que uno de los guardaespaldas sostenía en la mano emitió un zumbido bajo.

—¿Tomas leche y azúcar con el café? —preguntó Robie.

—Solo me va bien.

Un camarero recién salido de la adolescencia se les acercó.

—¿Ya saben lo que van a pedir? —preguntó con timidez.

Robie habló antes de que los guardaespaldas le ahuyentaran.

—Yo sí. ¿Director?

Tucker negó con la cabeza y echó un vistazo a la carta.

—Un momento, yo tampoco he comido. —Y preguntó al camarero—: ¿Qué me recomiendas?

El joven puso cara de preferir ser pasto de los tiburones antes que abrir la boca.

—Eh... nuestros creps están bien —balbució.

Tucker dedicó una breve sonrisa a Robie.

—Bueno, pues tomaré dos huevos fritos, beicon, una ración de esos creps y un zumo de pomelo.

—Lo mismo para mí —dijo Robie.

El camarero se marchó casi corriendo y Robie clavó la mirada en Tucker.

—¿Ya podemos ir al grano? —dijo este.

—Una pregunta. ¿Sabes dónde está Janet DiCarlo?

—En el hospital, Robie —espetó Tucker.

—¿Qué hospital? Porque en el que estaba anoche no tienen ni idea de adónde se la llevaron.

Tucker se quedó paralizado con la taza levantada. Volvió a dejarla en la mesa.

—O sea que no lo sabías —comentó Robie con incredulidad.

—Eso es imposible. ¿Adónde pueden haberla llevado? Acaban de operarla. Su pronóstico es reservado.

—¿Me estás diciendo que los hombres que tenías en ese hospital no te dijeron que aparecieron unos tipos del DHS y se la llevaron? No me lo creo.

Tucker se humedeció los labios y bebió un sorbo de café.

Robie le observó, pensando: «Está ganando tiempo porque las ideas se agolpan en su cabeza.»

—¿El DHS? —dijo finalmente—. ¿Estás seguro?

—Esas credenciales enseñaron a las enfermeras para que soltaran a DiCarlo.

Tucker no dijo nada.

—Mientras cavilas al respecto, director, debería decirte que también he charlado con el APNSA.

—¿Con Gus Whitcomb? ¿Por qué? —preguntó Tucker.

—Vinieron a buscarme. El señor Whitcomb fue al grano, y no le gustó demasiado lo que le conté.

Tucker dio otro sorbo al café. Esta vez fue un error táctico por su parte, pues Robie vio que le temblaba la mano.

—¿Qué le contaste exactamente?

—¿De veras quieres saberlo?

—Por supuesto.

—Saqué a DiCarlo con vida de la emboscada de anoche gracias a un milagro.

—¿De qué se trata?.

—Un ángel de la guarda acudió a rescatarnos.

—¿Qué ángel?

—Creo que ya sabes su nombre. ¿Jessica Reel?

Tucker entreabrió los labios, pero no articuló ninguna palabra.

—Eso es ridículo —espetó al final.

—A mí también me lo pareció, dado que se me encomendó que la encuentre por ser una traidora a su país. Por lo menos, eso me dijeron.

—¿Para qué quería DiCarlo reunirse contigo?

—Tenía cosas interesantes que contarme acerca de hechos pasados.

—¿Como cuáles? —preguntó Tucker.

—Misiones que nunca deberían haber existido, personal y equipamiento desaparecido, dólares lanzados por la borda... —Robie le contó con detalle lo que DiCarlo le había confiado. Cuando hubo terminado, Tucker fue a decir algo, pero Robie alzó la mano y señaló a un lado.

Les traían la comida.

El cerco de gorilas se abrió y el camarero les sirvió los platos.

—¿Desean algo más? —preguntó con voz aguda—. ¿Más café?

—No para mí —dijo Tucker. Lanzó una mirada a Robie.

—Un poco más de café, gracias.

El camarero le rellenó la taza y se marchó presuroso.

—¿DiCarlo te dio detalles exactos de esas misiones, personal, equipamiento y dinero? —preguntó Tucker.

—No, pero yo en tu lugar intentaría averiguarlo.

Tucker negó con la cabeza lentamente. Robie no supo si ese gesto indicaba incredulidad, frustración o ambas cosas.

—¿Seguro que era Reel?

—Misma altura, misma complexión. Y mujer.

—Pero no estás seguro —insistió Tucker.

—¿Cuántas mujeres tienes en nómina capaces de enfrentarse a media docena de profesionales en un tiroteo y salir airosas? Joder, ¿cuántos hombres tienes capaces de eso?

Tucker empezó a cortar los huevos fritos. Los dos hombres comieron en silencio.

Robie tomó el último bocado, apuró el café y se reclinó en el asiento. Dejó la servilleta encima de la mesa.

Tucker hizo lo mismo.

—Si fue Reel, ¿por qué? —preguntó.

—Eso es lo que esperaba que me respondieras.

—¿Por qué iba yo a tener la respuesta a eso?

—Eres el DCI. Si tú no tienes la respuesta, ¿quién cojones va a tenerla?

—A lo mejor el DHS.

—¿Sigues sin llevarte bien con tu hermano mayor?

Tucker se encogió de hombros.

—Durante décadas, el FBI fue el gorila de cuatrocientos kilos que todos odiaban. Ahora el DHS es el oso de quinientos kilos al que odiamos incluso más que al FBI.

—No puede decirse que vosotros vayáis por ahí cooperando con los demás.

—Más de lo que piensas, Robie.

—Entonces coge el teléfono y llama a tu homónimo del DHS y pide cortésmente el regreso de tu empleada.

—No es tan sencillo.

—¿Por qué?

—Es complicado.

—Explícate.

—No tengo tiempo para explicarlo. Tengo reuniones importantes y ya estoy llegando tarde.

Robie se levantó.

—Bueno, te dejo que vayas a tus reuniones «importantes». Pero si tienes un momento, quizá te convendría averiguar si Di-Carlo sigue por lo menos viva.

—Aprecio mucho a Janet, Robie, no hagas que parezca que no. Es amiga, aparte de compañera de trabajo.

—Hechos, director. Siempre son mejor que la retórica.

—¿Cuál es tu siguiente paso para encontrar a Reel?

—No hay siguiente paso. Hasta que alguien me explique qué coño está pasando, me he retirado oficialmente del asunto.

—Eso supondría desobedecer una orden directa —espetó Tucker.

—Pues arréstame.

Robie se abrió paso entre los guardaespaldas y salió del restaurante.

Cuando Tucker se disponía a marcharse, el camarero tembloroso se le acercó con timidez y le tendió la cuenta. El director de la CIA se la quedó mirando unos instantes y luego sacó la cartera lentamente.

37

Una vez en su apartamento, Robie pensó que necesitaba obtener información de forma discreta, lo cual solía ser difícil cuando había gente observando.

De todos modos, trabajaba en la división clandestina. Por consiguiente, tenía recursos y ciertas habilidades que pensaba poner en práctica.

Fue en coche hasta un centro comercial, aparcó en el garaje cubierto y se fue de compras. Durante una hora visitó tres tiendas distintas y salió con tres bolsas distintas.

Pidió un café y se sentó a una mesa para bebérselo. También tomó una magdalena, aunque en realidad no tenía hambre.

Se levantó, tiró el vaso de plástico vacío y se marchó.

No estaba seguro de que le estuvieran siguiendo, pero tenía que asumir que sí. Daba por sentado que su marcador de interés había aumentado de forma exponencial en la Agencia. Y ahora quizás hubiera otras agencias también implicadas.

Por lo que parecía, el DHS tenía a Janet DiCarlo. Disponían de infinidad de recursos, satélites incluidos. Los satélites eran difíciles de eludir, pero había maneras. Solo podían espiar lo que eran capaces de ver. Y a veces lo que creían ver no era tal cosa.

Consultó la hora. Un buen momento como otro cualquiera. Ahora sí iban a tener que darse prisa.

No regresó al coche. Cogió las escaleras mecánicas que conducían al metro.

Al instante se vio rodeado por una riada de personas que volvían del trabajo a casa. Se incorporó a un grupo que intentaba subir al convoy que en ese momento entraba en la estación. Subió al vagón y soltó las bolsas, provocando apretujones entre la gente.

Unos pitidos anunciaron el cierre de puertas. Robie siguió avanzando por el pasillo. Miró hacia atrás al llegar al final del vagón. Dos hombres intentaban abrirse camino por el vagón entre la multitud. Robie no los conocía, pero sabía quiénes eran: sus perseguidores. Las señales resultaban inconfundibles.

Justo antes de que se cerraran las puertas, Robie salió por la última puerta.

El convoy arrancó mientras Robie se dirigía a la salida, invisible entre la multitud de viajeros. No subió por las escaleras mecánicas. Entró a hurtadillas por una puerta que quedaba prácticamente oculta en la pared y conducía a una zona de mantenimiento.

Se encontró con dos hombres en el pasillo de esa zona. Cuando le preguntaron qué hacía allí, enseñó sus credenciales y preguntó por la salida más cercana. Se la indicaron y en un momento estuvo fuera.

Le dio la vuelta a la chaqueta reversible y pasó de marrón a azul. Sacó una gorra de béisbol del bolsillo y se la encasquetó. Llevaba también gafas de sol.

Una vez en la calle, encontró una parada de taxis y en veinte minutos ya estaba camino de las afueras de la ciudad.

Bajó del taxi cerca de su destino y cubrió a pie el resto del camino.

La tienda de reparación de calzado estaba en una zona deprimida de casas y comercios destartalados. La campanilla sonó cuando Robie abrió la puerta, que se cerró de forma automática detrás de él.

Se quedó parado, se quitó la gorra y las gafas y miró en derredor. Contenía todo lo que cabía esperar de un zapatero. La única diferencia era que el propietario no contaba con poner suelas para ganarse el pan de cada día.

El hombre apareció por detrás de la cortina de la trastienda detrás del mostrador.

—¿En qué puedo...? —Se calló al ver a Robie.

Este se acercó y puso las manos sobre el mostrador.

—Sí, espero que puedas ayudarme, Arnie.

El hombre rondaba la cincuentena, tenía el pelo canoso, una barba arreglada y las orejas salidas. Al punto miró más allá de Robie, que negó con la cabeza.

—Vengo solo.

—Nunca se sabe —dijo Arnie.

—Ya, nunca se sabe.

—¿Estás trabajando?

—Es algo distinto —respondió Robie.

—¿Gelder?

Robie asintió.

—No me iría mal una ayudita.

—Estoy prácticamente retirado.

—Eso es prácticamente una mentira.

—¿Qué necesitas?

—Jessica Reel —dijo Robie.

—Hace tiempo que no oía ese nombre.

—Eso podría cambiar. ¿Quiénes eran sus contactos?

—Los de dentro deberías saberlos, siguen estando en la Agencia —contestó Arnie.

—No me refiero a los de dentro.

Arnie se masajeó la mandíbula.

—Reel es buena en su trabajo. Quizá tan buena como tú.

—Quizá mejor.

—¿De qué va esto?

—Está metida en un aprieto. A lo mejor puedo ayudarla.

—Vosotros dos trabajasteis juntos —observó Arnie.

—Hace mucho tiempo. Me gustaría encontrarla.

—¿Para hacer qué?

—Mi trabajo.

Arnie negó con la cabeza.

—No voy a ayudarte a matarla, si va de eso.

—De lo que va, Arnie, es de asegurarse de que este país no corre peligro. Eso es lo único que importa.

—Hace mucho tiempo que no la veo.

—¿Y sus contactos?

—¿Me juras que quieres ayudarla? —pidió Arnie.

—¿Si lo jurara me creerías?

—Tienes fama de ser una persona fiable, y no solo cuando disparas. Pero si eres sincero conmigo, a lo mejor te ayudo. Esta es mi condición. Si no te gusta y no tienes zapatos que arreglar, tendré que pedirte que te marches.

Robie se lo pensó y decidió que no tenía demasiadas opciones.

—Creen que Reel mató a Gelder y a otro agente.

—Tonterías.

—Lo cierto es que creo que fue ella. Pero no es tan sencillo. Aquí está pasando algo, Arnie. Algo a nivel interno que huele a podrido. Conocí a Reel. Habría puesto la mano en el fuego por ella. No obstante, y para que veas que te soy sincero, he recibido la orden de ir a por ella.

—Pero tienes dudas...

—Si no las tuviera, no estaría aquí —repuso Robie.

Los dos intercambiaron una larga mirada desde cada lado del mostrador manchado y rayado. Robie tuvo la impresión de que Arnie intentaba calibrar su sinceridad, lo cual no le extrañó. La sinceridad no abundaba en ese campo. Cuando se encontraba, uno casi siempre lo atribuía a un golpe de suerte.

—Quizá tengas suerte —dijo Arnie.

—¿Ah, sí?

—El mundo en que me muevo es como un pañuelo. No hay demasiados personajes. No diré que hagamos reuniones, pero sí mantenemos el contacto. Si uno de nosotros necesita ayuda, tomamos nota de ello o a veces nos hacemos favores entre nosotros, con la esperanza de que, llegado el momento, te devuelvan el favor.

—¿Y entonces? —lo animó Robie.

—Recibí una llamada de alguien que se dedica a lo mismo que yo —explicó Arnie—. No voy a dar nombres, pero conoce a Reel. Y ha estado en contacto con ella recientemente.

—¿Qué le pidió a tu amigo?

—Un documento y una dirección.

—¿Qué tipo de documento y la dirección de quién? —preguntó Robie.

—No lo sé seguro. Lo cierto es que no pude ayudarlo. Pero lo derivé a alguien que tal vez sí pueda.

—A ver, Arnie, no veo de qué me sirve lo que me estás contando.

—Había un nombre atribuido a esa dirección.

—¿Qué nombre?

—Roy West.

—¿Quién es? —preguntó Robie.

—Estuvo en la Agencia. Un empleado de poca monta, pero Reel se interesó por él. Lo bastante como para arriesgarse a contactar con mi amigo. Si ella mató a Gelder, intentarán acorralar a quienes están en su círculo.

—¿Tienes idea de por qué a Reel le interesa West?

—No. Pero la petición era bastante urgente.

—¿Crees que tu amigo le consiguió el documento?

Arnie negó con la cabeza.

—No lo sé. Y no te molestes en pedirme que haga lo mismo por ti. Ese amigo hace un favor cada cinco años. Ha vuelto a pasar a la clandestinidad. No hay forma de localizarlo.

Robie pensó que aquello era una gilipollez, pero, por otro lado, en realidad tenía sentido. Quienes estaban en la clandestinidad no eran exactamente como los dependientes de una tienda. No abrían la parada por el mero hecho de que uno lo quisiera.

—Bueno, supongo que tendré que buscar a West y ese documento por otras vías.

—West está en Arkansas.

—¿Cómo lo sabes?

—No pude ayudar con el documento, pero como me enteré del nombre, me entró la curiosidad y busqué información sobre él. —Arnie sacó unas gafas y se las puso. Se volvió hacia el ordenador del mostrador, pulsó unas teclas y salió un folio por la bandeja de la impresora. Se lo pasó por encima del mostrador a Robie, que ni siquiera lo miró antes de guardárselo en el bolsillo.

—No es una dirección, son indicaciones. Por lo que vi, bastante complicadas. Un sitio de esos raros, supongo.

—Te lo agradezco —dijo Robie.

—Espero no equivocarme contigo. Si le pasa algo a Reel por tu culpa, ni se te ocurra volver por aquí.

—¿Debo interpretar que te gusta?

—Si ella fue quien los mató, sin duda tendría un motivo de peso.

—Esperemos que aciertes.

Robie se marchó y tomó otro taxi para el siguiente tramo del viaje. Le dejó a tres kilómetros de su destino. Cubrió la distancia restante a pie.

El bosque quedaba a su derecha. Se agachó al bajar por el sendero de grava que discurría entre los árboles y aceleró el paso. La casa estaba a un kilómetro y medio.

Su escondrijo. El refugio del que la Agencia no tenía constancia. Solo sabían de su existencia Julie y Nicole Vance. Nadie más.

En realidad, Robie lamentaba que lo supieran, pero no podía hacer nada al respecto.

Desactivó el sistema de seguridad, subió a la planta de arriba, hizo una maleta y salió al viejo granero situado al lado de la casa. Abrió la cerradura de la puerta y entró. En la única plaza de aparcamiento del granero había una camioneta con el depósito lleno.

Apartó la paja que cubría el suelo y apareció una trampilla de madera cuadrada. La levantó y bajó las escaleras que quedaron a la vista.

No era él quien había construido aquella sala bajo el granero. El granjero al que había pertenecido el lugar la había construido allá por los años cincuenta, sin duda confiando en que una plancha de madera y paja le protegería en cierto modo de un ataque soviético termonuclear. Vaya que sí.

Robie lo había descubierto por casualidad un día mientras inspeccionaba el granero después de comprar la propiedad con un nombre falso. La había equipado con cosas que podía necesitar de vez en cuando. Aquel era uno de esos momentos.

Guardó el equipamiento en una talega grande y la colocó en la bancada de la camioneta, que tenía un compartimento que podía cerrarse con llave. Abrió la puerta del granero, sacó el vehículo y luego cerró el granero. Condujo hasta la carretera principal y pisó el acelerador.

Tenía muchas esperanzas puestas en aquel viaje. Sobre todo, esperaba encontrarse con Jessica Reel. Y si se daba el caso, confiaba en estar preparado para lo que ella tuviera en mente.

38

La anciana avanzó por la fila del control de seguridad del aeropuerto arrastrando los pies. Era alta y delgada y tenía las manos salpicadas de manchas de la edad. Iba encorvada y daba la impresión de sentir dolor a cada paso. Tenía un pelo blanco y corto. Miró al suelo cuando pasó por el magnetómetro sin que pitara.

Recogió su bolsa y siguió con paso cansino.

Viajó en clase turista y con un asiento que daba a la ventanilla. Miró por la ventanilla y no entabló conversación con el pasajero que iba a su lado. El viaje transcurrió sin problemas y el aterrizaje fue suave.

Cuando llegaron, hacía sol y el cielo estaba despejado. Fue un cambio agradable en comparación con el frío y la lluvia de Washington D.C.

Desembarcó del avión y se dirigió a los lavabos arrastrando los pies.

Reapareció al cabo de veinte minutos, más joven, erguida y con paso firme. Llevaba el disfraz discretamente guardado en el equipaje de mano.

Tenía que recoger el equipaje. Era una maleta grande con ruedas que contenía dos cajas de metal, bien cerradas las dos.

En una llevaba dos tipos de munición distintos.

En la otra su Glock.

La había declarado como se exigía cuando disfrazada de anciana facturó la maleta. El personal de la aerolínea se limitó a suponer que a la mujer le gustaba sentirse protegida.

Había muchas piezas de plástico y otras de metal y muelles diseminadas por los huecos de su equipaje.

Recogió su maleta y fue con ella hasta el mostrador de alquiler de coches. Al cabo de veinte minutos, Jessica Reel salía del aeropuerto al volante de un Ford Explorer negro.

Llevaba la Glock en la pistolera, cargada y lista para usar. Esperaba no tener que usarla. Ni la otra arma que llevaba consigo. La mayoría de las veces tales esperanzas caían en saco roto.

Contaba con una docena de disfraces cuya existencia sus patronos anteriores desconocían. Se había asegurado de que el secreto se mantuviera incluso cuando trabajaba para ellos. No era una persona confiada, sobre todo sabiendo que su patrón negaría toda relación con ella si fracasaba en una misión.

Encontró la carretera adecuada y se dirigió hacia el oeste. No era una zona muy poblada. A cada kilómetro que recorría se veía más despoblada. Siguiendo las indicaciones del GPS, salió de la carretera principal y después de quince kilómetros de curvas y zigzags el GPS le falló. Por suerte, había trazado un mapa de la región a mano y siguió mentalmente los giros de su brújula interna hasta llegar a un kilómetro y medio de su destino.

Pasó el desvío que luego tomaría y siguió adelante.

Había llegado el momento de hacer un reconocimiento de la zona.

Siguió circulando por la carretera y entonces vio otro desvío y lo tomó. Fue por esa carretera hasta donde necesitaba. Tuvo que recurrir a la tracción a las cuatro ruedas para hacerlo. Desanduvo el camino y enfiló el desvío por el que había pasado con anterioridad. Recorrió más o menos un kilómetro del camino de tierra y gravilla y entonces paró.

Con el coche ya no iría más allá. Haría el resto del trayecto a pie.

Abrió la maleta y extrajo todas las piezas de plástico, metal y muelles. Había piezas bastante grandes y otras pequeñas.

Dispuso todos los objetos en la zona de carga del Ford. Moviendo los dedos con destreza y precisión, montó la metralleta en muy poco tiempo.

Acopló el cargador de treinta y dos balas a la metralleta y se pasó la correa por encima de la cabeza para tener el arma delante. Tapó la metralleta con un guardapolvo de cuero que le llegaba casi a los tobillos. Se encasquetó un sombrero de vaquero y se puso gafas de sol y guantes.

Parecía la versión femenina de un pistolero dispuesto a emprenderla a tiros por la calle.

Miró lo que tenía por delante, escudriñando la topografía, antes de echar a andar. Iba a paso tranquilo, mirando en todas direcciones. Arriba y abajo, a un lado y otro. Y detrás, aguzando bien el oído por si se producía algún sonido que supusiera una amenaza.

Recorrió unos cuatrocientos metros, pasó un recodo del camino y se detuvo. Miró a izquierda y derecha y otra vez a su espalda.

Avanzó otros ciento cincuenta metros antes de agacharse y observar la disposición del terreno. Había muchos puntos de amenaza posible y los tenía todos a la vista.

En realidad, la casa era una cabaña de troncos, sólida y con aspecto de nueva. La puerta era una plancha de madera robusta. Supuso que tendría múltiples cerraduras y probablemente un sistema de seguridad.

No había líneas eléctricas que llegaran hasta allí. Desvió la mirada y vio un generador diésel. Pero no estaba encendido. Era un sistema de emergencia.

Así pues, ¿dónde estaba la fuente de energía principal?

Se desplazó a la izquierda para ver mejor detrás de la cabaña.

Ahí vio un gran despliegue de paneles solares. Qué exageración, pensó. Había energía suficiente para suministrar a un lugar diez veces mayor. Debía de haber unas líneas subterráneas que conducían la energía solar a la cabaña.

A la izquierda de la cabaña y a casi cincuenta metros había un granero, probablemente también alimentado por energía solar. «Bien camuflado. Tiene sentido.» No creía que allí hubiera vacas o caballos.

Delante de la cabaña había un Jeep polvoriento, último modelo de cuatro puertas. Matrícula local. Un colgador para armas en la parte posterior del que pendía un fusil con mira.

Se dispuso a avanzar, pero se lo pensó. Desde detrás de un árbol, sacó del bolsillo un objeto fino de metal, lo activó y apuntó delante casi a ras del suelo. Las líneas de láser invisibles se tornaron visibles. Campo minado. ¿Solo un aviso? ¿O estaba lleno de bombas trampa? El sitio podía estar lleno de artefactos explosivos improvisados y el propietario sería el único que conocía su ubicación.

Reel se quedó inmóvil, planteándose cómo penetrar en aquel perímetro. Había maneras; solo tenía que encontrar la correcta.

Mientras observaba, la puerta delantera de la cabaña se abrió.

Quizás el problema se solucionara por sí solo.

39

Roy West vivía en Arkansas, a dieciocho horas en coche. Robie solo paró para repostar y para ir al lavabo. Comió de las provisiones que había cogido de su refugio secreto.

El sol ya había salido cuando paró el coche al calcular que se encontraba a unos ocho kilómetros de su destino. Miró en derredor.

Había pasado los últimos vestigios de civilización hacía dos horas y se encontraba en tierra de nadie. Hacía media hora que no veía ni una casa. El terreno era rocoso y agreste. Las carreteras no abundaban precisamente. Y las existentes habían pasado del asfalto a la gravilla y ahora tierra.

Comprobó la hora. Había ganado una hora al entrar en la franja horaria central. Confió en que valiera la pena. Estaba cansado, pero no exhausto.

Bajó la ventanilla y respiró el aire fresco.

Había recorrido montañas y llanuras.

Ahora volvía a estar en la montaña.

Arnie le había dicho que Roy West había trabajado en la Agencia. Al parecer, Reel había mostrado interés por un documento que Robie suponía creado por West. Aquello significaba algo para ella. Algo importante.

¿Y dónde estaba Reel? ¿Ya había llegado?

Volvió a mirar alrededor. Había muchos sitios donde esconderse. Si aquel lugar estaba tan aislado, era imposible que pasara desapercibido si seguía conduciendo. O sea que tenía que dejar atrás la camioneta.

Bien, iría ir a pie.

Una camioneta era un objetivo mayor al que disparar.

Aparcó el vehículo bien apartado de la carretera, se enfundó ropa de camuflaje y se ennegreció el rostro. Se colgó la mochila con el equipamiento por encima de la bolsa y se puso en camino. Había memorizado las indicaciones para llegar a casa de West. Iba a abordar el asunto como si se tratara de cualquier otra misión.

Pero, a diferencia de las demás misiones, no tendría un objetivo claro cuando llegara a su destino. No sabía si West acabaría resultando amigo o enemigo. Y tampoco si estaba a punto de caer en una trampa urdida por Jessica Reel.

El terreno era escarpado, pero lo recorrió con facilidad. Se había preparado durante años para misiones como esa. E incluso con cuarenta años cumplidos, flotaba por encima de las rocas y por el terreno accidentado con la agilidad de un atleta de élite.

Fue contando los kilómetros mentalmente. A medida que se acercaba a lo que podía ser la zona cero, sujetó con más fuerza su arma principal: el fusil de francotirador. Llevaba otras dos armas en la mochila, con munición suficiente para enfrentarse a muchas armas del otro bando. Había escogido las armas pensando en distintos supuestos.

Su MP5 era para la batalla a quemarropa contra un enemigo numéricamente superior. La opción de disparo automático servía para abatir contrincantes a una velocidad de vértigo.

La navaja Ka-Bar era para matar cara a cara. La sabía utilizar para cortar o destripar con la misma eficacia.

Llevaba la Glock en la pistolera del hombro. No iba a ningún sitio sin esa arma. Era como su tercer brazo.

Y portaba un tipo especial de pertrechos en la mochila. Era su medida de seguridad.

Llegó a un claro y aprovechó para sacar los prismáticos de la mochila y echar un buen vistazo alrededor desde la posición ventajosa que le ofrecía la elevación del terreno. No había gran cosa que ver aparte de naturaleza. Pero entonces la vio: una chimenea que asomaba de un claro entre los árboles. Había un sinuoso camino de tierra que conducía hasta ella, aunque desde su posición no veía la casa a la que pertenecía.

Robie no vio que saliera humo de la chimenea, pero tampoco hacía tanto frío, así que podía haber alguien en la casa sin necesidad de encender el fuego. Además, en su mapa mental, esa casa era su destino: la morada de Roy West.

Siguió mirando a través de los prismáticos. Al final los dejó y miró por el punto de mira del fusil, mucho más potente que los prismáticos.

No solo buscaba a West o a quienquiera que pudiera estar con él. Buscaba a Reel. Porque Robie tenía una certeza.

La mujer estaba ahí.

Notaba su presencia.

40

El hombre salió de la modesta casa.

Roy West rondaba los cuarenta años, medía un poco más de 1,80 y era un hombre fornido de casi cien kilos de peso. Tenía dedos largos y curtidos, al igual que la cara. La barba y el bigote le cubrían la mandíbula y el labio superior. Calzaba botas militares con los vaqueros metidos por dentro, una camisa de franela y un chaleco de pana con cartuchera incorporada.

Sacó un mando a distancia del bolsillo y pulsó el botón. El campo de láser minado se apagó y desapareció. Había estacionado su Jeep en un lugar que el campo de láser no alcanzaba.

Desde su escondrijo, Reel observó cómo se acercaba al vehículo y siguió todos sus pasos. No se había equivocado, el lugar estaba lleno de bombas trampa. West se dirigía al Jeep haciendo zigzag.

Cuando el hombre tocó la puerta del vehículo, Reel habló.

—Tenemos que hablar, Roy.

El hombre se dio la vuelta rápidamente blandiendo una pistola.

La MP5 disparó con el automático antes de que él tuviera tiempo de apuntarla con su arma. La puerta trasera del Jeep quedó destrozada por la potencia de fuego, que atravesó el metal y destrozó el habitáculo.

West se quedó paralizado junto al capó del Jeep.

—La siguiente ráfaga será para ti —dijo Reel—. Baja la pistola. Ahora mismo. No lo repetiré.

West soltó el arma.

—Gírate hacia mí con las manos encima de la cabeza y los dedos entrelazados. La mirada gacha. Si alzas la mirada, te pego un tiro en un ojo.

El hombre se giró rodeándose la cabeza con las manos y la mirada gacha.

—¿Qué quieres? —preguntó con voz temblorosa.

—Acércate aquí. Y no tropieces con ningún artefacto explosivo.

A él le sorprendió el comentario, pero caminó hacia la mujer, evitando el campo minado, y se paró a poco más de medio metro de ella.

—¿Puedo alzar la mirada?

—No. Túmbate en el suelo, boca abajo, brazos y piernas abiertos.

Obedeció.

Reel se colocó a menos de medio metro de él, pero sin dejarse ver.

—Tengo a un tipo en la casa apuntándote con un fusil de precisión —dijo Roy.

—Lo dudo.

—No puedes correr ese riesgo.

—Por supuesto que puedo. Estoy detrás de un árbol. Y si tu «tipo» aún no ha aparecido, es que es un gallina y no vale la pena que pierda el tiempo preocupándome por él.

—¿Quién coño eres y qué quieres?

—Mi identidad es irrelevante. Lo que quiero saber es esto. —Sacó un manojo de papeles del guardapolvo y los lanzó al suelo, delante de él.

—¿Puedo mirarlos sin que me dispares? —preguntó.

—Mueve los brazos, muy pero que muy despacio.

Él lo hizo y cogió las hojas. Se las acercó y leyó la primera página.

—¿Y bien?

—¿Lo escribiste tú? —preguntó ella.

—¿Y qué si es que sí?

—¿Por qué?

—Era mi trabajo. Mi anterior trabajo.

—He comprobado a qué te dedicas ahora —dijo ella—. Diriges tu propia milicia.

West soltó un bufido.

—No somos una milicia. Somos luchadores por la libertad.

—¿Por la libertad de quién?

—Si te hace falta preguntar, no entenderás la respuesta.

Reel frunció el ceño.

—¿El gran gobierno malo? Vives en un lugar muy aislado. Tienes armas y tienes una vivienda. Estás desconectado. Por lo que se ve, nadie te molesta. Así pues, ¿qué problema hay?

—Es cuestión de tiempo que vengan a por nosotros. Y créeme, estaré preparado.

—Ya sabes lo que dice tu documento. ¿Te lo crees?

—Por supuesto.

—¿De verdad crees que podría pasar? —inquirió ella.

—Sé que sí. Porque somos muy dejados con respecto a la seguridad. Lo que pasa es que en D.C. no tienen huevos para reconocerlo. Me dio la impresión de que en las altas esferas querían que esos cabrones nos atacaran. Es uno de los motivos por los que lo dejé. Estaba asqueado.

—Entonces, ¿crees que esta es la vía hacia un futuro pacífico?

—Yo nunca he dicho que el objetivo fuera un futuro pacífico. El objetivo es que tengamos un futuro. Hay que ejercer el liderazgo haciendo una demostración de fuerza. Hay que machacarlos a hostias. No hay que quedarse de brazos cruzados a esperar que nos ataquen. Bloques de polvo, así les llamamos. Piensan que la seguridad es impenetrable. Bueno, mi documento ponía de manifiesto lo impenetrable que es. Era una gilipollez.

—¿Así que se te encomendó pensar en las situaciones más catastróficas? —preguntó Reel.

—Tenemos un departamento que se dedica exclusivamente a eso. La mayoría de los demás se dedican a la misma chorrada. Nada que se salga de su enfoque. Se preocupan de que alguien se moleste. Yo no. Si me encargan un trabajo, lo hago. Me importan un carajo las consecuencias.

—¿A quién presentaste el libro blanco?

—Eso es confidencial —replicó West.

—Ya no trabajas para el gobierno —espetó Reel.

—Sigue siendo confidencial.

—Pensaba que el gobierno era el enemigo.

—Ahora mismo, el enemigo eres tú. Y si piensas que vas a salir de aquí con vida, vas apañada.

—¿Tú eres la poli en este lugar? ¿Tú y tus luchadores por la libertad?

—Más o menos. ¿Por qué crees que me mudé aquí?

—¿A quién se lo presentaste? —insistió ella.

—¿Qué vas a hacer, torturarme? —dijo él con desprecio.

—No tengo tiempo para torturarte. Aunque seguro que sería memorable. Si no me lo dices, te disparo y listo.

—A sangre fría —se mofó—. Eres una mujer.

—Con eso debería bastarte para tener miedo.

West se echó a reír.

—Tienes en alta estima a tus congéneres, ¿no?

—Fuiste un chupatintas toda tu carrera. Nunca disparaste un solo tiro y nunca recibiste un disparo. Lo más cerca que estuviste del peligro fue mirar unas imágenes de vídeo captadas a miles de kilómetros de distancia. ¿Te sentías así como un hombre de verdad en vez del desgraciado cobardica que eres realmente?

West se dispuso a incorporarse, pero Reel le disparó a unos centímetros de la oreja derecha, tan cerca que un trozo de tierra saltó y se la hizo sangrar.

—¡Zorra estúpida, me has disparado! —gritó.

—Era tierra, no metal. Habrías notado la diferencia. Ahora abre las piernas un poco más.

—¿Qué?

—Ábrete más de piernas.

—¿Por qué?

—Obedece o lo siguiente que notarás no será tierra.

West abrió más las piernas.

Reel se colocó detrás de él y apuntó con su Glock.

—¿Qué coño estás haciendo?

—¿Qué testículo quieres conservar? En este ángulo, no puedo asegurarte que no te pille los dos con un disparo.

Él cerró las piernas de golpe.

—Así te atravesaré hasta el culo —dijo ella—. No creo que vaya a gustarte más.

—¿Por qué demonios haces esto? —gritó él.

—Es muy sencillo. Te he pedido un nombre y no me lo has dado.

—No lo presenté oficialmente a nadie.

—Pues de forma oficiosa, entonces —dijo Reel.

—¿Qué más da?

—Parece que algunos se lo tomaron al pie de la letra e intentan hacerlo.

—¿En serio?

—No te lo tomes a la ligera. Es una locura. Dime el nombre. No te lo volveré a preguntar.

—Era un nombre en clave —dijo West.

—Y un cojón.

—Te lo juro por Dios.

—¿Por qué ibas a presentarlo oficialmente a un nombre en clave? Más vale que tu respuesta tenga sentido o vas a necesitar nuevas maneras para evacuar los intestinos.

—Esa persona acudió a mí.

—¿Qué persona? —preguntó ella.

—Me refiero a que la persona contactó conmigo por vía electrónica. No sé cómo descubrieron que yo había descrito una nueva situación muy bien detallada. Era una defensa.

A Reel le asqueó ver lo animado que de repente se mostraba West al hablar de sus «logros».

—¿Cuándo fue?

—Hace unos dos años. ¿Lo están haciendo en serio? —añadió—. Me refiero a quién lo está haciendo.

—¿Cuál era el nombre en clave?

West no respondió.

—¡Tienes un segundo! ¡Venga!

—¡Roger *el Regateador*! —exclamó por fin.

—¿Y por qué tenías que presentárselo al tal Roger? —preguntó Reel sin quitar el dedo del gatillo.

—Su firma electrónica ponía de manifiesto que tenía permiso

para acceder a documentos ultrasecretos y que estaba por lo menos tres niveles por encima de mí. Quería saber qué había averiguado. Me dijo que se rumoreaba que mi plan era revolucionario.

—¿Cómo podía saberlo si todavía no se lo habías presentado a nadie?

El hombre vaciló antes de añadir con timidez:

—Tal vez hablé un poco sobre el tema en el bar al que íbamos a tomar algo después del trabajo.

—No me extraña que el gobierno te diera la patada. Eres un idiota.

—Lo habría dejado de todos modos —espetó él.

—Cierto. Para venir a esta cabaña en medio de este sitio de mierda.

—¡Aquí está la América verdadera, zorra!

—Tu documento catastrofista era bastante concreto.

—País por país, líder tras líder, paso a paso. Todo estaba bien temporizado. Era un rompecabezas perfecto. Dediqué dos años a confeccionarlo. Todas las contingencias. Todo lo que podía salir mal. No dejé ni un cabo suelto.

—Alguno que otro, sí.

—Eso es imposible —replicó él.

—No contaste conmigo.

Reel oyó los ruidos antes que West. Pero él sonrió al oírlos.

—Se acabó tu tiempo, pequeña dama.

—No soy pequeña. Y nunca he sido una dama.

Reel le propinó una patada en la nuca que lo dejó sin sentido. Luego recogió los papeles y volvió a guardárselos en el guardapolvo.

Siguió los pasos que West había dado hasta la cabaña para no sufrir ningún percance y echó un vistazo dentro. Había montones de armas, munición, granadas, paquetes de C4, Semtex y otros explosivos plásticos. Miró por una ventana que daba al porche trasero y vio barriles de unos doscientos litros de algo que parecía gasolina y tal vez fertilizante. Dudó que fueran para el generador o para los cultivos. Supuso que el granero también debía de estar lleno de recipientes como esos.

Asimismo, vio planes detallados de atentados en ciudades importantes de Estados Unidos. Esos tipos eran terroristas autóctonos de la peor calaña. Cogió todo lo que le pareció importante, incluido una memoria USB que sobresalía del portátil y que se guardó en un bolsillo.

También se apoderó de un par de granadas. Para una «dama», las granadas nunca estaban de más.

Salió al exterior, fue rápidamente al Jeep, abrió la puerta trasera y sacó el fusil con mira y una caja de munición.

Regresó a toda prisa a su Explorer, subió y salió disparada. Pero antes de llegar a la carretera principal, se dio cuenta de que era demasiado tarde. Cuando vio lo que se le venía encima, no le quedó más remedio que dar media vuelta y dirigirse de nuevo hacia la casa.

Daba la impresión de que unos pocos segundos preciosos iban a costarle la vida.

41

Reel pisó el acelerador y el Explorer rugió por el serpenteante camino de grava. Iba preparando su ataque mentalmente. Cuando una era superada en número, la retirada no siempre era la mejor opción. Una fuerza superior pocas veces se espera el ataque de un contrincante en inferioridad de condiciones.

Ella no iba a hacer eso exactamente. Había optado por una versión modificada de un ataque frontal.

Miró por el retrovisor y calculó la distancia que la separaba del enorme Denali que la perseguía, seguramente ocupado por una banda de pirados que se consideraban revolucionarios. Supuso que iban armados hasta los dientes.

Bueno, averiguaría exactamente lo armados que iban en cuestión de segundos. Y hasta qué punto eran hábiles en el manejo de las armas. Esperó que el amago que pensaba hacer funcionara.

Consiguió la separación que deseaba, bajó la ventanilla hasta media altura y paró el Ford derrapando y de forma que bloqueara la carretera. Cogió el fusil, apoyó el cañón en el cristal medio bajado, apuntó y disparó a los neumáticos del Denali. Para rematar, disparó también a la rejilla delantera. Empezó a salir vapor y el vehículo frenó en seco.

Las puertas se abrieron y bajaron varios hombres blandiendo armas de distintos tipos. Abrieron fuego, pero ninguna bala le acertó.

Ella disparó tres veces y tres asaltantes cayeron, todos sin heridas de gravedad, lo cual era la intención de Reel. Solo quería dejarlos fuera de circulación. También era una cuestión de justicia. No tenía por qué matarlos, así que los dejó con vida pero incapacitados para luchar.

Desvió la atención hacia otro hombre que salió por el lado izquierdo del Denali. Empuñaba un fusil con mira. Ese sí era peligroso, así que Reel lo abatió de un tiro en la frente. Cayó hacia atrás y el fusil se le escurrió entre las manos muertas. Nadie fue a recuperarlo.

Los supervivientes, que probablemente se preguntaban en qué encerrona habían caído, se retiraron a la parte posterior del Denali y utilizaron el imponente vehículo como escudo.

Por la mira, Reel vio que uno sacaba un teléfono móvil. Pretendían pedir refuerzos.

Curiosamente, eso era lo que ella quería. Así tendría tiempo de ejecutar la segunda parte del plan. Puso en marcha el motor y se dirigió hacia la casa.

Al cabo de unos momentos, se detuvo derrapando a cierta distancia de la casa detrás de una arboleda y saltó del coche. Sacó las granadas del bolsillo, corrió hacia la cabaña, quitó el seguro y lanzó las granadas por la ventana de la fachada. Se volvió para correr hacia el Explorer cuando Roy West se abalanzó sobre ella.

Consiguió mantenerse en pie, pero él le rodeó el cuello con un antebrazo. West supuso que, dada su mayor envergadura y fuerza, el combate estaba ganado. No podía haber estado más equivocado.

Reel giró el cuerpo hacia la izquierda y se zafó de la presa que le rodeaba el cuello al tiempo que le daba un violento rodillazo en la ingle. West enrojeció, le fallaron las rodillas y se sujetó la entrepierna. Entonces ella le propinó un codazo en la sien. Él gritó, jadeó y se dejó caer contra Reel, que también cayó, debajo de él.

En ese momento estallaron las granadas, al igual que todos los explosivos y material inflamable de la casa. El tejado salió despedido por los aires y los fragmentos de madera, metal y cristal se convirtieron en metralla mortífera que salía disparada en todas direcciones.

Reel notó el impacto de una lluvia de fragmentos en el cuerpo robusto de West. La cara se le quedó pálida y luego cenicienta, y acto seguido empezó a sangrar por la boca y la nariz.

Paradójicamente, él le sirvió de escudo y le salvó la vida.

Reel rodó hacia la derecha y se sacó de encima al ya difunto. Se incorporó como pudo y miró las llamas y los densos penachos de humo oscuro que se alzaban hacia el cielo. Se miró la ropa. El guardapolvo estaba hecho jirones y manchado con la sangre de West. Reel tampoco había salido ilesa. Tenía cortes en la cara y las manos y le dolía la pierna derecha, donde West le había caído encima. Pero estaba viva.

Miró hacia el granero. Las llamas alcanzarían muy pronto esa estructura. No le apetecía quedarse ahí a presenciar la siguiente deflagración.

Subió al Ford, hizo marcha atrás y pisó el acelerador.

Oyó que unos vehículos se aproximaban a toda velocidad por la carretera. Habían llegado los refuerzos. Y teniendo en cuenta la explosión que se había producido, centrarían toda su atención en la demolida cabaña.

Aquella había sido precisamente su intención al hacerla saltar por los aires.

Sabía a la perfección adónde dirigirse entonces. Cuando uno se construía una casa en medio de ninguna parte y la llenaba de explosivos y planes de destrucción masiva, no podía contentarse con tener una única vía de entrada y salida. Si aparecían las autoridades, había que contar con otra vía de escape.

Y Reel, que había buscado esa otra vía, la había visto de camino cuando había hecho el reconocimiento del terreno.

Un camino entre árboles que iba en dirección este. Aquella era su salida. Por desgracia, dos vehículos le impedían el paso junto con una docena de hombres con una potencia de fuego suficiente para enfrentarse en igualdad de condiciones a un escuadrón del ejército bien equipado. La habían sorprendido por la espalda.

Estaba acabada.

42

Reel se quedó sentada en el Ford y contempló cómo los hombres se disponían en dos posiciones defensivas que podían convertirse rápidamente en posiciones ofensivas. Vestían pantalones de camuflaje y camisetas que les resaltaban los músculos. La mayoría eran corpulentos, con el pecho y los hombros gruesos y voluminosos de tanto hacer pesas, y la barriga abultada.

Le apuntaban con fusiles de francotirador, metralletas, pistolas y MP5. Cuando abrieran fuego, lo cual parecía inminente, la aniquilarían.

Reel no había imaginado que moriría de ese modo. No a manos de unos imbéciles que parecían haber subido apenas un escalón en la evolución humana desde la época de los cavernícolas.

Se oyó una explosión. El granero, pensó ella. Se tocó la pistola. Podía pisar a fondo el acelerador y arrollarlos, pero no tenía muchas posibilidades de traspasar la barrera. Hizo un rápido cálculo mental y llegó a la conclusión de que tenía menos de un cinco por ciento de posibilidades de sobrevivir.

Entonces oyó vehículos que se acercaban por detrás. Miró por el retrovisor y vio dos camionetas y una decena de milicianos situados a menos de cien metros detrás de ella.

«Mis posibilidades de sobrevivir acaban de quedar reducidas al cero por ciento», pensó con ironía.

Sacó la pistola y se apeó del coche. Acababa de decidir que no pensaba rendirse sin luchar. Al menos, no podrían decir eso de ella.

Los hombres apuntaron con precisión y llevaron el dedo al gatillo. La iban a dejar como un colador. No tenía escapatoria.

Hizo un ligero movimiento de cabeza e incluso esbozó una sonrisa.

—*Finito* —susurró para sí—. ¡Idos a la mierda! —gritó a los milicianos mientras alzaba la pistola para el que sería su último disparo.

Entonces fue cuando se produjo la explosión.

Desconcertada, Reel se agachó y rodó bajo el vehículo de forma instintiva. Lo primero que le vino a la cabeza fue que uno de los estúpidos milicianos había manipulado una granada y había saltado por los aires.

Miró y confirmó que eso era precisamente lo que había sucedido. Los vehículos que tenía en el flanco delantero se habían incendiado y su ocupantes estaban muertos, aturdidos o desperdigados.

Sin embargo, por el rabillo del ojo vio que desde una cresta a su izquierda disparaban a uno de los vehículos del flanco trasero. El depósito de combustible se incendió y levantó un metro en el aire al vehículo de dos toneladas, lanzando letales fragmentos de metal por todas partes. Seis de los hombres que había allí acabaron destrozados. Entonces empezó el tiroteo. Pero no le disparaban a ella, sino a quien estaba en lo alto de la cresta.

Reel miró alrededor desde debajo del coche. El sol le daba en la cara, pero se deslizó ligeramente a la derecha para evitar el resplandor. Sacó los prismáticos del bolsillo, se los acercó a los ojos y enfocó.

Vio el cañón de un fusil de francotirador, y no uno cualquiera. Ella tenía uno exactamente igual. Un arma personalizada disponible para muy poca gente.

El potente fusil disparó una, dos, tres veces.

Reel vio que tres hombres caían al suelo, muertos.

Volvió a mirar a la cresta. Su salvador se movía con tal agilidad y estaba tan bien agachado que parecía un puma acorralando una presa.

Se quedó boquiabierta. Era Will Robie.

Se maravilló de su capacidad para maniobrar con tanta destreza en terreno escarpado. Entonces se preguntó por qué abandonaba el terreno elevado.

Dejó de preguntárselo cuando vio lo que hacía a continuación.

Disparó al depósito de combustible del segundo vehículo que estaba en el flanco trasero de Reel. Había tenido que desplazarse para tener el depósito en el punto de mira. Debía de estar utilizando balas incendiarias, porque aquel vehículo también explotó. Otros tres hombres murieron y los supervivientes se batieron en retirada carretera abajo.

Robie se incorporó y luego soltó una ráfaga de disparos al resto de hombres que quedaban en el flanco delantero.

Centra el objetivo en el punto de mira y dispara. Centra el objetivo en el punto de mira y dispara. Era como respirar, tan natural y fluido como eso. Reel contó cada disparo y, con cada bala, un hombre abatido. Robie no falló ni un solo tiro. Era un hombre luchando contra niños.

Buscaron una posición resguardada y dispararon. Pero aunque le superaran en número, era como si Robie tuviera una mayor potencia de fuego. Mientras los milicianos disparaban sin ton ni son, puesto que la adrenalina y el miedo les nublaban la puntería, Robie apuntaba y disparaba con tanta eficacia y tranquilidad como si estuviera jugando a un videojuego y pudiera apretar la tecla para resetear en cualquier momento.

Tras otro minuto de carnicería, los milicianos que quedaban se batieron en retirada.

Así pues, quedaron solo ellos dos.

Reel miró a Robie, que bajó la mirada hacia ella desde la pequeña loma en que se encontraba.

Reel salió de debajo del coche sujetando la pistola en un costado con el brazo caído.

Él había soltado el fusil. Tenía la Glock en la mano derecha, también con el brazo caído.

Reel contempló los vehículos incendiados y la carnicería humana y luego dirigió la vista a Robie.

—Gracias —le dijo.

Él avanzó unos pasos más y se detuvo. Estaba casi a nivel del suelo, a cincuenta metros de ella.

Los dos eran conscientes de lo mismo.

Si se acercaban apenas unos metros más, sus respectivas Glock estarían a la distancia suficiente para matarse.

—Podías haber dejado que me mataran —añadió ella—. Veinte contra uno, inevitable. Así habrías seguido teniendo las manos limpias.

—No lo incluía dentro de mis opciones. —Robie lanzó una mirada a uno de los hombres muertos—. ¿Quiénes son?

—Milicianos. Y no muy hábiles.

Él asintió.

—¿Mataste a Jacobs y Gelder?

Reel se acercó unos metros y se paró. Miró la mano de Robie que sostenía la pistola. No se había movido. Pero le bastaría un segundo para cambiar esa posición y dispararle.

—¿Cómo se te ha ocurrido venir aquí? —preguntó ella.

—Por el amigo de un amigo. No sabía si estarías aquí. Buscaba a West.

—¿Por qué?

—Porque tú le buscabas.

Reel no dijo nada. Tenía la mirada clavada en la mano con la que él sostenía la pistola.

—No hace falta que me envíes más mensajes enrevesados, Jessica. Aquí estoy. Así que cuéntame qué coño está pasando.

—Es complicado, Will.

—Pues empecemos por lo más sencillo. ¿Les mataste? —Robie avanzó unos cinco metros, justo hasta el límite.

Ya ninguno de los dos sujetaba la Glock sin tensión. Tenían flexionados los músculos de las manos que empuñaban el arma, pero los dedos seguían en el seguro del gatillo.

—No has cambiado mucho, Will.

—Por lo que parece, tú sí. ¿Y Roy West? ¿Dónde está? ¿Entre la pila de cadáveres?

Ella negó con la cabeza.

—No en esas pilas, pero sí que está muerto.

—¿También le mataste tú?

—Se mató él solito. Es peligroso llenar tu casa de explosivos. Es como vivir con serpientes de cascabel.

—¿Por qué querías localizar a West?

—Tenía algo que necesitaba.

—¿Un documento? —preguntó Robie.

Reel frunció el ceño.

—¿Cómo estás al corriente de eso?

—¿Lo conseguiste?

—Ya tenía el documento. Quería más información, pero no la conseguí.

—¿O sea que todo esto ha sido en vano?

Los dos miraron hacia el mismo lado. Se oían sirenas a lo lejos. Incluso en medio de ninguna parte, las explosiones y los disparos acababan atrayendo a la policía.

Reel volvió a mirarlo.

—Sé lo que te han encomendado —dijo.

—Y te estoy dando la oportunidad de que te expliques.

—¿Explicación antes de la ejecución?

—Eso dependerá de la explicación.

Las sirenas se acercaban. Cada aullido cantarín rompía el silencio como disparos de artillería.

—Y se nos está acabando el tiempo —añadió él.

—No soy una traidora.

—Me alegro. Ahora demuéstramelo.

—No tengo pruebas. Todavía.

Deslizaron el dedo hasta sus respectivos gatillos. Ambos dieron dos pasos hacia delante. Fue un acto simultáneo, pero no coreografiado. Se encontraban directamente en zona letal para sus Glock.

Robie arrugó el entrecejo.

—Vas a tener que esforzarte un poco más. Tengo a un número dos muerto y a otro miembro de la Agencia en una mesa de amortajamiento. En circunstancias normales, con eso bastaría, así que me estás sacando de mi zona de confort. O sea que desembucha. Venga.

Las sirenas parecían ya muy cerca.

—Gelder y Jacobs eran los traidores.

—¿Cómo?

—Mataron a alguien. Alguien que significaba mucho para mí.

—¿Por qué? —preguntó Robie.

—Porque ese alguien iba a descubrir el pastel.

—¿Y qué era?

Las sirenas sonaban ensordecedoras. Daba la impresión de que habían llamado a todos los policías de Arkansas.

—Ahora no tengo tiempo para contártelo.

—No creo que tengas muchas opciones, Jessica.

—¿Qué más da? Tú debes cumplir tus órdenes, Will.

—No siempre obedezco. Igual que tú.

—Casi siempre obedeces.

—Me enviaste mensajes. Dijiste que todo tiene un motivo. Tuve que abrir la cerradura. Así que dime a qué te referías. Pero no hay garantías, Jessica. Ninguna. Ni siquiera aunque tu explicación tenga sentido. Así son las cosas.

Ya no se miraban de hito en hito. Tenían la mirada clavada en las manos del otro. Las manos con pistolas eran lo que mataba, mientras que los ojos no eran más que instrumentos para engañar; era una lección que el imbécil que dejaba de mirar la mano del adversario aprendía demasiado tarde.

—¿Cómo sé que puedo confiar en ti? —preguntó ella—. Una cosa es enviarte mensajes. Pero me resulta inquietante que me encontraras tan rápido en este sitio. —Alzó la vista hacia él, retándole a que dejara de mirarle la mano—. Me hace pensar que recibiste ayuda. Ayuda de la Agencia. Así que la cosa se reduce a cómo sé que puedo confiar en ti.

—No tienes forma de saberlo a ciencia cierta. Igual que yo tampoco sé si puedo confiar en ti.

—Me parece que así no vamos a ningún sitio, Will.

Él vio que ella sujetaba la pistola con un poco más de fuerza.

—La cosa no tiene por qué acabar así, Jessica.

—Es lo que cabría pensar, ¿verdad? Pero probablemente acabe así.

—Roy West era un analista al que pusieron de patitas en la calle. ¿Por qué es tan importante? —la apremió Robie porque las sirenas se oían tan cerca que temía que tuvieran que enzarzarse en un tiroteo con los policías para escapar—. Habla rápido.

—Es una mala persona pero buen escritor —dijo ella.

—¿Qué escribió exactamente? ¿El documento?

—El apocalipsis —respondió ella.

Ya se oía el chirrido de los neumáticos, además de las sirenas.

—¿El apocalipsis? Explícame eso.

—No hay tiempo, Will. Tendrás que confiar en mí.

—Eso es mucho pedir. Demasiado.

—No te he pedido ayuda.

—¿Y a qué vienen los mensajes?

—Supongo que no quería que pensaras que me había pasado al otro bando. —Hizo una pausa muy breve—. Lo siento, Bill.

Antes de responder, Reel se movió y disparó. No a Robie, sino a uno de los milicianos, que no había muerto y se disponía a dispararles. Cayó en la tierra para siempre con una bala en la frente.

Entonces Reel vio que Robie la apuntaba a la cabeza, sujetando la culata de la Glock con ambas manos. El dedo se cernía sobre el gatillo. A ella se le habían agotado las posibilidades. Tenía la pistola colgada de la mano en un costado.

Las sirenas les retumbaban en los oídos.

—Cierra los ojos, Jessica.

—Prefiero mantenerlos abiertos.

—He dicho que cierres los ojos. No lo repetiré.

Ella obedeció lentamente, preparándose para el impacto. Robie solo necesitaría un disparo, ella sabía que con uno bastaría. Moriría de forma instantánea. De todos modos, se preguntaba cómo sería.

Transcurrieron varios segundos, pero no se produjo ningún disparo.

Al final abrió los ojos.

Will Robie había desaparecido.

43

Reel subió a su coche, puso en marcha el motor y regresó a la carretera principal por una ruta que la alejó de las sirenas y los chirridos.

Cuando por fin llegó al duro asfalto, pisó el acelerador y el Ford circuló a toda velocidad. Hasta que estuvo a treinta kilómetros de distancia y dejó de ver el penacho de humo por encima de la arboleda no redujo la velocidad.

Paró en el arcén, desmontó las armas, las guardó en la bolsa y se dirigió de nuevo al aeropuerto. Por el camino, entró en un centro de lavado de coches y quitó buena parte de la tierra que cubría el Ford, dejando al descubierto varias rayadas y abolladuras nuevas. Siguió conduciendo hasta el aeropuerto.

Cuando devolvió el coche de alquiler, el empleado ni siquiera miró el vehículo. Anotó lo que quedaba de combustible y el kilometraje e imprimió la factura.

—Viaje relámpago, ¿eh? —dijo él.

—Ya.

—Espero que lo haya pasado bien aquí. Somos conocidos por nuestro estilo de vida relajado y tranquilo.

—Pues más vale que se lo replanteen —repuso Reel mientras se dirigía hacia el autobús que la conduciría a la terminal.

Volvió a ponerse el disfraz de anciana en el baño y embarcó en el siguiente vuelo en dirección al este.

Cuando estaban sobrevolando la zona y el sol ardía en el horizonte, Reel reclinó el asiento, cerró los ojos y pensó en lo que había averiguado.

Alguien que estaba por lo menos tres niveles por encima de Roy West y autorizado para acceder a documentación ultrasecreta había leído el libro blanco.

Aquello había sucedido hacía dos años. El nivel y las autorizaciones podían haber cambiado. De hecho, lo más probable es que hubieran cambiado. Esa persona ocuparía un cargo más elevado. Aquello resultaba instructivo y problemático a partes iguales.

¿Se trataba de Gelder? Hacía dos años podía haber estado perfectamente tres niveles por encima de alguien como Roy West, o más de tres.

Pero eso era suponer que West le había dicho la verdad. No tenía forma de verificar siquiera que existiera alguien con el nombre en clave de Roger *el Regateador*.

No obstante, sabía que el libro blanco existía. Y sabía que el plan que se exponía en ese documento se estaba ejecutando. Conocía a algunas personas que intentaban ejecutarlo.

Había matado a dos de ellas e intentado matar a una tercera. «Pero no les conozco a todos.»

Y si no les conocía a todos le resultaría imposible detener el proceso.

Miró por la ventanilla.

Al cabo de una hora de vuelo hacia el este, oscureció. Y en aquella inmensa oscuridad, lo único que Reel veía era desesperanza.

Había viajado hasta allí, casi la habían matado y en realidad no había conseguido nada. Aunque no era del todo cierto. Se centró en lo que verdaderamente importaba de aquel viaje.

El hombre.

Seguía sin comprender qué había ocurrido allí. Para ella, la matanza que se había producido era algo rutinario. Cadáveres, explosiones, devastación. Ese era su mundo. Pero aquello era algo distinto.

Cerró los ojos y se le apareció la imagen de Will Robie. Le apuntaba a la cabeza con la pistola. Le decía que cerrara los ojos para no tener que sostener su mirada durante el disparo mortal.

Pero no había disparado. La había dejado vivir.

La había dejado huir.

Había sido una sorpresa para ella; más que eso, había sido una conmoción. Lo que realmente la había sorprendido era una emoción que nunca había sentido en su trabajo: compasión. Will Robie, el asesino más consumado de su generación, le había mostrado compasión.

Cuando lo había visto matando al enemigo por ella, Reel se había planteado la posibilidad de que se convirtiera en su aliado. De que acabaran aquello juntos. Había sido una idea ridícula. Aquella era su lucha, no la de él.

Pero aun así la había dejado vivir. Y huir.

Él podía haber concluido su misión. La Agencia habría elogiado su desempeño. Tal vez le habrían ascendido a un puesto que no exigiera trabajar sobre el terreno o le habrían dado unas largas vacaciones. Habría solucionado su problema más acuciante en un tiempo récord.

Pero la había dejado marchar, así sin más.

Siempre había admirado a Will Robie. Era un profesional tranquilo y frío que hacía su trabajo y nunca se jactaba de sus triunfos. No obstante, ella veía la infinita tristeza que ocultaba aquel hombre, imposible de abarcar. Y veía el mismo estado emocional en ella misma.

Ambos se parecían mucho.

Y él la había dejado vivir.

Los asesinos no hacían esas cosas. Los asesinos nunca lo hacían. Reel no sabía a ciencia cierta si, caso de haber invertido los papeles, ella habría dejado marchar a Robie.

«Probablemente le habría disparado.»

Tal vez había mentido a Robie diciéndole que no quería su ayuda. En realidad sí quería su ayuda, porque al final cayó en la cuenta de que ella sola no podía enfrentarse a aquella situación. O sea que había fracasado.

Entonces pasó algo que no le había sucedido a Jessica Reel desde su adolescencia: las lágrimas empezaron a anegarle los ojos y surcarle las mejillas.

Volvió a cerrar los ojos. Y no los abrió hasta que el avión aterrizó.

Cuando los abrió, seguía sin tener nada demasiado claro.

44

Trescientos kilómetros. Robie estaba dispuesto a recorrer esa distancia sin hacer ninguna parada. Fue directamente en dirección este, que era hacia donde tenía que ir. Pero al final incluso su voluntad férrea falló y tuvo que parar, porque ya no veía la carretera.

Se registró en un motel a un lado de la autopista, pagó por la habitación en efectivo y durmió dieciocho horas seguidas para compensar una semana en la que apenas había dormido.

No dormía de forma tan profunda desde hacía años.

Cuando despertó, volvía a ser de noche. Había perdido casi un día de su vida.

Pero el día anterior podía haber perdido la vida.

Encontró un restaurante modesto y devoró varios platos. No parecía hartarse de comer o beber. Cuando dejó la taza de café por última vez y se levantó de la mesa, notó que había recuperado la energía.

Se sentó en el coche, que había dejado en el parking, y contempló el salpicadero.

Había tenido a Reel en el punto de mira. Le habría bastado con apretar el gatillo para acabar con ella. Misión cumplida. Fin de sus preocupaciones.

En realidad había deslizado el dedo en el gatillo. A lo largo de su vida profesional, cuando había llevado el dedo a ese punto había disparado.

Todas las veces.

Con esa excepción.

Jessica Reel.

Le había ordenado que cerrara los ojos. Cuando se lo había dicho, Robie estaba decidido a disparar la bala mortal.

Y marcharse.

Dejar que otra persona deshiciera aquel entuerto. Él no era más que el ejecutor. Lo único que tenía que hacer era apretar el dichoso gatillo.

«Y no lo hice.»

Solo en otra ocasión había preferido no disparar. Y había resultado la decisión correcta. Robie no sabía si esta vez sería el caso.

Reel estaba cambiada. No mucho, sino de forma sutil. Pero con eso bastaba. La mayoría de las personas eran muy poco observadoras. E incluso las observadoras no eran muy aptas. Reel había hecho lo justo para no arriesgarse a que alguien la reconociera. Ni mucho ni poco. Lo justo.

Robie habría hecho lo mismo en su situación.

«Quizás ahora estoy en su situación por el hecho de no haber apretado el gatillo.»

Volvió en coche al motel, fue a su habitación, se desnudó y se quedó bajo la ducha dejando que el agua le quitara la mugre que notaba por todo el cuerpo.

Pero el agua no podía mojarle el cerebro, y ahí era donde notaba que se le había acumulado una gruesa capa de porquería que le embotaba los sentidos y bloqueaba su capacidad para pensar con claridad.

Se secó y se vistió. Se apoyó contra la pared y la golpeó con ambas manos con tal fuerza que notó cómo se agrietaba. Dejó cincuenta pavos en la cama para reparar la pared y cogió su bolsa.

Tenía un largo viaje por delante. Mejor que se pusiera en marcha.

Puso la radio en cuanto llegó a la interestatal. Daban la noticia en todas partes. Una masacre en un risco solitario en medio de ninguna parte, en Arkansas. Nadie hablaba, pero al parecer dos milicias rivales se habían enfrentado. Una cabaña había saltado por los aires, así como varios vehículos. Había víctimas mortales.

Uno de ellos había sido identificado como Roy West, un ex analista de inteligencia de Washington D.C. Todavía se desconocía cuándo y por qué se había ido a Arkansas y se había dedicado a una nueva vida rodeado de armas y bombas. Había indicios de que varias personas de Washington se dirigían en esos momentos al lugar para iniciar una investigación.

Robie alzó la vista casi esperando ver sobrevolar a un jet del gobierno camino de la escena del crimen.

Cuando las noticias derivaron hacia otros asuntos, se centró en lo que Reel le había contado.

West había descrito el apocalipsis. ¿Qué significaba eso exactamente? West había trabajado en la Agencia como «analista». Eso englobaba infinidad de puestos distintos. La mayoría de los analistas con los que Robie se había encontrado pasaban el día dedicados a cuestiones en tiempo real. Pero no todos.

Robie había oído decir que la Agencia tenía documentos acerca de distintos escenarios que tenían en cuenta el paisaje geopolítico cambiante. Esos libros blancos casi siempre acababan en la trituradora de documentos, sin tenerse en cuenta y olvidados en su mayoría. Pero tal vez el de West no hubiera acabado en ese montón. Quizás alguien se lo estaba tomando en serio.

Describir el apocalipsis.

Reel se había arriesgado muchísimo al ir allí. De no ser por la presencia de Robie en el lugar, estaría muerta. Reel era una asesina de primera clase superior a la mayoría. Pero la habían superado en número en una proporción de más de veinte a uno. Ni siquiera la persona más preparada sería capaz de sobrevivir a tal situación.

Si ella sabía que West había descrito el apocalipsis era porque había leído el documento o conocía su contenido. De hecho, había dicho que tenía el documento. Por tanto, probablemente no hubiera ido allí a preguntarle a West por ello. Robie dudaba que le preocupara cuál había sido su inspiración o el motivo para escribirlo.

Entonces, ¿de qué iba aquello?

Recorrió unos veinte kilómetros más antes de caer en la cuenta.

Ella quería saber a quién le había entregado el informe.

Si no había seguido los canales oficiales, podía haber acabado en manos de alguien que no era oficial. Eso debía de ser lo que Reel quería: el nombre de la persona o personas que habían visto el documento sobre el apocalipsis.

Poco después paró para repostar y comer. Se sentó a la barra fijándose en la comida que tenía delante mientras su cabeza iba mucho más allá de aquel bar de carretera.

Ella tenía una lista de objetivos.

Primero Jacobs, luego Gelder. Había dicho que eran traidores.

También había dicho que había otras personas.

Pero había matado a Jacobs y Gelder antes de ir a ver a Roy West. Por tanto, debía de saber que guardaban relación con el documento apocalíptico antes de encararse a West.

Eso solo podía significar una cosa.

Robie se había acercado el vaso de té helado a los labios, pero lo dejó lentamente sin dar un sorbo.

Tenía que haber alguien más implicado. Quizá más de una persona que estuviera al corriente del documento, que tal vez persiguiera sus objetivos de forma activa pero que Reel desconociera.

Ella iba matando de forma metódica a esos conspiradores —así es como Robie empezaba a considerarlos—, pero no tenía la lista completa.

En ese momento lo asaltaban las dudas, y la mayor era cómo y por qué Reel se había visto implicada en todo aquello. ¿Cuál era el catalizador que la había hecho arriesgarlo todo para hacer lo que estaba haciendo?

Él había mirado a la mujer a los ojos y había llegado a una conclusión: no se trataba de otra misión cualquiera. Era un asunto personal. Así pues, tenía que haber algún motivo. Al menos, alguna persona implicada que lo convertía en un asunto personal para ella. Había dicho que habían matado a alguien que era muy importante para ella. Y ese alguien había muerto porque iban a revelar la trama.

A Robie le asaltaban los interrogantes, pero carecía de respuestas. No obstante, sí tenía una cosa clara: un apocalipsis no era la mejor manera de acabar nada.

45

Niños que chillaban. Globos de todos los colores del arcoíris. Regalos valorados en más de cien dólares.

El juez Samuel Kent miró alrededor y sonrió ante el alboroto de los niños de primaria que poblaban la gran sala soleada donde se celebraba la fiesta de cumpleaños. El hijo pequeño de Kent, que se había casado ya mayor, estaba invitado en casa del miembro de un grupo de presión que ganaba dinero vendiendo lo que hiciera falta al Capitolio.

La esposa de Kent, casi veinte años menor que él, no estaba presente. Un viaje con sus amigas a un *spa* de Napa Valley había tenido prioridad sobre la fiesta de cumpleaños de un amigo de su hijo. De todos modos, Kent se alegraba de estar ahí. Le brindaba ciertas oportunidades.

Escudriñó la sala una vez más y asintió con la cabeza.

El hombre se le acercó con paso brioso.

Era más alto que Kent, empezaba a echar barriga y lucía una calva incipiente. Y aunque estaban en una fiesta, no sonreía. De hecho, daba la impresión de estar a punto de vomitar.

—Howard —dijo Kent tendiéndole la mano, que el otro hombre estrechó rápidamente. Tenía la piel húmeda y fría.

—Tenemos que hablar —dijo el congresista Howard Decker.

Kent sonrió y señaló una gran piñata que colgaba del techo en un rincón de la sala.

—No quiero estar aquí cuando empiecen a apalear esa cosa. ¿Damos un paseo fuera? El jardín es impresionante.

Ambos salieron por las puertas cristaleras y empezaron a pasear por los jardines ornamentados que cubrían buena parte de la hectárea de terreno. Había piscina, casa de huéspedes, un pabellón de piedra exterior, un estanque cristalino, bancos y puertas y jardines adyacentes, además de un cobertizo. Ambos hombres eran ricos y, por tanto, se sentían en su salsa en tan magno entorno.

Cuando estuvieron bien lejos de la casa dejaron de caminar.

—¿Cómo van las cosas en el Capitolio? —preguntó Kent.

—Eso no es de lo que quiero hablar y lo sabes.

—Lo sé, Howard. Solo intento evitar que te dejes dominar por los nervios. Es importante poner cara de póquer.

—¿Y tú no estás preocupado? Tengo entendido que ella casi te pilla —dijo Decker.

—Estábamos preparados. El único problema es que fue más ágil de lo que pensábamos.

—Ya sabes que Roy West ha muerto.

—No es significativa ni relevante —repuso Kent.

—¿Reel?

—Repito, ni significativa ni relevante.

—Pues a mí me parece muy significativa y relevante. ¿Jacobs, Gelder, tú? Tiene una lista. ¿Cómo es posible? —inquirió.

—Es obvio. Confié en Joe Stockwell cuando no debería haberlo hecho. Pensé que era uno de los nuestros. Pues no. Me engañó y hemos pagado un precio elevado por ello.

—¿O sea que se lo contó a Reel?

Kent asintió con expresión pensativa.

—Eso parece. Lástima no haberle matado antes.

—¿Por qué? ¿Qué vínculo hay entre Stockwell y Reel?

—No lo sé —reconoció Kent—. Pero debe de haber alguno. Había pertenecido a los U.S. Marshals y tenía buenos contactos. Intenté averiguar quiénes eran después de enterarme de que nos espiaba en vez de trabajar para nosotros. Pero hay mucha información confidencial. No podía presionar demasiado sin despertar sospechas.

—Entonces estamos todos en peligro. Probablemente yo esté en esa lista. Él sabía de lo mío.

—Sí, tú tienes muchas probabilidades de figurar en la lista.

—Reel liquidó a Gelder. Era el número dos, por el amor de Dios. ¿Qué posibilidades tengo yo?

—Muchas. Casi estuvimos a punto de pillarla, Howard. Ella debe de ser consciente de que ahora los objetivos están mejor protegidos. Estará a la defensiva. Tendrá que retirarse.

—Si mató a West, yo no diría que esté a la defensiva.

—West no era realmente un objetivo protegido. Y seguimos sin conocer todos los hechos. Si lo mató, significa que fue allí para obtener más información.

—¿Y si él se la dio?

—No tenía nada que darle. Ella se agarró a un clavo ardiendo, lo cual pone de manifiesto lo debilitada que es su posición.

—Alguien tuvo que hablarle de West.

—Lo estamos investigando. Pero no creo que sea tan importante. Tenemos asuntos más importantes de los que ocuparnos.

—West se metió en una milicia de psicópatas. Yo no diría que estaba poco protegido. Tenía pistolas, bombas y un grupo de hombres tan locos como él. Y aun así ella lo mató.

—Nunca he dicho que ella no fuera capaz ni peligrosa. Lo es.

—Así que podría liquidarme.

—A mí también. Pero tenemos las de ganar. De todos modos, cuando entramos en esto sabíamos que corríamos ciertos riesgos. Uno no se plantea hacer algo de esta envergadura pensando que no hay riesgos.

—¿Y si lo sabe todo?

—No es el caso. Si lo supiera, habría recurrido a otros canales. Sabe quién está implicado. Es posible que sepa lo que queremos hacer a grandes rasgos, pero ignora cuál es el objetivo específico. Si lo supiera, yo estaría enterado, créeme.

Howard se pasó una mano por la frente sudorosa, a pesar del fresco que hacía.

—No parecía tan arriesgado cuando lo planificamos.

—Planear algo nunca parece arriesgado. Los riesgos surgen cuando se ejecuta el plan.

—Y eso es lo que Reel ha estado haciendo, ejecutando gente.

—Exactamente. Y se le da bien.

—¿Cómo sabes tanto sobre el tema?

—No siempre he sido juez, Howard.

—¿Inteligencia?

—De eso no puedo hablar.

—¿Cómo acabaste en la judicatura?

—Una licenciatura en Derecho y buenos contactos. Lo cual me permite tener protección y manga ancha para dedicarme a otros menesteres. Pero sé de qué estoy hablando. Lo superaremos. No pienses que no le devuelvo los golpes a Reel. Es buena, pero está sola. No puede competir con nuestros recursos.

—Pues sigue por ahí. Sigue viva.

—Por el momento. —Kent miró hacia la casa—. Creo que debe de ser la hora del pastel y los helados. Probablemente deberíamos volver, no sea que los críos se lleven una decepción.

Mientras regresaban a la casa, Kent caviló sobre el siguiente movimiento que hacer en el tablero de juego. No había sido del todo sincero con el nervioso congresista.

Reel era una mujer de armas tomar; de eso no cabía la menor duda.

Pero Kent tenía problemas más graves.

El asesinato de Jacobs y Gelder no le preocupaba tanto. Ahora que el plan se estaba ejecutando, le beneficiaba que los protagonistas empezaran a caer. Si un plan se torcía, los compañeros de conspiración solían ser los que confesaban y acusaban al resto.

Probablemente, Gelder habría aguantado, pero también tenía mucho que perder. En cambio, Jacobs era un elemento frágil. Era necesario para la operación sobre el terreno, pero no daba la talla cuando estaba sometido a una gran presión. Los habría delatado. Si Reel no le hubiera matado, Kent se hubiera encargado de él.

Cuando estuvieron de vuelta en la fiesta, Kent miró de reojo a Decker mientras el niño soplaba las velas de su décimo cumpleaños. Decker era otro elemento frágil. Kent debería habérselo pensado dos veces antes de procurarse el apoyo de un congresista, pero Decker tenía cierto valor: ser el presidente de un comité que resultaba especialmente útil a Kent. Ahora ese valor se había utilizado y la importancia de Decker había disminuido de forma proporcional.

Había otra persona implicada, y esta no era un elemento frágil. De hecho, Kent tenía que tomar precauciones para que esa persona no llegara a la conclusión de que él era un estorbo.

Ese era su mayor problema. Si su socio lo consideraba un elemento frágil, entonces su vida correría un grave peligro. Más peligro que ser perseguido por Reel.

Kent salió de la casa seguido de su hijo. Vio a Decker dirigiéndose a un coche oficial. El chófer parecía competente, y seguro que iba armado. Pero solo era uno. Justo antes de subir al coche, el congresista se paró y volvió a mirar a Kent.

El juez sonrió y saludó con la mano.

Decker le devolvió el saludo y entonces subió a su coche.

Kent subió a su Jaguar. No llevaba guardaespaldas. Pero tenía a su hijo. Y a juzgar por lo que sabía de Jessica Reel, no le mataría delante de su niño. Esa brújula moral era su mejor protección.

Así pues, debería estar todo el día enganchado a su hijo. Como no era posible, tenía que encontrar a Reel y matarla lo antes posible.

Y pensó que tenía una forma de hacer precisamente eso, plan que incluía a un hombre llamado Will Robie.

46

Robie aparcó enfrente del instituto y esperó.

Había vuelto a la zona de Washington D.C., dejado su camioneta en el granero de su vieja y aislada granja y tomado un taxi para recuperar su coche del centro comercial.

No había recibido noticias de Evan Tucker desde que se había marchado del restaurante, ni de él ni de nadie.

No lo interpretó como una buena señal.

Pero no le habían arrestado. Lo tomó como algo positivo.

Se puso tenso cuando Julie salió del centro escolar y se dirigió a la parada del autobús. Encogió la cabeza dentro del coche y la observó.

Llevaba sus típicos vaqueros con las rodillas rotas, una sudadera holgada con capucha y unas zapatillas sucias, aparte de la misma mochila sobrecargada. La muchacha se remetió el pelo detrás de las orejas y miró alrededor.

No iba escuchando música del móvil ni iba escribiendo mensajes. Iba observando.

«Bien —pensó Robie—. Así se hace, Julie.»

Subió al autobús en cuanto llegó. Cuando arrancó, él lo siguió hasta que el autobús paró y Julie descendió. Entonces la observó dirigirse a su casa hasta que llegó sana y salva. Cuando entró y la puerta se cerró, Robie se marchó en el coche.

Era consciente de que no podía hacer eso todos los días. Pero en esos momentos lo que quería era mantener a Julie a salvo. Sentía la necesidad de hacer algo positivo.

Bajó la mirada hacia el teléfono y decidió hacerlo. Eligió la marcación automática.

Respondió al cabo de dos tonos.

—Increíble —dijo Nicole Vance—. ¿Te has equivocado de número?

Él pasó por alto su sarcasmo.

—¿Tienes tiempo para quedar?

—¿Para qué?

—Para hablar.

—Nunca quieres hablar, Robie.

—Hoy sí. Si no tienes tiempo, no pasa nada.

—Podemos quedar a partir de las siete, antes no puedo.

Se pusieron de acuerdo y Robie colgó.

Tenía tiempo de hacer una cosa y decidió aprovechar la oportunidad. Hizo otra llamada y quedó con su jefe.

En realidad no sabía qué esperar, pero tenía la impresión de que era el camino que le ofrecía menos resistencia. Y partiendo de la base de que no confiaba en nadie, sí confiaba en ese hombre.

Al cabo de media hora estaba sentado frente a Hombre Azul.

—Tengo entendido que hace unos días asaltaste al director mientras le llevaban en coche al trabajo —dijo este.

—¿Ese es el rumor que corre por aquí?

—¿Es verdad?

—Necesitaba algunas respuestas.

—¿Las obtuviste?

—No, por eso estoy aquí.

—No me pagan para esto, Robie.

—No lo acepto como excusa.

Hombre Azul se puso a juguetear con la corbata y evitó establecer contacto visual.

—¿Nos están grabando aquí? —preguntó Robie.

—Probablemente.

—Entonces tenemos que ir a otro sitio.

—¿A un restaurante IHOP? Me he enterado. De hecho, ha

pasado a formar parte de las leyendas de la Agencia —dijo Hombre Azul, no precisamente contento.

—Pues vayamos a un Starbucks.

Al cabo de veinte minutos entraron en un Starbucks, hicieron el pedido, el barman les entregó los cafés y se sentaron en la terraza, en una mesa bien apartada del resto de clientes. El viento empezaba a arreciar, pero no llovía y el cielo no lucía muy amenazador.

Fueron dando sorbos al café y Hombre Azul se ajustó bien el abrigo. A Robie le hizo pensar en un banquero que había salido a tomar una taza de café selecto. No parecía un hombre que tomara decisiones de vida o muerte. Ni que tratara asuntos de seguridad nacional con la misma facilidad con que otra gente decide qué tomar para almorzar.

«Mira quién fue a hablar, Robie. Tú no decides quién vive o muere, pero eres quien aprieta el gatillo.»

Ambos pasaron un minuto en silencio mirando a los transeúntes y a los que subían y bajaban de coches. Y a quienes entraban en las tiendas. Y a los que salían con bolsas. Y a los que llevaban a sus hijos cogidos de la mano.

Hasta que Hombre Azul clavó la mirada en Robie.

—¿Alguna vez lo echas de menos?

—¿El qué?

—Formar parte del mundo normal —aclaró Hombre Azul.

—No sé si alguna vez he pertenecido a él.

—Yo me licencié en Filología Inglesa en Princeton. Quería ser el William Styron o el Philip Roth de mi generación.

—¿Y qué pasó?

—Fui a una sesión de reclutamiento para el gobierno con un amigo que quería trabajar para el FBI. Había unos cuantos hombres en una mesa sin ningún cartel. Me paré para ver quiénes eran. Avanza más de treinta años y aquí me tienes.

—Siento que no hayas acabado escribiendo la gran novela americana —bromeó Robie.

—Bueno, me queda el consuelo de que en mi trabajo abunda la ficción.

—Las mentiras, querrás decir.

—Se trata de una diferencia nimia —declaró Hombre Azul.

Lanzó una mirada al brazo y la pierna de Robie—. ¿Has vuelto a que te hagan una revisión?

—Todavía no.

—Pues date prisa. Lo único que nos falta es que mueras de una infección. Ve hoy. Concertaré la cita. En el mismo sitio que la última vez.

—De acuerdo. ¿Se sabe algo de DiCarlo?

Hombre Azul frunció el ceño.

—Tengo entendido que está bajo la jurisdicción del DHS.

—Eso ya lo sé. ¿Puedes explicarme cómo es posible? Porque ni siquiera Tucker estaba al corriente de eso hasta que se lo dije.

—No sé si puedo. Porque creo que yo tampoco lo entiendo, Robie.

—¿Está viva?

—Me parecería inconcebible que DiCarlo hubiera muerto y no nos hubieran informado.

—¿Qué papel desempeña el DHS en todo esto?

—Protegen el territorio. Nosotros, por el contrario, no tenemos autoridad para operar en este país.

—Eso, como bien sabes, es una ficción recurrente.

—Tal vez lo sea. O tal vez ya no lo sea.

Robie captó que Hombre Azul hablaba en serio.

—¿Tan mal está la cosa?

—Eso parece.

—¿Y el motivo?

—¿Qué te contó DiCarlo aquella noche? Para empezar, ¿por qué quiso reunirse contigo?

—Solo tenía dos guardaespaldas. ¿Qué deduces de eso?

—¿Que se sentía en peligro dentro de su propia agencia?

—Algo así.

—¿Qué más?

Robie bebió un sorbo de café y repuso:

—¿No basta con eso?

—No, salvo que haya algo más.

—A lo mejor yo también me siento en peligro.

Hombre Azul apartó la mirada con expresión inescrutable.

—Supongo que lo entiendo.

—Una dinámica distinta, tal como dijiste —comentó Robie.

—El problema es que si no confiamos los unos en los otros, el otro bando ya lo tiene todo ganado.

—Eso es cierto, si supiéramos de veras quién está en el otro bando.

—¿Jessica Reel? —preguntó Hombre Azul.

—¿Qué pasa con ella?

—¿De qué lado está?

—Voy a decirte lo que le conté a Gus Whitcomb. Creo que Reel fue quien me salvó el pellejo a mí y a DiCarlo.

—Imaginaba que ibas a decir eso.

A Robie le sorprendió el comentario y dejó que se le notara.

—¿Por qué?

—Porque creo que Jessica Reel podría estar de nuestro lado.

—¿Y aun así ha matado a dos de los nuestros?

—Piensa en qué lógica tiene eso, Robie.

—O sea que me estás diciendo que Jacobs y Gelder no estaban de nuestro lado.

Reel había dicho que eran «traidores» y a Robie le sorprendió que Hombre Azul barajara esa posibilidad. Siempre había sido un hombre entregado por completo a la Agencia.

—Eso es. Si es que Reel está realmente de nuestro lado.

—¿Y dices que es verdad?

—Digo que es posible.

—Entonces, ¿el número dos de la Agencia era un traidor?

—Posiblemente. De todos modos, la palabra «traidor» tiene muchas acepciones. Y objetivos.

—¿Quién más comparte esta opinión?

—No he hablado con nadie de esto aparte de contigo. Si tú no hubieras sugerido que saliéramos de la Agencia, lo habría propuesto yo. No son declaraciones que hago a la ligera, Robie. Supongo que lo sabes. Probablemente no se trate de un chaquetero solitario que lo hace por dinero como Aldrich Ames o Robert Hanssen. Esto podría ser sistémico y no creo que la motivación se limite al dinero.

—Entonces, si eran traidores, ¿para quién trabajaban? ¿Y en qué trabajaban? ¿Y cómo se enteró Reel?

—Buenas preguntas, y no tengo ninguna respuesta.

—¿Y la implicación del DHS?

—Otros deben de sospechar que hay un problema. Quizás hayan cogido a DiCarlo como salvaguarda.

—¿Y Evan Tucker?

—En estos momentos debe de estar muy preocupado. ¿Le contaste que Reel había estado en casa de DiCarlo?

Robie asintió.

Hombre Azul bebió un sorbo de café.

—Entonces probablemente esté más preocupado de lo que me pensaba.

—¿Te has enterado de lo de Roy West?

Hombre Azul asintió.

—Al parecer desapareció del mapa y entró en el paranoico mundo de los lunáticos.

—Era analista. ¿Qué analizaba exactamente?

—¿Por qué quieres saberlo? No pensarás que tiene algo que ver con...

—Ahora mismo no puedo permitirme el lujo de descartar nada.

—No era nada del otro mundo. Tenía fama de redactar documentos disparatados sobre situaciones hipotéticas. Probablemente por eso le dejaron marchar. No sé qué pinta en todo esto.

Robie quería decirle exactamente qué pintaban West y Reel en todo aquello, pero se contuvo.

—Tucker quería que yo siguiera yendo a por Reel.

—¿Y qué le dijiste?

—Que no.

—A huevos no te gana nadie, Robie.

—La cuestión es qué hago ahora.

—Te diré una cosa, pero juraré que nunca te la dije —repuso Hombre Azul.

—De acuerdo.

—Yo en tu lugar me plantearía desvincularme de esto.

—¿Y qué hago?

—Busca a Jessica Reel. Si la encuentras, quizás obtengas las respuestas.

«La encontré —pensó Robie—, y la dejé marchar.»

Hombre Azul apuró su café y se levantó.

—Luego puedes hacer otra cosa, Robie.

—¿El qué?

—¿No es obvio? Puedes darle las gracias a Reel por haberte salvado la vida.

En cuanto Hombre Azul se hubo marchado, Robie masculló:

—Demasiado tarde. Ya le he devuelto el favor.

47

Robie se quitó la camisa y los pantalones y se sentó en la camilla para que la doctora Meenan le examinara las quemaduras.

—Tienen mejor aspecto. Antes supuraban un poco y había infección. Voy a limpiar y suturar las zonas para evitar eventuales complicaciones. Y te pondré otra inyección.

—De acuerdo.

La doctora retiró parte de la piel muerta, limpió las zonas a conciencia y luego suturó algunas partes en que la piel se había levantado. Cuando hubo terminado con esto, trajo una jeringuilla, le frotó un poco de alcohol en el brazo izquierdo, le pinchó y luego le puso una tirita.

—Ya veo que has vuelto de una pieza.

—Pues sí.

—Me alegro.

Robie la miró.

—¿Por qué?

—Ya perdemos suficiente buena gente. Ya puedes vestirte.

Él se enfundó los pantalones.

—Diré que te preparen las pastillas que has de tomar. Las tendrás en la recepción dentro de cinco minutos.

—Gracias.

Robie se abotonó la camisa mientras Meenan anotaba unas cosas en su historial. Habló sin alzar la vista.

—¿Te has enterado de esa locura que ha pasado en Arkansas? ¿Sabes que ese tío había trabajado aquí?

—¿Roy West?

—Sí. Resulta que lo conocía. Bueno, le examiné en una ocasión.

—¿Por qué motivo?

—Lo siento. La información confidencial rige incluso aquí. No fue por nada grave. Pero lo cierto es que era un tío raro.

—Aquí hay muchos tíos raros.

—No, raro de verdad. —Hizo una pausa y acabó de escribir, cerró el expediente y lo dejó en un archivador del escritorio—. ¿Puedo decirte algo en confianza?

—Claro.

—¿De verdad?

—De verdad.

La doctora sonrió brevemente y frunció el ceño.

—No me daba buena espina. Se comportaba como un iluminado, como si tuviera un gran secreto que ardía en deseos de contarme.

—Probablemente haya mucha gente así aquí.

—Tal vez, pero él destacaba.

—Bueno, al final no le sirvió de nada.

—Muerto en un enfrentamiento entre milicias, es lo que han dicho en las noticias.

—Eso dicen.

—¿Tú tienes otra versión? —preguntó ella.

—No, y ya tengo bastante con lo mío. —Se anudó los zapatos y bajó de la camilla—. Te agradezco la revisión.

—Para eso me pagan.

—O sea que ese tal West era una especie de psicópata, ¿eh? He oído decir que lo despidieron de aquí.

—No me extraña. Me cuesta creer que superara las pruebas psicológicas. Parecía demasiado inestable.

—¿Qué más recuerdas de él? ¿Te mencionó a alguien más?

—¿A alguien más como quién?

—Cualquier persona.

Ella sonrió.

—¿No era que ya tenías bastante con lo tuyo?

—Soy curioso por naturaleza.

—Bueno, mencionó que tenía amigos bien situados. Muy bien situados, dijo. Pensé que estaba fanfarroneando, pues su puesto era de un nivel bastante bajo. Pensé que lo decía para impresionarme.

—¿Quieres decir que quería ligar contigo?

—Sí, creo que sí. —Ella le dio un golpecito amistoso en el brazo—. ¿Te sorprende?

—¿Crees que iba en serio en sus fanfarronadas?

—Lo he pensado. Yo diría que tenía algún apoyo en las altas esferas.

—No tan altas, visto que lo despidieron.

—Tienes razón. Mejor lo dejamos en que intentaba ligar conmigo. —Sacó una tarjeta de visita del bolsillo—. Por si perdiste mi tarjeta, aquí tienes otra con mis datos de contacto, incluido mi número privado. Si tienes algún problema con las heridas, no dudes en llamarme.

Cuando Robie cogió la tarjeta, ella le rozó la mano con los dedos. No lo miró a la cara, pero estaba sonrojada.

Desde luego, ella sí estaba intentando ligar con él.

48

En esta ocasión, Nicole Vance le esperaba. Y no llevaba nada de maquillaje. La mujer venía directamente del trabajo.

Robie tomó asiento.

—Ya te he pedido una copa —dijo ella.

Él miró el vaso de ella.

—¿Ginebra?

—Ginger ale. Estoy oficialmente de servicio.

—Un día largo.

—Y una vida larga. Al menos eso espero. —Le miró el brazo derecho—. Lo tienes un poco rígido. ¿Qué te pasa?

Las quemaduras estaban cicatrizando poco a poco. Y sí que tenía el brazo rígido, y las nuevas suturas que Meenan le había puesto se lo habían dejado todavía más rígido. Se preguntó con qué velocidad podría desenfundar su arma. Tal vez no fuera suficiente. De todos modos, no le había ido mal en los confines de Arkansas. La adrenalina hacía que el dolor se soportara mejor, aunque luego dolía todo.

—Me estoy haciendo viejo.

Ella sonrió.

—No cuela.

—¿Por qué sigues de servicio? —preguntó Robie.

Vance dio un sorbo al ginger ale y dejó la mirada suspendida a lo lejos.

—Cuando una investigación no lleva a ninguna parte, tiendo

a hacer horas extras. El mundo entero se está yendo al carajo, Robie.

—¿Qué pasa?

—¿Te has enterado de lo de Arkansas? ¿Lo de Roy West?

—He visto las noticias —repuso él.

—Trabajó en tu agencia.

—No lo conocía.

—Duró poco, por lo que parece. Luego se volvió majara y se convirtió en un fanático antigubernamental. ¿No seleccionáis mejor al personal?

—No es mi trabajo.

Le trajeron la bebida y la probó.

—¿Está a tu gusto? —preguntó Vance.

Robie asintió.

—Sí, gracias.

—Bien, podemos brindar por el hecho de que el mundo se está yendo al garete.

—¿Qué parte del mundo exactamente se va al garete?

—Elige lo que quieras. No hay pistas sobre Jacobs. Nada sobre Gelder. El lío de Arkansas. Y la Agencia de Alcohol, Tabaco, Armas de Fuego y Explosivos también se está volviendo majara.

—¿Sobre qué?

—Una explosión en un lugar remoto de Eastern Shore. Con un dispositivo muy complejo. E incluso alguien había puesto acelerante en la laguna de la finca. No quedaron muchas pruebas que digamos. No trabajo en ese caso. Tenemos otros agentes, diría yo. Han llamado al FBI también por el caso de Arkansas. Esta mierda de las milicias empieza a dar miedo. Antes había cientos de grupos de estos. Ahora los hay a miles. O quizá más.

—¿Y cómo murió ese tal Roy West?

—La verdad es que no lo sé. Como te he dicho, no trabajo en ese caso. Y para colmo hubo un tiroteo cerca de un juzgado federal en Alexandria.

—No sabía nada de eso —repuso Robie.

—Con varios coches implicados. Nadie anotó ni una sola matrícula, claro está. Una tía en un sedán que conducía como Jeff Gordon. Disparos desde los coches. Y fíjate qué casualidad que en ese mismo momento un juez federal estaba paseando por esa calle.

—¿Crees que era el objetivo?

—No lo sé. Tengo mis dudas. Apareció en el informe porque es juez. Hemos de tenerlo en cuenta.

—¿Qué juez?

—Samuel Kent.

—Tal vez fuera un asunto entre bandas callejeras.

—Esa zona de Alexandria es muy pija. Ahí no operan las bandas.

—¿Y no hay rastro de la «tía»?

—No. Menudo pedazo de conductora. Y luego desapareció.

—¿Y los pistoleros?

—También. Es increíble que pase una cosa así en una calle tan concurrida, pero pasó. —Se terminó el ginger ale—. La idea de quedar ha sido tuya y resulta que solo hablo yo. Ahora voy a callarme y soy toda oídos.

Robie asintió, intentando asimilar todo lo que le había dicho y preguntándose si la «tía» era quien imaginaba. Parecía ridículamente imposible y sumamente probable a partes iguales que se tratara de Jessica Reel, sobre todo después de lo de Arkansas.

—Me fue bien ver a Julie —reconoció Robie.

—¿Ah, sí? Yo no diría que hubiera ido tan bien.

—Estaba disgustada.

—¿Y no debería estarlo?

—Sí. Pero mientras la llevaba a casa en el coche hablamos.

—¿Y?

—Siguió disgustada.

—Ya veo que mientras conducías hiciste alarde de un gran don de gentes.

—Mi objetivo es que esté a salvo. Tú también me advertiste.

—Lo sé, Robie. Pero no tienes que apartarla por completo de tu vida. Los dos pasasteis juntos por momentos muy difíciles. Joder, ella y yo pasamos por momentos difíciles.

—Tú y yo pasamos por momentos muy difíciles —comentó Robie.

El comentario pilló desprevenida a Vance. Se reclinó en la silla y adoptó una postura relajada.

—Sí, es cierto. Me salvaste la vida y arriesgaste la tuya para ello.

—Tú corrías peligro por mi culpa. Lo cual me devuelve a lo que decíamos sobre Julie. Y sobre ti. Cada vez que quedo contigo podría estar poniéndote en peligro de nuevo. No me lo tomo a la ligera, Nikki. Probablemente habría sido mejor que no te llamara para quedar hoy.

—Pero no puedes proteger a todo el mundo a todas horas, Robie. Y yo soy agente del FBI. Sé cuidarme solita.

—En circunstancias normales, por supuesto. Pero yo no soy normal.

Ella soltó un bufido, si bien él captó la seriedad de su expresión.

—Ya sé qué quieres decir, Will. Lo entiendo. De verdad que sí.

—¿Y qué posibilidades tendría Julie? Ahora mismo estoy liado con varios asuntos. —Apartó la mirada.

Ella estiró el brazo con vacilación y le envolvió la mano con sus largos dedos. Se la apretó.

—¿Qué asuntos?

Él volvió a mirarla mientras ella retiraba la mano con expresión azorada tras haber tenido aquel gesto tan íntimo.

—Para cubrirme las espaldas tengo que mirar en todas direcciones a la vez —declaró.

Vance parpadeó, intentando leer entre líneas.

—¿Quieres decir que no puedes fiarte de nadie?

—Quiero decir que hay cosas que nadie es capaz de explicar. —Hizo una pausa—. ¿Te has enterado de lo de Janet DiCarlo?

—Una historia difusa sobre algo ocurrido en su casa.

—Yo estaba allí. No fue nada difuso. En muchos sentidos fue muy claro.

—¿Qué demonios pasó?

Entonces Robie le cogió la mano y se la apretó. Pero no fue un gesto íntimo.

—Si te lo cuento, no puede salir de aquí. No lo digo como secreto profesional. Lo digo para no poner tu vida en peligro.

Vance abrió la boca ligeramente y puso unos ojos como platos.

—De acuerdo, de aquí no sale.

Robie dio un sorbo a su bebida y dejó el vaso sobre la mesa.

—DiCarlo fue atacada. Abatieron a sus guardaespaldas y ella resultó herida. Yo la saqué de allí. El DHS se la llevó para salvaguardarla.

—¿Cómo es que su propia agencia no podía proteger...? —Vance se calló.

Robie asintió.

—Eso mismo.

—¿Es un caso aislado o sistémico?

—No se trata de un traidor que va por libre.

—Entonces ¿es algo sistémico?

—Podría ser.

—¿Qué piensas hacer?

—Estoy pensando en desaparecer del mapa.

Vance tomó aire.

—¿Estás seguro?

—Tú desapareciste del mapa por mí.

—Yo estoy en el FBI, Robie. Que tú desaparezcas del mapa es muy distinto.

—Creo que es la única manera de llegar a la verdad.

—O morir asesinado.

—Eso podría suceder fácilmente si me quedo de brazos cruzados. —Levantó el brazo derecho poco a poco—. Ya casi me ha pasado dos veces en los últimos días.

Vance le miró el brazo y luego volvió a mirarlo a él. Se la veía tensa. Y ese mismo nivel de tensión reflejaba el rostro de Robie.

—¿Qué puedo hacer? —preguntó ella.

—Ya has hecho mucho.

—Tonterías.

—Quizá me ponga en contacto contigo en algún momento.

—Robie, ¿no hay otra manera de manejar este asunto? Puedes acudir al FBI. Podemos protegerte y quizá... —Su voz se apagó.

—Te lo agradezco, pero creo que mi solución es mejor.

—¿Qué piensas hacer?

—Tengo ciertas pistas que seguir.

—¿Puedes desaparecer del mapa con la que está cayendo?

—Puedo intentarlo. Es lo máximo que puedo hacer. —Se levantó—. Gracias por aceptar reunirte conmigo.

—¿Para qué querías verme? ¿Para decirme que ibas a desaparecer del mapa?

Robie fue a decir algo, pero fue incapaz de articularlo.

Ella se levantó y se le acercó. Antes de que él se moviera, Vance lo rodeó con los brazos y lo abrazó con tanta fuerza que fue como si se convirtieran en un solo cuerpo. Ella se puso de puntillas y le besó la mejilla.

—Volverás —dijo—. Lo superarás. Eres Will Robie. Joder, eres capaz de hacer lo imposible a diario.

—Haré lo que pueda —repuso, y se marchó.

Vance salió del restaurante y lo observó yendo calle abajo hasta que desapareció en la oscuridad.

Cuando regresó a su coche, se quedó ahí sentada con la mirada perdida, preguntándose si era la última vez que le vería.

49

Desaparecer del mapa.

Robie estaba en su casa pensando en dar ese paso.

La anterior vez que había desaparecido del mapa no había sido agradable. De hecho, había estado a punto de costarle la vida, a él y a otras personas, incluidas Julie y Vance.

Ahora Jessica Reel había desaparecido. Parecía estar utilizando una estrategia compleja gracias a la cual conseguía estar a ambos lados del tablero de juego al mismo tiempo. Robie no alcanzaba a entender qué ventaja le ofrecía esa situación. Al final, lo que ocurría era que ambos lados tenían alicientes para buscarla y matarla.

Duplicar al enemigo no tenía sentido. No obstante, no consideraba que Reel fuera precisamente corta de entendederas. Así pues, si se comportaba de ese modo, debía de tener algún motivo.

Un ex analista de la agencia residente en Arkansas y convertido en un miliciano chalado. Había escrito un documento sobre el apocalipsis. Ella había ido allí para averiguar a quién se lo había enviado.

Luego estaba el juez federal de Alexandria.

Si Reel había sido también la de Alexandria, ¿qué extraña vinculación había entre ellos?

Un juez, Gelder, Jacobs y Roy West.

¿Estaban todos implicados en ese bendito apocalipsis?

Si era así, ¿en qué consistía exactamente?

¿West tenía una copia del documento? La policía habría registrado su casa de cabo a rabo, o lo que quedara de ella. Probablemente Reel tuviera una copia, pero Robie no podía conseguirla.

Se quedó mirando el SMS que Reel le había enviado con anterioridad: «Todo lo que hago tiene un motivo. Abre la cerradura.» De repente gimió y dio un palmetazo en la mesa. ¿Cómo había podido ser tan imbécil? Lo tenía delante de las narices.

Fue a su caja fuerte, la abrió y extrajo los tres artículos que ella había dejado en su propia taquilla.

«Vale, su taquilla. Lo único que tenía que hacer era abrirla.»

Bueno, ahora que la parte sencilla había terminado, se complicó enseguida.

La pistola.

El libro.

La foto.

La pistola ya la había desmontado y no había encontrado nada. No era más que una pistola con algunas piezas especiales que no le llevaban en ninguna dirección concreta.

El libro no tenía notas, ni acotaciones. Nada que lo llevara en alguna dirección.

La foto no significaba nada para él. Y no sabía quién era el hombre que estaba junto a Reel.

«Todo lo que hago tiene un motivo.»

«Fantástico, señora, la próxima vez no me lo pongas tan difícil. Esto empieza a ser algo imposible de desentrañar para los simples mortales.»

Volvió a guardar los objetos bajo llave y se puso a mirar por la ventana.

Lo que Hombre Azul le había dicho no era más que una información inquietante que se añadía a muchas otras. Daba la impresión de que la Agencia estaba desmoronándose de arriba abajo. Resultaba pasmoso que tal nivel de caos se hubiera apoderado de la organización de inteligencia más importante del mundo.

En esos momentos el mundo era sin duda un lugar muy peligroso, incluso más que durante la Guerra Fría. En esa época, los contendientes estaban claramente definidos y alineados sobre el terreno. Lo que estaba en juego se comprendía con claridad. La destrucción del mundo era una posibilidad, pero no tanto. La teoría de la destrucción mutua garantizada era un gran catalizador para la paz. No podía uno apropiarse del mundo si no iba a quedar mundo del que apropiarse.

La situación actual era mucho más fluida, más sutil, y los bandos cambiaban con una frecuencia alarmante. Además, Robie no sabía si la amenaza de destrucción mutua garantizada seguía sirviendo. Al parecer, a ciertas personas les daba igual si luego quedaba un mundo, lo cual las volvía especialmente peligrosas.

Recordó las palabras de DiCarlo: «Misiones que nunca deberían haber existido. Personal desaparecido. Dinero que se traslada de aquí allá y que luego desaparece. Equipamiento que se envía a lugares en los que no debería estar y que también desaparece. Y eso no es todo. Esas cosas pasaron discretamente durante largos períodos de tiempo. Tomadas de forma aislada no parecían tan extraordinarias. Pero vistas en conjunto...»

Para Robie, la desaparición de personal ya debería haber supuesto suficiente advertencia, por no hablar de todo lo que DiCarlo había descrito.

¿Cómo era posible que se hubiera permitido que esa bola se hiciera cada vez mayor?

Tucker había sido director el tiempo suficiente para haber solucionado temas tan importantes. O por lo menos haberlos abordado.

A menos que Tucker estuviera al otro lado del tablero, aunque eso parecía imposible. Ya costaba imaginar que Jim Gelder fuera un traidor. Pero si Reel estaba en lo cierto, lo era. No obstante, ¿cuán probable era que los dos puestos más importantes estuvieran ocupados por personas corruptas? Sin embargo, ¿qué otra explicación había para que tantas cosas salieran mal y la dirección no las abordara?

Sacó la cartera. En el compartimento en que guardaba el dinero había una bolsita sellada que contenía los pétalos de rosa blanca.

Era la otra pista que Reel había dejado.

Alguien había cogido las rosas y vete a saber qué más, pero se había dejado esos pétalos. ¿Qué quería indicar Reel con ellos?

Si todo lo hacía por algún motivo, debían de tener una explicación. Y quizá fuera significativa.

La señora de la floristería había dicho que las marcas rosadas de los pétalos se interpretaban a veces como sangre. Bueno, lo cierto es que se había derramado mucha sangre. ¿Era ese el significado que Reel había querido? Pero si era el caso, ¿de qué le servía a él?

Hombre Azul había presupuesto que Reel podría estar en el lado correcto en todo ese asunto. Pero Robie no sabía con exactitud qué significaba eso en el mundo del espionaje. Los buenos y los malos cambiaban de bando continuamente. No, quizá fuera injusto decir eso. El bien y el mal tenían rasgos claros y definidos.

Los terroristas que mataban a inocentes con bombas ocultas estaban del lado del mal, sin duda alguna. Además, para Robie eran unos cobardes.

Él mataba desde una distancia lejana, pero también arriesgaba su vida al hacerlo. Y él no atacaba a inocentes. Sus víctimas eran personas que habían pasado años causando dolor a otros.

«¿Supone eso que yo estoy siempre del lado del bien?»

Sacudió la cabeza para librarse de esos pensamientos inquietantes. Habría sido un tema interesante para una clase de filosofía, pero no le acercaba de ningún modo a la verdad.

Ni a Jessica Reel.

Había dicho a Tucker que no pensaba buscarla.

En parte, su respuesta era veraz.

Ya no pensaba buscarla más. Por lo menos no en nombre de Tucker y la Agencia. Pero iba a encontrarla y obligarla a que le contara lo que ocurría.

Pasara lo que pasara, pensaba llegar a la verdad.

50

La reunión no estaba programada. Tampoco tenía por qué.

Sam Kent estaba a un lado de la pequeña mesa oval. Frente a él había un hombre más joven, más en forma y más bajo, con unas manos como ladrillos y un torso como un muro. Se llamaba Anthony Zim.

—Eligieron a Robie por motivos obvios —dijo Kent.

Zim asintió.

—Buena decisión. Él sabe qué tiene entre manos.

—Y no ha desaparecido del mapa como tú.

—Yo no he desaparecido del mapa, señor Kent —matizó Zim—. Solo estoy desconectado. Hay una gran diferencia.

—Lo sé —repuso Kent con voz queda—. Desempeñé un papel fundamental en esa situación. Para poder maximizar tu talento.

Zim no dijo nada. Colocó las palmas de la mano en el portátil. Incluso sentado, apoyaba el peso sobre el metatarso del pie, lo que le permitiría moverse en un instante, llegado el caso. Y a lo largo de los años el caso había llegado en muchas ocasiones.

—Jessica Reel —dijo Kent.

Zim se quedó esperando.

—Anda por ahí suelta y cada vez resulta más problemática —continuó Kent.

—Eso siempre se le dio bien.

—Entiendo que la conocías bien.

—Nadie conocía bien a Reel. Al igual que nadie conoce a Robie. Se lo guardaban todo para ellos. Al igual que yo. Forma parte del trabajo.

—Pero ¿trabajaste con ella?

—Sí.

—¿Y con Robie?

—Dos veces. En ambos casos en un puesto de apoyo, aunque él no necesitaba ningún apoyo.

—¿Puedes liquidar a uno de ellos o a ambos, llegado el caso?

—Sí. Con las condiciones adecuadas.

—Podemos intentar que lo sean.

—Necesito algo más que un intento.

Kent frunció el ceño.

—He acudido a ti porque me consta que eres uno de los mejores.

—Me está pidiendo que vaya a por dos personas que podrían ser tan buenas como yo. De uno en uno, sí podría. Si están juntos, no puedo asegurar nada.

—Entonces tenemos que asegurarnos de que no estén juntos.

—A Robie se le ha encomendado que vaya a por ella. Tal vez la encuentre y le ahorre las molestias a usted.

—Recientemente han ocurrido ciertas cosas con Robie que hacen que eso me preocupe.

Zim cambió el apoyo del peso ligeramente.

—¿Como cuáles?

—Al parecer, está empezando a pensar por sí mismo sobre el asunto en vez de cumplir órdenes. Y la cosa no acaba ahí.

—Necesito toda la información.

—Reel se ha estado comunicando con él. Diciéndole cosas.

—Manipulándolo, quiere decir. Eso se le da bien.

—Pensaba que no la conocías demasiado.

—La conocí lo suficiente como para saber eso. —Zim se inclinó unos centímetros hacia delante—. ¿Puedo hacer una sugerencia?

—Adelante.

—Dejar que se agote la situación. Robie mata a Reel, o viceversa. O se matan mutuamente.

—Ese era el plan original. Todavía es posible que ocurra —respondió Kent. Se inclinó hasta quedar a unos centímetros de Zim—. Tú eres el último recurso. Y si no me equivoco, te van a utilizar para que lleves a cabo el trabajo. No puedo contar con un mundo ideal. Esa es la apuesta de un pringado que incluye el factor suerte del que no puedo depender.

—Entonces más vale que las condiciones sean las óptimas.

—Tranquilo, haré algo más que intentarlo.

—¿Cómo? —quiso saber Zim.

—Jessica Reel no es la única capaz de manipular.

—No es tan fácil como parece.

—No me parece nada fácil —reconoció Kent—. De hecho, es muy difícil.

—Entonces ¿qué?

—Yo me encargaré del tema. Tú preocúpate de lo tuyo.

—¿Así queda la cosa?

—Vamos a compartimentar. Es el mejor protocolo en todos los casos.

—No es usted como me pensaba.

—¿Te refieres como juez?

Zim se encogió de hombros y Kent sonrió.

—Soy una clase de juez especial, señor Zim. El tiempo que paso con la maza en la mano se limita a muy pocos casos. Dedico el resto del tiempo a hacer otras cosas para mi país. Me gusta más hacer esas otras cosas que los escasos veredictos que pronuncio en el tribunal.

—Debe de tener influencia. De lo contrario, no estaría aquí sentado con usted.

—Tengo algo más que influencia. A menudo soy quien maneja los hilos.

—¿Cuándo empieza mi misión?

—Se desconoce el momento exacto. Pero si no me equivoco interpretando los posos del café, será muy pronto. Tienes que estar listo las veinticuatro horas, los siete días de la semana. Y actuar en cuanto se te ordene.

—Es lo que he hecho toda la vida —repuso Zim.

—Esperemos que no sea la última vez.

—Forma parte del trabajo.

Kent se reclinó en el asiento.

—Si sigues diciéndolo, acabaré creyéndomelo.

—No espero que lo entienda, señoría. Formo parte de un club reducido.

—Eso sí que lo entiendo.

—No creo. No mientras no haya matado a tanta gente como yo. Y no hay tantas personas en el mundo que lo hayan hecho.

—¿A cuántas has matado?

—Treinta y nueve. Es uno de los motivos por los que me interesa Reel. Ella supondría alcanzar un número redondo.

—Impresionante. Y, por supuesto, Robie sería el poco redondo cuarenta y uno, ¿eh?

—No es algo que me vaya a hacer perder el sueño, descuide.

—Me alegra saberlo.

Kent sonrió y súbitamente Zim se encontró con la boca de una pistola contra la frente. Sin tiempo de reaccionar, abrió unos ojos como platos mientras el metal le presionaba la piel.

—Tal como te he dicho, no siempre he sido juez. Comprobé tu historial. Llevas once años trabajando, ¿verdad?

Como Zim no respondió, Kent le apretó el arma con más fuerza en la frente.

—¿Verdad?

—Sí...

Kent asintió.

—Yo me cargué a veinte, otra cifra redonda. Eso fue cuando limitaron a quince años el tiempo que uno podía pasar sobre el terreno. Me parece que ahora la gente se ha vuelto más blanda, ¿no crees? Yo ni siquiera tenía miras de visión nocturna decentes. En una ocasión me cargué a cuatro en plena noche con una linterna y una mierda de fusil de la época de Vietnam. Pero aun así cumplí con mi misión. Y, por cierto, nunca fardé de mi total de muescas en la culata.

Kent quitó el seguro de la pistola.

—Una cosa más: ¿te he comentado que esto es un test para seleccionarte?

—¿Un test? —repitió Zim, desconcertado.

—Si un viejo es capaz de adelantársete con una pistola, no creo que me sirvas de gran cosa. Ni siquiera estás cualificado para limpiarle el culo a Robie ni a Reel. Lo cual significa que esta entrevista se da por concluida.

Y apretó el gatillo. La bala destrozó la cabeza de Zim, derribándolo de la silla hacia atrás.

Kent se levantó, se limpió la sangre que le había salpicado la cara con un pañuelo y enfundó la pistola.

Bajó la mirada hacia el cuerpo.

—Y que conste que acabé con sesenta muertes en mi haber. Solo hay otra persona que me supera. De la vieja escuela, como yo. A él nunca podría haberle tomado la delantera. Gilipollas.

A continuación, el magistrado salió por la puerta.

51

Reel observaba su teléfono. En la pantalla, a lo lejos aparecía un rostro conocido.

Will Robie le devolvía la mirada.

Debería haberle contado más durante la tregua de Arkansas, pero lo cierto es que se había quedado anonadada al verlo allí. Había supuesto que la Agencia había conseguido rastrearla y enviado a Robie a matarla. Eso la había conmocionado y había hecho desaparecer toda fe que pudiera haber depositado en él. Por supuesto, había recuperado la confianza en él al ver que no la mataba. Pero ahora temía por él.

Robie corría un grave peligro si la Agencia descubría que la había tenido a tiro, pero no había disparado. Y si ella intentaba comunicarse con él otra vez y él aceptaba trabajar con ella, entonces correría un peligro incluso mayor. Enviarían asesinos a por él. Y Robie no se había preparado para huir como ella. Por bueno que fuera, no sobreviviría. Los otros tenían recursos abrumadores.

«Tengo que hacer esto sola.»

Sacó el libro blanco de la bolsa y volvió a leerlo.

Ahora que había conocido a Roy West, no consideraba que ese imbécil hubiera sido capaz de urdir un plan de tamaña complejidad. Por desgracia, su decisión de planear una matanza a gran escala contra sus conciudadanos para dar salida a su extraña ira contra el gobierno concordaba con la esencia de su documento. Él y su obra eran una locura.

Además, cualquiera que se adhiriera a lo que plasmaba el documento estaba igual de loco. Y sería igual de peligroso.

West estaba muerto, ya no podía hacer daño a nadie más. Pero había otra gente suelta mucho mejor situada para ejecutar el apocalipsis que se pregonaba en el documento.

País por país.

Líder tras líder.

El rompecabezas perfecto.

Si la muerte y la destrucción a gran escala tenían un rostro, podía ser la perversa obra maestra de West.

Y luego estaba lo desconocido. La persona que ella creía que estaba tres niveles por encima de West. Con una autorización ultrasecreta. La persona que había encargado el documento. Que había querido saber de ese rompecabezas supuestamente magistral.

Roger *el Regateador*. ¿Quién era? ¿Dónde se encontraba? ¿Y qué estaba planeando en esos momentos?

El ataque contra Janet DiCarlo era previsible, pero Reel no lo había anticipado hasta que fue demasiado tarde. DiCarlo estaba viva, pero ¿durante cuánto tiempo? A Reel le habría encantado sentarse a hablar con su antigua mentora. Averiguar qué y cómo había descubierto algo que la había colocado en el punto de mira.

Pero eso no era posible. Reel no tenía ni idea de dónde estaba DiCarlo. Y seguro que la tenían bien vigilada. No obstante, si el ataque contra ella había venido del interior, ¿hasta qué punto estaba a salvo la mujer allá donde se encontrara?

Reel volvió a mirar el teléfono. ¿Debía arriesgarse?

Al final pulsó las teclas y envió el mensaje a Robie, a pesar de que acababa de decidir no volver a comunicarse con él. Pero era un tipo de petición distinta, de la que no podían acusarle.

No sabía si recibiría respuesta. No sabía si Robie confiaba o creía en ella. Recordaba haber formado parte de su equipo en los inicios de su carrera. Él había sido el más profesional dentro de un grupo de profesionales consumados. Le había enseñado muchas cosas, sin decir gran cosa. Se preocupaba de los detalles más ínfimos. Era lo que marcaba la diferencia, según decía él, entre el triunfo y el fracaso.

Ella se había enterado de lo que le había pasado antes, ese mismo año. Había hecho algo prohibido dentro de su profesión: no había apretado el gatillo. Había desobedecido órdenes porque consideraba que no estaban bien.

A un ciudadano de a pie le parecería algo normal. Si a uno le parece que algo está mal, ¿por qué no desobedecer? Pero en su caso no era tan fácil. A Robie y Reel los habían preparado para cumplir órdenes sin cuestionarlas, más incluso que a los soldados profesionales. Sin esa cadena de mando inquebrantable, sin esa devoción por la autoridad, el sistema dejaba de funcionar. Nada podía interferir con eso.

Pero ellos dos habían desobedecido órdenes.

Robie se había negado a apretar el gatillo. En dos ocasiones. Ella estaba viva gracias a la segunda vez.

Pero ella sí había apretado el gatillo. Había matado a dos hombres que trabajaban para el gobierno. Y ambos asesinatos constituían crímenes que se castigaban con muchos años de cárcel o incluso la pena de muerte.

Se preguntó si Robie seguía yendo a por ella. Se preguntó si en esos momentos lamentaba no haberla matado.

Sonó su teléfono. Bajó la mirada hacia la pantalla.

Will Robie acababa de responderle.

52

Robie miró la pantalla. Acababa de escribir el mensaje. Se preguntó cuánto tardaría la Agencia en ponerse en contacto con él.

O echarle la puerta abajo.

«Viva, por ahora», acababa de escribirle como respuesta a la sencilla pregunta de ella: «¿DiCarlo?»

Continuó contemplando la pantalla del móvil, esperando que ella le enviara otro mensaje. Quería preguntarle muchas cosas. Cosas que no había tenido tiempo de preguntarle durante su encuentro en Arkansas.

Estaba a punto de desistir cuando recibió otro mensaje de Reel: «PFL.»

¿PFL?

Robie no estaba demasiado familiarizado con los últimos acrónimos de internet. Y no sabía si PFL era una sigla de esas o un mensaje en clave. Si era en clave, no tenía ni idea de su significado.

Pero ¿por qué iba a pensar ella que lo entendería?

Se sentó y pensó en la última misión en que habían participado juntos, hacía muchos años. Era de lo más rutinario en su profesión. Pero algo había salido mal, lo cual ocurría a veces.

Robie había ido a la izquierda y Reel había corrido hacia la derecha. Si hubieran ido en la misma dirección, los dos habrían muerto. Al final neutralizaron las amenazas que recibían desde ambos lados.

Más tarde, él había pensado sobre la situación e incluso había preguntado a Reel por qué había ido en la dirección contraria, ya que todavía no había amenazas visibles en ninguno de los flancos. Ella no había podido darle otra respuesta que «sabía que ibas a ir hacia donde fuiste».

—¿Cómo? —le preguntó Robie.

Ella contestó con una pregunta:

—¿Cómo sabías hacia qué lado iba a ir yo?

Y él no pudo responder de otro modo que diciéndole que por intuición. Así de sencillo. No es que pudiera leerle el pensamiento, pero sabía cómo reaccionaría en esa situación precisa. Y ella podía decir lo mismo de él.

Eso nunca le había vuelto a ocurrir con nadie. Solo con Jessica Reel. Se preguntó si aquella también había sido la última vez para ella.

Cuando recibió la llamada, miró la pasntalla y apartó el móvil. Era de Langley. No le apetecía explicarles por qué había hecho lo que había hecho. En cierto modo, consideraba que no era asunto de ellos. Si ellos tenían secretos con él, él también podía tenerlos con ellos. Al fin y al cabo, todos eran espías.

Y entonces fue cuando le vino a la cabeza una idea inesperada. Bueno, una parte de él debía de haber estado pensando en eso cuando se puso a recordar.

Reel le había contado pocas cosas de ella, pero una le había sorprendido.

—Soy una persona lineal, Robie —le había dicho a la vuelta de su última misión juntos.

—¿Qué quieres decir?

—Que me gusta empezar por el principio y acabar por el final.

La iluminación le vino a raíz de eso. Dio un respingo, fue a la caja fuerte de la pared, sacó los tres objetos otra vez y los examinó.

Pistola.

Foto.

Libro.

PFL.

Se sentó súbitamente animado. Los había colocado en el

orden adecuado de forma inconsciente la última vez que los había examinado. Y ahora tenía la confirmación de que seguían un orden.

Cogió la pistola. Ya la había desmontado y no había encontrado nada, aunque sí había encontrado una cosa.

«Todo lo que hago tiene un motivo», le había escrito Reel. Todo lo que hacía tenía un motivo.

Miró la pistola. Bueno, era una Glock. No la había fabricado ella.

Entornó los ojos.

Pero había realizado algunos cambios en el arma.

Observó la mira. Pennsylvania Small Arms Company. Un añadido de Reel, aunque la mira de la Glock de serie era perfectamente válida.

El émbolo de titanio. Bonito extra, pero tampoco necesario.

Volvió a examinar la empuñadura moteada que Reel había acoplado al arma. Aunque las estructuras de polímero como las de la Glock a veces resbalaban, la empuñadura original era perfectamente válida.

Así pues, ¿por qué se había molestado Reel en modificar manualmente la empuñadura de serie cuando no era ni mucho menos necesario? Y si uno no sabía lo que estaba haciendo o cometía un error, el arma podía acabar inutilizable, o por lo menos la empuñadura.

Además, la mayoría de las veces habría matado desde una distancia considerable, por lo que la empuñadura no era tan importante.

Y luego estaba el cargador de treinta y tres balas. Eso le había desconcertado desde el primer momento. En su profesión, si había tiempo de disparar treinta y tres balas significaba que uno la había cagado y que lo más probable era que muriera. Como mucho, dos o tres disparos y ya tocaba largarse.

La munición estándar para ese modelo de Glock eran diecisiete balas. No obstante, ella había duplicado esa capacidad con un cargador extralargo que resultaba un poco aparatoso.

No le parecía que Reel fuera una persona a la que le gustara lo superfluo.

Miró el número de modelo: Glock 17.

Tendría que ser metódico en ese punto. Imaginó que a Reel se le habría ocurrido del mismo modo.

Robie sabía que iba por el buen camino debido al mensaje que ella le había enviado. Seguro que se refería a pistola, foto y libro. No existía otra explicación posible. Y era una forma muy astuta de actuar. Reel sabía que la Agencia habría permitido a Robie registrar su taquilla y coger sus cosas en cuanto le encomendaron que fuera a por ella. Y el único motivo por el que le habían permitido acceder a la taquilla era porque ya la habían registrado y no habían encontrado nada útil. Así pues, ella debía de haber supuesto que en algún momento él accedería a esos objetos y los examinaría en busca de alguna pista.

Sacó un bloc de notas y un boli y encendió el portátil. Abrió un buscador y empezó a mirar introduciendo la información obtenida a partir de la pistola. Dio unos cuantos pasos en falso hasta que lo que veía por fin empezó a cobrar sentido. No del todo, pero lo suficiente para encaminarse en una nueva dirección que posiblemente resultara más provechosa.

Lo anotó todo, dio por concluida la búsqueda y apagó el portátil.

Se dispuso a prepararse una bolsa de viaje. Tenía un lugar adonde ir. Y debía asegurarse de que llegaba allí sin que nadie le siguiera.

De repente recordó las palabras de Vance. ¿Podía desaparecer del mapa realmente?

«Bueno, estoy a punto de averiguarlo.»

53

Era una estancia elegante y majestuosa, repleta de madera oscura, molduras perfectamente unidas a inglete, alfombras lujosas, grandes puertas ornamentadas, lámparas enormes y un aspecto de prosperidad sublime.

El dinero federal empleado como debía ser. Una verdadera rareza.

Por lo menos aquella era la humilde opinión de Sam Kent.

Estaba en su despacho del palacio de justicia. Cerró el libro que estaba leyendo y comprobó la hora.

Justo a tiempo.

Al cabo de un momento, su secretario le anunció la llegada del congresista Howard Decker. Este entró y estrechó la mano del juez mientras el secretario los dejaba a solas.

Aparte de presidir el Comité de Inteligencia de la Cámara, Decker había formado parte de un subcomité de la judicatura, por lo que el hecho de que se reuniera con Kent no sorprendería a nadie. Además, ambos hombres eran amigos desde hacía años y compartían las mismas ideas y ambiciones. Como presidente del Comité de Inteligencia, Decker ejercía su influencia como congresista desde la CIA hasta el Departamento del Tesoro y otras instituciones federales situadas en medio.

Se sentaron a una mesa puesta con copas de fino cristal y servilletas de lino, así como un almuerzo frío preparado por el cocinero del palacio de justicia. Kent sirvió sendas copas de vino blanco.

—Todo un detalle —dijo Decker—. El comedor del Congreso está envejeciendo.

—Bueno, teníamos que hablar, así que ¿por qué no aquí? Es un entorno cómodo y privado.

Decker rio por lo bajo y se llevó la copa de vino a los labios.

—¿No te preocupa que alguien pueda escucharnos?

Kent se mantuvo impasible.

—Tenemos que hablar, Howard.

Decker dejó la copa y adoptó una expresión seria.

—Se trata de Roy West, ¿verdad?

—Se trata de mucho más que eso —reconoció Kent.

—¿Crees que todo es obra de Jessica Reel? Cuando lo vi en las noticias parecía una zona en guerra.

—Yo he estado en la guerra, Howard. No se parecía en nada a una zona en guerra. Son mucho peor que eso.

Una vez puesto en su sitio, Decker se reclinó en la silla y se humedeció los labios agrietados.

—¿Qué haremos ahora?

—Nuestro plan no ha cambiado, ¿no?

—¿Qué plan? ¿Pillar a Reel? Por supuesto que no.

—Bien, solo preguntaba. Quería asegurarme de que seguimos en sintonía.

Decker hizo una mueca.

—Pero ¿qué gestiones has hecho? No parece que ese tal Robie vaya a cumplir con su misión.

Kent dio un sorbo al vino y caviló al respecto.

—Quizá cumpla con una misión, pero no la que queremos.

—No te sigo.

—He recibido un informe de lo que sucedió en Arkansas. Un informe muy detallado, de lo más alto.

—¿Y?

—Una carnicería como esa no pudo ser obra de una sola persona, ni siquiera de alguien tan especializado como Jessica Reel.

Decker se inclinó hacia delante.

—¿Me estás diciendo que cuenta con ayuda? —exclamó enfadado. Arrugó el ceño antes de añadir—: ¿Robie?

—No tengo pruebas concluyentes de ello. Pero sería demasiada coincidencia creer que alguien haya aparecido en el lugar de los hechos con capacidades suficientes para sobrevivir contra todo pronóstico. —Dejó la copa y pinchó el salmón con un tenedor—. Y a mí no me gustan las coincidencias.

—Si Robie y Reel se han aliado...

—Yo no he dicho tal cosa.

—Pero dices que debieron de ser los dos a la vez.

—Pero eso no significa que se hayan aliado, Howard.

—¿Qué demonios significa entonces? Acabas de insinuar poco menos que ambos mataron a todos esos chalados.

—La mutua supervivencia no implica estar del mismo lado. Quizá me equivoque, pero podría deberse a que las condiciones sobre el terreno les llevaron a una alianza temporal.

—Pero eso sigue sin beneficiarnos.

—Por supuesto que no. Pero quizá signifique que podemos gestionar la situación.

—¿Y si Robie se alía con Reel?

—Entonces nos encargaremos de él. Ya he pensado en quién podría hacerlo.

—Si son las mismas personas a quienes encomendaste que vayan a por Reel, lo que te digo es que no te molestes.

—¿Y qué alternativa ofreces?

—Te corresponde a ti ofrecer respuestas en este asunto, Sam, no a mí. El reparto de responsabilidades quedó establecido con claridad. Yo te ayudé a conseguir los ejecutores que necesitabas. Y el objetivo. En eso consistía mi trabajo, y lo hice.

Kent tomó un bocado de brócoli y arroz.

—Tienes razón, así fue.

Apaciguado, Decker se reclinó en la silla y empezó a comer.

—De hecho, yo anticipé que Reel localizaría a West —explicó Kent—. Pensé que esos lunáticos la liquidarían. Es obvio que me equivoqué. No volveré a cometer ese error.

—Eso espero.

—También intenté reclutar a alguien que lidiara con Reel y quizá también con Robie, pero no salió bien.

—¿Supondrá un problema?

—Lo dudo. —Kent cogió su copa de vino.

—¿Cómo puedes estar seguro?

—Porque le pegué un tiro en la frente. —Y tomó un sorbo de vino.

Decker soltó el tenedor, que rebotó contra el plato de porcelana y cayó al suelo.

—¿No te gusta el salmón? —preguntó el juez mientras se limpiaba la boca.

Decker se inclinó para recoger el tenedor con mano temblorosa.

—¿Le disparaste? —preguntó con el rostro ceniciento.

—Bueno, la verdad es que no tuve opción. Y era un cerdo arrogante. Se lo tenía demasiado creído. Joder, creo que le habría pegado un tiro de todos modos. —Vio la expresión asustada del congresista—. No me gustan los cerdos arrogantes, Howard. No me gusta la gente creída. Tiendo a pegarles un tiro. Y en la cabeza, para asegurarme de que mueren.

Decker se humedeció los labios.

—Sé que es una situación muy estresante, Sam.

Kent negó con la cabeza.

—Esto no es estrés, Howard. Vivir durante meses en un agujero del suelo en medio de una selva infestada de mosquitos y serpientes y preguntándote qué te matará antes, si la disentería que te corroe las vísceras o el Vietcong que abatía a nuestros hombres como moscas, eso, amigo mío, sí que era estresante.

—Yo también vivo muy estresado.

—Cierto. Resultas elegido y tienes un amplio despacho, chófer, personal y las cenas de gala, y vuelves a casa tras recaudar fondos lamiéndole el culo a los ricachones. Y después vienes aquí y de vez en cuando haces tu dichoso trabajo y votas algo. Mucha presión. La política es un martirio. Me alegro de no haberme metido en ese lodazal. Yo solo me puse un uniforme y me pegaron unos cuantos tiros. Mientras que tú, por el contrario, nunca llevaste uniforme.

—Era demasiado joven para Vietnam.

—¿Te habrías alistado de forma voluntaria si hubieras podido? ¿Como yo?

—Yo no he dicho eso.

—Y nada te impidió alistarte a lo largo de los años.

—No todo el mundo está hecho para el ejército. Muchos tienen otros objetivos en la vida.

—Yo gané dos corazones púrpura y una estrella de bronce y habría conseguido la de plata, pero a mi oficial al mando no le gustaba que sus tropas prefirieran seguirme a mí antes que a él. Después de la guerra obtuve la licenciatura de Derecho, pagada por el Tío Sam. Ninguna queja al respecto. Ya cumplí. Tuve mi compensación. Tú no hiciste una mierda y ahora sirves al pueblo desde un despacho elegante y seguro.

De repente, el juez alargó la mano y sujetó a Decker por la carnosa nuca y tiró de él hasta que sus rostros estuvieron a apenas unos centímetros.

—Así que la próxima vez que quieras darme un sermoncito sobre algo, será la última vez que lo hagas. ¿Queda claro? Porque no pienso repetírtelo. —Soltó a Decker y se reclinó en la silla. Cogió el tenedor.

—Prueba el arroz. Está un poco especiado, pero queda bien con el brócoli aliñado.

El congresista no se movió. Se quedó mirando a Kent.

El magistrado terminó su almuerzo y se levantó.

—Mi secretario te acompañará a la salida. Espero que tengas una jornada productiva en el Capitolio sirviendo a tu país.

Se marchó de la sala y dejó a Decker temblando en la silla.

54

Robie condujo a poca velocidad por las estrechas calles de Titanium, Pensilvania. Era una ciudad pequeña con el surtido típico de viviendas y comercios. La gente caminaba tranquila por la calle mirando los escaparates de los negocios familiares. Los coches iban y venían y los transeúntes se saludaban. El ritmo de vida era lento, desahogado.

Había hecho lo indecible para evitar que le siguieran hasta allí. Consideró que ni siquiera los mejores agentes podrían haberlo hecho. Y si lo habían conseguido, se merecían un ascenso.

Echó un vistazo a su GPS. Buscaba una calle en concreto y confió en que fuera la correcta. Según el ordenador, estaba a un kilómetro y medio del centro.

«Marshall Street. Como Ryan Marshall, el agente de campo veterano que nos enseñó a mí y a Reel cómo puntear la empuñadura de nuestras pistolas. Algo que solo nosotros dos se supone que sabemos.»

Robie había introducido una dirección concreta en Marshall Street. Podía ser una de dos posibilidades. Había decidido cuál escoger echando una moneda al aire en su apartamento. Sin embargo, en un lugar tan pequeño imaginó que Marshall Street no podía ser tan larga si tenía que optar por la segunda opción.

Aminoró la marcha en cuanto salió del centro urbano hacia una zona rural. Giró a la derecha en Marshall y siguió en línea recta hasta que encontró un giro brusco a la derecha. Ahí no parecía que la calle tuviera números, porque no había casas. Había empezado a temer que el viaje había sido en balde hasta que tomó otra curva y lo vio allí delante. Parecía una especie de motel de los años cincuenta.

Detuvo el coche delante de una pequeña oficina que tenía un gran ventanal. El edificio tenía forma de herradura y la oficina quedaba en el centro. Tenía dos plantas y estaba en estado ruinoso.

Robie no se centró demasiado en eso. Desvió la mirada al número de puerta en la parte delantera del edificio: 33. La misma cifra del cargador extragrande de la Glock de Reel.

El otro número que Robie se había planteado era el 17, el del modelo de la Glock.

Así pues, el correcto era el 33. La suerte que había echado con la moneda había acertado. Además, tenía sentido. El modelo 17 era estándar. Reel lo había modificado con el cargador grande.

A continuación, echó un vistazo al cartel que presidía el motel. El fondo estaba pintado de blanco, con unos círculos concéntricos negros dibujados muy juntos y con el perímetro pintado de un rojo chillón. Se llamaba Bull's-Eye Inn, y el cartel representaba una diana, el significado del nombre en inglés.

«Qué hortera», pensó Robie, aunque quizás hubiera sido original y pegadizo en la época en que se había construido el edificio.

Sin embargo, el borde rojo era lo que le había llamado la atención.

Sostuvo en alto la foto que había encontrado en la taquilla de Reel. La foto de Reel y aquel desconocido. El borde rojo del lado derecho de la foto podía ser del cartel, si es que se la habían hecho allí delante. Otra confirmación de que estaba en el lugar adecuado.

Aparcó, se apeó y se dirigió a la oficina. A través de la cristalera vio a una mujer mayor de pelo blanco sentada tras un mostrador que le llegaba a la altura de la cintura. Cuando entró por la puerta sonó una campanilla. La mujer alzó la vista del ordenador, tan antiguo que ni siquiera tenía pantalla plana, sino el cuerpo aparatoso de un televisor pequeño. Se levantó para recibirlo.

Robie miró alrededor. Daba la impresión de que el lugar no había sufrido ningún cambio desde el día de la inauguración. Parecía haberse quedado parado en el tiempo desde mucho antes de que el hombre llegara a la luna, incluso de que JFK fuera elegido presidente.

—¿En qué puedo ayudarle? —dijo la mujer.

De cerca parecía rondar los ochenta años. Tenía un pelo frágil, algodonoso, hombros redondeados y encorvados, y las rodillas le flaqueaban. Según la plaquita que llevaba en la blusa, se llamaba GWEN.

—Pasaba por aquí y he visto este lugar. Impresionante —dijo Robie.

—El propietario original lo construyó después de la Segunda Guerra Mundial.

—¿Es usted la nueva propietaria, Gwen?

Ella sonrió y dejó al descubierto la dentadura postiza.

—Cielo, yo no tengo nada de «nueva». Y si fuera la propietaria, no estaría aquí sentada quemándome las pestañas con ese ordenador. Contrataría a alguien para que me lo hiciera. Bueno, siempre me queda la opción de llamar a mi bisnieta. Ella me enseña qué teclas pulsar.

—¿Tiene alguna habitación libre?

—Sí. No estamos en temporada alta, precisamente. Mucha gente viene aquí para estar más cerca de la naturaleza. Pero ahora hace un poco de frío para eso. Nos va mejor en verano, y a finales de primavera tampoco está mal.

—¿La habitación diecisiete está libre?

Ella sonrió.

—¿La diecisiete? No tenemos habitación diecisiete.

—Pero parece que sí hay más de diecisiete habitaciones.

—Oh, sí. Pero fue el capricho del propietario original. Empezó por la habitación número cien y siguió a partir de ahí. Supongo que quería que el lugar pareciera mucho mayor de lo que es. Tenemos veintiséis habitaciones, trece en cada planta. Ahora que lo pienso, es como invocar a la mala suerte. Pero hace mucho tiempo que estamos aquí, así que supongo que no es tan grave.

Robie se había aventurado con lo del número 17. Si Reel le había dejado pistas ocultas, quería tantearlas todas.

—Bueno, entonces deme cualquier habitación que tenga libre.

Ella cogió la llave de la 106 y se la entregó en cuanto Robie hubo pagado dos noches en efectivo.

—Hay un sitio en el pueblo donde se come bastante bien: Palisades. Es un restaurante bueno, ya sabe, con mantel y servilletas de lino. Tienen platos en la carta que ni siquiera sé qué son y sería incapaz de cocinar. Pero es muy bueno, si puede pagarlo, lo cual no es lo más habitual para la mayoría de la gente de aquí. Pero si no le sobra el dinero, puede probar el Gettysburg Grill, a una manzana del Palisades. Sirven comida de lo más normal, sin pretensiones. Hamburguesas, pizza y patatas fritas. A mí me encanta el batido napolitano que hacen. Está muy bueno y solo cuesta un dólar.

—Gracias.

Robie se disponía a girarse para regresar al coche y coger la bolsa cuando las palabras de la mujer lo hicieron detenerse.

—Claro que también tenemos la cabaña diecisiete.

Se volvió para mirarla.

—¿Una cabaña?

—Supongo que se me ha olvidado hablarle de nuestras cabañas.

—Supongo —dijo Robie, expectante.

—Pero no le habría servido de nada.

—¿Y eso por qué?

—Porque si se hubiera empeñado en la cabaña diecisiete no se la habría podido ofrecer.

—¿Por qué no?

—Está ocupada. Desde hace tiempo.

—Hace tiempo. ¿Por quién?

La mujer hizo una mueca.

—Bueno, eso es confidencial, ¿no?

—Si usted lo dice —repuso Robie con una sonrisa. Lo último que necesitaba era que llamara a la policía de Titanium por mostrarse demasiado curioso—. Lo que pasa es que cuando jugaba a fútbol en la universidad yo llevaba el número diecisiete. Fueron los mejores años de mi vida. Así pues, allá donde voy, siempre intento alojarme en el número diecisiete. Ya sé que es una tontería, pero para mí es importante.

—Vaya, cielo, yo juego a los mismos números de lotería cada

semana porque son la fecha de mi boda, once, quince y veintiuno, los años que tenía cuando me casé. Los números que juego en la Lotto son el año que nací, pero no lo voy a decir porque entonces sabría que soy mayor de veintiuno. Es difícil de adivinar con solo mirarme, ¿no?

—Cierto —respondió Robie con otra sonrisa.

—Así que no tengo nada que criticar sobre lo del número diecisiete.

—Gracias. ¿Dónde están las cabañas?

—Tenemos veinte cabañas. Ya sé que son casi tantas como habitaciones. Pero esto también fue idea del primer propietario. Quería estar en comunión con la naturaleza. Están desperdigadas por el bosque. Muy rústicas. Es decir, una habitación con una cama, lavabo y lavamanos. Una estufa de leña que hace las veces de cocina y agua corriente cuando funciona la bomba. O sea, rústicas de ley.

—¿No hay ducha?

—Se usa la que tenemos aquí. Está pensada para quienes se alojan en las cabañas. O puede usar el lavamanos para un lavado rápido. La mayoría de la gente que alquila cabañas no está precisamente obsesionada por la higiene. Jolín, la verdad es que no les veo casi nunca. Entran y salen cuando quieren.

—Aparte de la diecisiete, ¿hay alguna otra alquilada?

—Pues no.

—¿Hay alguien ahora en la diecisiete?

—No lo sé. Ya le he dicho que entran y salen cuando quieren.

—Entran y salen. ¿Son dos personas?

—¡Anda que no es usted curioso!

—Siempre lo he sido. Me meto en líos, así que voy a parar ya. —Robie le dedicó otra sonrisa radiante, confiando en desarmarla. Quizás había insistido demasiado. Ojalá no tuviera que arrepentirse.

Ella lo miró.

—Mira, cielo, ¿quieres cambiar la habitación por una cabaña? La número catorce está preparada. Tiene buenas vistas y el lavabo nuevo. Bueno, nuevo porque tiene menos de cinco años y funciona bastante bien.

—Pues... ¿por qué no? Me gusta estar en comunión con la naturaleza como a todo el mundo. ¿Cómo voy hasta allí?

—Están a unos quinientos metros de aquí. Las cabañas están desperdigadas por el bosque, pero hay carteles que indican el sitio de cada una. Puede dejar el coche en la parte delantera y caminar hasta allí. El sendero empieza justo detrás del motel.

Al cabo de unos minutos, Robie caminaba por el sendero que conducía a la cabaña 14 con la mochila colgada del hombro izquierdo.

Y la Glock en la mano derecha.

55

La cabaña 14 era tal como Gwen la había descrito: rústica de ley. Dejó la mochila en la cama, poco más que un camastro. Para Robie, que era alto, resultaba corta.

Estufa de madera en un rincón. Una mesa. Una silla. Un lavabo y un lavamanos detrás de un biombo improvisado. Dos ventanas en paredes opuestas. Se acercó a una ventana y miró al exterior.

No había ninguna cabaña a la vista, solo árboles. Los huéspedes debían de apreciar la intimidad. Tendría que dar una vuelta por ahí para ver la disposición del terreno.

Había visto el indicador de la cabaña 17. Estaba a su izquierda. No sabía a qué distancia. Se había internado tanto en el bosque que no oía ningún coche, ni gente hablando. Ni teles ni radios.

Estaba a solas con la naturaleza.

Aunque quizá no estuviera solo.

Se sentó en la única silla que había, de cara a la puerta y con la Glock en una mano. Con la otra sacó de la mochila el libro sobre la Segunda Guerra Mundial. Era la última pista que le faltaba por desentrañar.

Todo lo que Reel hacía tenía un objetivo. Y ella funcionaba de forma lineal. «Me gusta empezar por el principio y acabar por el final.»

Abrió el libro. Ya lo había hojeado antes, aunque no de forma meticulosa. Era un libro largo y no había tenido tiempo.

Ahora era necesario hacerlo.

La luz disminuía rápidamente y la cabaña carecía de instalación eléctrica. Cuando vio que iba oscureciendo a medida que pasaba las páginas, dejó la pistola a un lado y utilizó una pequeña linterna para iluminar el texto.

Sin embargo, no dejaba de mirar en dirección a la puerta y las ventanas. Estas tenían cortinas, pero era consciente de que la luz lo convertía en un objetivo. Había movido la silla hasta un punto de la estancia que no estaba en una línea de visión directa desde fuera.

Había empujado la mesa contra la puerta después de cerrarla con llave. Imaginó que si alguien aparecía de repente tendría tiempo de apagar la luz, coger el arma y disparar. Por lo menos, confiaba en ello.

Fue leyendo las páginas lentamente, asimilando cada palabra. Cuando llegó a la mitad del capítulo 16, se paró. Aquel apartado se titulaba «La Rosa Blanca».

Robie leyó con rapidez. La Rosa Blanca era el nombre de un grupo de la resistencia formado mayormente por estudiantes universitarios de Múnich que lucharon contra la tiranía de los nazis. El grupo había tomado el nombre de una novela sobre la explotación de los campesinos en México. Los nazis ejecutaron a la mayoría de los miembros de la Rosa Blanca, pero los panfletos que habían impreso salieron de Alemania de forma clandestina y los aliados lanzaron millones de ellos desde los bombarderos. Después de la guerra, los miembros de la Rosa Blanca fueron aclamados como héroes.

Robie cerró el libro lentamente y lo dejó a un lado.

Adoptando de nuevo la obsesión de Reel por el orden y la lógica, repasó el calvario de los Rosa Blanca e intentó aplicar esos elementos a la situación de ella.

La Rosa Blanca había luchado contra la tiranía nazi. Se habían sentido traicionados. No habían matado a nadie, pero habían intentado alimentar el rechazo y la ira contra los nazis. Los habían matado por ello.

Robie fue dándole vueltas al asunto y avanzó en el tiempo.

Reel había luchado contra algo. Se había sentido traicionada.

Había actuado para detener a quienquiera que estaba contra ella, incluso había matado por ello. Pero ella se dedicaba a eso. No era una estudiante que redactaba panfletos. Y aún estaba por ver si sacrificaría su vida o no.

Entonces Robie volvió a recordar las palabras de DiCarlo. Personal desaparecido.

Equipos trasladados. Misiones que nunca deberían haber existido.

Y Hombre Azul: según él, una nueva dinámica se había impuesto.

DiCarlo había desconfiado de miembros de su propia agencia. Debido a ello, solo la protegían dos guardaespaldas. Desde luego, tenía motivos para ello y había pagado un alto precio por ello.

Se suponía que Reel había desaparecido del mapa y matado a dos miembros de su propia agencia. Si ese era el caso, también según Hombre Azul, podría deberse a que estaban en el bando de los malos, mientras que Reel estaba en el bando de los buenos.

Si todo aquello era verdad, entonces la Agencia estaba llena de traidores que ocupaban cargos muy elevados. Por lo menos tan elevados como Gelder y tal vez incluso más altos.

Y luego estaba el asunto de Roy West.

Él había pertenecido a la Agencia. Había redactado una especie de documento sobre el apocalipsis. Se había alistado a una milicia. Ahora estaba muerto.

Robie cogió el arma y consultó la hora. No había ido allí solo para leer un libro.

Pronto sería de noche y totalmente oscuro donde estaba él, sin fuente de luz aparte de las estrellas, que ahora se ocultaban tras un tenue velo de nubes.

Abrió la mochila y extrajo las gafas de visión nocturna. Se las puso y las activó. Tenían la útil capacidad de convertir lo invisible en visible.

El plan de Robie era sencillo.

Iba a visitar la cabaña 17.

La oscuridad supondría una ventaja y un peligro a partes iguales.

Si no estaba ocupada, averiguaría todo lo que pudiera. Si la cabaña no le ofrecía pistas, habría perdido mucho tiempo en balde.

Se preguntó cuál sería su próximo paso si ese era el caso. ¿Regresar a Washington D.C.? ¿Desaparecer del mapa? Pero ¿desaparecer sabiendo lo que sospechaba, o sea, que su agencia corría peligro y era corrupta?

Seguro que había personas que estaban al corriente de su última interacción con Reel. Querrían saber qué había deducido Robie. Querrían saber adónde había ido. Quizá quisieran verlo muerto, dependiendo de las respuestas.

«Pues no les daré ninguna respuesta hasta saber de qué lado está realmente esa gente.»

Había confiado en una brújula moral que, por arte de magia, conservaba en su interior, a pesar de su profesión. Eso implicaba que no podía quedarse de brazos cruzados en este caso. Y que de alguna manera tenía que enfrentarse a la situación.

Esperó a que fueran las dos de la madrugada para salir. Abrió la puerta de la cabaña y se internó en la oscuridad más absoluta.

Siguiente parada: cabaña 17.

56

Era igual que la cabaña 14 salvo la maceta que había en el porche con una única flor mustia. Moriría en cuanto llegara la primera helada. La maceta tenía un gato pintado.

Robie observó desde la arboleda. Dirigió la mirada a la puerta de la cabaña, a la flor y luego a la oscuridad circundante.

Con las gafas de visión nocturna el mundo se le aparecía en relieve contrastado. Pero no lo veía todo. Allí podía haber algo que no veía.

Así pues, observó la maceta durante un buen rato preguntándose por qué estaba allí. Una única flor mustia. Y era de las que necesitaban sol, como la mayoría. Pero ahí no había sol, lo cual significaba que no había motivos para plantarla en una maceta y dejarla en la entrada.

No tenía sentido y por eso tenía todo el sentido del mundo. Todo lo que Reel hacía tenía un objetivo.

Repasó mentalmente el fiasco de Eastern Shore. Había disparado a la puerta y el porche para intentar hacer explotar las bombas trampa desde una distancia segura.

Colocó un silenciador a su Glock, apuntó y disparó dos veces. La maceta se rajó y la tierra y los fragmentos de flor salieron disparados.

No hubo explosión.

Pero con las gafas de visión nocturna, Robie vio los restos de un dispositivo que giraba vertiginosamente en la oscuridad.

Se acercó y examinó parte del destrozo: las piezas despachurradas de una cámara de vigilancia. Cogió una esquirla del tiesto de barro. Le habían hecho un orificio y lo habían disimulado con la imagen del gato.

La maceta había sido los ojos de Reel.

Y Robie acababa de dejarla ciega.

Se sintió bien.

Acababa de confirmar que la ocupante de la cabaña 17 era, por supuesto, Jessica Reel. Ella le había proporcionado las pistas para llegar hasta allí.

Pero eso no hacía que confiara en ella.

Sacó el visualizador térmico de la mochila y lo apuntó hacia la cabaña. En pantalla no apareció ningún ser vivo que estuviera en el interior. Pero eso también había pasado la última vez y Robie casi había acabado frito.

Al final, decidió que tenía que mojarse. Se acercó con sigilo a la cabaña, se arrodilló y disparó a la puerta y al suelo del porche.

No pasó nada aparte de que el metal reventara la madera vieja.

Esperó a ver si oía algo.

Oyó algún animalillo correteando entre los árboles. Los humanos no se desplazaban de ese modo.

Avanzó con cautela un poco más, se agachó y observó la estructura.

No quedaba gran cosa que deducir desde el exterior. Confió en que el interior le proporcionara más información.

Subió rápidamente los escalones que conducían a la puerta. La abrió de una patada y entró. Le bastaron cinco segundos para cerciorarse de que no había peligro. Cerró la puerta, sacó la linterna e iluminó la estancia.

Lo que vio no era lo que se esperaba. No había ningún «lo siento» estarcido en la pared.

Podía haber alguna bomba incendiaria en algún sitio, pero no se obsesionó con eso. Había una estufa de leña, una mesa, sillas y una cama. Y un lavabo y lavamanos pequeños. Igual que en su cabaña. Encima de la mesa había un farol que funcionaba a pilas. Lo examinó para ver si contenía alguna bomba trampa, luego la encendió y la estancia quedó iluminada con una luz tenue.

En la mesa también había dos fotos enmarcadas.

Una era de Doug Jacobs y la otra de Jim Gelder.

Unos cortes negros atravesaban las dos fotos de los difuntos. Al lado había otros tres marcos, sin fotos. Delante de los marcos había una única rosa blanca.

Cogió las fotos de Jacobs y Gelder y comprobó si había algo oculto detrás de ellas. Nada. Hizo lo mismo con los otros tres marcos.

Se preguntó qué fotos tenía Reel intención de enmarcar. Y seguía sin saber por qué, aparte de que por algún motivo ella pensaba que esos hombres eran traidores para su país.

Robie seguía sin tener pruebas de ello.

Pero lo sucedido a Janet DiCarlo le hizo pensar que algo olía mal. Tocó la rosa blanca. La notó húmeda. Tal vez la habían dejado ahí recientemente.

Se dio la vuelta tan rápido que oyó el gritito entrecortado de ella, sorprendida por la rapidez de reflejos de Robie.

La apuntó con la pistola a la cabeza, con el dedo más allá del seguro, cerca ya del gatillo. Bastaría un ligero movimiento del dedo para matarla con un tercer ojo entre los otros dos.

Pero no era Jessica Reel.

Quien lo miraba con ojos desorbitados era Gwen, la recepcionista del Bull's-Eye Inn.

57

—¿Qué está haciendo aquí? —inquirió Robie. No bajó la pistola. La mujer era mayor, pero eso no impedía que pudiera suponer una amenaza.

—Yo podría hacerle la misma pregunta, jovencito. Esta no es la cabaña catorce, es la diecisiete. Ya le dije que estaba alquilada.

—Aquí no parece que haya nadie. Nadie hace vida aquí. Solo hay fotos y una rosa blanca.

Gwen miró las fotos y la flor y luego volvió a mirarlo a él.

—Da igual. Ellos pagan, o sea que pueden hacer lo que les dé la gana.

—¿Quiénes son «ellos» exactamente?

—Como le he dicho, eso es confidencial.

—Creo que ya hemos superado lo de las confidencialidades, Gwen. Creo que me lo tiene que decir ahora mismo.

—Ella no, pero yo sí.

Robie movió la pistola para apuntar a la recién llegada.

Jessica Reel estaba delante de él.

Se sorprendió de que no fuera armada. Tenía los brazos caídos a los lados. Robie le dio un repaso rápido con la mirada.

—Sin armas, Will. Y sin artimañas.

Robie guardó silencio mientras ella daba otro paso para internarse más en la estancia. Él seguía oscilando la mirada entre las dos mujeres.

Reel había dicho que iba desarmada, lo cual no se acababa de creer. Pero no había dicho que la anciana no llevara nada. Y desde tan poca distancia, incluso una abuela de ochenta años podía matarlo de un tiro.

—¿Os conocéis? —preguntó al final.

—Podría decirse —repuso Reel—. Ella me proporcionaba cierta sensación de seguridad.

Robie inclinó la cabeza hacia Gwen con expresión curiosa.

—Pensé que si ella estaba aquí no me pegarías un tiro en la cabeza.

—En Arkansas no te disparé.

—Y te lo agradezco. Pero las circunstancias cambian.

—Sí, es cierto. Pero ¿por qué crees que el hecho de que ella esté aquí iba a impedirme matarte ahora?

—Porque si me matas, tendrás que matarla a ella. Y tú no matas a inocentes. No es tu estilo.

Robie negó con la cabeza.

—¿Cómo sé que es inocente? No parece sorprenderse de todo esto.

—Pues sí que lo estoy. No imaginé que pudiera moverse tan rápido. Me ha asustado —intervino Gwen.

—Siempre fue rápido —corroboró Reel—. Pero sin movimientos innecesarios. Todo calculado para obtener la máxima eficacia. Lo vi con mis propios ojos en Arkansas. Él solo como si fuera un ejército.

—¿Cómo queda la situación?

—Tú me estás apuntando con una pistola. Como en Arkansas.

—No has respondido a la pregunta.

—¿Qué respuesta quieres?

—Mataste a dos miembros de la Agencia a sangre fría. En circunstancias normales, me bastaría como respuesta. Es lo que te dije en Arkansas y es lo que te digo ahora. Entonces te pedí una explicación y ahora te la vuelvo a pedir.

Ella dio otro paso adelante.

—¿En circunstancias normales? —preguntó.

Robie acercó el dedo al gatillo. Reel lo advirtió y dejó de moverse. Ambos sabían que él se acercaba a un punto sin retorno. Gwen permanecía con aspecto tenso y con la vista fija en Reel.

—DiCarlo me dejó claro que la situación no era normal —añadió Reel. Y señaló la mesa.

—¿Rosa Blanca? Grupo de resistencia durante la Segunda Guerra Mundial. Lucharon contra los traicioneros nazis.

—Temía que la policía se llevara las rosas que dejé.

—Se las llevaron, pero dejaron un par de pétalos. Probablemente por eso dejaron el libro en tu taquilla para que yo lo viera. No pensaron que yo tendría pruebas sobre la flor.

—Me alegra saber que cometen errores.

—Sin embargo, mi problema es que quizá tú seas la traidora y todo esto sea una cortina de humo.

—Vete a saber.

—¡Jess! —exclamó Gwen—. Sabes que no es verdad.

Robie miró a la anciana. Ya se había fijado en que iba vestida de calle, a pesar de la hora intempestiva.

«Todo esto estaba planeado.»

—¿Quién eres realmente? —le preguntó a Gwen.

Esta miró a Reel, pero no dijo nada. Reel se giró poco a poco para mirarla. A Robie le pareció que sonreía, aunque era difícil de saber debido a la escasez de luz.

—Una vieja amiga. Desde hace muchísimos años. De hecho, somos parientes.

—No pensaba que tuvieras parentela. Tu madre está muerta. Y tu padre cumple cadena perpetua.

—Gwen fue la única madre de acogida decente que tuve.

—Cuando te llevaron... —empezó Gwen, pero le falló la voz.

—Si era una buena madre de acogida, ¿por qué te llevaron?

—El programa de acogida no tiene ninguna lógica. Pasa lo que pasa.

—Vale, pero eso no explica su presencia aquí.

—Compré este lugar hace cuatro años —explicó Reel—. Con un nombre falso, por supuesto. Y traje a Gwen para que lo regentara.

—¿Eres la propietaria del motel? —preguntó Robie sorprendido.

—Tenía que invertir el dinero en algún sitio. Y aunque no me preocupaba mucho obtener beneficios, sí quería un sitio al que poder huir.

—¿Huir en sentido literal? —quiso saber Robie.

Reel miró más allá de él hacia las fotos que había encima de la mesa.

—¿No vas a preguntarme por ellos?

—Creo que ya te lo pregunté. No recuerdo que me hayas dado ninguna respuesta aparte de que eran traidores, aunque carezcas de pruebas.

—He entrado aquí desarmada. ¿Qué te indica eso?

—Que quieres hablar, así que habla. Estoy especialmente interesado en el apocalipsis.

—Es una historia muy larga.

—Tengo la agenda libre el resto del año.

—¿Puedes bajar el arma?

—Yo diría que no.

Ella le tendió las manos.

—Ponme las esposas si te hace sentir mejor.

—Dime lo que tengas que decir. Explícame por qué le pegaste un tiro a Doug Jacobs cuando se supone que tenías que dispararle entre ceja y ceja a un hombre que había jurado destruir nuestro país. Cuéntame por qué tuviste que matar a Jim Gelder. Y explícame por qué mataste a un analista que se había convertido en un miliciano loco. Ardo en deseos de oír las respuestas. A lo mejor así te salvas. Solo a lo mejor —añadió.

—Ya te dije que no maté a Roy West. Él intentó matarme y me defendí. Murió a consecuencia de la metralla cuando su casa explotó.

—¿Por qué fuiste allí, para empezar?

—West tenía algo que yo necesitaba.

—Sí, eso ya me lo dijiste en Arkansas. Pero ¿qué? Me dijiste que habías leído el documento que había escrito.

—Confirmación.

—¿Sobre qué?

—Sobre las personas que habían visto el documento. —Reel lo miró expectante—. Ya lo imaginaste. Lo noto por la cara que pones.

—¿Mataste a esa gente por las sandeces de un grupo de expertos?

—No era un grupo de expertos. Y no eran sandeces. Por lo menos, no para ciertas personas. El documento no llegó a muchas manos, pero unas cuantas personas clave lo leyeron. Personas que están en posición de convertir en realidad el plan que se había plasmado sobre el papel. Y si eso sucede, Robie... —Su voz se apagó.

Robie estaba a punto de preguntar sobre el contenido del documento, cuando lo oyeron.

Gente que se acercaba.

No eran ciervos, ni ardillas ni osos.

Personas. Porque solo las personas se mueven de forma furtiva de ese modo. Y tanto Reel como Robie identificaban los movimientos.

Reel miró a Robie de hito en hito. Su expresión acusatoria no dejaba lugar a dudas.

—No me esperaba esto de ti, Robie. Los has conducido hasta aquí.

A modo de respuesta, él se llevó la mano a la espalda, sacó la pistola de recambio de la pistolera y se la lanzó. Sorprendida, ella la atrapó.

—No están conmigo —dijo Robie.

—Entonces es que te han seguido.

Apagó el farol y la cabaña quedó sumida en la oscuridad.

—Eso parece. Pero no sé cómo. ¿Hay algún otro modo de salir de aquí?

—Sí —dijo Reel.

58

Reel fue a un rincón de la estancia, apartó la mesa, se arrodilló y levantó una trampilla disimulada en el suelo. Apareció entonces una abertura cuadrada de 1 × 1 metros.

—¿Adónde lleva esto? —preguntó Robie, a quien pareció disgustarle no haber pensado en ello antes.

—Lejos de aquí.

Ella se acuclilló y se dejó caer por el agujero.

—Vamos. No se quedarán fuera mucho rato.

—Entonces deja que les convenza de que deberían andarse con cuidado —dijo Robie.

Se dirigió a la ventana y disparó cinco tiros. Disparó las balas cubriendo un buen ángulo, de forma que quien se acercara tendría que cobijarse a la fuerza. Acto seguido, se dirigió al agujero y se deslizó por él. Sacó la cabeza e hizo un gesto a Gwen.

—Venga.

La vieja negó con la cabeza.

—Os haría ir más lentos.

Reel se asomó al lado de Robie.

—Gwen, no te vas a quedar ahí.

—Soy vieja y estoy agotada, Jess.

—No hay excusas que valgan. Venga.

Gwen sacó un revólver del bolsillo delantero y apuntó a Reel.

—Tienes razón. No hay excusas que valgan, Jess. Márchate.

Reel la miró asombrada.

Robie le tiró del brazo.

—No tenemos mucho tiempo.

Oyeron pisadas que se acercaban por todas partes.

—¡Marchaos! —espetó Gwen—. No te crie para que murieras de este modo. Márchate y zanja este asunto, Jess. ¡Ya!

Robie se colgó la bolsa al hombro, tiró de Reel para que bajara y recolocó los tablones del suelo. Gwen se apresuró a recolocar la mesa encima de la abertura. A continuación se volvió hacia la puerta para enfrentarse a los indeseados visitantes.

Robie y Reel tuvieron que avanzar arrastrándose. A cierta altura del túnel encontraron una mochila grande. Reel la cogió y siguió arrastrándose.

—¿Adónde lleva? —preguntó Robie.

—Al bosque —susurró ella con voz tensa.

Él sabía en qué estaba pensando: en Gwen. En lo que le pasaría. Pero quizá no le hicieran daño a una anciana.

Los disparos que oyeron al cabo de unos instantes aclararon la cuestión. Robie, que iba unos centímetros por detrás de Reel, chocó con los pies de ella cuando dejó de avanzar al oír el sonido.

Se quedaron inmóviles unos segundos. Robie oía que Reel respiraba rápidamente.

—¿Estás bien? —preguntó al final.

—Vamos —repuso ella con voz ronca antes de volver a gatear.

Lo que oyeron al cabo de treinta segundos les hizo acelerar. Había entrado más gente en el túnel. Robie y Reel balanceaban el cuerpo a un lado y otro, en una versión ultraveloz del gateo del ejército.

Al cabo de un momento, Reel se incorporó, empujó algo y sus piernas desaparecieron de la vista. Robie la siguió como pudo, se impulsó hacia arriba y miró a su alrededor.

Estaban en pleno bosque.

La tapa del túnel estaba bien pensada: un tocón artificial hecho de un material ligero.

Reel extrajo una granada de la bolsa, contó hasta cinco, tiró del seguro, se agachó y la lanzó en el interior del túnel.

Los dos echaron a correr como alma que lleva el diablo, Reel delante porque sabía adónde ir, seguida muy de cerca por Robie, que iba pistola en mano y alternaba entre seguir a Reel y cubrir la retaguardia.

La explosión no sonó muy fuerte, pero ambos la oyeron con claridad.

—Esa ha sido por Gwen —dijo Reel mientras corrían por un sendero apenas perceptible que discurría entre los árboles.

Más adelante había una vieja cabaña. Reel fue directa hacia ella. Abrió la puerta, entró como un rayo y al cabo de unos instantes apareció empujando una motocicleta de *cross*.

—No esperaba compañía. Vamos a estar estrechos.

Apenas cabían los dos en el sillín. Reel conducía y Robie iba agarrado a ella con las dos mochilas colgadas a la espalda. Mientras serpenteaban entre los árboles estuvo a punto de caer varias veces, pero se las ingenió para mantenerse sentado.

Al cabo de veinte minutos llegaron por fin al asfalto tras dejar atrás una hendidura entre los árboles y luego una buena zanja que Reel se limitó a saltar. Cayeron con tanta fuerza que Robie pensó que se iba a quedar sin sus partes pudendas, pero apretó los dientes y se aferró a la mujer.

Reel aceleró al máximo y circuló por la carretera a toda velocidad.

—¿Adónde vamos? —le gritó Robie al oído mientras el viento les azotaba la cara.

—¡Aquí no! —gritó ella.

Circularon durante lo que parecieron horas y al final dejaron la moto detrás de una gasolinera abandonada a las afueras de un pueblo. Entraron en la localidad, compuesta de edificios ruinosos y comercios familiares.

Empezaba a salir el sol. Robie lanzó una mirada a Reel, que iba sucia y desaliñada. Igual que él.

Ella tenía la vista fija delante y la ira que destilaba su expresión resultaba dolorosa.

—Siento lo de Gwen —dijo Robie.

Ella no respondió.

Entonces divisaron una estación de trenes Amtrak. No era más que un viejo edificio desvencijado de ladrillo visto en un andén elevado junto a las vías. Había unas cuantas personas sentadas en bancos de madera esperando el transporte matutino a algún lugar.

Reel entró y compró dos billetes. Salió y le tendió uno a Robie.

—¿Adónde vamos? —preguntó.

—Aquí no —dijo ella.

—Siempre contestas lo mismo. Pero en realidad no me dices nada.

—Todavía no estoy preparada para mantener esta conversación —repuso ella.

—Pues entonces prepárate en cuanto acabe este viaje.

Robie caminó por el andén y se apoyó contra la pared, mirando en la dirección por la que habían venido.

«¿Cómo me siguieron? ¿Cómo lo sabían? No había nadie. Habría jurado que no había nadie que pudiera saberlo.»

Llevaba la Glock en el bolsillo y la sujetó con una mano. Tenía la sensación de que la situación todavía no era segura.

Seguía llevando la bolsa del túnel más su mochila. Lanzó una mirada a Reel. Estaba de pie junto a las vías.

Robie supuso que estaría pensando en la malograda Gwen.

Al cabo de diez minutos oyó la llegada del tren. La locomotora se detuvo con un fuerte chirrido de frenos y expeliendo presión hidráulica. Robie y Reel subieron al vagón del medio.

No tenía nada que ver con el tren de alta velocidad Acela. Daba la impresión de que el vagón llevaba funcionando desde la fundación de Amtrak, a comienzos de la década de 1970.

Eran los únicos pasajeros del vagón. Había un único encargado, un hombre de raza negra y aspecto somnoliento vestido con un uniforme que no le sentaba demasiado bien. Bostezó, les miró los billetes y los acompañó hasta sus asientos. Les indicó dónde estaba el coche bar por si tenían hambre o sed.

—El revisor pasará en algún momento para marcarles los billetes —dijo—. Buen viaje.

—Gracias —dijo Robie, mientras Reel tenía la vista fija al frente.

Cuando el tren salió de la estación, el encargado se dirigió al siguiente vagón y desapareció para soltar la misma cantinela a los demás pasajeros.

Robie y Reel se acomodaron en sus asientos, él junto a la ventanilla y ella al lado del pasillo. Robie había dejado las dos bolsas a sus pies.

Al cabo de unos minutos, preguntó:

—Bueno, ¿adónde vamos?

—He sacado billetes hasta Filadelfia, pero podemos bajar en cualquier parada anterior.

—¿Qué llevas en la bolsa, aparte de granadas?

—Cosas que podríamos necesitar.

—¿Quién era el hombre mayor que está contigo en la foto?

—El amigo de un amigo.

—¿Y por qué no sale el amigo?

Ella lo miró con una ligera expresión de reproche.

—Demasiado fácil. Si hubiera hecho tal cosa, ¿crees que habrían dejado la foto para que la vieras? Son una agencia de inteligencia, Robie, así que hay que suponer que no son tontos.

—¿Y el amigo?

—Déjame tranquila un rato. Intento asimilar la pérdida de otra amistad, quizá la última.

Robie estuvo a punto de insistir, pero algo le hizo reprimirse. «La pérdida de una amistad. Sé lo que eso implica.»

—¿Tú excavaste ese túnel?

Reel negó con la cabeza.

—Ya estaba hecho. Tal vez fueron contrabandistas, o algún prófugo que se buscó una escapatoria. Cuando compré el lugar y lo encontré, convertí la cabaña diecisiete en mi escondrijo precisamente por ese motivo.

—Me alegro de que lo hicieras.

Ella apartó la mirada. Era obvio que no tenía ganas de hablar.

—¿Te apetece comer o beber algo? —preguntó Robie al cabo de unos minutos, cuando el tren empezó a aminorar la marcha. Probablemente estuvieran acercándose a otra estación de un pueblo fantasma en la que subirían más pasajeros somnolientos.

—Un café, nada de comer —dijo con sequedad y sin mirarlo.

—Compraré algo, por si cambias de opinión.

Fue por el pasillo y continuó hasta encontrar el coche bar. Tenía una persona delante, una mujer de falda tejana, botas y un abrigo andrajoso. Cogió un café, unas pastas y una bolsa de patatas y siguió adelante. Tropezó cuando el tren entró en la estación y paró.

Robie la ayudó a enderezarse y luego se acercó a la barra. El hombre uniformado que atendía rondaba los sesenta años y tenía una poblada barba gris y unos pequeños ojos marrones detrás de unas gafas gruesas.

—¿Qué desea, señor?

Robie observó la oferta del cartel con la carta situado detrás de la barra.

—Dos cafés, dos magdalenas y tres paquetes de cacahuetes.

—Ahora mismo sale el café. Un momento.

—No hay prisa. —Robie se volvió y se puso a mirar por la ventanilla. Esa estación parecía incluso menor que en la que habían subido. Ni siquiera veía el nombre del lugar, aunque supuso que debía de tener uno.

En el extremo opuesto de la estación vio que sobresalía un coche, lo suficiente como para identificar que se trataba de un Range Rover negro.

Robie observó a los escasos pasajeros que subían al tren: una anciana que cargaba con sus pertenencias en una funda de almohada, una adolescente con una maleta desvencijada y un hombre negro de unos cuarenta años. Este vestía un mono con peto no demasiado limpio y unas botas de trabajo destrozadas. Llevaba una mochila sucia colgada del hombro.

Robie no quería caer en estereotipos, pero ninguno de esos pocos pasajeros parecía cliente de la marca Range Rover.

Cuando el camarero se volvió hacia él con dos tazas de café recién hecho, Robie había desaparecido.

59

Robie volvió a su vagón pistola en mano. Miró por el pasillo. Reel seguía en su asiento, pero se la veía tensa, antinatural.

Robie miró alrededor. No vio ningún punto de entrada obvio.

Volvió a mirar a Reel, se agachó y avanzó dispuesto a disparar en cualquier momento. Fue examinando cada hilera de asientos hasta que llegó a Reel y la miró.

Lo que pasaba es que no era ella.

Era un hombre.

Con el cuello cortado.

Robie bajó la mirada. La bolsa había desaparecido.

¿Dónde estaba Reel?

—Robie, aquí —susurró una voz. Él alzó la mirada y vio a Reel en la parte trasera del vagón—. Tenemos compañía.

—Sí, ya me lo había imaginado. ¿De dónde salió? —preguntó señalando al muerto.

—De la puerta trasera. La avanzadilla, supongo.

—Deberían haber enviado más hombres —comentó Robie.

—Fue difícil de matar. Estaba muy bien preparado.

—No lo dudo. —Robie miró en derredor—. El tren no se mueve. La estación no es tan grande. Los pasajeros ya deberían haber tenido tiempo de bajar.

—¿Crees que se han apropiado del tren?

—No lo descarto. Harán un registro vagón por vagón.

—Este tipo intentaba llamar para alertar de mi presencia. Pero no lo consiguió. —Miró alrededor—. ¿Tienes algún plan?

El tren empezó a moverse antes de que Robie tuviera tiempo de responder.

—¿De qué crees que va esto? —preguntó Reel.

—Demasiados curiosos en la estación, quizá. Quieren que el tren vaya circulando por el campo cuando nos pillen.

—¿Y nos van a tirar por la ventana?

—En cuanto se aseguren de que estamos muertos.

—Bueno, repito, ¿tienes algún plan?

Robie miró por encima del hombro. El encargado que les había recibido no había vuelto. Quizá lo habían matado.

Recorrió el pasillo hasta un pequeño armario situado en el extremo del vagón y sacó un gran cuenco de metal. Entró en el lavabo, abrió el grifo y llenó el cuenco. A continuación vació medio cuenco de agua delante de las puertas que comunicaban los vagones. Frotó el suelo de metal resbaladizo con el pie y se quedó satisfecho con el resultado.

Acto seguido, miró al hombre muerto.

Reel le alcanzó y dijo:

—No llevaba credenciales. Ni documento de identidad, ni nada.

—Personal desaparecido. Equipos desaparecidos.

—¿Es lo que te contó DiCarlo? —preguntó Reel.

—Sí.

—La trama del apocalipsis lleva tiempo urdiéndose, Robie.

—Empiezo a darme cuenta.

Se subió a un asiento y se puso en cuclillas.

Reel hizo lo mismo.

—Tú la izquierda y yo la derecha —indicó él.

—Entendido.

Al cabo de unos segundos, varios hombres armados entraron en ambas direcciones. Era un movimiento de tenaza premeditado para atraparlos entre dos flancos y liquidarlos sin miramientos.

Pero no habían contado con que el suelo estaría resbaladizo. Tres hombres cayeron con estrépito y se deslizaron por el suelo, mientras que un cuarto tropezaba al intentar recuperar el equilibrio.

Reel y Robie salieron de sus escondrijos y abrieron fuego, Robie a la derecha y Reel a la izquierda. Al cabo de nueve segundos había cuatro hombres muertos cuya sangre enrojecía suelo y tabiques. Los demás hombres retrocedieron a los dos vagones contiguos.

Robie miró a Reel.

—¿A qué velocidad crees que vamos?

Ella miró por la ventana.

—A setenta por hora, quizás un poco más. Estos trenes viejos no superan los noventa kilómetros por hora.

Robie contempló el terreno que se extendía al otro lado de la ventanilla. Todo eran árboles.

—Demasiada velocidad para saltar —dijo. Miró a su izquierda y luego volvió a mirar a Reel—. ¿Dónde está tu bolsa?

—La metí aquí. —La sacó de entre dos asientos.

—¿Llevas alguna granada aturdidora?

—Un par.

Robie miró hacia una de las puertas por la que se habían retirado los hombres. Era de metal pero tenía una ventanilla de cristal. Corrió rápidamente a un panel de control situado en el vestíbulo del vagón. Lo rajó para abrirlo y dedicó unos segundos a ver su contenido.

Mientras lo hacía, Reel sacó las dos granadas aturdidoras de la bolsa.

—¿Has saltado alguna vez de un tren en marcha? —preguntó Robie, alzando la vista de lo que tenía entre manos.

—No. ¿Y tú?

Él negó con la cabeza.

—Supongo que a noventa por hora no tenemos ninguna posibilidad de sobrevivir, pero a cuarenta y cinco quizá sí.

—Depende de dónde caigamos —dijo Reel, que ya estaba pulsando unas teclas de su móvil. Activó la ubicación actual.

—Hay una masa de agua a nuestra izquierda a unos tres kilómetros.

—Podría ser más dura que la tierra según cómo caigamos.

—Si nos quedamos aquí moriremos.

Robie pulsó un botón y la puerta de la izquierda se deslizó para abrirse. Enseguida se notó el aire fresco.

—No esperarán mucho —declaró Reel mirando ambos umbrales.

—No. Tenemos que zafarnos de esta ratonera.

Reel le tendió un par de tapones para los oídos que él se insertó en la oreja, igual que hizo ella. A continuación, le pasó las granadas aturdidoras y dijo:

—Haz la cuenta atrás. —Y se situó en medio del vagón, sacó la pistola y esperó.

—¡Cinco, cuatro, tres, dos, uno! —gritó Robie.

Ella disparó, haciendo añicos el cristal de la puerta que conducía al vagón que les precedía. Él activó la granada y la arrojó por la abertura. Ella giró en redondo y disparó al cristal de la ventanilla opuesta. La segunda granada aturdidora que lanzó siguió a la bala por la nueva abertura. Robie se agachó y se tapó la cara y las orejas cuando las dos granadas explotaron con escasos segundos de diferencia.

Se oyeron gritos procedentes de los demás vagones.

Reel, que se había agachado una fracción de segundo antes de que las granadas explotaran, corrió pasillo abajo para reunirse con Robie.

Este activó el sistema de frenado de emergencia. El brusco frenazo los propulsó hacia delante. Se enderezaron, se colocaron junto a la puerta abierta e intercambiaron una mirada. Los dos respiraban con fuerza.

—¿A qué velocidad vamos ahora? —preguntó Reel.

—Demasiado rápido todavía.

Robie miró al exterior.

—Se acerca el agua.

El tren iba aminorando la velocidad, pero un vehículo tan grande tardaba bastante en detenerse del todo. Pero se les acababa el tiempo.

Se oyeron disparos por el vagón a medida que sus agresores se recuperaban.

—Tenemos que salir. —Robie la cogió de la mano mientras el tren reducía la velocidad todavía más.

—No me veo capaz de hacer esto.

—No pienses, hazlo.

Saltaron juntos.

A Robie le pareció que permanecían en el aire mucho tiempo. Aterrizaron sobre fango blando, no en el agua. No habían contado con la sequía estival que se había prolongado hasta el otoño y que había disminuido el nivel del agua del lago a poco más de un metro. Cuando cayeron sobre la zona fangosa, rodaron y fueron revolcándose a lo largo de varios metros.

El tren dejó de verse en cuanto dobló un recodo. Pero en algún momento los frenos de aquel coloso de más de cuatrocientas toneladas lo harían detenerse del todo.

Robie se incorporó poco a poco, cubierto de barro y lodo. Tenía la ropa rasgada y se sentía como si todo un equipo de fútbol americano le hubiera hecho un placaje.

Lanzó una mirada a Reel, que también se incorporaba despacio. Tenía tan mala pinta como él y probablemente se sintiera peor. También tenía los pantalones y la camisa rasgados.

Robie consiguió levantarse y se acercó como pudo a la mochila, que había ido a parar a otro sitio.

Reel gimió.

—La próxima vez me quedo y me dedico a pegar tiros.

Robie asintió. Le dolía el brazo derecho. Se notó algo extraño. Le preocupaba habérselo roto, pero no lo parecía... solo tenía una sensación rara.

Mientras Reel se acercaba a él, se arremangó y dejó la quemadura a la vista. Le sorprendió lo que vio. Pero sirvió para entender cómo habían conseguido seguirle.

Robie miró a Reel y sonrió con expresión sombría.

—¿Qué? —dijo ella.

—Cometieron un grave error.

60

Sam Kent estaba en casa cuando recibió la llamada.

—Se les da por muertos.

Robie y Reel habían saltado de un tren que circulaba a casi sesenta kilómetros por hora. Se consideraba poco probable que hubieran sobrevivido.

El rastreador de seguridad había enmudecido.

Todo había terminado.

Kent no se lo creyó. Sin embargo, tenía la confirmación de que su peor temor se había convertido en realidad: Robie y Reel se habían aliado. A pesar del informe, tenía la corazonada de que seguían con vida.

Estaba sentado en el estudio de su exquisito hogar situado entre muchas casas exquisitas en una zona de Fairfax County, habitada por los inalcanzables, quienes ocupaban el primer segmento por orden de ingresos anuales: una media de diez millones de dólares. Muchos ganaban incluso más y lo conseguían de formas muy distintas:

Herencias.

Ganándose la confianza de los poderosos a cambio de algo.

Y muchos, como en el caso de Kent, realmente trabajaban duro para ganarse la vida y hacían cosas valiosas para el mundo. Aunque el dinero de su esposa no le había ido mal.

Ahora Kent estaba en su castillo y cavilaba acerca de la llamada que estaba a punto de realizar. El destinatario era alguien a quien era comprensible que temiera.

El teléfono con la línea segura estaba en el cajón de su escritorio. Lo sacó, marcó los números y aguardó.

Respondieron al cuarto tono. Kent hizo una mueca cuando se dio cuenta de que respondía una persona y no una grabación. Había contado con tener un pequeño respiro.

Informó de las últimas noticias con frases secas y monocordes, tal como le habían enseñado. Y entonces esperó.

Oyó la respiración ligera del interlocutor que estaba al otro lado de una línea de comunicación que ni siquiera la NSA podía pinchar.

Kent no rompió el silencio. No le correspondía hacerlo.

Dejó que el hombre respirara, asimilara sus palabras y pensara. La respuesta estaba al caer, lo sabía.

—¿Han hecho una búsqueda? —preguntó el interlocutor—. Si se les da por muertos, tendrían que encontrar los cadáveres. Esa será la única confirmación. De lo contrario, es que están vivos.

—Estoy de acuerdo —reconoció Kent, y dejó escapar un suspiro de alivio casi imperceptible—. Personalmente, no creo que estén muertos.

—¿Y heridos?

—Después de tamaño salto, lo más probable es que sí.

—Entonces tenemos que encontrarlos. No debería ser muy difícil si están heridos.

—Sí.

—¿Y la limpieza del tren?

—El tren se detuvo. Todo se retiró. Nos hemos encargado de todos los testigos.

—¿Y la explicación?

—Podemos culpar a quien queramos.

—Bueno, yo culparía a dos agentes sin escrúpulos que se han apartado del buen camino. Esa será la versión oficial.

—Entendido.

—Sigue siendo un embrollo que debería haberse evitado.

—Estoy de acuerdo.

—No te he preguntado si estabas de acuerdo.

—Por supuesto que no.

—Pero estamos cerca del fin.

—Sí —dijo Kent.

—Así que no crees más dificultades.

—Entendido.

—Robie y Reel juntos. Esto sí que es preocupante.

Kent no supo si su interlocutor formulaba una pregunta o constataba un hecho.

—Yo no infravaloraría a ninguno de ellos —reconoció Kent.

—Yo nunca infravaloro a nadie, mucho menos a mis aliados.

Kent se humedeció los labios y caviló acerca de eso: él era un aliado, por lo que su interlocutor no le infravaloraría.

—Lanzaremos una gran ofensiva.

—Sí, eso es lo que haréis.

La línea telefónica quedó en silencio.

Kent guardó el teléfono y alzó la vista cuando se abrió la puerta de su estudio. Durante unos instantes de pánico pensó que le había llegado el momento y que aparecería alguien como Robie o Reel dispuesto a infligirle su último castigo.

Pero era su mujer. Iba en camisón.

Kent desvió la mirada hacia la pared encima de la puerta, donde había un reloj que marcaba casi las ocho de la mañana.

—¿Te has acostado siquiera? —preguntó ella. Iba despeinada, sin maquillar y tenía los ojos somnolientos. Pero para Kent era la mujer más hermosa del mundo.

Era un hombre afortunado. Nunca había merecido una sencilla vida hogareña. Pero aquello no era más que la mitad de su vida. Su otra mitad era radicalmente distinta. Perfume y pólvora a partes iguales. Aunque en esos momentos, dominaba la pólvora.

—Me he tumbado unas horas en el cuarto de invitados. No quería molestarte, cariño —dijo—. Acabé tarde de trabajar.

Ella se acercó, se sentó en el borde del escritorio y le pasó los dedos por el cabello.

Sus hijos se parecían más a su madre, lo cual era bueno, pensó Kent. Quería que fueran como ella, no como él. «No como yo. No como mi vida.»

Quería que sus hijos tuvieran vidas extraordinarias, pero también normales. Seguras. Vidas en las que no hubiera necesidad de llevar armas ni disparar a otros mientras se recibían disparos. Aquello no era vida, sino el camino hacia una muerte temprana.

—Pareces cansado —dijo su esposa.

—Un poco. Últimamente apenas duermo. Ya se tranquilizará la cosa.

—Voy a prepararte un café.

—Gracias, cielo. Sería fantástico.

Ella le besó la frente y se marchó.

Kent la observó mientras se alejaba.

Sí, tenía mucho, lo cual implicaba que tenía mucho que perder.

Contempló su estudio. Ahí no había ninguno de sus galardones, ni sus medallas del ejército ni las pruebas de sus logros profesionales. Esas cosas eran privadas. No se concedían para impresionar ni intimidar. Sabía que se las había ganado. Con eso le bastaba. Las guardaba en la planta de arriba en un pequeño armario cerrado con llave. A veces las miraba. Pero en su mayor parte estaban allí criando polvo.

Eran vestigios del pasado.

Kent siempre había sido progresista.

Abrió la caja fuerte situada en un estante detrás del escritorio y extrajo el documento. Era el libro blanco de Roy West. Un texto intelectualmente hermoso escrito por un hombre que se había convertido en un miliciano paranoico. Costaba creer que hubiera fraguado algo tan potente. Pero quizá desde las profundidades de una paranoia incipiente surgieran a veces las genialidades, al menos durante momentos productivos fruto del frenesí.

Sin embargo, habían tomado su visión original y lo habían convertido en algo totalmente distinto, adaptado a sus intereses.

Se acercó a la chimenea de gas empotrada en una pared. Encendió el fuego con solo apretar un botón del mando que tenía en la repisa. Acto seguido, dejó caer el libro blanco encima de los falsos troncos y observó cómo se desintegraba.

Quedó destruido en menos de treinta segundos.

Pero Kent recordaría las ideas que contenía el resto de su vida.

En ese momento no tenía forma de saber si eso iba a ser mucho o poco tiempo.

De repente le asaltaron las dudas. Las situaciones catastróficas se agolpaban en su mente. Tales ideas nunca resultaban productivas. Pero al final le venció su formación militar y se tranquilizó con rapidez.

El teléfono seguro, que seguía en el escritorio, sonó.

Corrió a responder.

El mensaje era de la persona con la que acababa de hablar.

Solo cuatro palabras.

Pero a Kent le demostró sin lugar a dudas que su superior sabía leer el pensamiento.

El mensaje rezaba: «No hay vuelta atrás.»

61

El coche estaba estacionado delante de un asador situado frente a un banco. Era tarde, estaba muy oscuro y la única luz provenía de la lámpara exterior del edificio.

En el párking solo había otros cuatro coches. Los faros de uno se iluminaron cuando el propietario pulsó el botón de apertura en la llave.

Ella caminó hacia el coche con cierto balanceo. Había bebido más de lo que debía. Pero vivía cerca y podría conducir hasta su casa sin problemas.

Subió al coche y cerró la puerta. Se dispuso a introducir la llave en el contacto cuando una mano le tapó la boca con fuerza.

La mujer llevó la mano al bolso para coger la pistola que llevaba consigo. Pero otra mano le sujetó la muñeca y le impidió llegar al bolso.

La puerta del copiloto se abrió y subió una mujer que apuntó con una pistola a la cabeza de la conductora.

La mujer de la pistola era Jessica Reel.

La mujer sentada al volante no pareció reconocerla. Sin embargo, se sobresaltó cuando una voz masculina le habló desde el asiento trasero.

—Doctora, a lo mejor hace falta que vuelvas a suturarme. El dispositivo de rastreo de las suturas se ha roto.

Karin Meenan miró a Will Robie por el retrovisor.

—Pon el coche en marcha —ordenó él—. Entonces te diremos adónde ir.

—Yo no voy a ningún sitio —repuso Meenan.

Reel amartilló la pistola.

—En tal caso, ella te pegará un tiro ahora mismo —amenazó Robie.

Meenan lanzó una mirada a Reel, que la miraba de hito en hito. La expresión de la mujer no daba lugar a dudas. Tenía ganas de apretar el gatillo. Esperaba a la menor ocasión que Meenan le proporcionara para hacerlo.

La doctora puso el coche en marcha y salió del párking. Robie le dio indicaciones para que se dirigiera a un motel medio derruido situado a unos ocho kilómetros. Aparcaron en la parte posterior y Reel y Robie la flanquearon camino de la habitación.

Él cerró la puerta detrás de ellos e indicó a Meenan que se sentara en la cama.

Ella alzó la vista hacia los dos.

—No sé por qué haces esto, Robie. Te has metido en un buen lío. Me has secuestrado a punta de pistola.

Robie se sentó en una silla como si no la hubiera oído. Reel permanecía con la espalda apoyada en la puerta, apuntándola con una pistola.

—¿Quién coño eres? —espetó Meenan.

—Ya sabes quién es —dijo Robie tan tranquilo.

La doctora se giró para mirarlo.

—Y más vale que no conduzcas habiendo bebido —comentó él—. Dos cervezas y un chupito de tequila. Oficialmente estás borracha. Por eso te podrían retirar el carné y te quedarías sin trabajo.

—¿Me estabais espiando?

—No, te hemos encontrado por casualidad. Me siento tan afortunado que voy a comprar un número de la lotería.

—¿Ahora te pones gracioso? —espetó ella—. ¿Eres consciente de lo que has hecho? Vas a ir a la cárcel por esto.

—¿En ese bar es donde conociste a Roy West? —preguntó Robie.

—No conocí a Roy West en un bar. Fue paciente mío durante un tiempo. Ya te lo dije.

—¿Quieres reformular esa respuesta?

—¿Por qué iba a hacerlo?

Robie sacó una foto del bolsillo.

—Gracias a un amigo del FBI conseguí esta imagen de la cámara de vigilancia del banco que hay enfrente del restaurante. —Se la mostró. La foto mostraba a West y Meenan entrando en el coche de ella.

—No he hecho nada malo. Tomé una copa con Roy. ¿Y qué?

Robie se quitó la chaqueta y se arremangó para dejar al descubierto el lugar donde habían estado las suturas.

—Me quité estas y las que me pusiste en la pierna. Un invento muy ingenioso. Filamentos de comunicación y una fuente de alimentación interna que parecen puntos. Un localizador por GPS. Con conexión vía satélite. Por la noche probablemente pareciera un fluorescente y fuera más luminoso que la torre Eiffel. Hay que reconocer que la Agencia ha realizado grandes avances en el campo de la vigilancia.

Meenan miró a Reel.

—Robie, si esa es Jessica Reel, deberías detenerla. O matarla. Es el enemigo. No yo.

—¿Quién te ordenó que me pusieras esas suturas? —inquirió él—. ¿Sam Kent?

Meenan no respondió.

—Howard Decker —dijo Reel.

La doctora siguió en silencio. Tenía la vista fija en la pared del fondo.

—Alguien de más arriba —dijo Robie.

Entonces Meenan experimentó un leve estremecimiento. Debió de darse cuenta de que se había delatado. Miró a Robie con expresión de desagrado.

—No tienes ninguna posibilidad.

—Estaba a punto de decirte lo mismo.

Fue Reel quien habló después de colocar la pistola contra la nuca de Meenan, que miró a Robie con expresión de súplica.

—¿Vas a permitir que me mate?

Él se mostró impasible.

—No sé, doctora. Hay gente que intenta matarnos. ¿Por qué ibas a ser tú distinta?

—Pero... Tú eres uno de los nuestros.

—¿Uno de los nuestros? Ya no sé qué significa eso.

—Por favor, Robie, por favor.

—No tengo claro qué hacer contigo, doctora. No puedo dejarte marchar.

Meenan rompió a sollozar.

—No diré nada. Lo juro por Dios.

—Sí, seguro —dijo Robie. Lanzó una mirada a Reel—. ¿Qué opinas?

—¡No le preguntes a ella! —saltó Meenan—. ¡Está loca! ¡Es una traidora!

Reel miró a Robie.

—¿Vale?

—Por mí, vale.

—¡No! —gritó Meenan.

Reel bajó el cañón a la base del cuello y apretó el gatillo.

62

Robie bajó las escaleras del refugio antiaéreo cargando a Meenan sobre el hombro. Estaban bajo el granero de su escondrijo. En el extremo más alejado del refugio había una celda improvisada que Robie había construido. Resultaba lo bastante segura para retener a alguien como Meenan.

Empezaba a volver en sí después de que Reel le hubiera disparado en el cuello un dardo sedante.

Robie la dejó encima de un camastro que había en la celda. Contra la pared había víveres suficientes para alimentar a la mujer durante dos semanas. Robie supuso que para entonces ya habría zanjado el asunto, o muerto en el intento.

Cerró con llave la puerta de la celda justo cuando Meenan se incorporaba lentamente, se frotaba el cuello y lo miraba.

—¿No has dejado que me matara?

—Nunca tuvimos intención de matarte.

—¿Por qué no?

—Tal vez seas corrupta, pero estabas indefensa.

—Eres un asesino, es tu trabajo.

—¿Leíste el documento sobre el apocalipsis?

—¿El qué?

—El libro blanco que escribió Roy West. Reel me dijo que solía fardar de él delante de la gente. Tal vez tú fueras una de esas personas. ¿Después de acostaros juntos? ¿En el bar?

—No tengo por qué responder a eso.

—¿Te lo creíste?

—Roy hablaba de muchas cosas. Y muchas tenían sentido.

—¿O sea que estás a favor de un apocalipsis?

—Para que se produzca un cambio verdadero, hay que sacrificar a ciertas personas.

—¿No es eso lo que pregonaban los nazis?

—No seas ridículo —espetó ella—. No tiene nada que ver.

—¿Seguro? Te dejaste manipular por un lunático que llenó su cabaña de explosivos y que tenía intención de cargarse a medio gobierno. ¿Qué sentido tiene eso? Tú trabajas para el gobierno.

—Todos luchamos por la libertad de formas distintas.

—Yo me quedo con la mía. Tú quédate con la tuya.

—Tú te dedicas a matar gente porque te lo ordenan. Mira quién habla de manipulación.

—Bueno, la diferencia radica en que ahora lo entiendo, mientras que tú no, por lo que parece.

Ella le dedicó una mirada condescendiente.

—No puedes evitar que esto ocurra.

—Sí que puedo si me ayudas.

—Ni de broma.

—¿Así que te quedas de brazos cruzados viendo morir a toda esta gente? Se supone que los médicos protegen la vida, ¿no?

—No soy solo médica. Me preocupo por mi país. Nuestros enemigos intentan destruirnos. Antes tenemos que matarlos.

—¿Te importaría decirme quién está realmente detrás de todo esto? —preguntó Robie.

Ella cruzó los brazos y lo miró con apatía.

—Déjalo correr, ¿vale?

Él le mostró su móvil.

—También tenemos tu portátil. Seguro que nos aclaran unas cuantas cosas.

A Meenan le entró un pánico repentino.

—No se te ocurra ir a Las Vegas —le aconsejó Robie—. No sabes poner cara de póquer.

—Están protegidos por una contraseña.

—Tu teléfono se bloquea solo cada cinco minutos. Debiste de usarlo justo antes de subir al coche. El bloqueo no se había reseteado todavía, así que saqué todo lo que necesitaba. Por lo que respecta al portátil, la próxima vez busca una contraseña más difícil que tu nombre al revés y tu fecha de nacimiento.

—Robie, créeme, estás en el bando equivocado. Reel es una asesina. Mató a dos hombres indefensos. A sangre fría.

Él señaló los víveres.

—Tienes suficiente comida y agua para dos semanas, tal vez más si racionas las cantidades.

—¿Y si para entonces no has vuelto?

—Empieza a gritar. Quizá te oiga alguien. Oh, y mientras estabas inconsciente, Reel te desnudó y buscó un transmisor por todas partes. A lo mejor estás un poco dolorida, pero lo que queda claro es que no llevas ningún dispositivo de seguimiento.

—¡Robie! —Dio un salto y corrió a la puerta de la celda—. Piénsatelo. No tendrás una segunda oportunidad.

—Qué gracia. Es lo que iba a decirte.

—No seas tonto. Déjame ir, por favor.

—Este es el lugar más seguro para ti.

Ella lo miró con expresión de asombro.

—¿Seguro? ¿Te has vuelto loco?

—No encontraron nuestros cadáveres, doctora. Y ya no pueden rastrearnos. Lo cual les indica que sabemos cómo nos rastreaban. Tú pusiste las suturas. Te encontramos. Ahora estarás fuera de circulación durante un tiempo. Si te dejáramos marchar, volverías con ellos.

—No diré nada, te lo prometo.

—Esa no es la cuestión.

—Entonces, ¿cuál es?

—Sabrían que has estado con nosotros. Te interrogarían. Y luego te matarían.

Meenan dio un paso atrás.

—¿Por qué iban a matarme? Estoy de su lado.

—Porque pensarían que nos has ayudado. Ese sería el único motivo por el que te dejaríamos marchar. Y el precio que tendrías que pagar sería la muerte. Es así de sencillo. ¿Lo ves? Para ellos te has convertido en el enemigo. Y, como dices, el objetivo es matar a los enemigos. Y ahora perteneces a ese grupo.

—Pero...

—No hay alternativa. Así que, si te quedas aquí, vives. Si sales, mueres. Voy a dejar que decidas. ¿Qué prefieres?

Meenan lo miró fijamente antes de retroceder con paso vacilante y dejarse caer en el camastro.

—Bien hecho —dijo Robie antes de marcharse.

63

Reel le esperaba fuera del granero en un nuevo coche de alquiler. Él subió, cogió el portátil de Meenan del asiento trasero, lo abrió y empezó a pulsar teclas mientras Reel arrancaba.

—¿Qué tal ha ido? —preguntó ella.

—Creo que empieza a ver la luz. Aunque me importa bien poco.

—Te informo que estoy usando mi último documento de identidad falsificado —anunció Reel.

—Esperemos que baste.

—¿Adónde vamos?

—Tengo un contacto en el FBI con quien quiero hablar. Conseguí la foto de West con Meenan gracias a ella.

—¿La agente especial Nicole Vance?

Robie la fulminó con la mirada.

—¿Cómo lo sabes?

—Empezaste siendo mi enemigo. Intento averiguar todo lo posible acerca de mis enemigos.

—¿Cuánto averiguaste?

—Julie Getty. —Ella lo miró—. ¿Te enfadas por eso?

—No me alegro. ¿Y si alguien te siguió?

—Alguien *te* seguía *a ti*. Vance y yo.

—Bueno, pues digamos que estamos empatados. Necesitamos información que no podemos conseguir por nosotros mismos.

—No estés tan seguro —dijo Reel—. Además, cuanta más gente impliquemos, mayores serán los riesgos.

—Tenemos riesgos dondequiera que vayamos.

—Lo cual me da la razón. ¿Qué necesitamos saber?

—Muchas cosas.

—¿Has encontrado algo interesante en el ordenador de Meenan?

—He entrado en su correo electrónico. Tiene una correspondencia variada. Varios novios, a juzgar por algunos mensajes. La doctora ha resultado ser un poco más osada de lo que me pensé. West probablemente fuera una de sus conquistas, pero ahora ya no aparece. —Volvió a centrar la vista en la pantalla—. Esto podría ser algo.

—¿El qué?

—Un momento.

Leyó unos cuantos mensajes de correo desplazándose hacia abajo por la pantalla.

—¿De qué se trata, Robie?

—Mensajes crípticos de una sola palabra. Sin contexto no significan nada. «Sí», «no», «ahora», «mañana»... cosas así.

—¿Quién es el remitente?

La dirección parece genérica y probablemente no pueda rastrearse. Pero hay tres letras al final de los mensajes, como la firma de quien escribe. RER. ¿Te dicen algo?

Reel guardó silencio unos instantes.

—Roger *el Regateador* —dijo.

—¿Cómo?

—Es el nombre en clave de la persona que según West le pidió el libro blanco. Dijo que estaba por lo menos tres niveles por encima de él en aquel momento.

—¿Dijo algo más que pudiera conducirnos a esa persona?

—Por desgracia, para entonces tuve que dejarlo fuera de combate.

—¿Roger *el Regateador*? Un apodo curioso.

—A mí también me lo pareció. Pero ha sido capaz de regatearnos de forma bastante eficaz. Así que le pega. ¿En qué crees que puede ayudarnos Vance?

—A encontrar el apocalipsis. Antes de que ocurra.

—El libro blanco era lo bastante explícito. País por país. Líder tras líder. De forma simultánea. Es asombrosamente complejo y de una eficacia brutal. Todo depende de que se elija el momento oportuno.

—Pero ¿cuáles son los detalles exactos? Nunca me lo dijiste.

—Atacar a los líderes del G8, salvo el presidente americano, el mismo día a la misma hora mediante un ataque coordinado y con intercambio de inteligencia y comprando los recursos necesarios a nivel local. Todos asesinados. A continuación, el mundo civilizado queda sumido en el caos. El libro especifica qué pasos deberían dar los autores de los ataques para sacar el máximo partido de la situación.

—Vale, pero ¿quiénes son los autores?

—West sugirió a varios. No es de extrañar que fueran sobre todo islamistas radicales. Los fue desglosando de forma que incluyó a facciones de Al Qaeda, los talibanes, Hamás. He de reconocer que estaba bien pensado.

—¿Por qué salvar a nuestro presidente?

—Probablemente porque la Agencia no quería pagar a sus hombres para que idearan posibles formas de matar al mandatario. Si se llegara a saber, el precio a pagar sería muy alto.

—¿Y qué objetivo tenía tal ataque, al menos según West?

—Un vacío de poder en el mundo civilizado, caos en los mercados financieros, una conmoción global, más bestia que el 11S.

—¿Y por qué íbamos a querer que hubiera un libro por ahí que le diga a la gente cómo hacer eso?

—Probablemente no pensaran que se difundiría. Y quizá quisieran estar al tanto de la situación para saber cómo contrarrestarla para que no pasara o para abordar el asunto si ocurría. Roy West no lo dejaba demasiado claro.

—¿Hubo respuestas?

—Lo dudo. Al parecer, el documento no tuvo ningún recorrido dentro de la jerarquía de la Agencia.

—¿Sabes a qué estrategia me recuerda esto? —dijo Robie.

—¿Cuál?

—A una escena de *El padrino*. Cuando Michael Corleone celebra el bautizo de su hijo y entonces intercalan las escenas del asesinato de los jefes rivales que intentaron matar al personaje de Marlon Brando. Era la venganza de Michael.

—Quizá West sacara la idea de ahí. De una película. No me pareció que fuera un pensador original.

—Pero para que la idea funcione tienen que tener personal en todos esos países preparado para actuar en el mismo momento.

—¿Quién de nuestro gobierno querría que se produjera tal situación? —planteó Reel.

—Ojalá no hubiera nadie, pero, al parecer, no es el caso.

—O sea que América se ve abocada al apocalipsis. En una situación como esa, nadie gana.

Permanecieron en silencio durante un rato, probablemente planteándose cómo quedaría el mundo tras un acontecimiento de tal magnitud.

—¿Te sientes impotente? —preguntó Reel.

—¿Tú no?

—Nunca he olvidado una cosa, que quizá te parezca una tontería.

—Siempre hay algo potente en «impotente».

Intercambiaron una breve sonrisa.

—Dime una cosa. ¿Quién era el amigo de un amigo?

Reel apartó la mirada. Robie vio cómo aferraba el volante con más fuerza, aunque no respondía.

—El hombre de la foto que está contigo. Dijiste que era el amigo de un amigo porque si aparecía el otro tío, yo nunca habría tenido acceso a la foto.

—¿Por qué necesitas saber quién es?

—Si no querías que lo supiera, ¿por qué dejaste la foto en la taquilla?

—Tal vez no tuviera ningún motivo.

—Me dijiste que todo lo que haces tiene un motivo.

Al cabo de un momento, Reel habló:

—El amigo era un mentor. El único que por entonces se preocupaba por mí.

—¿Cómo lo conociste?

—Lo conocí.

—¿En Protección de Testigos, quizá?

Reel lo miró sorprendida.

—DiCarlo me habló de tu pasado.

—De todos modos, eso es una deducción muy osada —dijo ella.

—Para mí, el tío de la foto parecía un poli retirado. Así que a lo mejor su amigo también era policía.

Reel redujo la velocidad y paró en el arcén. Se giró para mirar a Robie.

—Se llamaba Joe Stockwell. Era jefe de policía. Y tienes razón, cuidó de mí cuando estuve en Protección de Testigos. Cuando entré en la CIA, seguimos en contacto. Hace unos años que se jubiló. Pero después de eso descubrió por casualidad lo que estaban planeando.

—¿Cómo es posible?

—Joe conocía a Sam Kent desde hacía mucho tiempo. Sirvieron juntos en Vietnam. Incluso fue a la boda de Kent. Kent iba abordándole con una serie de temas a lo largo del tiempo, asuntos inocuos pero que, en su conjunto, hicieron sospechar a Joe. Pero él le siguió el juego y se enteró de más. Supongo que Kent confiaba en él y, cuando consideró que Joe quería participar en el plan, le contó más. Entonces Kent descubrió que en realidad Joe actuaba contra él, recopilando pruebas. Así que lo hicieron matar, aunque su muerte se atribuyó oficialmente a un accidente. Pero a mí no me convencieron.

—Lo siento. Parece que Stockwell realmente intentaba hacer lo correcto.

Reel asintió.

—Me proporcionó la lista de personas y algunos detalles sobre lo que estaba pasando. Así conseguí los nombres de Jacobs y Gelder. Por eso los maté.

—Pero si Stockwell tenía información suficiente como para hacer una lista, ¿por qué no acudió a la policía?

—Quienes figuraban en esa lista eran muy poderosos y, según parece, no consideró que tuviera pruebas suficientes para convencer a las autoridades. Joe sabía lo que se hacía. Era un profesional como la copa de un pino. Todo apunta a que quería un caso sin fisuras. Pero no vivió para conseguirlo.

—Sin embargo, tú sí creías lo suficiente en Stockwell como para matar a dos de ellos e intentar liquidar a un tercero.

—Sé qué planeaban hacer, Robie. Sé que lo mataron. Era un hombre bueno y honrado que intentaba hacer lo correcto. Podía haber disfrutado de una vejez dorada, pero intentó combatir a esa chusma. Él fracasó, pero yo no fracasaré.

—Ojalá tengas razón.

—Tuviste la prueba en ese tren, ¿no? ¿Y lo que te dijo Meenan? No me digas que necesitas más para estar convencido.

—Es complicado.

—¿O sea que no te habrías cargado a esos tipos si hubieras tenido ocasión? Sabes que si nuestra agencia hubiera estado al corriente de lo que pasaba, nos habrían enviado a pegarles un tiro. Yo no esperé a recibir la orden.

—Tenemos un sistema judicial provisto de jueces y cárceles para cosas así.

—¿De verdad crees que a esos tipos los habrían acusado y condenado? Es imposible que se hubieran presentado acusaciones contra ellos. Imposible.

—Lo cual significa que de acuerdo con nuestro sistema son presuntamente inocentes.

—Igual que todos aquellos a quienes abatimos, porque ninguno de ellos tuvo el beneficio de un juicio.

Robie se reclinó en el asiento y pensó que Reel tenía toda la razón del mundo.

—Háblame del juez Kent. Sirvió en Vietnam. ¿Qué más?

—Lo investigué. Entré en bases de datos en las que no debería haber entrado.

—¿Y qué descubriste?

—Fue uno de los nuestros, hace mucho tiempo. Después de dejar el ejército.

Robie asintió lentamente.

—Tiene sentido.

—Y ahora es magistrado del Tribunal de Vigilancia de Inteligencia Extranjera.

—¿Quién más, aparte de Jacobs y Gelder?

—El congresista Howard Decker también constaba en la lista.

—¿El presidente del Comité de Inteligencia?

—Ese.

—¿Alguien más en la lista?

—Sí. Alguien que ni siquiera Joe fue capaz de descubrir. Pero existe. Lo sé. Y ocupa un cargo muy elevado. Muy pero que muy elevado.

—¿Por lo menos tres niveles por encima de nuestro amigo West?

—Yo diría que muchos más que tres. Creo que eso no fue más que un subterfugio.

—Roger *el Regateador*.

—Podría ser. No creo que fuese Gelder. Está muerto, pero este asunto sigue yendo a todo gas.

Robie miró al frente.

—Pues veamos qué podemos hacer.

Reel puso el coche en marcha.

64

Evan Tucker miró por encima de su escritorio macizo al hombre que estaba ahí sentado. Hombre Azul aparecía demacrado y no vestía de modo tan impecable como era habitual en él.

—Es una cagada total —espetó Tucker.

—Pues sí —convino Hombre Azul.

—Robie ha desaparecido del mapa. Reel a saber dónde está. ¿Lo que pasó en el tren? Seguro que tiene que ver con ellos. Lo sé.

—No hay pruebas de ello. No hay testigos.

—¡Porque los mataron! —exclamó Tucker.

—Aquí está pasando algo más —reconoció Hombre Azul.

—¿Te importaría ser más explícito?

—DiCarlo.

—Agua pasada.

—No estoy de acuerdo. En absoluto.

Tucker se enderezó en el asiento. Tenía una expresión peligrosa en la mirada.

—¿En qué te basas?

—Me baso en la realidad, señor.

—Estás muy próximo a la insubordinación, Roger.

—Desde luego no es mi intención. Pero todavía no tenemos claro lo de DiCarlo. Por qué la cogió el DHS. Por qué la atacaron. Lo que sí sabemos es que Robie le salvó la vida. Lo cual resulta muy elocuente.

—Y él creyó que Jessica Reel también estuvo allí. Para salvar la vida de DiCarlo.

—Correcto.

—Pero solo tenemos la palabra de él al respecto.

—Los casquillos de bala estaban allí, señor. Eso no se puede obviar.

Tucker juntó los dedos y se puso a contemplar el techo.

—Reel asesinó a dos de mis hombres. Robie ha pasado a la clandestinidad. Todo apunta a que se han aliado de alguna manera. Eso significa que se ha aliado con una asesina.

—Los dos son ejecutores, señor. Hace años que se dedican a liquidar a gente sobre el terreno.

—A liquidar a nuestros enemigos, Roger.

—Tal vez lo sigan haciendo.

—Nunca me convencerás de que Jim Gelder se había pasado al otro bando. Es a todas luces imposible. Por el amor de Dios, ni siquiera estaba sobre el terreno. Nadie podría haberlo abordado.

—No hay nada imposible. Eso ya lo sabemos. Hombres en altos cargos cuyas carreras se fueron a pique y pusieron en peligro ciertos legados por un lío de faldas.

—Yo estoy felizmente casado, por suerte.

—No lo dudo, señor.

—Y no estamos hablando de un revolcón. ¿Cómo es posible que Jacobs y Gelder se pasaran al otro bando? ¿Tienes la mínima prueba?

Hombre Azul se encogió de hombros.

—La única prueba que tengo es que conozco a Will Robie. Y pondría la mano en el fuego por él. De hecho, he dejado mi vida en sus manos. Lo ha sacrificado todo por su país.

—¿Eres consciente de lo que estás diciendo? —Tucker habló con voz estridente—. ¿De que son capaces de hacer pasar a su bando al número dos de nuestra agencia?

—Entiendo las implicaciones, señor. Y una conspiración de ese calibre puede haber ido incluso más allá. De hecho, quizá se haya originado en otro sitio.

—Robie me contó parte de lo que DiCarlo le había contado.

—Me gustaría saberlo.

—Personal desaparecido. Dinero y equipamiento desaparecido. Misiones que nunca deberían haber existido. Tengo a gente estudiando el caso. Pero resulta preocupante, Roger. Muy preocupante.

—Estaría bien enterarse por boca de DiCarlo —dijo Hombre Azul.

Tucker jugueteó con un boli y no respondió.

—¿Señor? —dijo Hombre Azul—. ¿Ha oído lo que he dicho?

—Que estaría bien enterarse por boca de DiCarlo. El problema es que su situación ha empeorado. Actualmente está en coma inducido y no se espera que sobreviva. —Alzó la mirada—. Presioné mucho al DHS y al final conseguí que me escucharan. Ahora le damos protección junto con el FBI. Tuvimos que apelar incluso al asesor del presidente para Asuntos de Seguridad Nacional.

—¿Gus Whitcomb?

Tucker asintió.

—Whitcomb se puso de mi lado. Lo cual significa que el presidente se puso de mi lado. Lo cual significa que vi a Janet. —Hizo una pausa—. La cosa pinta mal para ella, Roger.

Hombre Azul bajó la mirada.

—Lamento mucho oír eso. Ha sido una gran baza para la Agencia.

—Parece que nos estamos quedando sin esa clase de personas.

—Unas cuantas manzanas podridas, eso es todo.

—Yo me preocupo de mi gente, ¿sabes?

—Sí, señor.

Tucker garabateó en un trozo de papel.

—¿Dónde crees que está Robie?

—Ha desaparecido del mapa. —Hombre Azul hizo una pausa, como si quisiera escoger sus siguientes palabras con sumo cuidado—. De hecho, yo fui quien le alentó a hacerlo.

Tucker se llevó una gran sorpresa.

—¿Tú le aconsejaste que desapareciera?

—También le aconsejé que buscara a Jessica Reel.

—Esa era su labor inicial —espetó Tucker.

—No pretendía que la matara cuando la encontrara. Se lo dije para que la buscara y le diera las gracias por haberle salvado la vida. Y luego que se aliara con ella.

Tucker enrojeció y una vena cerca de la sien se le hinchó.

—¿Aliarse para hacer qué exactamente? —bramó.

—Para hacer lo que hay que hacer. Aquí pasa algo, señor. Me di cuenta incluso antes de que mataran a Jacobs y a Gelder. Ha habido infiltrados en la Agencia. Robie también lo sabía. Confió en personas que luego resultó que trabajaban contra nosotros.

—Lo consideramos casos aislados. Y resueltos, Roger —aseveró Tucker con tono más tranquilo.

—Pues a lo mejor nos equivocamos.

—¿O sea que insinúas que hay algo más que unas cuantas manzanas podridas?

—Se supone que las conspiraciones están relegadas a la ficción. Sin embargo, resulta sorprendente y un tanto inquietante la frecuencia con que aparecen en la vida real.

De repente, Tucker se mostró cansado.

—Estamos mal preparados para lidiar con conspiraciones de amplio espectro, Roger. Sobre todo si surgen de dentro.

—Motivo por el que quizá Robie y Reel tengan alguna posibilidad. Trabajando de fuera a dentro.

—Si hacen tal cosa, no tenemos la manera de apoyarlos. Lo tendrán que hacer por su cuenta y riesgo.

—Con los debidos respetos, señor, así es como llevan funcionando toda su carrera. Por su cuenta y sin protección ni refuerzos.

—Así que quizá sean los más idóneos para lidiar con este tema —reconoció Tucker lentamente.

—No me extrañaría —aseveró Hombre Azul con seguridad.

—Así pues, ¿crees que Gelder y Jacobs traicionaron a su país?

—No puedo decir que no.

—¿Y hay más?

Hombre Azul se encogió de hombros.

—Siguen pasando cosas y Gelder y Jacobs están muertos. No pudieron tener nada que ver con el ataque a DiCarlo.

—¿Qué me dices del ataque a Roy West en Arkansas? ¿A qué vino eso?

—No lo sé, señor. Pero teniendo en cuenta la carnicería que

se produjo, yo no descartaría que Reel y Robie hubieran estado allí juntos.

—¿Qué relación podría haber? He mirado el historial de West. Era un don nadie. Apenas dejó huella aquí. Y luego lo pusieron de patitas en la calle por ser imbécil y negligente con las medidas de seguridad. ¿Crees que Reel y Robie estaban al corriente de alguna vinculación?

—Si no lo estaban, creo que pueden averiguarlo.

Tucker se recostó en el asiento con expresión dubitativa.

—Espero que tengas razón.

—Yo también —dijo Hombre Azul con voz queda—. Yo también.

65

—Hola, congresista —dijo la mujer al pasar, mientras su perrito tiraba de ella—. Le vi en la tele el otro día por la noche.

Howard Decker estaba en un sendero del parque que había cerca de su casa. Vestía informal, vaqueros, camisa abotonada de arriba abajo y mocasines sin calcetines. Se había enfundado una parka ligera porque el cielo presagiaba lluvia al final de la tarde. Llevaba a su gran labrador bruin sujeto con una correa.

Asintió y sonrió a la mujer guapa al pasar.

—Gracias. Que tenga una buena tarde —dijo. Le gustaba que lo reconocieran. Era una prueba de su fama que le alimentaba el ego.

La observó alejarse y apreció su figura alta y esbelta, la falda ajustada y la forma como su melena rubia se le arremolinaba a la altura de los hombros. Estaba muy a gusto con su esposa, pero nunca había dejado de ser un mujeriego. Además, su posición privilegiada en Washington lo convertía en un hombre cotizado para mujeres sofisticadas, atractivas y con talento.

Exhaló un suspiro de satisfacción. No podía quejarse de la vida. Era rico gracias a sus éxitos empresariales del pasado, gozaba relativamente de buena salud y tenía muchos años de vida política por delante. Su esposa le apoyaba lo suficiente y no le interesaba acaparar la atención que él sí recibía. No solía acompañarlo en sus viajes, lo cual le daba la libertad de echar una cana al aire de vez en cuando en el hotel con alguna empleada joven.

Sus hijos eran pequeños y bien educados. Tendrían una buena vida. Admiraban a su padre. Era apreciado en su distrito electoral y la zona que le correspondía se había reconfigurado para favorecerle en las elecciones. Eso le permitía pasar menos tiempo recaudando fondos y más urdiendo sus aspiraciones políticas. Sí, en conjunto, tenía una vida de lo más satisfactoria.

Solo había un problema grave que ensombrecía todo lo positivo. Ya hacía tiempo que se arrepentía de formar parte de un plan que se estaba yendo de las manos. Pero el hecho de ser el presidente del Comité de Inteligencia lo había convertido en un elemento clave en un plan tan ambicioso que Decker se había quedado sin aliento la primera vez que le habían hablado de él.

Él tenía una visión clásica de la seguridad nacional. Eso estaba por encima de todo. Había estado en Nueva York durante el 11S y había visto cómo se derrumbaban las torres. Había corrido por las calles junto con miles de personas aterradas mientras el polvo, los escombros y los cadáveres caían desde lo alto. Se había jurado que nunca más volvería a ocurrir algo así en su país. No si de él dependía. Y dependía de él, al menos más que de cualquier otra persona.

Y por eso había aceptado formar parte de aquel plan colosal que, si tenía éxito, restablecería el equilibrio de poder en el mundo y lo devolvería a donde debía estar para crear la paz global. Había cavilado mucho al respecto, corría el riesgo de que aquello acabara con su carrera, pero se trataba de un objetivo por el que bien valía correr riesgos. Había trabajado entre bastidores para autorizar en secreto el movimiento de personal, equipamiento y fondos para que aquello se llevara a cabo. Prácticamente todo lo que hacía el Comité de Inteligencia era secreto, desde los fondos empleados hasta las operaciones acerca de las que sus miembros recibían información. Por tanto, había ocupado un puesto privilegiado para participar en el plan. Le había supuesto un honor formar parte de él. Se había sentido sumamente patriótico, especialmente mientras veía a jóvenes y valientes americanos morir cada semana en tierras extranjeras, muchos de ellos a manos de las mismas personas a las que querían proteger con su lucha e instruir para que se defendieran. Se trataba de una situación horrenda que no podía continuar.

Pero la situación no había sido fluida ni limpia. Habían surgido problemas casi enseguida. Sus compañeros de aventura, sobre todo Sam Kent, los habían manejado mucho mejor que él. Estaban acostumbrados a que ciertos errores provocaran la pérdida de vidas humanas. Pero Decker no estaba habituado a esas cosas. Le asustaban. Y cuanto más se producían, más se asustaba.

Esa tarde había ido al parque a pasear al perro para olvidarse de todo aquello, ni que fuera durante unos minutos. Pero no lo lograba, ni siquiera mientras el enorme y afable bruin le lamía la mano porque quería jugar.

Decker temía especialmente a Kent. Cuando este había dicho que había matado a un asesino en potencia, Decker vio que no exageraba. Lo había matado. Y había sido una advertencia clara a Decker de que evitara la tentación de bajarse del carro.

No tenía ninguna intención de contrariar a esos hombres. Había visto qué eran capaces de hacer. Como presidente del Comité de Inteligencia, estaba mucho más al tanto de las operaciones clandestinas que los congresistas de a pie.

Conocía la División de Actividades Especiales de la CIA, que empleaba a personas como Jessica Reel y Will Robie. Sabía lo especializados que estaban en su trabajo. Había recibido informes de sus misiones. Había visto fotos de los cadáveres resultantes de tales misiones.

Le sonó el teléfono.

Miró la pantalla y gimió. Era él.

Vaciló, pensó en no contestar, pero sí lo hizo. No se atrevía a no hacerlo.

Sin embargo, hizo acopio de todo su valor.

Era el presidente de uno de los comités más poderosos de Washington. Tenía influencia. Tenía fuerza. Podía ponerse duro con esos tipos.

Pulsó el botón.

—¿Sí?

—Tenemos que vernos —dijo Sam Kent.

—¿Por qué?

—¿Has leído la noticia del tren?

—¿Qué pasa?

—Fueron Reel y Robie.

—Pero... ¿cómo?

—Eso da igual. Se han aliado. No cabe la menor duda.

Decker tragó saliva con nerviosismo y sujetó con fuerza la correa del perro cuando este intentó perseguir una ardilla.

—La última vez que hablamos no te pareció una posibilidad real. Dijiste que quizás estuvieron implicados en los hechos de Arkansas, pero que no creías que estuvieran en esto juntos.

—Bueno, la respuesta más sencilla es que al parecer me equivoqué.

—Esta respuesta no tranquiliza, Sam. Lo he arriesgado todo por esto. Todo.

—¿Y crees que yo no?

—Tuviste el valor de amenazarme la última vez que nos vimos.

—Lo sé. Te pido disculpas por ello. Estoy bajo una presión increíble.

—¿Y crees que yo no?

—Tenemos que mantenernos unidos. He recibido un ultimátum. Tengo que encontrar a Reel y Robie y eliminarlos.

—Vale. Pero ¿cómo?

—Necesitaré tu ayuda —dijo el magistrado.

—¿La mía? ¿Qué puedo hacer yo?

—Eres el presidente del comité, Howard. Puedes hacer mucho.

—Bueno, bueno, tranquilízate. —Reflexionó un instante—. Está claro que puedo obtener información sobre la reacción de la Agencia a esta noticia. Quizá tengan pistas sobre esos dos.

—Eso es precisamente lo que necesitamos, Howard. Tenemos que ir a remolque de la Agencia en su persecución de Reel y Robie. Si no te mantienen informado sobre el tema, consigue la información. Presiona para obtener respuestas. Presiona para saber cuál es la solución definitiva. Diles que quieres estar al corriente de cada paso que dan. Si los localizan y envían a un equipo, que te avisen con antelación.

—¿Para enviar tú a tu equipo?

—Exacto.

—Pero ¿por qué no dejamos que el personal de la Agencia se encargue del tema? Sería más limpio —dijo Decker.

—Porque quizá los apresen con vida. Y entonces podrían hablar...

—¿Crees... crees que saben cosas que podrían llevar a...?

—Que podrían llevar directamente a nosotros. Sí, sí que lo creo. Estamos en la lista de Reel. Por lo menos yo. Y me extrañaría mucho que tú no lo estuvieses. Ya hemos hablado del tema con anterioridad. No podemos permitir que ninguno de los dos salga de esto con vida. Tienes que conseguir que la agencia nos indique el camino hacia ellos. Así podremos zanjar el asunto de forma rápida y relativamente limpia.

—Pero si tú estás advertido, quizá sospechen de mi implicación.

—¡Piensa, Howard, piensa! Tienen tantas ganas de acabar con esto como nosotros. Para ellos es como tener un ojo morado. Lo taparán con tanta mierda que nadie llegará al fondo del asunto. En fin, ¿puedo informar de que sigues con nosotros?

Decker no vaciló.

—Sí, por supuesto. Haré lo que haga falta.

—Gracias, Howard. No te arrepentirás. Quedamos mañana por la mañana a eso de las siete en mi despacho. No hay tiempo que perder.

Kent colgó y Decker se guardó el móvil lentamente en el bolsillo.

Estaba temblando de miedo y dudas.

«Pero lo superaré. Sobreviviré.»

Un perrito corría hacia Decker arrastrando la correa. Decker vio a la misma mujer joven de antes corriendo para pillarlo. Estiró una mano y agarró la correa.

Sin aliento, la mujer llegó a su altura y se paró a su lado.

Él le tendió la correa.

—Ya has hecho ejercicio esta noche —dijo él.

—Muchas gracias.

—¿Cómo te llamas? —Le dio un buen repaso con la mirada. No podía evitarlo.

—Stacy. Y este se llama *Darby*.

—Hola, *Darby* —dijo Decker al tiempo que se agachaba para acariciarlo—. ¿Vives por aquí? —preguntó, irguiéndose otra vez.

Una pistola le apuntaba a la cara.

—No —dijo Stacy—. Y tú tampoco.

Disparó y la bala silenciada destrozó el rostro de Decker. Cayó en el sitio, muerto antes de llegar al suelo.

La mujer se marchó con su perrito y el labrador bruin se quedó dando vueltas alrededor de su amo.

66

Robie iba de pie en un vagón de metro abarrotado y se sujetaba a la barra que tenía por encima. Llevaba gafas de sol, una gorra de béisbol bien encasquetada y una capucha para ir todavía más tapado.

El tren entró en la siguiente estación y paró. Robie no reaccionó cuando la mujer subió. Mantuvo la cabeza medio gacha y la visión periférica clavada en ella.

Nicole Vance no movió una ceja al ver a Robie. Lo reconoció porque él le había dicho cómo iría vestido, en qué vagón y en qué punto se situaría.

Se tomó su tiempo para acercarse a él. Muchos pasajeros iban leyendo e-books, concentrados en sus dispositivos electrónicos, escuchando música con los auriculares puestos o dormitando en sus asientos.

Se paró al lado de él y se agarró a la barra superior.

—¿Cómo estás? —le dijo en voz baja.

—Un poco estresado.

—No me extraña. ¿Por lo que pasó en ese tren?

Robie asintió.

—¿Cómo huiste? —preguntó ella.

—Saltando.

Ella dio un respingo.

—¿Solo?

Él negó con la cabeza.

—¿Quién?

Robie volvió a negar con la cabeza.

Ella lo miró con obstinación y dijo:

—Intento ayudarte.

—Y yo intento que estés a salvo. ¿Lo tienes?

Ella lo miró con severidad antes de sacar el periódico del bolso. Fingió leer la portada. A medida que el tren ganaba velocidad fue desdoblando el periódico. Llevaba adherida una memoria USB. Tal como estaba colocada, solo Robie podía verla. Pasó la mano rápidamente, la cogió y se la guardó en un bolsillo.

A continuación se giró para alejarse, pero Vance lo sujetó del codo. Robie la miró con prudencia, temiendo que estuviera a punto de echarlo todo por la borda.

Ella dijo dos palabras moviendo los labios: «Eres cojonudo.»

Él asintió brevemente, se dio la vuelta y se abrió camino entre los pasajeros. Fue acercándose a la puerta mientras el tren entraba en la siguiente estación. Al bajar, miró hacia Vance, que miraba hacia otro lado. Pero Robie le leyó el pensamiento.

«No cree que vaya a sobrevivir a esta situación. Bueno, yo tampoco lo creo.»

Robie se reunió con Reel en el coche de alquiler de esta. Mientras ella conducía, él usó un portátil para revisar los archivos que Vance acababa de entregarle.

—¿Hay algo? —preguntó ella.

—Vance me ha conseguido todo lo que ha encontrado sobre movimientos sospechosos en el extranjero: aumentos del nivel de alerta por amenaza, preparativos militares actualizados, conversaciones inusuales en los lugares habituales...

—¿Y?

—Hay cierta extraña actividad submarina en el Atlántico. Vamos a enviar más buques al golfo Pérsico, probablemente está relacionado con Irán. Por nuestra parte hubo maniobras navales sorpresa en el Pacífico. No encuentro nada que pueda ser lo que buscamos, es decir, movimientos inusuales de nuestros enemigos.

—¿Nada?

—Un momento —dijo Robie. Ojeó rápidamente una página—. Recuerdo haber visto esto en la tele hace algún tiempo, pero fue antes de que estuviera al corriente de todo este asunto, por lo que no lo relacioné.

—¿De qué se trata?

—El presidente va a ir a Irlanda para asistir a un congreso sobre terrorismo.

—¿Y?

—No es solo el presidente.

—Bueno, ¿quién más va?

Robie alzó la vista.

—Todos los líderes del G8. El guion de *El padrino* es más fácil de interpretar si están todos en el mismo sitio.

—Pero, Robie, piensa en las medidas de seguridad que habrá. Van a estar más vigilados que cualquier otra cosa del planeta. Es imposible dar un golpe allí. Imposible.

—Después del 11S, me niego a pensar que existe algo imposible.

—Pero has dicho que el presidente estará allí. Él no es un objetivo.

—Según el documento de West, no. Eso no significa que vayan a seguirlo al pie de la letra. Quizá también quieran cargárselo.

—Entiendo que los malos vayan a por nosotros. Pero ¿por qué narices iban los nuestros a querer matar al presidente? Y sigo sin entender por qué querrían matar a los líderes del G8.

—Son traidores. A lo mejor los han sobornado. Son cosas que pasan.

Reel no estaba nada convencida.

—No estamos hablando de un tiroteo en la calle, Robie. Esto representaría un colapso mundial. Si los han comprado, ¿dónde van a gastarse el dinero? Tendrán que vivir en un planeta desolado. No tiene sentido.

—Tú eres quien piensa que el libro blanco que escribió West es el origen de todo este embrollo. Si has cambiado de opinión, quiero saberlo ya.

—Sigo pensándolo.

—¿Por Joe Stockwell? —preguntó él.

Reel asintió parpadeando ligeramente.

—Sí.

—¿A quién se arrimó lo suficiente para enterarse de todo esto?

—No lo sé. Ojalá lo supiera. Me envió suficientes detalles para que supiera lo que estaba pasando. Me envió los nombres de la lista. Me dijo lo que pensaban hacer basándose en ese documento, por lo menos en cuanto a lo que él sabía.

—¿Te envió el documento?

—No. Lo conseguí a través de otro amigo mío que lo localizó.

—Qué suerte tener tantos amigos.

—Así pues, ¿vamos a Irlanda? —preguntó ella.

—Si es ahí donde va a producirse el golpe, no veo otra alternativa.

—¿Y si le contamos a Vance nuestras sospechas? Ella puede informar a sus superiores.

—No van a emprender ninguna acción sin conocer sus fuentes. Y no puede decirles que somos nosotros sin que la arresten. O sea que la respuesta es no —zanjó Robie.

—¿Tienes algún pasaporte falso del que la Agencia no tenga constancia?

—Por supuesto.

—Entonces quizás haya llegado el momento de viajar a Irlanda. —Robie volvió a mirar la pantalla una vez más—. Quizá.

—Me gustaría comprobar otra cosa más, Robie.

—¿El qué?

Reel cogió su móvil.

—El amigo.

—¿Dónde está ese amigo? ¿Es de fiar?

—Sí. Y trabaja en el centro comercial.

—¿El centro comercial? ¿A qué se dedica?

—Es un genio de los videojuegos, entre otras cosas.

—¿Qué puede averiguar para nosotros?

—El nombre real de Roger *el Regateador*. Porque ese hijoputa va a morir y voy a ser yo quien apriete el gatillo —respondió ella.

67

Había cinco hombres en la sala:

Evan Tucker.

Hombre Azul.

Gus Whitcomb, el asesor presidencial para Asuntos de Seguridad Nacional, conocido como APNSA.

El director del FBI, Steve Colwell.

Y el presidente de Estados Unidos.

—¿Alguna pista sobre quién mató a Howard Decker? —preguntó este.

Colwell negó con la cabeza.

—Todavía no, señor. Fue un asesinato tipo ejecución. Hemos recuperado la bala, pero no tenemos pistola a la que atribuirla.

El presidente mostró su incredulidad.

—¿Y nadie vio nada? Estaban en un puto parque público.

—Hemos realizado indagaciones —explicó Colwell—. Por desgracia, todavía no ha aparecido ningún testigo.

—Puede que no haya testigos. Si se trató de un golpe profesional, se asegurarían de que no rondara nadie por ahí.

—Pero ¿con qué objetivo? —preguntó el mandatario.

—Quizá tenga que ver con las actividades del Comité de Inteligencia que presidía Decker.

—¿Está también relacionado con las muertes de Gelder y Jacobs? —El presidente se recostó en su asiento y observó al resto de los hombres de la sala, mirándolos uno por uno en espera de una respuesta.

—Bueno, todos ellos pertenecían al campo de la inteligencia. Por lo menos es un territorio común.

El presidente lanzó una mirada a Colwell.

—Y no hemos avanzado en las investigaciones acerca de quién está detrás de estos asesinatos, ¿no?

—Estamos realizando algunos avances —dijo Colwell sin convicción.

—Me alegro —intervino Tucker—. Siempre va bien algún avance, por pequeño que sea.

Los dos directores intercambiaron una mirada desagradable.

—Y luego está lo del tren Amtrak —intervino Whitcomb con dureza—. Víctimas y lo que parece un encubrimiento considerable. —Hizo una pausa para mirar de reojo al presidente—. Y también está el tema pendiente de Jessica Reel. Y ahora, además, si no me equivoco interpretando los posos del café, Will Robie. —Lanzó una mirada a Tucker—. ¿Sigue desaparecido?

Tucker asintió antes de mirar brevemente a Hombre Azul.

—¿Y qué puede estar haciendo Robie desaparecido del mapa? —preguntó Whitcomb.

—Ojalá lo supiera, Gus. —Tucker se encogió de hombros.

Whitcomb continuó.

—Cuando hablé con Robie, antes de que desapareciera —precisó en tono despectivo—, me habló de varios asuntos inquietantes. —Lanzó una mirada al presidente, que parecía saber lo que Whitcomb estaba a punto de decir.

Asintió para alentarlo.

—Continúa, Gus. Necesitamos que todo esto salga a la luz.

—Robie me contó que Janet DiCarlo estaba preocupada por algunos incidentes inexplicables ocurridos en la Agencia. —Miró a Tucker con severidad—. Tu agencia.

—¿Qué tipo de incidentes? —quiso saber Colwell.

Whitcomb miró su tableta.

—Personal desaparecido. Misiones que nunca tenían que haberse encomendado. Dinero y equipos desaparecidos.

Colwell pareció sorprenderse, aunque también se mostró un tanto satisfecho por esa revelación.

—Acusaciones graves —observó el presidente.

—Desde luego —corroboró Colwell.

El presidente continuó:

—Soy consciente de que tuvimos a algunos enemigos de este país muy cerca de casa. —Lanzó una mirada a Colwell—. Y no solo en la CIA. También en tu agencia. —Colwell perdió su gesto arrogante.

El presidente centró la vista de nuevo en Tucker.

—Lo consideré un incidente aislado. Podría decirse que estoy aquí sentado gracias al valor y habilidad de Will Robie. Si él pensó que algo seguía yendo mal, yo también. Si dijo que DiCarlo estaba preocupada, le creo.

—Pero aun así se ha esfumado —le recordó Colwell.

—Eso podría tener distintas explicaciones —afirmó Whitcomb.

—Si se ha aliado con Jessica Reel y ella es la asesina de Jim Gelder y Doug Jacobs, entonces las explicaciones podrían resultar problemáticas —observó Tucker de forma siniestra.

Hombre Azul le lanzó una mirada, pero Tucker continuó:

—He oído teorías acerca de que Jacobs y Gelder eran traidores. Estoy al corriente de que un ex analista de la CIA, Roy West, fue asesinado recientemente. Y que es posible que Reel y Robie estuvieran en la escena del crimen.

—Es la primera vez que oigo tal especulación —espetó Whitcomb.

—Porque de eso se trata, de especulación —replicó Tucker—. No sé de qué lado está la gente en este asunto. No sé si Robie y/o Reel están de nuestra parte o no. Lo que sí sé es que está muriendo gente y que debe de existir un buen motivo para ello. Lo que está en juego en este asunto debe de ser enorme. Pero nadie ha sido capaz de averiguar de qué se trata o cuál es la motivación.

—¿Y Decker? —preguntó Whitcomb con voz queda—. ¿Podría estar implicado de algún modo? ¿Es posible que también fuera un traidor? ¿Lo habrá matado también Reel?

—No lo sé —reconoció Tucker con frustración—. La verdad es que no lo sé.

—Robie me dijo que creía que Jessica Reel había salvado la vida a DiCarlo aquella noche. Que ella era la contra-francotiradora que dejó todos los casquillos de bala. Si es el caso, me cuesta imaginar que sea una traidora.

—Si disparó y mató a Jacobs y Gelder, como mínimo es una asesina —espetó Tucker, aunque pareció lamentar su exabrupto. Se serenó y continuó—: Si eran traidores, para eso tenemos a los tribunales. Uno no va por ahí cargándose a la gente porque sospecha que son malos.

—Sí, pero vete a saber —dijo Whitcomb—. Yo no estoy preparado para castigar con dureza a Reel si esos hombres se habían vuelto contra su país. No hay nada en su hoja de servicios que sugiera que pueda ser una traidora, y lo mismo puede decirse de Robie.

—Es cierto también para Jim Gelder y Doug Jacobs —interpuso Tucker.

—Tomo nota —afirmó el presidente—. Pero no adelantemos acontecimientos. Por ahora tenemos que destinar todos nuestros recursos a solucionar este asunto. Y eso incluye encontrar a Robie y Reel cuanto antes. Si de algún modo están trabajando para nosotros, podrían resultar sumamente valiosos para aclarar esta situación.

—¿Y si trabajan en nuestra contra? —preguntó Tucker.

—Entonces su destino es predecible. —El presidente miró alrededor—. ¿Estamos de acuerdo?

Todos los presentes asintieron con la cabeza.

El mandatario se levantó.

—En breve partiré para Irlanda, pero mantenedme informado. Este asunto tiene prioridad absoluta. No toméis ninguna decisión importante sin informarme. ¿Entendido?

Los demás asintieron.

Todos se pusieron en pie mientras el comandante en jefe se marchaba por una puerta que le abrió un agente del Servicio Secreto.

Cuando la puerta se cerró detrás de él, Whitcomb se sentó, igual que los demás.

—Así pues, ¿qué papel desempeñamos en esta situación, Gus? —preguntó Tucker.

—Me ha parecido que el presidente lo dejaba bien claro, Evan —dijo Whitcomb ligeramente sorprendido.

—Por lo que ha dicho, sí. Me refiero a lo que no se ha verbalizado.

—Me parece que puedes deducir de qué se trata. Pero voy a darte una pista: si este asunto no se resuelve de forma satisfactoria, entonces se depurarán responsabilidades. —Miró a Tucker, luego a Colwell y por último a Hombre Azul—. Se depurarán responsabilidades —repitió.

—¿De cuánto tiempo disponemos? —preguntó Colwell.

Whitcomb se levantó, poniendo así fin a la reunión.

—Por lo que parece, de casi nada.

68

Reel y Robie se separaron tras apearse del coche. Entraron en el centro comercial por puertas distintas.

Se comunicaban a través de pinganillos en una frecuencia segura. Robie había insistido en abordar la situación como una operación y a Reel le había parecido perfecto. Ella no esperaba que surgiera ningún problema, pero nunca esperaba que todo marchara sobre ruedas.

Robie sabía que era una buena forma de ir por la vida porque la perfección pocas veces se presentaba sobre el terreno.

Recorrió el pasillo principal del centro comercial. Era primera hora de la tarde y no había tanta gente como habría más tarde. De todos modos, ella hizo lo posible por pasar desapercibida.

Se acercó a GameStop desde el lado este y habló en voz baja.

—A diez pasos del objetivo. Haré una señal y luego iré hacia el oeste por el pasillo en dirección a los lavabos.

—Entendido —dijo Robie.

Él estaba en la planta superior del centro comercial, oculto bajo la capucha, mirando hacia abajo, cuando ella pasó. La observó dejando atrás GameStop. Ella se pasó el dedo por debajo del mentón y siguió adelante.

Robie sonrió al ver el gesto. Él había empleado el mismo en una ocasión. La siguió con la mirada mientras doblaba una esquina para dirigirse a los lavabos.

Al cabo de un minuto, Robie se fijó en un hombre bajito y delgado con una camiseta negra que salía de GameStop y seguía los pasos de Reel.

Robie cogió la pistola con la mano en el bolsillo.

Ahí había dos equipos.

Uno que venía por el este y el otro por el oeste.

Había visto ese tipo de configuraciones muchas veces a lo largo de los años. Todas tenían alguna diferencia, pero para alguien como él resultaban todas iguales. Era obvio que no habían previsto su presencia. Él era el comodín y tenía intención de aprovechar al máximo esa condición.

Habló por el micro.

—Dos equipos complementarios van en tu dirección. Este. Oeste. Un par de tipos por cada flanco. Armados y comunicados para poderse coordinar.

Así identificó Robie a los equipos de asalto: por los pinganillos. Se había tapado el suyo con la capucha. A ellos no les había parecido necesario. Menudo error.

—Recibido —respondió Reel tranquilamente—. Haré lo que pueda.

—A tus seis.

—Entendido.

Estaba a segundos de tener que salir de ahí peleando y hablaba como si fuera al servicio a hacer pis.

Robie no se habría esperado menos de ella.

Subió por la escalera mecánica saltando los escalones de tres en tres. Al llegar a la primera planta ya corría a toda velocidad.

Uno de los equipos ya había recorrido el pasillo que conducía a los lavabos. El segundo equipo estaba a dos pasos de ahí. Lo último que un poli quería era sufrir un disparo de otro poli. O disparar a otro poli.

Esos hombres no hablaban y lo único que se marcaba en sus chaquetas eran las pistolas.

Antes de que pudieran dispararle, Robie disparó a un hombre en la rodilla. Gritó, cayó al suelo y su pistola salió despedida. Robie se despreocupó de él. Las rodillas destrozadas eran tan dolorosas que hasta los hombres más duros se quedaban tumbados llorando como niños.

El segundo hombre disparó a Robie, que se agachó y se lanzó a un lado; la bala destrozó una maceta grande. Notó un sabor ácido en la boca cuando la bilis le subió por la garganta. Por muchas veces que lo hubiera sentido, ser blanco de un disparo no era natural y el cuerpo reaccionaba siempre igual. Robie tenía miedo, como cualquiera en una situación así. Pero no le entró el pánico, lo cual era la diferencia clave entre quienes sobrevivían y quienes no.

Aquel hombre no volvería a tener otra oportunidad de disparar. Esta vez Robie no disparó a las rodillas, sino que le pegó un tiro entre ceja y ceja.

Luego corrió pasillo abajo. Cuando oyó disparos, apretó el paso.

—¿Reel? ¿Reel, me oyes? ¿Estás bien? —preguntó por el micro.

Redujo la velocidad, dobló la esquina preparado para disparar y se detuvo en seco.

Tres cuerpos yacían en un charco de sangre.

Cuando Robie vio que todos eran hombres, exhaló un suspiro.

«Pero ¿tres?»

Entonces cayó en la cuenta. El amigo de GameStop.

Reel apareció desde la otra esquina empuñando su arma.

Robie la miró.

—¿Estás bien?

Ella asintió, pero no dijo nada. Tenía la vista clavada en su amigo.

Robie oyó gritos detrás de él. Pasos presurosos. Probablemente fueran los guardias del centro comercial.

Era lo que único que les faltaba. No pensaba disparar a un joven desarmado o a un vejestorio que representaban la autoridad.

—Tenemos que largarnos de aquí.

—Lo sé —dijo ella.

—Ya.

Robie miró más allá de ella. Había un par de puertas de salida. Tenía que haber una escapatoria.

Cuando se volvió para mirar a Reel, estaba inclinada al lado de su amigo muerto, retirándole un mechón de pelo de la cara.

—Lo siento mucho, Mike —le decía.

Él corrió hacia ella, la tomó del brazo y la arrastró pasillo abajo. Abrió la puerta de una patada y los dos pasaron corriendo. Robie miró alrededor. Estaban en una zona de almacenamiento.

—¿Sabes por dónde se sale?

Dio la impresión de que Reel no le había oído y se volvió.

—¡Jessica! ¿Sabes por dónde se sale? —bramó.

Ella se concentró con aspecto azorado y señaló a la izquierda.

—Por ahí, las puertas dan al lado este. Vamos, sígueme.

Salieron al exterior y caminaron a paso veloz hacia el párking. Llegaron al coche de Reel, seguros de que habían conseguido escabullirse.

Hasta que oyeron un chirrido de neumáticos que se acercaban a toda velocidad.

Así pues, los abatidos no estaban solos: tenían refuerzos.

Y se acercaban a toda prisa.

Robie solo tuvo tiempo de decir:

—Cuidado.

69

Reel arrancó humo a las ruedas y condujo marcha atrás directamente hacia el vehículo de mayor envergadura. Robie se preparó para el golpe, pero no se produjo.

Vio la rejilla del morro del todoterreno durante un instante. Dio la impresión de que iba a tragarse todo el cristal trasero de su coche. Pero Reel había girado justo a tiempo de escurrirse por un hueco entre el todoterreno y una columna de cemento.

Hizo un giro en redondo y puso la primera antes incluso de acabar la maniobra de 180 grados. Dejó un rastro de caucho en el suelo de cemento del garaje y el coche salió disparado del recinto. Se encontró de frente con los vehículos que entraban en el centro comercial.

Reel giró bruscamente a la izquierda, saltó la mediana y pisó el acelerador. El coche salió impulsado y arrolló una hilera de conos de tráfico naranja, dio un volantazo a la derecha y practicó otro giro.

Robie apenas tuvo tiempo de ceñirse el cinturón de seguridad. Empuñaba su pistola, pero no había nada a lo que disparar.

Tenían tráfico por delante, pero solo en un sentido. Por desgracia, en la dirección que ellos iban. Reel solucionó el problema conduciendo como los británicos, por el lado contrario de la carretera.

Eludió el atasco, se saltó un semáforo en rojo, avanzó en el sentido contrario del tráfico y consiguió desviar el recorrido del coche, por lo que perdió un tapacubos. Pisó el acelerador hasta el fondo en cuanto estuvo situada en el lado correcto de la carretera.

Para entonces se oían sirenas por todas partes.

Robie miró detrás.

—Vamos bien. Aminora para no dar pistas a la poli.

Reel redujo la velocidad, se paró un instante en un ceda el paso y luego se fundió con el tráfico. Al cabo de unos minutos circulaban por una autopista a cien kilómetros por hora.

Robie se guardó la pistola.

—Siento lo de tu amigo.

—Yo siento que tengas que decir eso una y otra vez —repuso ella.

—¿Quién era?

—Se llamaba Michael Gioffre. Y ha muerto por mi culpa.

—¿En serio? Pensaba que habían sido los tíos que te disparaban a ti.

—No he comprobado si había un equipo de observación, Robie. Sabía que ahí solía haber uno. Uno legal. Siempre lo comprobaba, menos hoy.

—¿Cómo ha sido?

—El disparo de uno de ellos rebotó en una papelera y dio a Mike en un ojo. Murió antes de llegar al suelo.

—¿Y entonces qué pasó?

—Acabé con esos tipos. Una bala cada uno. No eran muy buenos. Se me acercaron corriendo como si yo no fuera a presentar batalla. Imbéciles.

—Los míos tampoco eran demasiado buenos, la verdad.

Reel lo miró con severidad.

—Me pregunto por qué.

—A lo mejor han enviado a los mejores a Irlanda. —Robie puso la radio—. Veamos si ya dicen algo de lo del centro comercial.

No había nada. Pero otra noticia les llamó la atención. El locutor no se explayó, aunque en ese momento tampoco abundaran los detalles. Cuando el locutor continuó con otra noticia, Robie apagó la radio y se quedó mirando a Reel.

—Howard Decker ha sido asesinado —dijo.

—Están eliminando cabos sueltos, Robie. Esos hijos de puta

planean llevar esto adelante y luego quedar impunes. Pero no van a conseguirlo. Voy a pegarle un tiro a cada uno de ellos. Voy a dispararles una y otra vez hasta que me quede sin balas.

Robie le puso una mano en el brazo y se lo sujetó.

—¿Qué haces? —preguntó ella.

—Siento lo de Mike. Podemos ir a algún sitio para que llores su muerte y la de Gwen...

—No tengo que llorar por nadie.

—Yo creo que sí.

—No sabes nada de mí. Así que deja tu puto sermoncito sobre el duelo para quien le interese. Yo soy una asesina, Robie. Es normal que la gente muera a mi alrededor.

—Pero no suelen ser tus amigos, Jessica.

Ella se dispuso a replicar, pero las palabras se le atascaron en la garganta.

Robie continuó.

—No pretendo hacerte de psicólogo. En cuanto lleguemos a Irlanda, no tendrás tiempo de pensar. O estás en esto al cien por cien y sé que puedo contar contigo, o no me sirves y entonces ya puedes dejarme en la próxima salida.

Reel parpadeó.

—Ya utilizaste esa treta conmigo en otra ocasión, Robie.

—Yemen. Perdimos a Tommy Billups. Te echaste la culpa. Y para ser exactos, te pasaste media hora intentando averiguar si yo era trigo limpio.

—Hasta que me pusiste en mi sitio.

—Porque un equipo es un equipo, Jessica. Y ahora mismo nuestro equipo consta únicamente de dos personas. Si el equipo se divide, la habremos cagado, lo cual en nuestro caso significa palmarla.

Reel inspiró largo y tendido.

—Estoy bien.

—Convierte tu ira en algo que garantice que venceremos a estos cabrones, Jessica. Es lo único que digo.

—Lo sé, y tienes razón.

Condujeron en silencio durante unos kilómetros, hasta que Reel dijo:

—Por eso siempre fuiste el número uno.

Él se volvió para mirarla.

—Nunca te dejas dominar por las emociones, Robie. Nunca. Eras una máquina. Todo el mundo lo pensaba.

Él se miró las manos. De hecho, las palabras de ella le incomodaron.

Por lo equivocados que estaban los demás.

Introdujo la mano en la chaqueta y frotó la culata de la pistola. No para que le diera suerte. Nunca era cuestión de suerte.

Era su talismán. Era su herramienta preferida. Era su modo de vida.

«Soy un asesino, y también soy un ser humano. El problema es que no puedo ser las dos cosas.»

Reel lo miró.

—¿En qué estás pensando?

—Nada importante —repuso él.

70

El trimotor Dassau Falcon tenía capacidad para que doce pasajeros viajaran cómodamente.

Esa noche solo llevaba dos.

Reel iba en el asiento trasero de la cabina y Robie a su lado.

No había nadie detrás de ellos. Así es como les gustaba a ambos.

—¿Cómo has conseguido esta aeronave? —preguntó él.

—Propiedad compartida fraccionada. Menos medidas de seguridad y mayor intimidad. —Lo miró—. ¿Tú en qué te gastas el dinero?

—¿Recuerdas mi casita en el bosque? El resto está en el banco rindiendo intereses negativos.

—¿Ahorrando para la jubilación? ¿Para tus años dorados?

—Lo dudo. ¿Sabes que podrían descubrir que eres la propietaria de este avión?

—No está a mi nombre. Está a nombre de un multimillonario ruso que ni siquiera sabe cuántos aviones y yates tiene. Yo tengo mi parte y nadie se ha enterado.

—Muy inteligente por tu parte.

—Ya veremos lo inteligente que soy cuando lleguemos a Dublín.

—He hecho un poco de reconocimiento.

—¿Otra vez tu amiga Vance?

—Nunca está de más tener el apoyo del FBI.

—¿No te hizo preguntas? —quiso saber ella.

—Las tenía en mente pero no las planteó.

—¿Y qué averiguó, entonces?

—La burbuja de la protección es muy parecida a años atrás, con un par de arrugas nuevas.

—¿Por ejemplo?

—Por lo que parece —respondió él—, para un espectáculo de cooperación global han invitado a varios mandatarios de países que no pertenecen al G8 a un evento de un día. De hecho, con eso se abre el congreso.

—¿Qué mandatarios?

—De varios países de clima desértico.

—¿Son imbéciles o qué? —resopló ella.

—Según parece, no es lo que piensan, no.

—Ya sabes quién acompaña a los mandatarios.

—Los servicios de seguridad.

—Y esos servicios se someten a investigaciones internas. Tenemos que confiar en que son lo que dicen ser.

—Cierto —admitió él.

Reel miró por la ventanilla a cuarenta mil pies de altura y rodeada de un cielo oscuro, vasto, vacío y supuestamente amenazador.

—¿Quieres tomar algo? —ofreció. Se levantó para dirigirse al bar situado en la parte delantera de la cabina.

—No, gracias.

—A lo mejor cambias de opinión.

Al cabo de un momento, ella se acomodó de nuevo en su asiento con un vodka con tónica entre las manos.

Encontraron pequeñas turbulencias y ella alzó el vaso para evitar que se derramara el líquido. Cuando el aire se calmó, dio un sorbo y miró la pantalla del portátil de Robie.

—Llevamos una bolsa llena de armas ahí atrás —dijo él—. ¿Qué ocurrirá cuando pasemos por la aduana?

—Los multimillonarios rusos no pasan por la aduana normal, y tampoco sus compañeros de vuelo. El proceso es muy sencillo y privado en su mayor parte.

—Vuelve a contarme cómo has conseguido esto.

—Creo que no te lo he contado.

—¿Estás segura de que tu multimillonario no causará problemas de seguridad?

—Es un enamorado de Estados Unidos. Le encanta el mercado libre y el capitalismo. Es un aliado. Ningún problema en ese sentido. Y nos consigue un avión y que pasemos un arsenal por la aduana.

—Me impresiona la potencia de fuego que tienes.

—No te creas que bastará. Hay mucha gente. Y nosotros solo somos dos.

—Tendremos que ser más listos y más ágiles.

—Fácil de decir. Más difícil de conseguir.

Robie contempló la bebida de ella.

—¿Ahora quieres una? —preguntó Reel.

—Sí. Me la prepararé.

—No, déjame a mí. Es mi única oportunidad de mostrarme hogareña.

Robie la observó mientras recorría el pasillo. Lo último que era capaz de imaginar era a una Jessica Reel en plan familiar.

Cuando volvió, ella entrechocó su vaso con el de él.

—Cuando todo esto haya acabado, todavía no habrá acabado todo —sentenció ella.

Robie asintió. Sabía perfectamente a qué se refería. Dio un sorbo a la bebida y pensó en qué responder.

—Supongo que no.

—¿Me creerías si te digo que llegados a ese punto me daría igual?

—Pero eso no cambia nada realmente.

—¿Tienes que matarme o apresarme?

—Lo cierto es que recibí órdenes contradictorias. Algunas eran de matar y otras de capturar.

—Pero si me apresaras podría hacer declaraciones públicas y decir cosas que no quieren oír. Tengo derecho a la libertad de opinión y a una defensa legal. Así que no veo más opciones aparte de matarme, Robie.

Él bebió un sorbo de su bebida y comió unos frutos secos que había traído en un cuenco.

—A ver si sobrevivimos a Dublín. Si es el caso, ya volveremos sobre el tema.

Reel apuró su bebida y dejó el vaso en la mesita.

—Sí —convino—. Supongo que sí.

Robie la miró de hito en hito. Sabía que era una mentira y ella también. Volaron otras cien millas en silencio. Allá abajo, el Atlántico hacía espuma y se removía mientras un desapacible sistema de bajas presiones se deslizaba sobre el mar.

Al final Reel habló.

—Cuando disparé a Jacobs, ¿sabes qué sentí?

Robie negó con la cabeza.

—Nada distinto a cuando he apretado el gatillo otras veces. Ninguna diferencia. Pensé que sentiría algo nuevo porque él había ayudado a matar a Joe. Pensé que habría cierto sentido de venganza, o de justicia incluso.

—¿Y Jim Gelder? ¿Qué sentiste cuando lo mataste?

Ella lo miró.

—¿Qué crees que debería haber sentido?

Robie se encogió de hombros.

—No soy la persona adecuada para esa pregunta.

—Eres la persona perfecta para esa pregunta, pero voy a preguntarte una cosa.

Robie esperó con los ojos entornados, preguntándose adónde llevaba esa conversación.

—No apretaste el gatillo cuando se suponía que debías hacerlo. ¿Cómo te sentiste?

—El objetivo murió de todas formas —respondió él.

—Eso no es lo que he preguntado. ¿Cómo te sentiste?

Robie no respondió de inmediato. Lo cierto era que había intentado no pensar sobre ese asunto en concreto.

«¿Cómo me sentí?»

Reel respondió por él.

—¿Liberado?

Robie bajó la mirada. Aquella era exactamente la palabra que se había formado en su mente.

Dio la impresión de que ella así lo sentía, pero no presionó.

—¿Otra copa? —ofreció, viendo que él tenía el vaso vacío. Como lo vio vacilar, añadió—: Tengo la impresión de que ser hogareña me va a aburrir antes de que aterricemos. Así que aprovecha mientras puedes. —Y le cogió el vaso de la mano, pero lo depositó en la bandeja. Consultó la hora—. Faltan exactamente tres horas y cuarenta minutos para aterrizar.

—¿Está bien? —preguntó Robie confundido. Bajó la mirada hacia el vaso vacío.

Entonces se le ocurrió que ella no se refería a una segunda copa. Abrió los ojos un poco más de lo normal.

—¿Te parece que no es el momento adecuado? —preguntó ella como respuesta a su expresión.

—¿Y a ti? —quiso saber él.

—No es la primera vez que he pensado en enrollarme contigo. Esas hormonas juveniles, tan excitadas en situaciones de vida o muerte, y los dos siempre rodeados de armas... Son la antesala para que pase algo. ¿Qué me dices?

—No estaba previsto que formara parte de este asunto. Nunca, de hecho.

—Que no estuviera previsto no significa que no pueda ser.

—¿Y el momento?

—En realidad, es perfecto.

—¿Por qué?

—Porque tanto tú como yo sabemos que no vamos a sobrevivir a Irlanda. Saben que te has aliado conmigo. No van a permitir que sobrevivas a esto. Ellos nos superan ampliamente en número. No hace falta una sala llena de analistas para descifrar este asunto. Yo voy a morir lamentando muchas cosas, pero no quiero que «eso» sea una de ellas. Bien, ¿qué me dices?

Reel se levantó y alzó una mano.

—¿Qué me dices? —repitió—. La cama de la parte de atrás es muy cómoda.

Él observó la mano de ella unos instantes antes de apartar la mirada. No se levantó del asiento.

Reel bajó la mano lentamente.

—Nos vemos en Dublín —dijo, y se dispuso a encaminarse al cuarto privado de la popa.

—No tiene que ver contigo, Jessica.

Ella se puso rígida y se detuvo, pero sin volver la vista atrás.

—¿Hay alguien más? —preguntó—. ¿Vance?

—No.

—Me sorprende que tuvieras tiempo de salir con alguien.

—Ya no está viva.

Entonces Reel sí se volvió.

—Es reciente —explicó Robie.

Reel regresó y se sentó a su lado.

—¿Quieres hablar de ello?

—¿Por qué? Soy una máquina, ¿no? Eso es lo que dijiste.

Ella le puso la palma contra el pecho.

—A las máquinas no les late el corazón. No eres una máquina. No tenía que haber dicho tal cosa. Me gustaría que me lo contaras, si es que te apetece hablar.

—¿En serio?

—No tengo ningún otro sitio adonde ir durante las siguientes tres horas y —consultó su reloj— treinta y ocho minutos.

El avión siguió surcando el cielo.

Y Robie le habló de una joven que le había robado el corazón y casi lo había matado porque resultó ser el enemigo.

A modo de respuesta, él había hecho lo único que se le daba realmente bien.

La había matado.

Era algo que solo una persona como Jessica Reel era capaz de entender.

71

Sam Kent se había puesto en marcha.

Se había tomado dos semanas libres del tribunal. El FISC no tenía trabajo acumulado. Emitían veredictos con rapidez. Podían pasar sin él unos días.

Se preparó una bolsa y dio un beso de despedida a su esposa e hijos.

No era algo extraño. A menudo se ausentaba sin dar muchas explicaciones. Su esposa comprendía que aquello formaba parte de su vida pasada, de la que él no hablaba.

Bueno, aquello no tenía realmente que ver con su vida pasada, sino con su futuro. Más concretamente, si iba a tenerlo o no.

Jacobs, Gelder y ahora Decker habían sido asesinados.

Kent sabía que tendría que moverse con diligencia si no quería acabar como esos tres hombres. Ahora tenía enemigos en ambos bandos.

Reel y Robie eran extraordinarios. Sin embargo, esos dos le preocupaban menos que su oponente en el otro bando. La salida más clara era asegurarse de que el plan tendría éxito. Por lo menos, la parte que a él le correspondía. A partir de ahí, ya no estaría en su mano y tampoco podrían culparle si fracasaba esa parte.

También le brindaba la oportunidad de volver sobre el terreno después de pasar años sentado tras un escritorio. Ahora se daba cuenta de que esa inactividad había sido como una muerte lenta para él. Había sido agradable matar al idiota de Anthony Zim. Había echado de menos esa sensación.

Se trasladó en coche hasta el aeropuerto y metió el vehículo en el aparcamiento para estancias largas. Hacía una buena noche. Cielo despejado, muchas estrellas y viento ligero. Sería un buen vuelo. Tendría que empezar con brío. Había bastante trabajo preliminar por hacer.

El éxito o el fracaso dependían en gran medida de la preparación. Con una buena preparación, lo único que se requería hacer era ejecutar. Incluso podían realizarse cambios en el último momento si la planificación lo requería.

Kent no llevaba armas en la maleta. No era su trabajo en esta ocasión. Él era una mente pensante, un procesador, no un hacedor.

En parte le apenaba, pero, a su edad, también era consciente de que era la opción más realista. En cuanto aquello terminara, el futuro sería incierto y clarísimo a partes iguales. Claro para quienes sabían lo que estaba a punto de suceder y tenebroso para todos los demás. Una descarga de emoción mezclada con pavor le recorrió la columna. Después de esto, el mundo sería distinto, sin duda. Y él estaba convencido de que para mejor.

Tomó el autobús que conducía a la terminal. Una vez allí, enseñó el pasaporte, facturó la maleta, pasó por el control de seguridad y se dirigió a la sala de espera que correspondía a su vuelo internacional.

El comodín o comodines eran obvios: Robie y Reel.

El ataque en el centro comercial suponía una prueba concluyente a ojos de Kent. Cuatro profesionales liquidados por dos profesionales mucho más letales.

Una batalla perdida, pero no la guerra, por supuesto.

El objetivo había sido eliminar la fuente de información de Reel. La limpieza había sido complicada. La noticia había sido tema de portada y al FBI y el DHS se les haría dar vueltas como peonzas y acabarían tan mareados que la verdad les miraría directamente a los ojos y serían incapaces de verla.

Kent pidió un zumo de naranja y unas galletas saladas con queso en el club del aeropuerto al que pertenecía. Normalmente tomaba un avión privado hasta su destino, pero en esta ocasión le bastaba con un vuelo regular. Miró por la ventana y contempló cómo un avión tras otro maniobraba, rodaba por la pista y al cabo de unos minutos alzaba el vuelo en el despejado cielo nocturno.

Pronto le tocaría a él.

Se preguntó dónde estarían Robie y Reel en esos momentos.

¿Tal vez camino del mismo lugar que él? ¿Era posible que lo hubieran averiguado, teniendo en cuenta la información de que disponían?

El libro blanco era una pieza clave, aunque no especificaba ningún objetivo. Solo ofrecía un escenario con personajes. Era posible que hubieran encajado el resto de las piezas, pero tener una visión global de todo era mucho pedir incluso para personas como ellos.

Y si Reel hubiera obtenido lo que necesitaba gracias a Roy West, no habría tenido que recurrir al difunto Michael Gioffre. Era una suerte que el superior de Kent hubiera recordado ese vínculo y rápidamente hubiese encargado el asunto a un equipo de seguimiento.

La única desgracia era que sus hombres no habían reparado en Robie. De no ser por él, podrían haber atrapado a Reel. Pero no había sido el caso y eso era lo que había.

Anunciaron su vuelo al cabo de una hora. Embarcó después de observar al resto de pasajeros apelotonados junto a la puerta. El vuelo estaría lleno. No pasaba nada. Era una ruta muy solicitada.

Intentaría dormir, aunque dudaba que lo consiguiera. Tenía mucho en lo que pensar.

Mientras tomaba asiento, le sonó el teléfono. Miró el mensaje de texto. «Buena suerte», ponía. Guardó el móvil sin responder. ¿Qué se suponía que tenía que decir? ¿Gracias?

Se ajustó el cinturón y reclinó el asiento. Sacó la cartera y extrajo una foto.

Su otra vida. Su familia. Una esposa joven y bella, hijos adorables. Vivían en la casa perfecta en el barrio perfecto y tenían todo el dinero que necesitaban para ser felices el resto de sus vidas. Podría estar con ellos en esos momentos. Arropando a sus hijos en la cama. Haciendo el amor con su mujer. Tomándose un whisky escocés en el estudio mientras leía un buen libro. Podía seguir haciendo eso el resto de su vida y sentirse enormemente satisfecho, incluso eufórico.

Pero resulta que estaba en un avión que lo llevaría a otro destino donde se jugaría el cuello por un bien mayor.

Kent recorrió con el dedo la imagen de su esposa.

Una mujer que iba sentada a su lado, que observó su gesto, sonrió.

—Sí, yo también echo de menos a mi familia cada vez que me marcho —dijo.

Kent sonrió y luego miró hacia otro lado.

Al cabo de unos minutos el avión zumbó por la pista y se alzó en el aire.

Kent había viajado en muchos aviones, desde helicópteros artillados en las selvas de Vietnam, donde se suponía que cada árbol ocultaba a un vietcong que intentaría abatir la aeronave, hasta jets 747 que le habían llevado de un extremo a otro del planeta gozando de todos los lujos. Pero en cada caso, cuando había aterrizado había estado preparado para matar. Y lo había hecho a menudo.

Desdobló el periódico y miró la portada.

Howard Decker seguía vivo, en la foto, claro está. Tenía los ojos abiertos. Sonreía. Tenía a su mujer al lado en algún evento social que exigía vestidos escandalosamente caros para las damas y chaqués exactamente iguales para los caballeros.

En la realidad, Decker estaba en una mesa de amortajamiento de Washington D.C. con media cabeza reventada. Nunca volvería a sonreír.

Kent no había sabido nada de ese golpe, pero estaba de acuerdo con que se hubiera ejecutado. Atar cabos sueltos. El débil separado del resto del rebaño.

Estaban próximos al fin de aquello y nada ni nadie iba a interferir con el resultado deseado. Demasiado tiempo dedicado a la planificación. Demasiados obstáculos salvados. Muchísimo en juego.

Era el domingo de la Super Bowl. Todos los prolegómenos habían terminado.

Había llegado el momento de jugar el dichoso partido.

72

Robie y Reel tuvieron que admitir que Dublín era una fortaleza. Llevaban en la ciudad menos de veinticuatro horas y ya lo habían notado. Habían hecho todos los reconocimientos y amagos posibles para poner a prueba el perímetro de seguridad de la reunión del G8, y no habían encontrado ni un solo punto débil.

Estaban en la habitación de hotel de Robie con vistas al río Liffey. Él miraba por la ventana a través de unos prismáticos el centro hotelero donde se desarrollaban la mayoría de los actos programados. Daba la impresión de que había más personal de seguridad que asistentes al G8.

—¿Y los que no pertenecen al G8? —preguntó Robie, bajando los prismáticos para mirar a Reel, sentada en una silla junto a la puerta.

—Están básicamente aislados. Y Vance no acertó del todo. La seguridad de ese grupo de personas corre a cargo del G8. Sus equipos de seguridad no fueron invitados.

—¿Y lo aceptaron?

—O lo aceptaban o no venían.

—O sea que si se produce el golpe, será un trabajo hecho con recursos occidentales —comentó Robie.

—No necesariamente. No hay nada que evite que se produzca un ataque terrorista desde fuera de la reunión. Podría haber una célula terrorista ahora mismo en Dublín.

Robie negó con la cabeza.

—Te digo que aquí algo huele mal.

—Yo tengo la misma sensación.

Robie se sentó en el borde de la cama.

—Algo se nos escapa.

—Soy consciente de ello, pero no sé el qué.

Él se levantó.

—¿Adónde vas? —preguntó ella.

—A descubrir lo que se nos escapa.

Robie salió del hotel. Al cabo de quince minutos estaba fuera de la zona donde se celebraba la reunión del G8. El perímetro de seguridad era denso y funcionaba a distintos niveles. No tenía ninguna posibilidad de entrar en él sin las credenciales adecuadas.

Mientras observaba, dos hombres salieron de un edificio situado dentro del perímetro de seguridad. Iban trajeados, pero con el tocado tradicional de los musulmanes en la cabeza. No subieron a un coche ni a un taxi. Se limitaron a caminar. Robie supuso que formaban parte de la delegación de los no miembros del G8.

Los miró mientras pasaban por allí y decidió seguirlos. Podía funcionar o acabar en nada. En cualquier caso, no tenía nada que perder.

Se colocó discretamente detrás de ellos. Acabaron entrando en un hotel y fueron directos al bar. Su religión les prohibía beber alcohol, pero para algunos musulmanes ese precepto no se aplicaba cuando estaban en territorio occidental. Además, había pocos lugares en la tierra mejor preparados que Dublín para saciar la sed de alcohol.

Cogieron sus bebidas y se sentaron a una mesa cerca de la ventana. Robie pidió una pinta y ocupó una silla en una mesa próxima a ellos. Se puso los auriculares y dejó el móvil encima de la mesa, aunque no puso ninguna música. Bebió la cerveza y escuchó su conversación a hurtadillas al tiempo que iba moviendo la cabeza al ritmo de una música ficticia.

Los hombres hablaban en árabe con voz queda. No tenían motivos para pensar que un occidental entendería ni una palabra de lo que decían. Probablemente estuvieran en lo cierto en la mayoría de los casos, excepto en aquel.

Asistían a la reunión, pero no hablaban del G8. Dentro de un par de días iba a celebrarse otra reunión, en una pequeña ciudad cerca de Montreal, Canadá. Robie había visto una breve noticia al respecto hacía tiempo. Parecía un lugar extraño para una cumbre árabe, pero los canadienses se habían ofrecido y en el fondo tenía cierta lógica. El hecho de reunirse en un lugar neutral y muy alejado de la violencia y el conflicto que imperaban en Oriente Medio daba pie a pensar que pudieran producirse avances significativos. Por lo menos era la versión oficial. Y los canadienses tenían que correr con los gastos de todo aquello. También era una muestra de buena voluntad por parte de Occidente para intentar trabajar con los países árabes. Y aunque Estados Unidos no participaba por motivos políticos, los canadienses eran aliados tan próximos que todo el mundo reconocía el vínculo y apoyo implícitos.

Las principales naciones árabes asistirían a esa reunión con el objetivo de hablar sobre modos de avanzar de forma pacífica en vez de violenta, tal como se había producido en muchos lugares durante la Primavera Árabe. Esos hombres no asistirían, pero conocían a muchos que sí. No parecían creer que fuera a producirse ningún avance importante durante esa reunión. Uno de ellos se echó a reír y dijo que los musulmanes, igual que los occidentales, no solían ponerse de acuerdo en cuanto había que compartir el poder. Hablaron de ciertos líderes que asistirían. Algunos les caían bien y a otros los preferían muertos.

Ambos acabaron sus bebidas y se marcharon. Robie podía haberles seguido, pero no vio la necesidad. Era mejor quedarse ahí sentado y pensar en lo que había escuchado. Fue dando sorbos a la bebida mientras contemplaba la pared del local.

El ataque descrito en el documento apocalíptico de Roy West tenía por objetivo a los líderes del G8. Robie y Reel habían supuesto que personas que trabajaban en Estados Unidos habían ayudado a los enemigos del G8 a planificar un atentado en esa reunión, eliminando así el liderazgo del G8 y provocando el pánico a escala global. Tenía sentido. Pero la conversación de aquellos musulmanes le había hecho revisar su opinión.

Una conferencia en Canadá con líderes de numerosos países musulmanes.

Entonces se puso a pensar en la misión que Jessica Reel nunca había logrado llevar a cabo.

Ahmadi. En Siria. Hombre Azul había dicho que querían desbaratar el ascenso al poder de Ahmadi porque tenían una opción más aceptable en la retaguardia, a la espera de hacerse con el poder.

Se acabó la cerveza y dejó la copa en la mesa. Mientras el líquido se le asentaba en el estómago, se le aclararon las ideas.

Ahí era donde Robie y Reel se habían equivocado. Habían supuesto que quienquiera que estuviera detrás de todo aquello seguía el plan apocalíptico de West al pie de la letra. Pero eso era mera especulación, no un hecho. Efectivamente, iba a producirse un atentado, pero no durante la reunión del G8, pues era muy difícil saltarse las medidas de seguridad.

Pero ¿y cuando todos esos líderes estuvieran reunidos en una pequeña ciudad cerca de Montreal? Serían como sardinas en lata. Eliminarlos de golpe sembraría el caos en Oriente Medio, una de las regiones más convulsas del mundo. Caída de un régimen tras otro. Vacíos de poder. Facciones en lucha para hacerse con el control. Sin duda habría otras personas a la espera de asumir el poder. Y tal vez tuvieran ayuda. Y tal vez quienquiera que estuviera detrás de aquello pensara que un futuro mejor se parecería muchísimo al pasado.

Quizás el documento apocalíptico de Roy West se llevaría a la práctica, pero no de la manera que su autor, en toda su paranoia, había imaginado.

Robie se levantó y regresó a pie al hotel.

La respuesta no estaba en Dublín. Estaba a cinco mil kilómetros de distancia.

73

Dos horas más tarde, Robie y Reel se habían marchado del hotel y estaban en el aeropuerto de Dublín.

—¿Estás seguro de esto, Robie? —preguntó ella por enésima vez.

—No puedo garantizarlo al cien por cien. Pero estoy prácticamente convencido.

Reel miró por los ventanales de la terminal.

—¿Y si te equivocas? ¿Y si nos marchamos de aquí y pasa algo?

—Entonces asumiré toda la responsabilidad —dijo él con rotundidad.

—No me preocupa quién asuma la responsabilidad.

—Ni a mí. Solo pretendo detener esto.

—¿O sea que en vez de matar a los líderes del G8 tienen pensado cargarse a los mandatarios de Oriente Medio? Menuda diferencia.

—Yo no lo planeé, así que no sé qué lógica tiene.

—Sigue siendo un riesgo terrible.

—Cierto.

—Aunque todo salga de acuerdo con el plan, seguimos estando ante un escenario catastrófico —observó ella.

—Occidente solía elegir a su títere y lo ponía al mando. El títere mantenía a todo el mundo a raya y en la zona reinaba la paz. Piensa en el sah de Irán. Y Sadam fue nuestro amigo hasta que dejó de serlo. Estoy convencido de que los mandatarios han sido elegidos con sumo cuidado. ¿Te acuerdas de Ahmadi? Eso era un hombre y un país. Ahora van a lo grande introduciendo a todos los títeres a la vez.

—Pero en Canadá también habrá medidas de seguridad.

—No como en Dublín. Y será un tipo de seguridad distinto.

—Ahora todo se reduce a cómo nos lo montamos nosotros para parar esto.

—Tenemos un largo viaje por delante para pensar en un plan —dijo Robie.

—¿De verdad crees que podremos preparar esto en siete horas?

—No.

—¿Entonces qué? —insistió Reel.

—Tenemos ocho horas. He comprobado la duración del vuelo. Habrá mucho viento en contra.

—Robie, ¡déjate de tonterías!

—Una hora extra es una hora extra. Pero lo único que sé es que debemos intentarlo. Porque de lo contrario sucederá.

Embarcaron. Al cabo de media hora, su jet privado despegó.

Robie había recopilado toda la información disponible sobre el evento hacia el que se dirigían. Tras revisarla, Reel se reclinó en el asiento y dijo:

—No tenemos suficiente información relevante para enfrentarnos a esto, Robie.

—Bueno, Janet DiCarlo dijo algo que podría ayudarnos. Personal desaparecido. Misiones que nunca deberían haberse realizado. Así que quizá veamos ahí a unos cuantos viejos amigos.

—Ya —dijo Reel sin demasiada convicción.

Robie estiró los hombros tensos.

—No tendremos mucho tiempo en cuanto aterricemos. Empieza mañana por la mañana.

—Si dan hoy el golpe, mientras la gente va llegando, ni siquiera tendremos la posibilidad de actuar.

—No lo darán hoy. Tienen que hacer ver que es de verdad. De lo contrario, la gente sospecharía. Los terroristas siempre quieren dar un golpe simbólico. La cumbre tendrá que estar en marcha para que actúen.

—¿En la ceremonia de inauguración, entonces?

Robie asintió.

—Eso creo.

Se levantó y sirvió dos tazas de café del pequeño bar montado contra una mampara. Le dio una taza a ella y volvió a sentarse.

—Tengo una pregunta para ti —dijo—. Y no tiene nada que ver con lo que se avecina.

Reel se reclinó en el asiento y se lo quedó mirando.

—Dispara.

—Me salvaste el cuello en casa de DiCarlo, ¿verdad?

—Ajá.

—No tenías por qué. De hecho corriste un gran riesgo —observó él.

—Corremos un gran riesgo en todo lo que hacemos.

—Eso no es una respuesta, Jessica.

Reel dio un sorbo al café.

—Imaginé que estabas en este lío por culpa mía, y que tenía la responsabilidad de velar por ti.

—¿Igual que en Eastern Shore?

—Los absolutos no existen, Will. Aquello fue al comienzo. Mi única intención era sobrevivir para acabar con esto. Luego cambié de idea.

—¿Cambiaste de idea acerca de mí?

—Verte morir no me habría producido ningún placer. —Apartó la mirada y Robie vio cómo le temblaba la mano. Cuando ella volvió a mirarle, tenía una expresión calmada—. ¿Hemos acabado con esto? ¿Podemos seguir adelante?

—Podemos —dijo él.

Dedicaron el resto del vuelo a identificar problemas en la misión que tenían por delante, a buscar puntos débiles, ventajas. Cuando faltaba poco para aterrizar en Canadá, Reel se reclinó en el asiento, se frotó los ojos y miró a Robie.

—Ahora supongamos que realmente sobrevivimos a esto —dijo—. ¿Qué te espera?

Él se encogió de hombros.

—¿Has estado pensando en tu futuro?

—Estoy cansada, Robie.

—Ya lo veo.

Reel lo observó.

—¿La echas de menos? ¿A la mujer que te hizo daño?

—No —dijo él, pero no sonó muy convincente.

—Bueno.

—Me culpo a mí mismo.

—¿De qué? ¿De ser humano?

—De no haber hecho mi trabajo.

Ella lo miró de hito en hito.

—Que te exige que no seas humano.

—El trabajo es el trabajo.

—Y una vida es una vida. Solo se vive una vez.

Robie negó con la cabeza.

—¿Lo dejamos así?

—¿Cuántos de los que se dedican a lo nuestro han durado tanto como nosotros? —dijo ella.

—No muchos, supongo.

—Debes de haber pensado en la vida después de esto, ¿no?

—Pues sí. Pero supongo que nunca lo he pensado en serio.

—Te sugiero que lo pienses. Porque a lo mejor tenemos suerte y sobrevivimos.

74

El jet privado aterrizó en Montreal, al igual que habían hecho todos los aviones que llevaban a los asistentes al evento.

Una vez allí, Reel y Robie se desplazaron en coche. El trayecto era largo.

—¿Por qué aquí? —preguntó Reel—. ¿Por qué celebrar una cumbre sobre Oriente Medio tan lejos?

—¿Dónde deberían haberla celebrado? ¿En medio de Manhattan? ¿En el National Mall de Washington?

—No es de fácil acceso.

—Es uno de los motivos de su elección. Acceso restringido. Es más fácil controlar quién entra y quién sale.

—¿Quién modera el evento? ¿La ONU?

—Los canadienses. El primer ministro dejó la cumbre de Dublín antes para pronunciar el discurso inaugural de la ceremonia.

—Qué raro.

—Muy raro —convino Robie.

La calle principal de la población no era grande, pero estaba bien surtida de comercios. A Robie le pareció un lugar propio de aquellas bolas de vidrio que, si se agitaban, en su interior parecía nevar.

A decir verdad, se sintió atrapado en el interior de uno de esos adornos. El tránsito peatonal era más denso de lo normal, al igual que el motorizado. Pero en todos los puntos de entrada había controles de seguridad con hombres armados. Registraban los vehículos y comprobaban los documentos de todos los ocupantes.

Robie y Reel no pasaron por ninguno de esos controles. Estaban alojados en un hotel a las afueras de la ciudad. Luego entraron a pie y por separado en la localidad, sin arma alguna.

Él recorrió las calles, memorizando todos los puntos de referencia, la ubicación del evento más importante —el antiguo ayuntamiento de la ciudad— y el personal de seguridad que rondaba por la zona. Sabía que su compañera estaba haciendo el mismo tipo de ejercicio.

Había llegado a la conclusión de que un escenario en plan *El padrino* con múltiples golpes era menos probable. Exigiría una precisión milimétrica y una gran dosis de suerte. Y la mayoría de los profesionales sabían que, siendo realistas, ninguna de esas dos cosas abundaba durante esa clase de misiones.

Se trataría de un ataque con fuego cerrado o explosivos concentrado en un objetivo. Aunque pareciera mentira, en aquel lugar había varios líderes de organizaciones terroristas que se hacían pasar por gobiernos. De todos modos, antes se había permitido que unos locos se dirigieran a las Naciones Unidas en Nueva York, o sea que aquella situación no era tan descabellada. Algunos de ellos habían sido elegidos por una mayoría de votantes que ejercían su derecho democrático a instalar a quien quisieran en el poder.

Aunque fuera una inconsciencia.

Entró en una cafetería y pidió un café. Observó a un grupo de hombres con turbante y barba que cruzaban la calle y entraban en otra tienda. Había varios grupos como ese por allí. Todos hombres. Ninguna mujer, al menos que él viera. Así eran las cosas. Y él consideraba que ahí radicaba precisamente buena parte del problema.

A pesar del frío, se sentó en la terraza y tomó el café. Fue dejando vagar la mirada y al final se centró en unos hombres que caminaban por el extremo más alejado de la calle.

Habló por su micrófono.

—Grupo de cinco tipos en el lado este de la calle que se dirige al hotel situado al final de la calle. Haz una pasada y dime qué ves.

Al cabo de unos segundos, Reel apareció por un callejón. Llevaba un abrigo con capucha y gafas de sol. Pasó junto al grupo. Robie fue el único que se dio cuenta de que aminoró el paso justo cuando pasó por su lado. Parecía tener la mirada fija al frente. Pero no era así, pues repasó a los hombres y captó todos los detalles relevantes.

Eso es lo que otorgaban los años de preparación, una capacidad de observación casi sobrenatural.

—Nada —escuchó Robie en el pinganillo.

Ella siguió caminando y entonces añadió:

—Un momento. Voy a comprobar una cosa.

Reel continuó calle abajo. Robie la vio pasar junto a un tipo que llevaba un chándal negro con una gorra de esquí bien encasquetada. Iba mirando la acera, pero Robie se fijó en que tampoco se perdía detalle.

Reel pasó de largo. Al cabo de unos segundos dijo por el pinganillo:

—Bingo. Controlado. Todo tuyo.

Robie se levantó de inmediato y se dispuso a seguir al hombre. Mientras caminaba, murmuró al micro:

—Háblame.

—Era Dick Johnson. ¿Te acuerdas de él?

—Dejó el servicio clandestino hace un par de años, o al menos eso dijeron.

—Más bien desapareció.

—¿Estás segura de que es él? Yo no le conocí demasiado bien.

—Ha cambiado. Pero lo que no ha cambiado es el tatuaje que lleva en la mano con que dispara.

—¿De qué?

—Un escorpión que sostiene una pistola con el aguijón y la palabra «mamá» entintada en el lomo del bicho.

—Bueno, pues parece tan válido para identificarlo como una huella dactilar.

—Veamos adónde va.

—¿Crees que forma parte del personal desaparecido del que hablaba DiCarlo?

—Dudo que este pueblo sea un destino de moda, sobre todo en invierno. Ni siquiera hay donde esquiar.

Johnson dobló una esquina y al cabo de unos segundos Robie hizo lo mismo. Habló por el micro.

—En paralelo a nosotros en la siguiente calle. Retoma tú el seguimiento después del siguiente cruce. Yo le dejo e iré en diagonal a la siguiente calle. Iremos haciendo esta rotación durante todo el camino hasta que llegue a su destino para evitar sospechas.

—Entendido.

Se turnaron tres veces siguiendo a Johnson. Las calles estaban muy concurridas, lo cual ayudaba. Robie iba detrás de él cuando Johnson entró en lo que parecía un albergue. Robie fue a una cafetería situada al otro lado de la calle. Se sentó a una mesa y esperó.

Al cabo de unos minutos recibió la voz de Reel:

—Habitación veintiuno, segunda planta. Vi a otros tres tipos ahí que juraría que son como nosotros.

—A saber cuánta gente tienen.

—Más de cuatro, seguro.

—¿Alguien se ha fijado en ti?

—Un tío me ha mirado demasiado, así que me volví y me puse a hablar en alemán con el recepcionista. Eso tranquilizó al tipo, que se largó. Menos mal que me hice una pequeña operación estética. Pero tú no, así que mantente en una posición discreta, lleva la gorra puesta y no hables mucho a no ser que sea en un idioma extranjero.

—De acuerdo —convino Robie.

—¿Y ahora qué?

—Vigilamos a Johnson y su equipo. Dejémosles que nos lleven a donde haya que ir. ¿Qué crees que van a hacer?

—Harán un reconocimiento del lugar y un ensayo paso a paso —aventuró Reel.

—Es probable.

—¿Les atacamos entonces?

—Me encantaría, pero tenemos un problema —repuso él.

—¿Que nuestras armas están en el hotel?

—Cierto. Pero Johnson no llevaba acreditación de seguridad como los demás soldaditos que hemos visto, así que me pregunto por su potencia de fuego. Tiene que estar en algún sitio. No van a cargarse a estos tipos a palos.

—Tal vez tengan las armas dentro del perímetro de seguridad —sugirió Reel.

—Junto con todo lo demás que necesiten.

—Lo cual quizá podría resolver nuestro problema.

—Y matar así dos pájaros de un tiro —dijo él

—Estaría bien —comentó ella.

—Pues sí.

75

Dick Johnson se puso en movimiento más tarde esa misma noche. Robie y Reel, que se habían cambiado de ropa y presentaban un aspecto muy distinto, estaban cerca de él.

De hecho, la localidad era mayor de lo que parecía y había muchas calles y callejones que salían de las vías principales. Johnson tomó una de esas y continuó caminando a lo largo de unas quince manzanas hasta que el idílico pueblo se convirtió en un lugar menos pintoresco.

Reel y Robie se turnaron igual que antes para seguir a Johnson. Iban vestidos con varias prendas y cuando uno de ellos dejaba de seguirle, se quitaba una y la guardaba en la mochila que portaban ambos. Con ropa distinta y distribuyéndose el seguimiento, incluso a alguien tan bien preparado como Johnson le costaría detectarlos.

No obstante, estaba dando los pasos necesarios para asegurarse de que no le seguían. No paraba de cruzar la calle. Y si pasaba delante de un escaparate oscuro, se paraba delante y fingía otear la mercancía expuesta mientras en el reflejo del cristal comprobaba quién había por ahí. A veces se limitaba a pararse, girar y echar a andar en la dirección opuesta mientras escudriñaba en todas direcciones. Robie y Reel conocían todos aquellos trucos, pero de todos modos tenían que esforzarse para no delatarse.

El recorrido acabó finalmente en un edificio viejo y grande a las afueras de la localidad, lejos del lugar de celebración del evento y del perímetro de seguridad.

Johnson entró y Reel y Robie se quedaron al amparo de la oscuridad de un callejón cercano.

—¿Un almacén? —dijo él.

—Más bien, un centro de operaciones.

—Entonces tenemos que entrar.

—Complicado. Lo más probable es que esté más protegido que la cumbre de Oriente Medio.

La puerta del edificio se abrió y salió un hombre.

Robie se acercó las gafas de visión nocturna y echó un vistazo. Le pasó las gafas a Reel, que observó cómo el hombre bajaba por la calle lentamente.

—El excelentísimo juez Samuel Kent —dijo.

—Vaya, han recurrido a la artillería pesada para un final a bombo y platillo.

—Eso valida nuestra decisión de venir aquí.

—La valida, pero nada más —observó él.

—Tenemos que dividirnos. Yo sigo a Kent y tú vigila el edificio.

Reel se dispuso a marchar, pero él la cogió del brazo.

—Seguir, no matar. Lo necesitamos vivo. Por ahora.

Ella se zafó del brazo que la sujetaba.

—¿De verdad crees que tienes que decirme cómo hacer mi trabajo?

—Estoy pensando en las amistades que has perdido. A veces la tentación es demasiado grande.

—No lo quiero solo a él. Los quiero a todos, Robie. Y si tiene que seguir respirando para conseguirlo, que así sea.

—Era solo para que quedara claro.

—Está claro.

Ella se internó en la penumbra.

Robie la observó hasta que fue engullida por la noche.

Robie volvió a centrar la atención en el edificio. Fue rodeando lentamente la zona, comprobando todos los puntos de entrada y salida a medida que avanzaba. La mayoría de las ventanas estaban a oscuras, pero no todas. Había tres iluminadas y vio movimiento en ellas; todas en la planta baja.

Imaginó que el perímetro de seguridad estaba activo las veinticuatro horas del día si se trataba realmente de un centro de operaciones. Y dado que Kent había estado allí, Robie tenía que dar por supuesto que sí. Así pues, ¿cómo entrar y salir con lo que necesitaba sin que se enteraran?

«Básicamente imposible», se dijo mientras se agachaba en el callejón que daba a la fachada del edificio. Pero entonces se le ocurrió otra idea.

Habló por el micro.

—¿Informe de progreso?

—Muy escaso. Sigue caminando. No creo que vaya a alojarse en el mismo sitio que sus mercenarios. ¿Y tú?

—Voy a probar una cosa.

—¿Qué cosa? —repuso ella, un poco asombrada.

—Te lo explicaré cuando acabe.

—Robie, si piensas entrar ahí, voy contigo.

—No he dicho que fuera a entrar ahí.

—Tampoco has dicho que no.

—Hace mucho tiempo que me dedico a esto en solitario, ¿vale? —replicó él con dureza.

—Vale, bueno —dijo ella, un tanto azorada—. Infórmame cuando puedas.

Robie salió del callejón con cautela y examinó el panorama. Descartó las puertas delantera y trasera, ya que estarían vigiladas. Lo mismo que las ventanas de la planta baja.

Alzó la vista. Aquel equipo de ataque no dispondría de recursos humanos ilimitados y, por tanto, tendría que optimizar el personal de que disponía. Eso suponía no desperdiciarlo vigilando entradas teóricamente imposibles de alcanzar desde el exterior.

Pero existían pocas cosas realmente imposibles de alcanzar. Y ese edificio era viejo. Y el laminado era de ladrillo. Ladrillo irregular, lo cual implicaba que había asideros.

La parte posterior del edificio daba a una estructura abandonada. Robie se aferró al borde de un ladrillo con dedos que eran casi tan fuertes como el acero. Su experiencia en manejar fusiles de francotirador de ocho kilos, apretar gatillos y agarrarse bien para el retroceso a fin de volver a disparar de inmediato hacía que sus manos fueran una de las partes más fuertes de su cuerpo.

Esa noche le serían de gran ayuda.

Tenía que trepar a oscuras, ya que incluso una linternita parecería la baliza de un barco. La luna despedía un tenue brillo, lo cual era bueno y malo a la vez. Bueno si le permitía ver un asidero. Malo si tenía centinelas alrededor del edificio y alguno de ellos alzaba la vista.

Empezó a encaramarse, resbaló dos veces y estuvo a punto de caer, pero al final su mano alcanzó el alféizar de una ventana a oscuras y se impulsó hacia arriba. Logró sentarse en el estrecho saliente. La ventana estaba cerrada con un seguro.

Sacó su navaja suiza y al cabo de unos segundos entró por la ventana abierta y se dejó caer silenciosamente en el suelo. Entonces encendió su diminuta linterna, pues allí la oscuridad sí era casi absoluta.

Era una habitación medio vacía, salvo por unos pocos muebles, unos viejos botes de pintura, lonas y herramientas oxidadas. Daba la impresión de que alguien se proponía remozar la estancia, pero luego se lo había pensado dos veces.

Se acercó a la puerta con precaución. El suelo era de madera y viejo, por lo que seguramente crujía. No dio pasos, sino que deslizó los pies por el suelo para minimizar el ruido. Al llegar a la puerta, acercó la oreja.

Oyó sonidos procedentes de abajo.

Iluminó las bisagras con la linternita. Se veían viejas y oxidadas, lo cual no era bueno: podrían rechinar horriblemente cuando abriera la puerta.

Miró alrededor y fijó la vista en los botes de pintura, herramientas y lonas. Se deslizó hasta allí y rebuscó hasta que dio con una lata de aceite.

Volvió a la puerta y empapó las bisagras con el lubricante y dejó que penetrara bien en las juntas metálicas. Luego abrió la puerta apenas unos centímetros. «Gracias a Dios existen los pequeños tesoros», pensó mientras atisbaba por la rendija. El vestíbulo estaba despejado.

Salió al pasillo, que conducía hasta la escalera que bajaba hacia el vestíbulo. Bajó y cruzó el vestíbulo en dirección a las tres puertas que daban al mismo. Sacó la navaja, un arma poco eficaz frente a una pistola, pero era lo único que tenía. Agradeció que el vestíbulo estuviera a oscuras y utilizó la pequeña linterna para examinar la cerradura y el suelo que había delante de aquellas puertas.

Frente a una había fragmentos de óxido, la que habían abierto, supuso. Se fijó en que habían lubricado las bisagras. La puerta estaba cerrada con llave, pero tardó diez segundos en forzarla con ayuda del cuchillo.

La abrió con un movimiento silencioso de las bisagras y entró. Cerró detrás de él y pasó el cerrojo.

Iluminó la estancia con la linterna.

En los colgadores de un rincón había una hilera de prendas de vestir. Examinó unas cuantas. Entonces empezó a vislumbrar el plan del otro bando. De hecho, tenía sentido. En realidad era una táctica que había funcionado bien para terroristas en otras situaciones.

Al mirar alrededor, confirmó que había dado en el blanco. Parecía el arsenal de una base militar. Ahí había tantas armas que Robie se planteó que era imposible que echaran en falta unas cuantas. Estaban apiladas de cualquier manera y había armas de distintas características mezcladas entre sí. Teniendo en cuenta el grado de desorganización, al equipo o bien le faltaba precisión militar o consideraba que sus contrincantes eran tan débiles que no opondrían resistencia. Por lo que había visto hasta el momento en la localidad, Robie optó por esta última explicación.

Aquellas armas no habían pasado por los controles de seguridad. Los guardias a los que se les había pasado por alto la navaja suiza de Robie no podían haber ignorado aquel arsenal. O les habían sobornado o, lo más probable, las armas habían sido trasladadas hasta allí antes de que se instalaran los puestos de seguridad.

Robie cogió varias pistolas, dos metralletas y toda la munición que le cupo en la mochila. Lo idóneo habría sido sabotear el resto de las armas inutilizando los percutores. Pero carecía de herramientas para hacerlo. Además, le llevaría mucho tiempo y haría demasiado ruido.

No obstante, mientras contemplaba las armas se le ocurrió una idea. Hizo fotos de todas con el móvil.

Lo que pensaba hacer con esas fotos era terriblemente arriesgado, pero pensó que el riesgo sería mucho mayor si dejaba de hacerlo.

76

Reel lo esperaba en un pequeño hostal que habían elegido como punto de encuentro. Habían reservado una habitación y cuando Robie llamó a la puerta, ella miró por la mirilla y le dejó entrar.

Él sacó todas las armas de debajo del abrigo y de la mochila y las dejó caer en la cama.

Reel cogió una MP5.

—¿Cuántas tenían?

—Las suficientes para tomar este pueblo y alguno más.

—¿Con cuántos hombres crees que cuentan?

—Por lo menos dos docenas, a juzgar por el arsenal que tienen. ¿Qué ha sido de Kent?

—Se aloja en el mejor hotel del lugar. Le dejé tomándose un jerez junto a la chimenea del salón.

—¿Cuál crees que es su papel? No participará en el atentado propiamente dicho. Dijiste que era uno de los nuestros, pero eso fue hace tiempo.

Reel negó con la cabeza.

—Creo que lo enviaron aquí para supervisar el asunto. Estuvo en el edificio donde almacenan las armas. Probablemente repasó el plan con la tropa y sus correspondientes instrucciones.

—¿Qué plan de escapatoria crees que tienen?

—Visto su potencial de fuego, yo diría que podrían marcharse perfectamente de aquí a tiro limpio —respondió ella—. Con un jet privado que salga de una pista privada se marcharán del país en un periquete.

—¿Y Kent?

—Lo más probable es que tenga algún papel oficial aquí como representante de Estados Unidos. Fingirá estar tan sorprendido como los demás. Se irá a casa, contento de haberse salvado y afligido como corresponde por los muertos. —Hizo una pausa—. ¿Seguimos pensando que el atentado se producirá en la ceremonia inaugural?

—Será en una sala grande, Robie. Espacios abiertos que ofrecen distintos ángulos de tiro. No hay sitio donde ocultarse.

—O sea que luego se largan, embarcan en un avión y Kent vuelve a casa para notificar el éxito.

—Pero ¿y si les paramos los pies aquí?

—Tenemos que hacerlo —dijo Robie con vehemencia—. Somos la última línea de defensa.

—Menuda línea de pacotilla la nuestra.

—Imagino que si tienen dos docenas de tipos casi tan buenos como nosotros, podemos cargarnos al menos la mitad, quizá dos tercios si la suerte y el factor sorpresa están de nuestro lado. Quizá nos baste para salir airosos.

Ella se lo quedó mirando mientras esbozaba una sonrisa.

—No está mal como legado: «Robie y Reel salvaron el mundo.»

—¿A expensas de su propia vida?

—Nadie tiene tanta suerte, Robie, ni siquiera los buenos. —Cogió una pistola, comprobó el cargador y se la enfundó en el cinturón—. Tendremos que pensar dónde y cómo atacarlos para obtener la máxima ventaja.

—La táctica que piensan emplear hará que sea un poco difícil. —Robie explicó lo que había encontrado junto con las armas.

Reel asintió antes de que terminara.

—Ya lo entiendo. Pero eso también nos brinda ciertas oportunidades.

—Pues sí.

—¿O sea que es cuestión de esperar?

—La paciencia es una virtud —filosofó Robie—. Y mañana será lo único que nos mantendrá con vida.

—Ya sabes que en cuanto pongamos nuestras cartas sobre la mesa, nos dispararán desde todos los flancos.

—Centraremos la potencia de fuego en el objetivo. Ellos enseñarán sus cartas y solo cabe esperar que los cuerpos de seguridad oficiales comprendan qué está pasando.

—¿Cuando habrá disparos por todas partes y la gente corra y grite? Reinará el caos absoluto.

—Por eso he dicho que «cabe esperar». Tendremos que dividirnos.

—Dos objetivos a los que disparar.

—Eso.

—Pero eso implica que restaremos eficacia a nuestra concentración de fuego.

—No podemos evitarlo. Las ventajas superan a los inconvenientes.

—Entonces elijamos bien nuestros puestos. —Reel hizo una pausa y lo observó—. Si conseguimos sobrevivir a esto, yo tendré otros problemas. Soy una mujer buscada.

—No por mí. Ya no. Yo te ayudaré, Jessica.

—No puedes hacer eso, Robie. Lo que has hecho hasta ahora podría interpretarse como una traición. Si impides esto, todo quedará olvidado. Pero no si sigues asociado con el enemigo, que resulta que soy yo.

—Circunstancias atenuantes.

—No está demostrado. Y probablemente no importen aunque lo fueran. Ya sabes cómo funciona el sistema.

—Te refieres a cómo *no* funciona el sistema.

—Veremos qué tal va mañana —suspiró Reel. La situación quizá se solvente por sí sola —añadió de forma siniestra.

—De acuerdo —convino Robie—. A saber.

77

El día amaneció frío y despejado. Con cada espiración, pequeñas volutas de humo se elevaban en el aire. Los líderes de varios países árabes se dirigían a los coches oficiales incómodos por el frío, con las túnicas azotadas por la fuerte brisa.

Eran las ocho de la mañana. La gente estaba tensa. Reinaba una sensación de que los lugareños querían que eso terminara. Su deseo se convertiría pronto en realidad, pero de un modo que nunca habrían imaginado.

Solo había un punto de entrada y salida del edificio donde se celebraba la ceremonia inaugural, lo cual resultaba interesante desde el punto de vista de la seguridad, aunque también presentaba desventajas.

Las distintas caravanas de coches bajaban por las calles protegidas por la policía canadiense. Había varios agentes de la Policía Montada a caballo, esplendorosos con sus uniformes rojos. Pero también eran un blanco fácil, tan llamativos resultaban, en caso de enfrentamiento armado.

Reel y Robie acordaron un plan a las cinco de la mañana.

Ninguno de los dos sentía el menor cansancio. La adrenalina vencía al agotamiento.

Reel estaba enfrente de la zona cero, justo más allá del control de seguridad. Por ahí no podía pasar porque iba armada hasta los dientes.

Robie se colocó en la esquina contraria, más cerca del edificio, pero también más allá del puesto de control. Habían colocado unas barreras de hormigón para evitar que un coche bomba pudiera acercarse lo suficiente para derribar la estructura. Así pues, apenas había espacio suficiente para que pasara un solo coche.

Esa clase de estrechamientos podían provocar otros problemas de seguridad, pero Robie opinaba que el plan estaba bien pensado.

Comprobó la hora. Ya estaba encima. Habló por el micro.

—Ya casi estamos.

—Hasta ahora he contado siete caravanas de coches. Según la lista que tengo, deben de faltar cinco más.

—Las querrán a todas en su sitio. Al cabo de unos minutos apretarán el gatillo.

—Vamos allá —dijo Reel.

«Vamos allá», pensó Robie.

La última caravana llegó y sus ocupantes se apearon. Entraron en el edificio y se lo encontraron todo listo.

El programa era muy apretado. La ceremonia de inauguración y las intervenciones durarían cuarenta y cinco minutos. A partir de ahí, los participantes se dividirían en grupos más reducidos para debatir diversos asuntos y cuestiones en otras salas. Aquel era uno de los pocos momentos en que estarían todos en el mismo sitio a la vez.

Las miradas de preocupación de los agentes de seguridad desplegados en el lugar ponían de manifiesto que ese hecho no les pasaba por alto.

Robie se colocó en un callejón al tiempo que discretamente empuñaba la culata de su pistola. Consultó la hora. El evento había comenzado hacía veinte minutos.

Por cuestiones tácticas, los atacantes no querrían actuar cuando se acercara el final por si algún asistente se marchaba antes de tiempo. Era imprescindible que estuvieran todos presentes.

—Creo... —dijo por el micro. Y se calló.

Las llamas aparecieron por la puerta principal del edificio y por las cuatro ventanas delanteras. Lo mismo ocurrió en la entrada trasera.

Al cabo de treinta segundos, la fachada del edificio quedó engullida por las llamas y la entrada, bloqueada. Igual que la parte posterior.

Robie se preparó cuando oyó las sirenas de los coches de bomberos y las ambulancias que se acercaban a toda velocidad.

Los agentes de seguridad les dejaron pasar y los vehículos de los servicios de emergencias se detuvieron rechinando delante del chamuscado edificio. Bomberos y paramédicos se apearon presurosos.

Robie salió de donde estaba con el arma preparada.

Reel hizo lo mismo desde el otro lado de la calle.

Él disparó a los neumáticos delanteros y al parabrisas de una ambulancia.

Ella mató a un bombero antes de que pudiera sacar la metralleta que llevaba bajo la chaqueta.

Luego siguieron disparando al grupo de hombres, lo cual les obligó a correr en busca de refugio, pero antes de que pudieran devolver los disparos alguien gritó:

—¡Quietos!

Robie vio cómo se abalanzaban hombres del FBI y de la seguridad canadiense desde los dos extremos de la calle. Llevaban chalecos antibalas y metralletas. En unos escondrijos situados a lo largo de las azoteas había francotiradores apuntando a los falsos servicios de emergencia, y dispararon lo bastante cerca de sus cabezas para que fueran conscientes de que la mínima resistencia desembocaría en una matanza.

Así pues, los falsos bomberos y paramédicos hicieron lo único que podían hacer: rendirse.

Al cabo de un momento había más de veinte hombres de rodillas en la calle, con las manos encima de la cabeza y rodeados por un despliegue de armas que les apuntaban para mantenerlos a raya.

Robie se acercó y la saludó. Nicole Vance llevaba chaleco antibalas y empuñaba una pistola. Le dedicó una amplia sonrisa.

—Gracias por la información que me pasaste anoche. Y las fotos del arsenal que encontraste. Al principio no daba crédito a mis ojos, pero fuiste muy convincente. Y yo he sido muy convincente con mis superiores. No te imaginas lo positivo que va a ser esto para mi carrera.

Robie desvió la mirada al ver que dos hombres se acercaban sujetando a un tercero por los brazos. Sam Kent no parecía nada contento con el giro de los acontecimientos. Pero tampoco decía nada. Ninguna alegación de inocencia. Ninguna protesta para saber por qué le retenían.

Robie se quedó mirando al juez. Cuando se dio cuenta, Kent se puso rígido. A Robie le pareció entrever un atisbo de resignación en su expresión.

—Puede ayudarnos —le dijo con voz queda—. Sabe lo que necesitamos.

—Dudo mucho que pueda ayudar, ni a vosotros ni a mí mismo.

—¿Piensa alegar que no sabe nada de esto?

—De ninguna manera. Lo que pasa es que los difuntos no son testigos útiles.

—¿Perdón?

—¿Puedo decirte una cosa?

—Con un nombre basta.

—No, el mensaje es más sencillo. —Sonrió antes de decir—: Adiós, Robie.

Los dos hombres intercambiaron una mirada significativa.

—¡Robie!

Este se volvió y vio a Reel al otro lado de la calle.

—¡Johnson no está ahí! ¡No está! —gritó ella.

Robie miró hacia la hilera de hombres arrodillados en la calle. Observó sus rostros uno por uno. Efectivamente, Dick Johnson no estaba ahí.

Se volvió, pero se dio cuenta de que era demasiado tarde.

El disparo alcanzó a Kent en plena cara y le voló la parte posterior de la cabeza, acompañada de una buena parte de sesos.

Robie había mirado a Kent un segundo antes de que le alcanzara la bala.

La expresión del hombre no denotaba temor, sino mera resignación.

78

Robie y Vance estaban en el vestíbulo de la comisaría de la policía local. El fuego había sido extinguido y el evento se había trasladado a otra parte. Al comienzo todo parecía apuntar a que se cancelaría, pero después de que el FBI prometiera ayudar en las labores de vigilancia, los participantes cambiaron de idea y aceptaron continuar.

Los asaltantes estaban retenidos en celdas bajo la supervisión tanto de agentes especiales canadienses como del FBI. La operación conjunta se había organizado rápidamente. El FBI era digno de respeto en todo el mundo. Tampoco iba mal que los canadienses fuesen aliados fieles. Y lo último que querían era una matanza de líderes extranjeros en su territorio.

El cadáver de Sam Kent yacía en una cámara frigorífica de una unidad forense móvil.

A Dick Johnson todavía no le habían localizado.

—¿Quién era la mujer que te llamó? —preguntó Vance.

Reel había desaparecido entre la multitud tras advertir a Robie sobre Johnson.

—Alguien que trabajaba conmigo para impedir esto. Ya te informaré sobre ella más tarde.

—Entendido. ¿O sea que planeaban cargarse a todos estos líderes de un plumazo?

—Eso parece.

—Se habría producido una pesadilla a escala global.

—Probablemente es lo que buscaban.

—¿Y vosotros cómo os enterasteis?

—Fuimos atando cabos aquí y allá y seguimos la pista.

—Siempre me pareció que era un poco raro celebrar esta cumbre aquí. Me refiero a que el G8 celebraba su reunión en Irlanda sobre terrorismo en ese mismo momento. ¿Lo sabías?

—Lo leí en los periódicos —dijo Robie.

—Me alegro de que recurrieras a nosotros. Por cierto, no me malinterpretes, pero ¿por qué os enviaron aquí para esto? Me refiero a que no estamos en Estados Unidos. La CIA puede operar aquí con toda legalidad.

—No creo que los canadienses lo vean del mismo modo. Hay ciertas tensiones entre nosotros por culpa de algunas acciones de la Agencia en el pasado. Creímos que el FBI sería el organismo ideal para actuar cuando tuviéramos definido el objetivo. —Nada de eso era cierto, pero era la única explicación que se le ocurría a Robie.

—Supongo que lo que importa es que no se salieron con la suya, ¿no?

—Ajá.

—Pero ¿y el tipo que fue asesinado? Le identificamos. Es un juez federal. ¿Qué papel desempeñaba en todo esto?

—No lo sé seguro. Creo que tardaremos algún tiempo en esclarecer este asunto. Si tuviera que aventurarme, y sería una mera suposición, quizá le habían sobornado. Y a lo mejor no siempre fue juez.

—Cierto. Dio la impresión de que te conocía —dijo Vance con suspicacia.

—¿De veras? —repuso Robie sin mirarla a los ojos.

—¿O sea que este es el asunto por el cual desapareciste del mapa?

Él asintió.

—¿Debo suponer que está relacionado con las muertes de Gelder y Jacobs?

—Y la de Howard Decker.

—¿La de Decker? ¿Cómo encaja eso en todo esto?

—No lo sé seguro, Vance. Hay un buen embrollo.

Ella pareció contrariada.

—No te creas que me trago todas tus explicaciones. Te conozco muy bien. Sueltas unos rollos muy convincentes.

—Te estoy diciendo todo lo que sé.

—Querrás decir «todo lo que puedes». —Lo observó y entonces dio la impresión de querer cambiar de tema—. Robie, los hombres que hemos detenido están... parece que...

—Hay mucho talento suelto por ahí. Y nosotros fuimos quienes instruimos a la mayoría.

—¿Son mercenarios, entonces? —preguntó Vance.

—Probablemente.

—Ahora solo tenemos que averiguar quién los contrató.

—Quizá no lleguemos a saberlo nunca.

—Llegaremos al fondo del asunto. Gelder y Jacobs quizás habían descubierto algo y los del otro bando se enteraron y se los cargaron. Tal vez pasó algo así también con Decker. —Chasqueó los dedos—. Era el presidente del Comité de Inteligencia. Ahí está el vínculo.

—Tal vez estés en lo cierto.

—Ya veremos. Como has dicho, estos asuntos tienden a ser turbios.

«Pues sí», pensó Robie.

—¿Cuándo vuelves? —preguntó ella.

—Tengo algunos asuntos que clarificar aquí y luego tendré que presentarme ante mis superiores. Estoy convencido de que nuestras agencias quemarán todas las líneas de comunicación seguras hablando largo y tendido de esto. A veces la verdad complica las cosas.

—No creo. No aquí. Los buenos han dado una lección a los malos. No pueden restarle valor a eso. Y Estados Unidos acaba de anotarse unos buenos puntos ante Oriente Medio. Acabamos de salvarles el cuello de forma colectiva. Y he visto la lista de asistentes. Algunos no son precisamente partidarios de nuestro país.

—No, tienes razón. Pero ahora quizá sí lo sean. —Se levantó—. Debo marcharme.

—¿Sabes, Robie? A veces, comunicarse es muy bueno.

Robie no había dado ni diez pasos cuando oyó una voz:

—Eh, guapo.

Miró y vio a Reel, que lo observaba desde la esquina opuesta. Se dirigió rápidamente hacia allí y bajaron por un callejón.

—Kent ha muerto —informó él.

—Ha sido fácil de ver. Tenía la mitad de los sesos desparramados en la calle.

—Johnson está desaparecido.

—Él era el mecanismo de seguridad. Kent lo sabía todo. Los demás solo sabían su parte. No podrán proporcionarnos ninguna información concluyente. Es como si estuvieran fuera de juego, al otro lado de un cortafuegos. Kent era la clave y a Johnson se le encomendó que se quedara al margen y lo liquidara si la cosa se ponía fea.

—Ya.

—Pero ¿por qué no me contaste lo del FBI? —preguntó Reel con dureza.

—¿Te hacía falta saberlo?

—Pensaba que éramos un equipo.

—Supuse que si te enterabas de que el FBI iba a aparecer, habrías actuado de otra manera.

—¿Qué quieres decir?

—Pues que eres una persona buscada por cierta agencia.

—¿Y qué les has dicho sobre mí, por cierto?

—Que la Agencia nos encomendó que frustráramos esto.

—¿Y Gelder y Jacobs?

—Creen que los mató la gente que hay detrás de este plan siniestro. Les dije que sin duda iban bien encaminados con esa teoría.

—Dudo que Vance se conforme con eso. No parece de las que se cree lo que le dicen en vez de investigar y llegar a sus propias conclusiones.

—Cierto. Lo que le he dicho es como un apaño provisional. Para permitirnos ganar tiempo.

—Vale.

—Pero no puede acabar ahí, Jessica.

Reel miró por encima del hombro.

—No he hecho otra cosa que pensar en eso desde que empezó este asunto.

—Hay maneras... —empezó Robie.

—No hay maneras, Robie, no para esto. Tiene un resultado posible y no es el que yo espero. Pero tú no tendrás ningún problema. De hecho, yo en tu lugar volvería a hablar con Vance y le contaría la verdad. Cuanto más intentes encubrirme, peor será para ti cuando la verdad salga a la luz.

Él ni se inmutó.

—¿De verdad quieres perder el tiempo discutiendo tamaña estupidez?

—No es una estupidez. Es tu futuro.

—No pienso ir a ningún sitio, Jessica. He tomado una decisión y la voy a mantener.

—¿Estás seguro?

—No insistas.

—Es para que comprendas las posibles consecuencias.

—Alguien ordenó a Johnson que liquidara a Kent. Quiero a esa persona.

—Cabos sueltos, Robie. En cualquier momento encontrarán el cadáver de Johnson. Ese idiota firmó su condena en cuanto disparó a Kent. Es imposible que le dejen con vida.

—Nosotros también somos cabos sueltos.

—Es cierto —reconoció ella con una alegría repentina.

—¿Cómo? —preguntó Robie al ver su expresión optimista.

—Los cabos sueltos son como una vía de dos direcciones. Quieren pillarnos, pero para pillarnos tienen que acercarse.

—Y eso nos brinda la posibilidad de pillarlos antes a ellos —completó él el razonamiento.

—Yo me he cansado de ir de uno en uno, Robie. Ha llegado el momento de acelerar el proceso.

—¿Cómo, exactamente?

—Tendrás que confiar en mí. Igual que yo he confiado en ti todo este tiempo.

—¿Qué plan tienes?

—No me va mucho el deporte, pero he estado investigando un poco —repuso ella.

—¿Sobre qué?

—Sobre Roger *el Regateador*.

—¿Sabes quién es?

—Creo que sí.

—¿Qué prueba tienes?

—Un testigo.

—¿Dónde podemos encontrar a ese testigo?

—No es imprescindible —repuso Reel, y echó a andar. Cuando vio que él no la seguía, se giró y dijo—: A pesar de lo que acabas de decir, si te retiras tengo que saberlo, ahora mismo. Tendré que adaptar mi plan y seguir a solas. Sea como sea, no pienso quedarme cruzada de brazos.

—¿Por tus amigos?

—Porque no me gusta que me vendan la moto. No me gustan los traidores. Y sí, también por mis amigos.

—Estoy contigo —dijo él.

—Entonces ven.

Robie la siguió.

79

La Casa Blanca.

Solía ser un lugar próximo al caos salpicado por momentos de calma intensa, como el ojo del huracán. Se notaba que a centímetros de la serenidad acechaba una posible debacle.

Aquel era uno de los momentos de calma. Por ahora se desconocía la ubicación precisa de la eventual debacle acechante.

Estaban en el Despacho Oval. Estaba reservado a momentos simbólicos en los que solían estar presentes docenas de fotógrafos. Hoy no había ningún fotógrafo, pero aun así se trataba de un momento simbólico.

Robie estaba sentado en una silla. Frente a él estaba el director de Inteligencia, Evan Tucker. El presidente se había colocado en el extremo de un sofá. A su lado, en otro asiento, estaba el asesor de Seguridad Nacional, Gus Whitcomb. Hombre Azul completaba el grupo, ligeramente asombrado por volver a estar en tan augusta compañía.

—Esto empieza a convertirse en una costumbre, Robie —dijo el presidente de forma afable.

—Espero que no sea así, señor —repuso Robie.

Llevaba traje negro, camisa blanca y una corbata tan negra como el traje. Los zapatos, lustrosos. Comparado con los demás, que llevaban corbatas coloridas, parecía que iba a asistir a un funeral. Quizás al suyo propio.

—Los detalles concretos de lo que estaba ocurriendo siguen saliendo a la luz, aunque con gran lentitud —explicó Whitcomb.

—Dudo que lleguemos a saber toda la verdad —intervino Tucker—. Y nunca me convenceréis de que Jim Gelder estaba implicado en algo de esto. —Lanzó una mirada a Robie—. Y los autores de su muerte y de la de Doug Jacobs se las verán con la justicia.

Robie se limitó a mirarlo sin decir nada.

El presidente carraspeó y los demás se pusieron más erguidos.

—Creo que hemos esquivado una bala muy grande. No es momento para celebraciones, por supuesto, porque nos esperan tiempos difíciles.

—Totalmente de acuerdo, señor presidente —convino Tucker—. Y puedo asegurarle que mi agencia hará todo lo posible para garantizar que los tiempos difíciles se afrontan de forma contundente.

Tanto Robie como Whitcomb enarcaron una ceja ante ese comentario. Whitcomb esperó hasta que consideró que el presidente no iba a responder a la declaración de Tucker.

—Estoy de acuerdo en que tenemos muchos problemas por delante. Si, tal como piensa el señor Robie, hay topos en la Agencia...

—Que conste que cuestiono completamente tal afirmación —intervino Tucker.

El presidente levantó las manos.

—Evan, aquí nadie está testificando. Gus está diciendo que tenemos que llegar al fondo del asunto. En la medida de lo posible, por lo menos.

Whitcomb continuó.

—Si hay topos en la agencia, hay que solucionarlo. Han muerto cuatro hombres que estaban en lo más alto en distintos cargos de este país. En Canadá se frustró lo que podía haber sido una catástrofe gracias a la actuación del señor Robie y del FBI. Lo que tenemos que hacer es atar cabos entre estos dos sucesos.

—Por supuesto —reconoció Tucker—. Yo no he dicho que no hubiera que realizar una investigación.

—Una investigación exhaustiva —precisó Whitcomb.

—¿Disponemos de alguna pista nueva acerca de quién mató a Gelder y Jacobs? —inquirió el mandatario.

—Todavía no —reconoció Hombre Azul.

Todos se giraron para mirarlo, como si hubieran olvidado que estaba allí.

—Pero esperamos que esta situación cambie —añadió.

—¿Y ese tal Johnson? —preguntó el presidente.

—Dick Johnson —dijo Whitcomb, mirando sus notas. Alzó la vista hacia Tucker—. Había trabajado para la CIA.

El presidente lanzó una mirada a Tucker.

—¿De ser uno de los nuestros a convertirse en uno de los suyos, Evan? ¿Cómo es posible?

—Johnson fue un fiasco, señor. Si no hubiera desaparecido, algún día habríamos tenido que echarlo.

—Él no era el único, señor —intervino Robie—. De las más de veinte personas que detuvo el FBI, la mitad tenían vínculos con la Agencia. Y eso sin contar a Roy West en Arkansas.

—Roy West fue despedido —espetó Tucker— y soy perfectamente consciente de los demás, Robie. De todos modos, gracias por puntualizarlo —añadió con sarcasmo.

—Pero el objetivo último —empezó el presidente—, el de liquidar a todos esos líderes, habría provocado una gran conmoción en el mundo árabe. Porque ese era el único motivo, ¿verdad? —Miró en derredor a los demás con expresión inquisidora.

Tucker lanzó una mirada penetrante a Whitcomb, que fingió no darse cuenta. Miró a Robie. Parecía haber entendimiento entre Robie y el APNSA. De hecho, habían hablado antes de la reunión.

Whitcomb se aclaró la garganta.

—Podría ser que quienquiera que esté detrás de esto hubiera planeado sustituir a los líderes asesinados con otros que compartieran sus ideas.

—¿O sea que fue algo interno? —sugirió el presidente—. Me refiero a si las facciones que luchan por el poder en Oriente Medio estaban detrás del ataque en Canadá.

—Parece que así es —repuso Whitcomb.

—Bueno, gracias a Dios que se evitó —reconoció el mandatario.

—Sí, gracias a Dios —corroboró Tucker.

La puerta del Despacho Oval se abrió y el secretario personal del presidente asomó la cabeza. Su trabajo consistía en hacer que el hombre más poderoso del mundo cumpliera los horarios.

—Señor, faltan dos minutos para su próxima reunión.

El mandatario asintió y se levantó.

—Caballeros, mantenedme informado de cualquier novedad. Quiero estar enterado de lo que pasa. Mantendremos el *statu quo* hasta que las condiciones sobre el terreno apunten en otra dirección, pero quiero una ofensiva a gran escala.

Le aseguraron que sí, estrecharon manos y se despidieron.

A la salida, Robie se llevó aparte a Hombre Azul.

—Hace tiempo que no hablamos.

—Has estado desaparecido del mapa durante un tiempo.

—Seguí tu consejo. Resultó bueno.

Hombre Azul se acercó más a Robie y habló en voz baja.

—¿Y ella?

Robie asintió.

—La fama que le precede es merecidísima.

—¿Qué pasará con ella?

—No lo sé. Si por mí fuera, quedaría indemne.

—No depende de ti —señaló Hombre Azul.

—Tal como ha dicho el presidente, mantenemos el *statu quo* hasta que las condiciones cambien.

—¿Y de verdad crees que las condiciones van a cambiar?

—Lo cierto es que siempre cambian.

—No aquí.

—Sobre todo aquí —dijo Robie.

Alcanzó a Tucker cuando estaba a punto de subir a su todoterreno en el exterior de la Casa Blanca.

—Espera un momento —dijo Tucker a su asistente cuando vio a Robie. Los dos hombres se alejaron unos metros.

—Interesante reunión —dijo Robie.

—He tenido la impresión de que había una confabulación en mi contra —espetó Tucker con tono acusatorio.

—¿Qué esperabas? Tu agencia está metida de lleno en este asunto.

—Te falta muy poco para acabar en chirona.

—Lo dudo.

Tucker gruñó.

—Trabajas para mí, Robie.

—Trabajo para el inquilino de la Casa Blanca. Y si de verdad quieres entrar en detalles técnicos, en realidad mi jefe es el pueblo americano.

—La cosa no funciona así y lo sabes.

—Lo que sé es que hay gente muerta. Y no solo los malos.

—¿A quién te refieres exactamente? —preguntó Tucker.

—A una mujer llamada Gwen y a un tío llamado Joe. Y a otro que responde al nombre de Mike.

—No sé quiénes son.

—Eran buenas personas.

—¿Les conocías?

—No del todo. Pero alguien que respeto da fe de ello. Así que ándate con cuidado, director. —Y se volvió para marcharse.

—¿A quién respetas, Robie? ¿Acaso se trata de Jessica Reel? ¿La mujer que mató a dos de mis hombres?

Robie se volvió de nuevo.

—Sí que eran hombres, director. Pero no eran tuyos.

Y ahora sí se marchó.

Tucker se lo quedó mirando unos instantes y luego se dirigió enfadado a su coche.

Jessica Reel contempló la escena desde la verja de la Casa Blanca.

Ella y Robie intercambiaron una mirada. Ella se dio la vuelta y se alejó presurosa.

80

Robie esperó en el banco de Roosevelt Island, justo enfrente del Kennedy Center, situado junto al río Potomac. En medio de un millón de personas, la pequeña isla es muy boscosa, aislada e incluso íntima. Ese día no estaba abierta al público por un buen motivo, lo cual la convertía incluso en más íntima.

Era un día espléndido, despejado y soleado, y con temperaturas más altas de lo normal.

Robie alzó la vista hacia algunos pájaros que sobrevolaban la zona, pero enseguida centró la atención en el hombre que se le acercaba por un sendero. Avanzaba lentamente. Vio a Robie y le dedicó un breve saludo antes de tomarse su tiempo para alcanzarle.

Se sentó, se desabotonó la chaqueta y se reclinó contra el respaldo.

—Bonito día —dijo Robie.

—Será más bonito cuando pillemos a ese cabrón —dijo Whitcomb.

—Yo también tengo ganas de que llegue ese momento.

—A Tucker le pusiste los pelos de punta después de la reunión.

—Estaba a la defensiva.

—Como tiene que ser. Tucker es una vergüenza, pero por mucho que cueste reconocerlo, no sé cómo lo montaremos, Robie. No tenemos pruebas. Por mucho que nos esforcemos.

—Los tiradores habían pertenecido a la Agencia.

—¿Y el móvil?

—Si el mundo se va al garete, la CIA ascendería a lo más alto en las partidas presupuestarias y en los territorios que controla. Los dos santos griales del sector de la inteligencia.

Whitcomb negó con la cabeza.

—No son más que pruebas indiciarias. Sus abogados lo rebatirían de un plumazo. ¿Ninguno de los tiradores tenía nada útil?

—Estaban fuera del circuito. No eran más que pistoleros contratados. Kent está muerto. Gelder, Decker, Jacobs. Todos los cabos sueltos, atados.

—Hay que reconocerle que fue eficiente.

—Pero cometió un error.

—¿Cuál?

—Un cabo suelto que ha caído en el olvido.

—¿Cuál? —preguntó Whitcomb con impaciencia.

—Quién, señor. Una mujer. Karin Meenan. Trabajaba de médica en la CIA. Ella fue quien me implantó el dispositivo rastreador. Conocía a Roy West. Y estaba al corriente de la existencia del libro blanco.

—¿Libro blanco?

—El documento apocalíptico. Traza un diagrama exhaustivo del atentado al G8, país por país, asesinato por asesinato, ejecutado por terroristas islamistas. Luego esboza lo que se haría después de la matanza para maximizar el caos global.

—Pero el atentado de Canadá tenía como objetivo los líderes árabes, no el G8.

—Cierto. Tomaron el documento de West y lo invirtieron. Un ataque contra los líderes musulmanes por parte de... —Entonces Robie se calló.

—No por facciones de Oriente Medio —dijo Whitcomb—, tal como le dijimos al presidente, sino por parte de Tucker y esos idiotas de la CIA que no son capaces de eliminar del sistema estas gilipolleces acerca de la creación de la nación.

—Me temo que hay nuevas pruebas que contradicen esa conclusión, señor.

—¿Nuevas pruebas?

Robie hizo una seña con la mano a la persona que acababa de

aparecer por el sendero. Whitcomb vio que la mujer se acercaba con paso vacilante.

—La he tenido encerrada en un pequeño escondrijo —dijo Robie—. Temía por su seguridad.

Karin se paró delante de ellos.

—Os presentaría, pero ya os conocéis —dijo Robie.

Whitcomb alzó la vista y vio la expresión asustada de la mujer. Acto seguido, se volvió hacia Robie.

—No entiendo qué está pasando aquí.

—Una de mis amistades te investigó y experimentó una epifanía. ¿Disfrutabas jugando al fútbol americano en la Academia de Marina con Roger Staubach? Él era un par de años mayor y tú jugabas de defensa, él era el *quarterback*. De todos modos, debió de ser emocionante para ti. Vencedor del trofeo Heisman, el último de la Marina. Incluido en el panteón de celebridades. Ganador de la Super Bowl y mejor jugador. Impresionante.

—Así fue, pero creo que deberíamos volver al asunto que nos ocupa.

—Staubach también tenía un apodo como jugador. Siempre despejaba el balón. Era el *quarterback* que corría. ¿Cuál era el apodo, que no me acuerdo?

—Roger *el Regateador* —intervino Meenan con voz queda.

—Eso es —corroboró Robie—. Roger *el Regateador*. El mismo nombre en clave que la persona dio a Roy West. Este le envió el documento apocalíptico. Ahí empezó todo. Solo que no creo que fuera Staubach. —Señaló a Whitcomb—. Creo que fuiste tú.

—Estoy muy confundido, Robie. Tú y yo ya hemos hablado de esto. Hemos culpado directamente a Evan Tucker. Con mi beneplácito lo acribillaste a preguntas después de la reunión con el presidente.

—Lo hice para pillarte desprevenido. Para hacerte venir aquí para hablar de lo que creías que supondría la destrucción profesional de Tucker. Tucker es un cabrón, pero no es un traidor. El traidor eres tú.

Whitcomb se puso en pie lentamente y bajó la mirada hacia él.

—No te imaginas lo decepcionado que estoy. Pero la ofensa es mayor que la decepción.

—He dedicado mi vida profesional a matar a los malos, señor. A un monstruo tras otro. Un terrorista cada vez. Se me da bien. Y quiero continuar haciéndolo.

—Después de estas acusaciones, no tengo muy claro que puedas seguir haciéndolo, la verdad.

—¿Se te ha acabado la paciencia? ¿No querías que personas como yo siguiéramos apretando gatillos? ¿Querías despejar el tablero de juego con un solo movimiento?

—Si tienes la menor prueba, más vale que la reveles ahora mismo.

—Bueno, tenemos aquí a la doctora Meenan, que testificará que trabajó contigo codo con codo para montar todo esto. Y que me implantó un dispositivo de seguimiento por orden tuya.

Whitcomb lanzó una mirada amenazadora a Meenan.

—Entonces mentiría y sería acusada de perjurio y pasaría mucho tiempo en la cárcel.

—No me imagino que esto vaya a ir a juicio.

—En cuanto el presidente se entere de esto, estoy seguro de que...

Robie lo interrumpió:

—El presidente ya ha sido informado. Todo lo que acabo de decir, ya lo sabe. Ha sido él quien me sugirió que me reuniera contigo.

—¿Él lo sugirió? —repuso Whitcomb con la mirada perdida. Robie asintió—. Pero no hay pruebas que me vinculen a nada de todo esto.

—Hay pruebas, aparte de Meenan aquí presente. Quizá quieras sentarte antes de desplomarte.

Whitcomb se sentó de nuevo en el banco con piernas temblorosas.

—¿Has dicho que no crees que esto vaya a juicio?

—Sería demasiado vergonzoso para el país. No nos conviene. Por ahí hay un montón de terroristas sueltos. Eso debilitaría nuestra capacidad de ir a por ellos. No quieres que pase eso, ¿verdad?

—No, por supuesto que no.

Robie alzó la vista hacia Meenan.

—Gracias. Hay gente esperándote ahí. —Señaló a su izquierda, donde rondaban dos hombres trajeados. En cuanto la doctora se hubo marchado, añadió—: Por cierto, tus guardaespaldas han sido apartados del servicio.

Whitcomb dirigió la vista en la dirección por la que había venido.

—Ya veo.

—Ha llegado el momento de que dimitas.

—¿El presidente también lo ha sugerido? —preguntó Whitcomb con apatía.

—Digamos que no puso objeciones cuando se planteó el tema. —Robie lo miró—. ¿Conocías a Joe Stockwell?

Whitcomb negó despacio con la cabeza.

—No personalmente.

—Un militar retirado. Un buen tipo. Conoció a Kent, se ganó su confianza. Descubrió lo que estaba pasando. Tú ordenaste matarlo. Y a una mujer llamada Gwen, una anciana agradable. Y a un ex miembro de la Agencia llamado Mike Gioffre. Todos ellos eran personas muy queridas para una amistad que tengo.

—¿Y de qué amistad se trata?

Robie se dio cuenta de que Whitcomb ya sabía la respuesta. Señaló a su derecha.

—Ella.

Whitcomb siguió con la mirada el dedo de Robie.

Jessica Reel estaba a treinta metros de ellos, con la mirada clavada en Whitcomb.

Robie se levantó y recorrió el sendero en dirección a la salida. No volvió la vista atrás ni una vez.

La isla situada en medio de un millón de personas contenía ahora solo a dos personas.

Gus Whitcomb.

Y Jessica Reel, armada con una pistola.

Hay que reconocer que a Whitcomb no se le veía asustado.

—He estado en la guerra, señora Reel —dijo a modo de explicación cuando ella se le acercó—. He visto morir a muchas personas. Y he estado a punto de morir un par de veces. Por supuesto, uno nunca se acostumbra, pero el nivel de conmoción queda reducido.

—Gwen Jones, Joe Stockwell y Michael Gioffre murieron —repuso ella—. Usted ordenó matarlos.

—Sí, es cierto. Pero el mundo es complicado, señora Reel.

—Y también es sumamente sencillo.

—Según se mire. Uno cree ver una posibilidad de mejora, una grandísima mejora. Y a veces lo acepta. Es lo que hicimos en este caso. Estábamos hartos de las matanzas, del caos, de estar siempre al borde del abismo. Solo queríamos un mundo más estable y pacífico aupando al poder a personas con las que realmente podríamos alcanzar acuerdos. ¿Unas cuantas vidas para salvar las de millones? ¿Qué tiene eso de malo?

—No estoy aquí para juzgar lo que usted hizo. No me concierne. —Alzó el arma—. Tiene que haber otros aparte de quienes conocemos. ¿Quiénes son?

Él meneó la cabeza y sonrió con expresión sombría.

—Bueno, ¿quieres que me arrodille? ¿O que me ponga de pie? Haré lo que me digas. Al fin y al cabo, tú tienes la pistola.

—Usted tiene familia.

Whitcomb se mostró preocupado por primera vez.

—Ellos no saben nada de todo esto.

—Me da igual.

—Te pido por favor que no les hagas daño. Son inocentes.

—Gwen era inocente. Al igual que Joe y Mike. Y tenían familia.

—¿Qué quieres?

—¿Quién más estaba detrás de esto?

—No puedo hablar.

—Entonces empezaré por su hija mayor. Vive en Minnesota. Y después su esposa, y luego su hermana, y no pararé hasta que no quede nadie. —Le apuntó a la cabeza—. ¿Quién más? —exigió.

—No importan. Están fuera del país, son totalmente intocables.

—¿Quién más? No lo volveré a preguntar.

Whitcomb le dio tres nombres.

—Felicidades —dijo ella—. Acaba de salvar a su familia.

—¿Me das tu palabra de que no les harás nada?

—Sí, y a diferencia de otras personas, yo cumplo mi palabra.

—Gracias.

—Una cosa más. ¿Por qué DiCarlo?

—Estaba a punto de descubrir el pastel. Me supo mal, pero había demasiado en juego.

—Es usted un cabrón.

—¿Me quedo de pie o me arrodillo?

—Me da igual, la verdad. Pero quiero que cierre los ojos.

—¿Cómo?

—Cierre los ojos.

—Puedo soportar ver cómo me matas —repuso Whitcomb.

—No lo hago por usted, sino por mí.

Whitcomb cerró los ojos y se preparó.

Al ver que no se producía ningún disparo y que transcurría más de un minuto, acabó por abrir los ojos.

Entonces en la isla quedaba una sola persona.

Jessica Reel había desaparecido.

81

—No he podido apretar el gatillo —le dijo a Robie.

Era por la tarde. Estaban en el apartamento de él. A Reel se la veía totalmente abatida.

—Estaba autorizado —dijo él.

—Sé que estaba autorizado. —Hizo una pausa—. Le dije que cerrara los ojos, tal como me dijiste. Cuando los abrió, yo ya me había marchado. —Alzó la vista hacia él—. Igual que tú.

—Fue decisión tuya. Pero debo reconocer que estoy sorprendido.

Ella exhaló un largo suspiro.

—Tú me dejaste vivir, Robie, cuando todo lo que has hecho durante los últimos doce años conducía a que me disparases.

Él se sentó a su lado.

—No merecías morir, Jessica.

—Maté a gente. Igual que Whitcomb.

—No es lo mismo.

—Es lo mismo a todos los niveles que importan.

Robie guardó silencio y Reel se secó la cara.

—No era más que un hombre mayor y cansado. Y no tenía miedo a morir. —Se levantó, se acercó a la ventana y miró fuera apoyando la frente contra el frío cristal—. No pude apretar el gatillo, Robie, aunque es lo que quería.

—No era un hombre mayor y cansado. Fue muy peleón en el terreno de juego y fuera de él. Estuvo en las Fuerzas Especiales en Vietnam, mató a una buena cantidad de enemigos. Fue una especie de matón en su época. Y mientras ocupó el cargo de APNSA, orquestó la matanza de más miembros de organizaciones terroristas que ninguno de sus predecesores. Siempre ha ido a la yugular. No es un hombre al que uno querría como enemigo. Kent lo experimentó. Igual que Decker.

—¿Y por qué me cuentas todo esto?

—Para que sepas que tú tienes más compasión que él o yo. Yo le habría disparado sin pensármelo dos veces. Y él te habría hecho lo mismo.

—¿Y qué va a pasarle a Whitcomb?

Robie se encogió de hombros.

—No es problema nuestro. No creo que vaya a juicio.

—¿Entonces...?

—Entonces el hecho de que no apretaras el gatillo no significa que no lo vaya a hacer otra persona. O quizá lo entierren en alguna celda de Guantánamo.

—Pertenece a las altas esferas como para acabar así. Los medios de comunicación no pararán.

—A los medios se les puede controlar. Pero esperemos que ningún otro personaje de alto nivel intente algo como esto.

—¿Y qué será de mí? —preguntó ella.

Robie sabía que esa pregunta llegaría. Sin duda se trataba de una cuestión legítima. No obstante, no estaba seguro de saber la respuesta.

—El hecho de que te hicieran ir a por Whitcomb me hace pensar que la situación ha vuelto al *statu quo*. —La miró—. ¿Es lo que deseas?

—No lo sé. Y tampoco sé si lo llegaré a saber. Si no he sido capaz de disparar a Whitcomb, ¿quién sabe si seré capaz de disparar de nuevo?

—Tú eres la única capaz de responder a eso.

—No sé si podré responder alguna vez.

—Tengo una buena noticia.

—¿Ah, sí?

—Janet DiCarlo ha salido del coma.

Reel abrió unos ojos como platos.

—Robie, puede haber otras personas implicadas. Si se enteran, morirá en cuestión de...

Él levantó una mano.

—No, no pasará.

—¿Por qué?

—Hemorragia cerebral. Nunca volverá a ser la que era.

—¿Y eso es una buena noticia?

—Al menos sobrevivirá. —Hizo una pausa—. ¿Te gustaría verla?

Reel asintió.

Al cabo de dos horas estaban junto a la cama de Janet DiCarlo. Le habían rapado la cabeza y tenía unas marcas de sutura profundas en el cuero cabelludo, donde le habían practicado cirugía para reducirle la presión del cráneo. Tenía los ojos abiertos y los miraba con atención.

Reel extendió el brazo y le tocó la mano.

—Hola, Janet —dijo con voz ronca—. ¿Te acuerdas de mí?

DiCarlo alzó la vista, pero no hubo indicio de que reconociera a Reel.

—Me llamo... —Se interrumpió—. No soy más que una amiga. Una vieja amiga a quien ayudaste hace mucho tiempo. —Bajó la mirada cuando DiCarlo le apretó los dedos. Reel sonrió—. Te pondrás bien. —Y lanzó una mirada a Robie—. Todo nos irá bien.

«No, no creo», pensó él.

Al cabo de unos segundos le sonó el móvil. Miró la pantalla. El mensaje era corto pero más que directo. Les convocaban a una reunión.

«Pistoletazo de salida.»

82

La sala de reuniones parecía demasiado pequeña para dar cabida a todos los presentes. Robie y Reel estaban sentados en un lado de la mesa. En el otro estaban Tucker, Hombre Azul y el APNSA en funciones, Josh Potter, mucho más joven que Whitcomb, que apenas llegaba a los cincuenta años. Robie no envidiaba para nada su puesto.

Tucker deslizó una memoria USB hacia el otro lado de la mesa. Robie y Reel lo miraron, pero ninguno hizo ademán de cogerlo.

—Nueva misión —dijo Tucker.

—Para los dos —añadió Potter.

—Te damos una segunda oportunidad, Reel —dijo Tucker.

—Yo no la he pedido.

—A ver si te queda claro. Te damos tu única oportunidad. Por el amor de Dios, mataste a dos miembros de la CIA. Deberías estar en la cárcel. ¿Sabes lo increíblemente generosa que es esta oferta?

Potter carraspeó y se inclinó hacia delante.

—Permíteme que te diga que se trata de condiciones extraordinarias y que aquí estamos todos bajo una presión enorme. Como recién llegado, también quiero dejar claro que una de nuestras prioridades es dejar este asunto atrás. Creo que todos estamos de acuerdo en ello.

—Gelder y Jacobs eran traidores. Lo que pasa es que yo no esperé la orden. Estoy segura de que iba a ser inminente.

—La Agencia dispone de pruebas que los vinculan a los dos al complot —añadió Hombre Azul—. Sam Kent también dejó archivos. Así pues, lo que hizo la señorita Reel es servir a su país.

—¡Tonterías! —espetó Tucker—. Eres una asesina, Reel, eso no va a cambiar nunca.

—Habrá constancia de su objeción, director —dijo Potter en tono conciliador—, pero la «oferta» ha sido autorizada por un nivel superior. Así pues, centrémonos en eso en vez de ponernos histriónicos.

Robie no miraba a Tucker ni a Potter, sino a Hombre Azul, que se dedicaba a hacer garabatos en un trozo de papel. No era buena señal.

—¿Podemos previsualizarlo? —preguntó Robie.

—Tal como he dicho, es una segunda oportunidad —repuso Tucker—. Ahmadi sigue ahí, en Siria. Tenemos que ocuparnos de él.

—Es un poco arriesgado ir ahora —observó Robie.

—Si ella hubiera hecho su trabajo antes en vez de disparar a Jacobs por la espalda, ahora no estaríamos manteniendo esta conversación —espetó Tucker—. Ha alcanzado un punto crítico. Creemos que Ahmadi se ha aliado con Al Qaeda y que pronto les ofrecerá formación, recursos y respaldo oficial para actuar en otros países si llega al poder, lo cual parece probable. Es obvio que no podemos permitir que eso ocurra.

—¿Y vamos los dos? —preguntó Reel, observando a Tucker.

Él extendió las manos.

—Tal como ha dicho Robie, ahora es arriesgado. Consideramos que las posibilidades de éxito aumentarán si vais los dos.

—¿Quién de los dos disparará? —preguntó Robie.

Potter señaló a Reel.

—Ella. Tú eres el ojeador.

—Ella tiene que acabar la misión, Robie —abundó Tucker—. Ese es el trato oficial. Si lo consigue, el país hace borrón y cuenta nueva.

—Me gustaría tenerlo por escrito —pidió ella.

—¿Por escrito? —se burló Tucker—. ¿De dónde coño has salido para pedir eso?

—De un lugar que se llama «no me fío» —repuso Reel.

—No puedes pedir nada —vociferó Tucker.

Potter levantó una mano.

—Mira, quizá podamos complacerte.

—Llámalo como quieras —dijo ella—, me da igual. Lo único que quiero es que un pez lo bastante gordo me confirme que cumpliréis el acuerdo.

—Podríamos meterte en la cárcel —amenazó Tucker—. ¿Qué te parece si matas a Ahmadi y nuestro «acuerdo» es que no te pudras en una prisión?

Reel miró a Potter.

—Pues complacedme.

—¿Cuán pez gordo quieres que sea el signatario? —preguntó Potter.

—Mucho más gordo que cualquiera de vosotros.

—Pues la lista es corta.

—Como si no lo supiera —ironizó ella.

Potter miró a Tucker, que se reclinó en el asiento, cruzó los brazos, se balanceó echando la silla atrás y se puso a mirar el techo como si fuera un niño al que acaban de quitar los lápices de colores.

—De acuerdo —afirmó Potter—. Dalo por hecho.

Reel tomó la memoria USB.

—Da gusto negociar con vosotros.

Ella y Robie se dispusieron a marcharse.

—Robie, espera un momento —pidió Tucker—. Tenemos otros asuntos que tratar contigo.

Reel miró a Robie y se encogió de hombros.

—Te espero fuera.

Y se marchó.

Tucker hizo una señal a Robie para que volviera a sentarse.

—Esta mujer es un lastre.

—Yo no lo veo así —dijo Robie—. ¿Y por qué me enviáis con ella? No necesita a ningún ojeador.

—Porque tienes que asegurarte de que vuelve. Va a tener que rendir cuentas por sus crímenes —declaró Tucker.

—¿Te refieres a matar traidores?

—Me refiero a matar a dos de mis hombres.

—¿Y el trato que le habéis confirmado?

—No existe tal trato —zanjó Tucker con expresión cínica.

Robie miró a Tucker de hito en hito.

—Le acabas de decir que había trato.

Potter se quedó azorado.

—Suelo ser un hombre de palabra, Robie. Pero esto queda fuera de mi alcance.

Tucker señaló a Robie con el dedo.

—Y que quede claro que si le dices la verdad acabarás tus días en una prisión. Te tenemos pillado por ser cómplice del enemigo, es decir, de Jessica Reel.

Robie dirigió la mirada a Hombre Azul, que seguía haciendo garabatos.

—¿Qué opinas de esto? —le preguntó.

Hombre Azul alzó la vista y se quedó pensativo unos segundos.

—Creo que deberías marcharte y cumplir con tu deber.

Robie y Hombre Azul intercambiaron una larga mirada antes de que el primero se levantara.

—Nos vemos en el otro lado —dijo antes de salir por la puerta.

Hombre Azul le dio alcance antes de que saliera del edificio.

—¿Esa cabronada de ahí dentro es cosa tuya? —preguntó Robie.

—En realidad es el mejor consejo que puedo ofrecerte, dadas las circunstancias. —Le tendió la mano—. Buena suerte.

Robie vaciló antes de estrechársela.

Hombre Azul se marchó y Robie salió del edificio.

Reel lo esperaba junto al coche de él. Subieron al vehículo.

—¿Qué querían de ti? —preguntó ella.

—Ahora que lo sé, nada importante.

—¿Que sabes el qué?

Robie le enseñó el trozo de papel que Hombre Azul le había dado discretamente cuando se estrecharon la mano.

Reel miró las dos letras que Hombre Azul había escrito en él. Dos t minúsculas. Alzó la vista hacia Robie. Ambos sabían exactamente qué significaba una cruz doble en la cultura anglosajona.

—Puñalada trapera —dijo Reel.

—Puñalada trapera —repitió Robie.

83

La sala de operaciones era pequeña y las personas elegidas para asistir a aquella misión especial, muy pocas.

Potter, el APNSA.

Tucker, el DCI.

El nuevo número dos de la CIA, que parecía asustarse si oía ruido de armas, dado que uno de sus dos predecesores había sido asesinado y la otra había quedado incapacitada para siempre.

El director de Seguridad Nacional.

Un hombre del Pentágono tieso como una vara, de pelo canoso y condecorado con tres estrellas.

Y Hombre Azul.

En una pared había un televisor gigantesco en el que iban apareciendo imágenes vía satélite en tiempo real. Los hombres estaban sentados en cómodas sillas alrededor de una mesa rectangular. Todos tenían botellas de agua delante. Era como si se estuvieran preparando para ver la transmisión de los partidos de la NFL.

O cualquier otro tipo de competición que se produjera en cualquier otro lugar del mundo.

Potter comprobó la hora en uno de los relojes de pared.

—Falta una hora —anunció.

Tucker asintió.

—¿Todo preparado? —preguntó el tres estrellas.

—Todo preparado —repuso Tucker. Llevaba unos auriculares para recibir las comunicaciones de los ejecutores sobre el terreno. Era difícil de hacer en un lugar como Siria, pero Estados Unidos disponía de recursos suficientes para hacer prácticamente cualquier cosa en prácticamente cualquier sitio.

Pulsó un botón de la consola de control que tenía delante y en una de las pantallas apareció el nido del francotirador montado en un edificio de oficinas vacío del centro de Damasco.

—Fue una suerte que la gente de Ahmadi no llegaran a enterarse del intento de asesinato —comentó Tucker—. Dentro de cincuenta y siete minutos va a encontrarse en el punto de mira una vez más.

—¿Cuándo llegará Reel al nido? —preguntó Potter.

—Dentro de diez minutos.

—¿Y Robie?

—Su puesto de ojeador está situado enfrente del sitio por donde va a salir Ahmadi.

—¿Y la salida? —preguntó el director de Seguridad Nacional.

—Planificada y limpia, y esperamos que funcione —respondió Tucker de forma un tanto vaga.

—Pero todo supone un riesgo —se apresuró a añadir Potter—. Sobre todo ahí.

El tres estrellas asintió para mostrar su acuerdo.

—Hay que tener agallas para hacer lo que hace vuestra gente. Enviar a dos agentes con armas ligeras y sin refuerzos. Nosotros enviamos hombres a situaciones duras, pero tienen una potencia de fuego y recursos mucho mayores. Y no dejamos a nadie atrás.

—Son los mejores que tenemos —afirmó Hombre Azul, que atrajo miradas severas de Tucker y Potter.

—No lo dudo —dijo el tres estrellas—. Bueno, que les vaya bien.

—Que les vaya bien —repitió Hombre Azul moviendo los labios.

Alguien habló al pinganillo que llevaba Tucker. Se volvió hacia los demás y dijo:

—Robie acaba de comunicarse con nosotros. Estará en posición dentro de cinco minutos. Reel llegará al nido dentro de siete minutos. Todo pinta bien. Ahmadi saldrá del edificio gubernamental más o menos ahora. Estará fuera del radio de tiro durante los siguientes cuarenta y ocho minutos. Entonces tendrán dos minutos para...

Tucker se interrumpió por un motivo perfectamente comprensible. Las pantallas de televisión mostraban a gente corriendo y gritando por las calles de Damasco. Se oían disparos lanzados al aire. Empezaron a oírse sirenas.

—¿Qué coño pasa? —bramó Potter.

Tucker se quedó paralizado al ver lo que ocurría en pantalla. Potter lo agarró por el hombro.

—¿Qué está pasando?

Tucker habló por el micro para exigir una explicación acerca del caos repentino que se había apoderado de las calles.

—Están intentando averiguarlo. Todavía no lo saben.

—Contacta con Robie —exigió Potter—. Él está ahí mismo.

Tucker lo intentó.

—No responde. La línea ha quedado muerta.

—Pues con Reel. ¡Por el amor de Dios, contacta con alguien!

—Mirad —dijo el tres estrellas.

Las fuerzas de seguridad sirias bajaban descolgándose por la ventana de la estancia en que se había preparado el nido de francotirador.

—¿Cómo coño han llegado ahí tan rápido? Reel ni siquiera está ahí. Todavía no ha disparado ni una bala —añadió el director de seguridad Nacional.

—La operación corre peligro —dijo Tucker—. En algún momento se ha producido un fallo. —Intercambió una mirada con Potter—. Esto no tenía que pasar.

—¿Y Ahmadi se ha librado? ¿Otra vez? —espetó el tres estrellas.

—No tenía que librarse —masculló Tucker.

—¡Mierda! —estalló Potter—. ¿No puede salirnos nada bien?

—Un momento —dijo Tucker—. Ahora estoy recibiendo algo.

Escuchó la voz que le llegaba al oído. Su expresión pasó de la estupefacción al asombro absoluto.

—Entendido —dijo.

—¿Qué pasa? —gritó Potter al ver que Tucker no decía nada más.

Tucker se volvió hacia los demás con el rostro ceniciento.

—Ahmadi acaba de ser abatido por disparos al salir del edificio del gobierno, mientras subía al coche. Ha muerto. Lo han confirmado fuentes fiables.

—Joder, menos mal —suspiró el tres estrellas—. Pero no lo entiendo. ¿Hubo un cambio de planes? El golpe tenía que darse en el exterior del hotel.

—Nada ha cambiado. No por nuestra parte —dijo Hombre Azul tranquilamente.

El director del DHS observaba a los sirios irrumpiendo en el nido de francotirador.

—Lo que no entiendo es cómo dieron tan rápido con el nido. —Se volvió hacia Tucker—. Es casi como si supieran que iba a producirse el atentado.

—Un fallo, como he dicho —respondió Tucker, que seguía blanco como un fantasma.

—Pero Reel y Robie debían de estar al corriente de esto. Por eso cambiaron al edificio del gobierno y dieron el golpe ahí —explicó Potter con rapidez.

—Pero eso no tiene sentido —opinó el tres estrellas.

—¿Por qué no? —preguntó Tucker.

—Dices que Robie acaba de informar. Se estaba colocando en la posición de ojeador en el exterior del hotel. Y también informó de que Reel iba a colocarse en posición al cabo de diez minutos. El hotel y el edificio del gobierno no están precisamente cerca. ¿Por qué iba a comunicar una cosa a su agencia y hacer algo distinto a continuación? Es casi como si no confiara en...

El tres estrellas dejó de hablar y se giró hacia la pantalla, donde las fuerzas de seguridad sirias seguían gritando desde el balcón del nido de francotirador.

Acto seguido, el tres estrellas volvió a mirar a Tucker con expresión suspicaz.

Tucker miró al director del DHS y se dio cuenta de que también lo estaba fulminando con la mirada. Empezó a decir algo, pero enseguida se calló. Lo único que podía hacer era observar las pantallas.

—De todos modos la misión se ha llevado a cabo —dijo el tres estrellas. Dadas las circunstancias... hum... inusuales, yo diría que ha sido el mejor golpe que he visto en mi vida.

—Lo mismo digo —convino el director del DHS.

—Y yo —añadió Potter sin convicción, lo cual provocó una mirada feroz de Tucker.

—Robie y Reel merecen el agradecimiento de este país —dijo convencido el tres estrellas.

—Y nos encargaremos de que lo reciban —aseguró el director del DHS.

—Si consiguen salir de Siria —dijo el tres estrellas con expresión sombría.

«Si consiguen salir de Siria con vida», precisó Tucker para sus adentros.

84

Aparte de Corea del Norte e Irán, Siria era con toda probabilidad el país más difícil de abandonar para un occidental.

Los extranjeros eran de por sí sospechosos.

A los estadounidenses los odiaban

Los agentes americanos que acababan de matar a un líder sirio en potencia solo servían para una cosa: ser ejecutados y arrastrados sin cabeza por las calles.

El único elemento positivo era que las fronteras sirias no eran seguras. Eran endebles y siempre cambiantes, al igual que la política del momento, en uno de los países considerado «cuna de la civilización».

Robie y Reel lo entendían a la perfección.

Tenían alguna posibilidad, por pequeña que fuera.

Reel había efectuado el disparo mortal desde un edificio situado al otro lado de la calle cuando Ahmadi estaba a punto de subir a la limusina. Habría resultado más fácil enfundarse un burka y huir así. Sin embargo, la mayoría de las mujeres sirias no iban vestidas al estilo tradicional islámico. Y el gobierno, cada vez más secularizado, había prohibido los velos faciales completos en las universidades y otros entornos públicos por considerarlos un riesgo para la seguridad y promotores del extremismo. Así pues, ponerse un velo habría servido para llamar la atención, no para pasar desapercibida.

De todos modos, sí que podía ir con hiyab. Así se le veía parte de la cara, pero se la había oscurecido y maquillado para aparentar arrugas y una piel ajada por el sol. En la larga túnica negra había incorporado un arnés y un relleno acolchado que la hacía aparentar unos treinta kilos más. Se inclinaba al andar y parecía una mujer de setenta años.

Cogió una cesta de la compra y salió de la habitación. Esperó el ascensor con un hombre que estaba ahí. Las puertas se abrieron y ambos entraron en la cabina. Cuando llegaron a la planta baja, la policía apartó a un lado a Reel y cogió al hombre, al que se llevaron junto con otros sirios en medio de un gran jaleo.

Reel aguardó unos minutos y luego salió. Vio coches de policía por todas partes. La muchedumbre gritaba y había gente llorando. Otros desfilaban por las calles cantando.

Un coche ardió. Hombres armados disparaban al aire. Había escaparates destrozados. Calle abajo se produjo una pequeña explosión.

Reel siguió a un grupo de mujeres que bajaban por la calle y se internaban en un callejón.

En circunstancias normales, habría sido impensable que un hombre cacheara a una mujer en una calle siria. Pero las circunstancias no eran las normales.

La policía irrumpió en el callejón y empezó a retener a todo el mundo, tirándoles de la ropa, buscando armas o indicios sospechosos.

Un hombre llevaba una navaja. La policía le disparó en la cabeza.

Una mujer echó a correr gritando. Le dispararon varias veces en la espalda y se desplomó en la acera mientras la sangre le brotaba de las múltiples heridas.

La policía fue entonces a por Reel. No tenía aspecto de asesina, parecía una anciana gruesa. Pero en esos momentos a los agentes les traía sin cuidado. Los tenía a pocos metros y decidió retroceder mientras introducía la mano en la cesta.

Los hombres la rodearon apuntándola con las pistolas.

Ella estaba de espaldas a un muro de ladrillos. Un policía alargó la mano para cogerla del brazo. En cuanto vieran el relleno, todo acabaría.

Entonces se oyó una fuerte voz desde el callejón.

Los policías se detuvieron y se volvieron.

La voz gritaba una y otra vez.

—¡Tenemos al asesino! ¡Tenemos al asesino! —decía en árabe.

Los policías echaron a correr en dirección a la voz.

La gente rodeó a Reel. Los dolientes se inclinaban sobre los cadáveres.

Ella se zafó de la multitud y consiguió llegar a otro callejón lateral. Lo recorrió con rapidez y llegó a otra calle, una vía concurrida. Un taxi paró en el arcén y ella se subió.

—¿Adónde? —preguntó el taxista barbudo en árabe.

—Me parece que ya lo sabes —respondió ella en inglés.

Robie pisó el acelerador y el taxi arrancó con brusquedad. Miró por el retrovisor.

—¿Casi?

—Sí, casi —confirmó ella.

Sacó el mando a distancia de la cesta y lo sostuvo.

—Me ha ido de perilla. No van a alegrarse cuando descubran el origen de la voz del «tenemos al asesino».

—Nunca está de más instalar un aparato de karaoke a distancia en medio de la calle —reconoció Robie.

Cuando doblaron una esquina, Reel arrojó el mando a distancia por la ventanilla.

Robie volvió a mirar por el retrovisor y vio a las multitudes invadiendo las calles.

—Se enterarán de que el asesino escapó. O sea que todavía no estamos libres ni a salvo.

—Acéptalo, Robie, nunca volveremos a ser libres ni a estar a salvo.

—Encontraron el nido del francotirador. Aunque tú no dispararas desde allí.

—Menuda sorpresa. Pero al menos valida lo que Hombre Azul dijo sobre la puñalada trapera.

—Me pregunto cómo se lo habrán tomado los que seguían el desarrollo de los acontecimientos desde la sala de operaciones.

—Una de las cosas que más lamento en esta vida es perderme la expresión de sus rostros. Sobre todo la de Tucker.

Giró a la derecha y luego a la izquierda y volvió a acelerar. Ahora había menos tráfico. Pero Robie suponía que en ese momento estaban instalando controles de carretera.

El viaje de Damasco a Israel era corto, pero aquella sería la salida que pedirían los sirios. Al igual que la que había ideado la CIA. Así pues, esa opción quedaba descartada.

Amán, Jordania, estaba a más de 160 kilómetros. Pero la frontera entre los dos países se había reforzado y había muy pocos pasos fronterizos. O sea que también quedaba descartada.

Irak estaba al este. Era una frontera larga con muchas vías de paso. Pero no les parecía prudente cruzar clandestinamente la frontera septentrional con Irak, pues lo más probable era que acabaran muriendo allí.

Así pues, solo les quedaba una opción: Turquía, situada al norte. También era una frontera de cientos de kilómetros. La mayor ciudad cercana era Mersin, a unos 400 kilómetros. Podían seguir una ruta más corta por una sección estrecha de Turquía que se internaba como un dedo deforme en Siria, un poco al norte de Al Haffah. Pero Mersin, aunque más lejos, les ofrecería más opciones para viajar a otros lugares, aparte de que resultaba más fácil ocultarse en una ciudad grande. Además, Robie quería poner la mayor distancia entre ellos y los sirios, por lo que la opción de la lengua de tierra turca en territorio sirio no era la mejor opción.

Pero antes tenían que llegar hasta allí.

Aunque la frontera era muy permeable, Siria y Turquía estaban a la greña. La metralla y los bombardeos aéreos y los disparos de las patrullas itinerantes se habían convertido en el pan nuestro de cada día en las zonas fronterizas. Además, en la región había mucha actividad clandestina relacionada con el tráfico de drogas, armas, personas y otros tipos de contrabando. Y los criminales solían tener una única respuesta para los testigos indeseados: los mataban.

—Allá vamos, Turquía —dijo Robie.

—Allá vamos, Turquía —repitió ella.

Reel no se quitó el disfraz. Todavía no. Tenía documentación, por si les paraban. Ojalá les bastara con ella.

Robie conducía, consciente de que iban a pasar una ordalía.

Se había rapado la cabeza, dejado barba y teñido el cuerpo de un tono más oscuro. Disimulaba sus ojos azules con unas lentillas de color. Sabía hablar árabe con fluidez, sin acento occidental, lo mismo que Reel.

Los puestos de control se habían dispuesto rápidamente, más rápido de lo que Robie había creído posible. Se preguntó si la puñalada trapera tenía algo que ver con eso.

Los puestos de control en Oriente Medio eran mucho más caóticos y peligrosos que en otras partes del mundo, eran sitios donde se disparaba ante la menor confusión o por una mirada inoportuna.

Robie redujo la velocidad del taxi y se detuvo a la cola. Tenía tres coches y un camión delante. Los guardias estaban registrando los vehículos. Robie vio que uno de ellos tenía una foto con la que cotejaba los rostros de los conductores.

—Tienen nuestra fotografía —dijo.

—Ya. Por suerte, ya no nos parecemos.

Los guardias llegaron al taxi y cotejaron sus rostros con la foto que tenían. Uno de ellos ladró algo a Robie. Él sacó la documentación y el hombre la examinó a conciencia. Otro guardia fisgó por la ventanilla trasera y ladró a Reel. Ella mantuvo la cabeza gacha, le enseñó su documentación y le habló con deferencia. El guardia miró qué llevaba en la cesta: un mendrugo de pan, una bolsita de nueces, un tarro de miel y un frasco de especias.

Registraron un poco más el coche y no encontraron nada fuera de lo normal.

El primer guardia lanzó una mirada escrutadora a Robie e incluso le tiró de la corta barba, que permaneció sujeta con firmeza a su cara. Robie chilló de dolor y el hombre se echó a reír. Luego le ladró que continuara.

Robie puso la marcha y arrancó.

Salieron de Damasco y Robie se dirigió hacia el norte.

Al cabo de casi trescientos kilómetros llegaron a las afueras de Alepo, la segunda ciudad más poblada de Siria. Ya había oscurecido y consiguieron entrar sin incidencias.

Ahí tenían un piso franco. Se cambiaron, comieron y descansaron antes de iniciar el segundo tramo del viaje.

Por la mañana cogieron unas bicicletas y se apuntaron a un grupo de cicloturistas que iban a visitar el norte de Siria hasta la frontera con Turquía, a unos setenta kilómetros de distancia. Normalmente el periplo duraba tres días, era como unas vacaciones entre ruinas de la Antigüedad y paisajes hermosos.

Llegaron a la iglesia de San Simón Estilita, donde el grupo tenía pensado pernoctar.

Robie y Reel no eligieron esa opción. Dejaron el grupo y siguieron en bicicleta, pasaron Midanki, realizaron varios ascensos agotadores por carreteras en mal estado y entraron en Azaz realizando una bajada vertiginosa.

Siguieron hasta Turquía y cruzaron la frontera en plena noche. Vieron aviones militares que sobrevolaban la zona y bombardeaban objetivos sobre el terreno. También se oían disparos, pero los ignoraron y siguieron adelante.

Al cabo de dos días llegaron en bicicleta a las afueras de Mersin.

Al día siguiente cruzaron en ferry hasta Grecia y ahí embarcaron en un avión. Aterrizaron en Estados Unidos una semana después de que el cuerpo ensangrentado de Ahmadi cayera sobre el asfalto en Damasco.

En cuanto llegaron, Robie hizo una llamada.

—Vamos para allá —dijo—. Preparad el champán. —Y colgó.

Evan Tucker hizo lo propio lentamente.

85

Casi todas las ceremonias de entrega de galardones de la CIA tenían lugar en secreto. Así eran las cosas. Aquella lo era especialmente.

En ella participaba la División de Actividades Especiales del servicio clandestino de la CIA. El SOG o Grupo de Operaciones Especiales se incluía dentro de esa división. Eran la flor y nata, iban por el mundo cumpliendo las órdenes de Estados Unidos a base de tiros o infiltrándose en los entornos más arriesgados a fin de recopilar información secreta. Eran la fuerza de operaciones especiales más clandestina de América, por no decir del mundo. La mayoría de sus miembros provenían de la élite militar.

La mayoría, pero no todos.

La ceremonia se celebró en una sala subterránea de las instalaciones de la Agencia en Camp Peary, Williamsburg, Virginia. Resultaba oportuno que el evento se celebrara bajo tierra, en la penumbra y a espaldas del resto del mundo.

Evan Tucker, el APNSA Potter, el tres estrellas y el director del DHS, que habían visto el desarrollo de los acontecimientos en Damasco, estaban presentes junto con otras veinticinco personas. Además de Hombre Azul.

Robie y Reel fueron galardonados con la Medalla Distinguida de Inteligencia, la condecoración más importante que concedía la CIA. Era el equivalente a la Medalla al Honor y solía concederse de forma póstuma. Solo se otorgaba por actos de un heroísmo extraordinario en condiciones de peligro extremo.

Evan Tucker leyó la lista de sus hazañas no solo en Siria, sino también en Canadá. A continuación, Robie y Reel se dispusieron a recibir los galardones.

Mientras Tucker le colgaba la medalla a Reel, le siseó:

—Esto no ha terminado todavía.

—Está claro que no —dijo ella.

Cuando Potter le entregó la suya a Robie, le susurró:

—Tienes que decidir de qué lado estás, Robie.

—Tú también —repuso él—. Y sé sabio.

Robie y Reel se marcharon juntos de la ceremonia. Hombre Azul les felicitó en el exterior.

—Gracias por la información —dijo Robie con voz queda.

—Cumplía con mi deber.

—Tucker no se lo ha tomado demasiado bien.

—Es difícil saber cuánto tiempo le queda en el trono de la Agencia —repuso Hombre Azul.

—¿Tiene los días contados?

—Es posible. No es que se haya lucido como DCI.

—Quizá quieras plantearte el cargo.

Hombre Azul negó con la cabeza.

—No, gracias. Ya estoy lo bastante destrozado por culpa de la situación actual.

Robie y Reel salieron de Camp Peary en coche y se dirigieron hacia el norte. Ninguno de los dos habló porque ninguno tenía nada que decir. Las últimas dos semanas les habían llevado al límite. Estaban física y mentalmente exhaustos.

Cuando llegaron a Washington D.C., Robie la sorprendió.

—Quiero que conozcas a una persona.

Condujo hasta un edificio y estacionó junto a la acera. Al cabo de unos diez minutos, empezó a salir gente provista de grandes mochilas.

Al verla, Robie se apeó y le hizo un gesto con la mano. Julie Getty se acercó con cautela.

—¿Qué haces aquí? —preguntó.

—¿Primero te quejas porque no vengo y ahora te quejas porque vengo?

Julie lanzó una mirada al coche.

—¿Quién es esa?

—Sube y lo sabrás.

—Jerome viene a recogerme.

—No, no vendrá. Ya le he telefoneado para avisarle que yo te recogía.

Subieron al coche y Robie las presentó.

—Julie, Jessica; Jessica, Julie.

Las dos se dedicaron un asentimiento y miraron con expresión inquisidora a Robie mientras el coche se fundía entre el tráfico.

—¿Adónde vamos? —preguntó Reel.

—A cenar temprano.

Julie miró a Reel, que se limitó a encogerse de hombros.

Robie las llevó a un restaurante de Arlington. Mientras se sentaban a la mesa, Julie le dijo a Reel:

—¿De qué conoces a Will?

—Somos amigos.

—¿Trabajáis juntos?

—A veces.

—Ya sé a qué se dedica —dijo Julie.

—O sea que ya sabes que puede ser más pesado que el plomo, ¿no? —repuso Reel.

Julie se reclinó en el asiento y sonrió.

—Creo que me caes bien. —Miró a Robie—. ¿Dónde está la superagente Vance?

—Haciendo cosas de superagente, supongo.

Julie se dirigió de nuevo a Reel.

—¿Tú te dedicas a lo mismo que él?

—Hacemos las cosas de forma un tanto distinta.

—¿Qué tal van los estudios? —preguntó Robie.

—Bien. ¿Qué habéis estado tramando?

—Cosillas —dijo Robie.

—He leído las noticias. Sé lo que pasa en el mundo. ¿Habéis estado en el extranjero últimamente?

—Últimamente no —dijo Reel.

—Mientes tan bien como él.

—¿Y eso es malo?

—No. Admiro a la gente que sabe mentir. Yo lo hago continuamente.

—Creo que me caes bien —dijo Reel.

Robie le puso una mano en el brazo.

—Ya la cagué en una ocasión, Julie. No voy a repetir.

—¿Eso significa que vendrás a verme de vez en cuando?

—Ajá.

—¿Con ella?

—Eso depende de ella.

Julie la miró.

—Creo que sí —dijo Reel lentamente, mirando a Robie con expresión incierta.

Después de cenar, dejaron a Julie en casa. Ella les dio un abrazo a los dos. Reel le devolvió el abrazo un tanto azorada y luego la observó subir los escalones de su casa.

En cuanto Robie puso el coche en marcha, ella dijo:

—¿De qué coño iba esto?

—¿El qué? ¿Cenar con alguien?

—Las personas como nosotros no cenan con... gente normal.

—¿Por qué no? ¿Figura eso en el manual de la Agencia?

—Acabamos de cargarnos a un líder terrorista, Robie. Y nos hemos salvado por los pelos. En realidad, podríamos estar perfectamente en una fosa de Siria con la cabeza cortada. No es normal ir a cenar con una adolescente y charlar como si nada después de eso.

—Yo pensaba lo mismo.

—¿Qué quieres decir con «pensaba»?

—Que yo también pensaba lo mismo. Pero ahora ya no.

—No te entiendo.

Robie condujo hasta la siguiente intersección, giró a la derecha, frenó junto a la acera y se apeó. Reel lo imitó. Se miraron con el coche de por medio.

—No puedo seguir dedicándome a esta profesión y aislarme del mundo que me rodea, Jessica. No puedo elegir una cosa o la otra. Necesito tener una vida. Por lo menos una mínima parte.

—Pero eso de verte con esa chica... ¿Y si alguien te hubiera seguido hasta allí? ¿Qué tipo de vida tendría ella entonces?

—Los nuestros ya saben de la existencia de Julie. Y tomo precauciones. Pero no puedo proteger a todo el mundo a todas horas. Podría atropellarla un autobús con el mismo resultado que si alguien le hubiera disparado.

—Menudo argumento te sacas de la manga.

—Bueno, es el mío. Y es mi vida. —Hizo una pausa—. ¿Vas a decirme que no te ha gustado conocerla?

—No, parece una chica fantástica.

—Lo es. Y quiero formar parte de su vida.

—No puedes. No podemos formar parte de la vida de nadie. Nuestros amigos acaban muertos por culpa nuestra.

—Me niego a aceptarlo.

—No depende de ti, ¿verdad? —espetó ella.

—Entonces dejemos atrás esta mierda de vida. Empecemos de cero.

—Sí, claro.

—Lo digo en serio.

Ella lo miró y se dio cuenta de que hablaba en serio.

—Creo que no podría dejarlo, Robie.

—¿Por qué no?

—Porque forma parte de mi ser. Me dedico a esto. Si dejara de...

—Parecía que estabas dispuesta a dejarlo cuando ocurrió todo esto.

—Eso fue venganza. Nunca fui más allá. Si quieres que te sea sincera, nunca pensé que sobreviviría.

—Pero has sobrevivido. Los dos lo hemos hecho.

Reinó el silencio entre ambos.

Reel apoyó los brazos en el techo del coche.

—Nunca pensé que algo conseguiría asustarme, Robie. —Exhaló un largo suspiro—. Pero esto me asusta.

—No es como una misión, en la que hay que apuntar y disparar. No hay que pensar, solo ejecutar. En cambio, esto sí que hay que pensárselo.

—Y uno más uno no siempre suman dos.

—Casi nunca —precisó él.

—Entonces, ¿cómo le encuentras el sentido?

—No se puede.

Reel alzó la vista.

Había empezado a llover tras varios días de tiempo seco. El ambiente era gris y deprimente; incluso costaba distinguir los objetos circundantes.

Aunque la lluvia no remitió, ninguno de los dos hizo ademán de volver al coche. Al cabo de poco estaban empapados, pero siguieron ahí de pie.

—No sé si sabré vivir así, Robie.

—Yo tampoco, pero creo que deberíamos intentarlo.

Reel se miró el bolsillo. Extrajo la medalla y se la quedó mirando.

—¿Alguna vez te pasó por la cabeza que recibirías una de estas?

—Pues no.

—La hemos conseguido por matar a un hombre.

—La hemos conseguido por hacer nuestro trabajo.

Devolvió la medalla al bolsillo y lo miró.

—Pero este no es un trabajo que uno pueda dejar.

—No hay muchos que lo hayan hecho.

—Preferiría arriesgarlo todo sobre el terreno.

—A juzgar por cómo está el mundo en la actualidad, es probable que tu deseo se cumpla.

Ella apartó la mirada.

—Cuando Gwen y Joe estaban vivos sabía que al menos había dos personas que lamentarían mi muerte. Que tenía dos amigos. Eso era importante para mí.

—Bueno, ahora me tienes a mí.

Ella se lo quedó mirando.

—¿Sí? ¿En serio?

—Cierra los ojos —dijo él.

—¿Cómo?

—Cierra los dichosos ojos.

—¡Robie!

—Ciérralos.

Ella lo hizo mientras la lluvia seguía cayendo.

Transcurrió un minuto.

Al final, los abrió.

Will Robie seguía allí.

Agradecimientos

A Michelle, por ocuparse de todo lo demás de un modo que solo tú sabes.

A Mitch Hoffman, por ver siempre tanto los árboles como el bosque.

A David Young, Jamie Raab, Sonya Cheuse, Lindsey Rose, Emi Battaglia, Tom Maciag, Maja Thomas, Martha Otis, Karen Torres, Anthony Goff, Bob Castillo, Michele McGonigle y a todo el personal de Grand Central Publishing, que me prestan su apoyo día tras día.

A Aaron y Arleen Priest, Lucy Childs Baker, Lisa Erbach Vance, Nicole James, Frances Jalet-Miller y John Richmond, que siempre velan por mí.

A Anthony Forbes Watson, Jeremy Trevathan, Maria Rejt, Trisha Jackson, Katie James, Natasha Harding, Aimee Roche, Lee Dibble, Sophie Portas, Stuart Dwyer, Stacey Hamilton, James Long, Anna Bond, Sarah Willcox y Geoff Duffield de Pan Macmillan, por llevarme al número uno en el Reino Unido.

A Arabella Stein, Sandy Violette y Caspian Dennis, por ser tan buenos en vuestro trabajo.

A Ron McLarty y Orlagh Cassidy, por seguir sorprendiéndome con vuestras interpretaciones en audio.

A Steven Maat de Bruna, por mantenerme en los primeros puestos en Holanda.

A Bob Schule, por estar siempre disponible.

A Janet DiCarlo, James Gelder, Michael Gioffre y Karin Meenan; espero que os hayan gustado vuestros personajes.

A Kristen, Natasha y Lynette, por mantenerme en el buen camino, veraz y cuerdo.

Y a Roland Ottewell, por otra gran tarea de corrección de estilo.